新潮文庫

ラスト ワン マイル

楡 周 平 著

目次

第一章　忍び寄る影……7
第二章　危機の連鎖……43
第三章　果てなき欲望……95
第四章　アイデアの種……124
第五章　最強のチーム……162
第六章　決戦前夜……206
第七章　敵の敵は味方……261

第八章　一世一代の勝負……307
第九章　役員会議……353
第十章　形勢逆転……395
終章　ラストワンマイル……440
解説　元木昌彦

ラスト　ワン　マイル

第一章　忍び寄る影

地下鉄の階段を上がり地上に出ると、ビルの谷間に澱《よど》んだ熱気が全身を包んだ。歩道を歩き始める間もなく、早くも首筋から背中にかけてじっとりと汗が噴き出してくるのを感じて、横沢哲夫《よこざわてつお》は軽い溜息《ためいき》を漏らした。

朝食を取りながら聞いた天気予報が頭の片隅に浮かぶ。確か東京は十日続きの熱帯夜。今日は朝から三十度を超えていると言っていたっけ。日中の予想最高気温は三十五度だったか……。

夏――。子供の頃、一番好きだったこの季節を疎《うと》ましく思うようになったのはいつ頃からだろう。

大学時代は長い休みに入ると、趣味のウインドサーフィンに没頭し、ほとんどの時間を海で過ごしたものだった。サラリーマンになってからも、最初のうちは然程《さほど》気にならなかった。やはり苦痛に感じ始めたのは、結婚して体型に明らかな変化が見え始めた辺りのことか。

何しろ二十七で結婚して以来、ウインドサーフィンを止《や》めた上に、夜の酒席が増えたせいで、この十年の間に体重が十五キロも増えてしまった。今では身長百六十八センチ、体重は八十五キロもある立派な肥満体だ。

入社当時はアメリカントラッドで決めていたスーツも、贅肉《ぜいにく》がついて太くなった内股《うちまた》が擦れ、ワンシーズンでおしゃかになるから吊《つ》るしの安売りのスーツが定番だ。

ワイシャツにしたところで夏は白一色と決めている。カラーシャツなど着ようものなら、噴き出した汗で襟の周りが変色してしまう。第一、外回りを強いられる営業マンが、濡《ぬ》れ鼠《ねずみ》のような格好で商談の場に現れたんじゃ格好がつかない。その点、白のワイシャツならば汗の痕跡《こんせき》もあまり目立たない。

横沢は左手に上着、右手にブリーフケースを持ちながら、足を止め腕時計に目をやった。時刻は九時五分前を指そうとしていた。約束の時間まではまだ二十分ほど余裕がある。

直行の商談の際には、この程度の余裕を作り、最寄りのコーヒーショップで汗を引かせておく。それがこの季節の横沢の習慣だった。

今日の商談相手は大手コンビニエンスストアーチェーンの『ピットイン』本部の宅配便担当者だ。ここには今まで何度も足を運んでいるせいで、周囲の状況は頭に叩《たた》き込んである。

火照《ほて》った体を冷ますのには十五分もあれば充分だ。五分前に店を出て、今日商談に同行することになっている上司の寺島《てらしま》と合流する……。

横沢は、頭の中で段取りを反芻《はんすう》しながら、ピットイン本部のすぐ隣のコーヒーショップに入った。

香《かぐわ》しいコーヒーやペーストリーの甘い匂《にお》いが鼻腔《びこう》を擽《くすぐ》る。程よく効いた空調の冷気が心地よい。横沢は体内に籠《こも》った熱を冷ますべく、深呼吸すると、揉上《もみあ》げの辺りから流れ出した汗をハンカチで拭《ぬぐ》う。

「モカ・フラペチーノを……」

汗を引かせるのにはこいつに限る。

横沢は、メニューを見るまでもなくオーダーをした。程なくして褐色のシャーベットに満たされたカップが差し出される。

席を探そうと振り向いた瞬間、店の片隅から覚えのある声が聞こえた。

「朝からそんなもん飲みやがって。だからおめえは太るんだ」

寺島正明《まさあき》だった。

広げたスポーツ新聞の陰から、口元に皮肉な笑みを浮かべた顔がのぞく。薄くなった頭髪。小柄であるがゆえに敏捷《びんしょう》さを感じさせる体躯《たいく》。その目には不遜《ふそん》とも思える冷めた光が宿っている。

「部長、もう来てたんですか」

「昨夜はだいぶ遅くまで飲んでたもんでな。遅刻なんてしようもんなら格好がつかねえだろ。なにしろ、ピットイン様直々のご指名だからな。昨夜はサウナに泊まった」

そう言われれば、寺島の体からは仄《ほの》かに石鹼《せっけん》の匂いがしてくる。おそらく今朝一番にたっぷりと汗を流したのだろうが、それでもアルコールは完全に抜けきっていないらしい。目が微《かす》かに充血している。

「昨夜はまた銀座ですか」

「まあな」

毎度のこととはいえ、思わず溜息が漏れそうになった。

確かに営業マンにとって接待は仕事の一つだ。しかしそれにも常識というものがある。ましてや、二人が勤務するのは業界最大手の一つとはいっても暁星《ぎようせい》運輸という主に小口宅配をメインとする運送会社だ。座っただけでいくらというような、銀座のクラブで頻繁に接待するような派手な業界ではない。常識で考えれば、安くて数万、場合によっては桁《けた》が一つ違う伝票が社内で通るわけがないのだが、そんな無茶ができるのは彼が就いているポストとこれまでの彼個人の実績のお陰だ。

暁星運輸本社営業本部広域営業部部長。それが彼の肩書だ。個人宅配をメインとしている性質上、顧客は不特定多数、極端な言い方をすれば国民すべてがターゲットになる。

ビジネスのキーは貨物の窓口をどれだけ多く持てるか、その一点にあると言ってもいい。

暁星運輸の営業にはそれぞれに課せられた任務がある。企業、商店といった地域の客先を開発するセクションは全国各地に散らばる支店の営業が主にその任に当たるのだが、コンビニや駅のように全国に展開する店舗を本部交渉によって一網打尽にできる業態に関しては、本社の担当とされていた。その任務を担《にな》わされているのが本社営業本部広域営業部だった。

俺は暁星運輸の売り上げの二十パーセントを稼いでいる。

それが寺島の口癖であり自慢だった。

何しろピットインだけでも全国に八千の店舗があるのだ。独占契約を結んでいるコンビニは他に五つもある。今や人々の生活に密着したコンビニという業態、そして店舗数を考えれば、一旦《いったん》食い込んでしまえば黙っていても物量が増えるのは当たり前だが、この業態が出現した当初、いち早くその将来性に着目し、宅配便の取扱を持ち掛け、ビジネスをものにしたのが寺島だった。

それから二十年。

今では会社にとっても広域営業部が担当している顧客は生命線と言っていい。

寺島が、放埒《ほうらつ》といっても過言ではない接待交際費を使えるのにはそんな理由があった。

「二十分前か。直行にしても感心なもんだ」

寺島が、スポーツ紙を乱暴に畳んだ。

「この時期はデブには辛《つら》いんですよ。汗かいちゃうもんで」

横沢は小さなテーブルを挟んで向かい合う形で腰を下ろし、フラペチーノを啜《すす》った。

「それで、資料は持ってきたんだろうな」

「ここにあります」

「見せてみろ」

横沢は、ブリーフケースを開けると、数枚のペーパーを取り出した。面倒臭そうな手つきでそれを受け取った寺島が素早く視線を走らせる。

そこには、ピットインが窓口となって暁星運輸が配送を請け負った貨物の取扱量がグラフとなって月毎《つきごと》に纏《まと》められていた。

「貨物量は微増か……やはり今日の呼び出しは、手数料交渉かな」

「そうでしょうか」

「担当のお前だけならともかく、わざわざ名指しで俺を呼びつけたんだ。他にどんな話があるってんだ」

「料金交渉なら、最初から部長を呼びつけたりしないでしょう。担当者として私が頻繁に顔を出してるんです。もし彼らの今日の目的がそこにあるのなら、何かしらの兆候ってもんがあってしかるべきじゃないでしょうか」

寺島はポケットに手を入れると、煙草《たばこ》を取り出した。考え事をする時の彼の癖だ。

「部長。この店禁煙ですよ」

「おっと、そうだったな……全く不自由な世の中になっちまった。コーヒー屋で煙草も吸えねえとはな」

忌々《いまいま》しげに、パッケージをポケットに戻しながら、

「そんな気配はなかったのか」

寺島はコーヒーを一口啜りながら訊《き》いた。

「ええ」

ピットインの担当者との商談の内容は、毎週月曜日の朝一番に開かれるミーティングの席で報告している。

もっとも、内容に目ぼしい変化があるわけではない。

コンビニが扱う他の商品とは違い、新製品が頻繁に出るわけでもなければ、週単位で売り上げが管理されているわけでもない。独占契約を結んでいる以上、競合他社が割って入ることもない。

何しろ、一旦コンビニとの商売をものにしてしまえば、顧客が荷物を店に持ち込み、受付を済ませた時点から配送が終了するまで、荷物の動向は両社の間に繋《つな》がれたコンピ

ユーターシステムによって完全に把握される仕組みが構築されているのだ。

当然、両社の間の決済も、このシステムに記録されたデータを基に行われる。もしもピットインが宅配貨物の取扱業者を変えようとすれば、確立されたシステムそのものを構築し直さなければならなくなる。

もちろん、ビジネスは取るか取られるかだ。

取扱量の多いコンビニを何とか手中に収めんと、競合他社が狙《ねら》っているのは紛れもない事実だが、もし仮に独占契約を破棄し他社に乗り換えるとなれば、その理由は一つしかない。

ビジネスが動く時には必ず金が絡《から》む。

特に単価があまり高くない商品がほとんどを占めるコンビニでは、宅配便の売り上げは効率良く高いマージンを稼げるサービスの一つだ。

暁星運輸が現在支払っている以上の手数料を同業他社が提示すれば、彼らにとっても魅力的な話には違いないが、今日の話の目的がそこにあるとすれば、やはり事前にそれなりの動きがあってしかるべきだろう。

そんなことは寺島とて百も承知だ。果たして彼は小首を傾《かし》げると、

「貨物の回収については何かリクエストがなかったか」

ふと、思いついたように尋ねてきた。

「現状でも、日に二回から四回の回収を行っているんです。充分に満足の行くレベルだと思いますがね。事実、それについては特に言われた記憶はありません」

「しかし、コンビニは、保管スペースに限りがあるからな。特にこの時期、お中元と盆を控えて貨物の取扱量が急激に増加する。店頭に溢《あふ》れ返った貨物を何とかしろとでも言うのかもしらんな」

「その程度のことでしたら、ルートのオペレーションを少しいじればいいだけのことです」

「つまり、何でピットインが俺を呼びだしたのか、お前には見当もつかんというわけか」

「とにかく、部長を同席させなきゃならない話があるようには思えないのです」

ふうっと寺島が短い吐息を漏らした。

微かにアルコールの残滓《ざんし》が鼻をつく。

「まあ、あれこれ詮索《せんさく》していても始まらねえ。蓋《ふた》を開けてみりゃ分かることだ」

寺島は、手にしていたペーパーを返してよこすと腕時計を見た。

「おっ、五分前だな。そろそろ出掛けるか」

フラペチーノと冷房のおかげで、すでに汗は完全に引いている。

身支度を整えた横沢は、寺島の声にせかされるように席を立った。

ピットインの受付で来意を告げた。

始業時間を十五分回ったばかりだというのに、受付はすでに自社製品を売り込もうとする業者でいっぱいだった。先に到着していた営業マンたちが、バイヤーに伴われて広大なフロアにずらりと並べられたパーティションの中に消えて行く。

「暁星運輸さん、こちらへ……」

ほどなくして、ピットインの宅配便担当、金森拓二《かなもりたくじ》が現れた。いつもなら、ずらりと並ぶパーティションの一つに案内されるのだが、今日は違っていた。片隅に三つほどの小さな応接室があり、金森はその一つのドアを開けた。

中には二人の男がいた。どちらも初めて目にする顔だった。年齢、漂ってくる雰囲気からして、彼の上司に当たる人間だということは容易に想像がつく。

「ご紹介いたします。こちらは、経営企画室室長の田上《たがみ》、それから次長の大杉《おおすぎ》です」

金森とは頻繁に会ってはいるが、彼の上司と会うのはこれが初めてのことだった。もちろん、寺島も初対面だ。慣例に従って、名刺の交換が終わると、

「どうぞ、お掛け下さい」

口調こそ丁重だが、銀縁眼鏡の下から傲慢《ごうまん》なまなざしを向けながら田上が言う。コンビニとの商談は、例外なく彼らが絶対的イニシアチブを握っている。彼らにしてみれば、

どんな大会社のメーカーセールスでも何とか店頭に自社製品を置いて貰《もら》おうと懇願しにくる一業者でしかない。

勧められるままに椅子《いす》に座った二人に向かって、前置きなど無用とばかりに田上が直截《ちょくせつ》に切り出した。

「今日、寺島部長においでいただいたのは他でもありません。一つお願いがあるのです」

「何でしょう。私共にできることでしたら、ご協力は惜しみませんが」

横沢は慌《あわ》ててメモを取り始めた。

「実は、御社と取り交わした取扱店契約ね。あれを見直させていただきたいのです」

「どの部分をでしょうか」

悠然と構えながらも、寺島の声が心なしか強《こわ》ばるのが分かった。

「御社と取扱店契約を締結してから二十年。これまで良きパートナーとして、ビジネスを展開してきたわけですが、そろそろこのサービスにも競争原理を持ち込むべきだという意見が出てきましてね」

「すると、条件面での見直しを行い、改めて業者の選定をすると」

「いや、そうではありません」

田上はぴしゃりと寺島の言葉を否定すると、

「併売をさせていただきたいのです」

冷静かつ淀《よど》みない口調で言った。

「ちょっと待って下さい」

メモを取る手を止め横沢は思わず口を挟んだ。

「併売とおっしゃいますが、御社と取り交わした契約書には、暁星運輸の承諾を得ないで類似の業務を行ってはならない、という条項が盛り込まれていたはずです」

「分かっています。だからこうして契約条項の変更をお願いしているわけです」

「しかし——」

「併売とおっしゃるからには、すでに候補がおありなのですね。どこですか。同業他社と考えてよろしいのでしょうか」

横沢の言葉を遮って、寺島が尋ねた。

接待三昧《ざんまい》の限りを尽くしてはいても、数々の修羅場を経験してきた営業の猛者《もさ》である。声に落ち着きが感じられた。

「同業他社と言いますか……」

田上が言いよどんだ。

そんなわけはないと横沢は思った。

一つの店舗に同じサービスをする異なった業者を入れる。確かに一見したところ、客にとっては選択肢が増えるように思えるが、宅配業界では運送料もサービスレベルも然《さ》程《ほど》の違いはない。しかし、現場のオペレーションを考えればこの案がいかに現実離れしているかは容易に分かる。二つの業者に競わせるとなれば、ピットインにとってもシステムを新たに構築しなければならなくなり、ひいてはそれが店舗での業務を複雑なものにするからだ。

預けられた貨物を運送会社のトラックが集荷に来るまで、それぞれに分けて保管しなければならなくなる上に、集荷の時間も異なる。伝票にしたところで、倍に増えれば、配送先のエリアコードを書き込む手間も倍かかる。誰がどう考えても、併売するメリットなどどこにもありはしない。

この話には何か裏がある。

横沢は、ペンを握りしめながら次の言葉を待った。

「いいでしょう。はっきり申し上げます。併売の相手は郵政です」

田上は、改めてゆるぎない視線を向けてくると、きっぱりと断言した。

「郵政？　つまり郵パックと我々の宅配を競合させるというのですか」

さすがに寺島の声のテンションが高くなる。

「そうです」

「それは少し筋が違うんじゃありませんか。だってそうでしょう。かつて、我々がメール便のサービスを始め、御社にその取り次ぎをお願いした際、何とおっしゃってお断りになられたか覚えていらっしゃいますか。すでにピットインには郵便ポストを設置している。我々のビジネスポリシーはお客様にナンバーワンのサービスを提供することだ。暁星運輸のメールサービスが郵政に優《まさ》るとは思えない。そうおっしゃいましたよね」

「確かにそう申し上げた」

「ならば郵パックはどうなのです。我々が提供している宅配以上のサービスができるのでしょうか。確かにクール、不在時の再配達、代引き、時間指定、郵パックも同等のサービスを行ってはいます。しかし、我々には宅配の専門業者として長年培《つちか》ってきたノウハウがある。もちろん直接配送に当たる従業員の対応も郵政どころか、同業他社に負けない高いサービスを提供していると自負しています」

「おっしゃることは良く分かりますよ。確かに暁星運輸の配送者の対応は申し分がない。応対していて実に気持ちがいい。しかしね、寺島さん。だからこそ、我々はお客様がどちらにメリットを見いだすのか、それを併売という形を取って検証してみたいのです。何しろいちばん安い六十サイズ、県内配送物の基本料金だけでも、暁星と郵パックとでは百四十円も違う。つまりあなたがたの料金が高いのは、従業員の挨拶《あいさつ》代ということになる。ずばり言います。我々はお客様が宅配を利用するに当たって何に価値を見いだすのか、価格か、気持ちいい応対か、それを両者を併用することで見極めたいのです。それがナンバーワンサービスを目指す我が社の使命なのです」

「呑《の》めませんね。併売だけは断じて呑めません。第一、これは明らかな契約違反です」

当然の答えというものだ。

もしも郵パックとの併売が現実のものとなれば、客が荷物をピットインに持ち込んだ時点で、二つの料金表が提示されることになる。同じ大きさの荷物が一方は六百円、片や七百四十円。持ち込みの場合は双方百円の値引きがあるが、それにしても百四十円の差は縮まることはない。

しかもサービスレベルが同じとなれば、客がどちらを選ぶかは火を見るより明らかだ。そして暁星運輸はピットインとのビジネスからの撤退を余儀なくされ、同時に全国八千の窓口を無くす……。

これはまさに会社の経営基盤を揺るがしかねない大問題である。

「呑めないとおっしゃるのなら、それでもいいんですよ」

不気味なほど落ち着いた声で田上が言う。

「どうするとおっしゃるのです。まさか違約金を支払ってまで、契約を解除するというわけでもないでしょう」

隣に座る寺島の膝《ひざ》の上で握りしめた拳《こぶし》が震えている。

「まさか」

ふっと皮肉な笑いを浮かべると、田上は隣に座る大杉に目配せした。満を持していたかのように、大杉が数枚のペーパーを机の上に置いた。暁星運輸、ピットインとの間で交わされた契約書だった。

「我々は、あくまで契約は実行しますよ。ですがね、寺島さん。ここにはこう書かれていますよ。契約の期間は三年とし、特に双方から申し出のない場合、自動的に更新されるとね」

あっ、と横沢は息を呑んだ。

「併売をどうしても御社が呑めないとおっしゃるのであれば、我々はこの条項に従って、次の三年の契約延長はしない。ただそれだけのことです」

寺島の歯嚙《はが》みの音が聞こえて来るようだった。いやそれは自分のものかもしれないと横沢は思った。

声もなく固まった二人に、田上が追い打ちをかけるように言う。

「こちらが申し上げたいことは以上です。結論は急ぎません。どうか充分にご検討下さい」

田上の勝ち誇ったような声が横沢の耳朶《じだ》を打った。

「こいつあ、併売の申し入れなんかじゃねえ。あいつらは俺たちを切りにかかっている」

ピットインを出るとすぐに、寺島は我慢がならないとばかりに吐き捨てるように言った。

「郵政が宅配貨物に手を出してきたのは例の件の影響でしょうか」

「郵政民営化のことか」

「ええ」

「それ以外にどんな理由があるってんだ」

寺島は煙草《たばこ》を銜《くわ》え火を点《とも》す。

「郵政が民営化されるとなれば、連中も必死になるさ。何しろ今までは公務員である以上、やってもやらなくても給料も決まっていれば身分も保証されていたわけだ。だが、民営となれば事情が違う。業績が上がらなきゃ会社が潰《つぶ》れることだってある。個人個人の業績は厳しくチェックされ、働かねえやつは淘汰《とうた》されちまうんだからな」

「まさか郵政がコンビニに手を出してくるとは思いもしませんでした」

横沢は己の不明を恥じていた。

郵政民営化が叫ばれて以来、危機感を覚えた彼らの業務は、急速に民間のサービスレベルに近づいている。どうしてそれに気がつかなかったのか。システムを完全に結んでしまった以上、契約がこのまま未来永劫《えいごう》に亘《わた》って続くという思い込みがあったことは否《いな》めなかった。

横沢は、今までの己の営業マンとしての姿勢を思い返し、自責の念が込み上げてくるのを禁じ得なかった。

「寝た子を起こしちまったのはこっちだからな」

「メール便のことを言ってるんですか」

「ああ。一般コンシューマー向けの宅配便業界の勢力図はほとんど出来上がっちまってる。料金もサービス内容も、行き着くところまで行っちまってるからな。業績を伸ばそうとするなら、新たな商売を開発しなけりゃならなかった。そこで企画部の連中が考え出したのがメール便だったわけだ」

「しかし、厄介な相手が出てきたもんです。ピットインの店頭で、二つの料金表を前にどちらのサービスを選ぶかと客に問えば、ほとんどが郵パックを選ぶでしょうからね。何しろ最低運賃でも百四十円の差があるんですから」

「面白くねえのはそこさ」

寺島は苦い顔をしながら、煙を吐き出した。

「俺たち民間企業はな、限られた資金と、人材をフルに活用し、それこそ血を吐くような思いをしながら今日の地位を築き上げてきたんだ。組織の歯車が一つ狂えば、個々に課せられたノルマが達成できなきゃ、会社が潰れちまうかもしれねえ危機感と恐怖におびえながらな。だが郵政は違う。あいつらが全国津々浦々までカバーできるネットワークを構築できたのは、自分たちが稼いできた金を使ってのことじゃない。俺たちから巻き上げた税金を使ってのことだ。連中が民間よりも安い料金で配送を請け負えるのも、元手がかかっていない上に、いまだ税制面を始めとする様々な優遇措置を受けている特殊な団体だからだ。それが、民営化されるから、民の市場に手をつける。そんな虫のいい話があってたまるものか」

寺島の言うことはもっともだ、と横沢は思った。

暁星運輸に限らず競合他社が、ほぼ一律の運賃を提示しているのは、施設や車両などの設備投資、人件費、取次店へのマージン、そして自分たちが得る妥当な利益といった様々な要素を極限まで追求した結果である。

もし、郵政が同じ基盤に立って料金を算出しようとすれば、どう考えてもミニマムの貨物で百四十円も安い料金が設定できるわけがない。ましてや、郵政が行っているのは物流サービスだけではない。保険、金融といった莫大《ばくだい》な金が懐《ふところ》に飛び込んでくる。この部分についてのバランスシートは公開されてはおらず、どれだけの金が本来の目的から外れ流用されているのか、全くのブラックボックスになっているのだ。

有り余る金を宅配業進出のための資金に流用すれば、民間よりも安い料金で宅配業務を請け負うことなど朝飯前だ。

「おそらく、郵政は民営化を前に、宅配市場を事実上独占しようともくろんでいるのかもしれませんね」

「まず、そう見て間違いないだろうな」

寺島は再び煙草をふかすと、深く肯《うなず》いた。

「しかし、もしピットインとのビジネスを無くすとなれば、我が社は一気に八千もの窓口を失うことになる。これは大変なことですよ」

額から汗が滴《したた》り落ちるのを感じながら横沢は言った。

暑さのせいなんかじゃない。恐怖の汗だ。

こうしている間にも、長きに亘って築き上げてきたネットワークが崩壊していくような思いに捉《とら》われ、目に映る光景が歪《ゆが》んで見える。

「八千で済めばいいがな」

「えっ？ どういうことです」

寺島の言葉の意味が分からず、横沢は思わず問い返した。

「連中の狙《ねら》いはピットインだけじゃない。おそらく我々が食い込んでいる他のコンビニにも一気に攻め込んでくる」

「まさか、そんな……」

背筋に戦慄《せんりつ》が走った。足が止った。

寺島は、短くなった煙草を路上に投げ捨てると、

「俺ならそうする」

じっと一点を見据えたまま、重い口調で言った。

「それじゃ、我々が今抱えているコンビニはことごとく郵政の手に落ちると……」

「そもそもこの業界には談合なんてもんは存在しねえんだ。常に食うか食われるか。相手を叩《たた》きのめすチャンスに恵まれれば徹底的に潰す。それが生き残る唯一《ゆいいつ》の道だからな」

寺島は、そこで初めて視線を向けてくるときっぱりと命じた。

「横沢。お前、本社に戻ったら、今、専属契約を結んでいるコンビニの契約書を見直せ。契約期間は何年になっているか。更新期間はいつか。それを一覧にして纏《まと》めろ。ピットインとの話がこちらが気付かないうちにここまで進んでいたんだ。連中はすでに、他とも水面下で交渉を重ねているに決まってる。こいつあ、へたすりゃ取り返しのつかねえことになりかねねえぞ」

ピットインから併売の話を持ち掛けられて、一週間が経《た》った。

あの日、オフィスに戻った横沢は、早々に広域営業部が担当しているピットインを除くコンビニ五社の契約書を見直す作業に入った。

各条項に書かれた文言に若干の違いはあるが、基本契約書の内容はどれも似通ったものだった。契約期間は三年。双方どちらかが異議を唱えなければ、自動的に更新されるというのも同じだ。五社のうち、昨年と今年に契約が更新されたものが四社。残る一社は来年更新を迎えることになっている。

それが横沢の心を重くさせていた。

『エニイタイム』――。

全国に一万一千の店舗を持つ日本最大のコンビニチェーンだ。

あの日寺島が言った言葉が脳裏にこびりついて離れない。

「連中の狙いはピットインだけじゃない。おそらく我々が食い込んでいる他のコンビニにも一気に攻め込んでくる」

もし、彼の推測が正しければ、ピットインと合わせて一万九千もの窓口を失うことになる。

確かに最近では集荷サービスの利用者も増えてはいるが、時間に縛られることを嫌う客はやはり最寄りのコンビニに荷物を持ち込む傾向がある。それに集荷サービスは郵政も行っており、これが暁星運輸の窮地を救う決定打にならないことは明白だった。

相手の出方が分からないことほど不気味なことはない。首に巻き付いた大蛇がじりじりと締めつけてくるような不快な感触と、言い様のない恐怖と焦《あせ》りに横沢は駆られていた。

　昼休みに入ったオフィスは閑散としている。

　他の営業マンは外回りに出掛け、寺島はこのところの連日の会議で席にいない。窓の外には、真夏の太陽が容赦なく照りつけている。それだけでも食事に出る気力が失《う》せてくる。

　このところ、ピットインのことが気になって、食欲がわかないせいもあり、一週間で三キロも体重が減っていた。

　必死になってダイエットするよりも、心配事を抱えた方が効果があんのかよ――。

　苦い笑いが込み上げてくる。

　ふと視線を転じると、広域営業三課でアシスタントを務める荒木《あらき》澄子《すみこ》が黙々と食べ物を口に運んでいる。どこのセクションでも同じだが、昼休みの間は電話番の女子社員を置くのが決まりである。今日は彼女がその当番に当たっているのだろう。テークアウトした弁当をほお張りながら、傍らに置いた雑誌に目を走らせている。

「スミちゃん、今日は弁当かい。電話当番も大変だな」

　前向きなことならともかく、窮地に陥った仕事のことを一人で考えているのは気がめいる。横沢は声を掛けた。

「そんなことありませんよ。この界隈《かいわい》には地元の人しか知らない隠れた名店が多くあって、昼にはお弁当を販売しているところも少なくないんです。夜は私なんかじゃ行けない店でも、ランチなら妥当な値段で食べられますけど、そんな店はいつも行列。その点、お弁当ならすぐに買えちゃいますから。それに自慢の品が一通り入ってもいるし」

確かに、暁星運輸のある人形町界隈は、レストランに限らず、老舗《しにせ》が軒を並べている。だが、外回りを強いられ、時間に追われる営業マンは、地元で昼食を取るのはまれである。この街のことなら女子社員の方がずっとよく知っている。

「へえっ、で、今日はどこの弁当なの」

「香味屋の洋食弁当。ハンバーグに自家製ドミグラスソース。エビフライとポテトサラダ、昔懐《むかしなつ》かしのナポリタンがついて、六百八十円。これって、お買い得だと思いません」

「洋食屋といっても、香味屋で晩飯食えば、四千円はかかるもんな」

「でも、今日は危うく買えなくなるところだった」

「そりゃそうだろう、そんだけの物がつまって六百八十円なら――」

「そうじゃないんです。これのせい」

荒木は、迷惑そうに眉間《みけん》に皺《しわ》を寄せると、目にしていた雑誌を差し出してきた。

『東京万華鏡《まんげきょう》――美味《うま》いランチ、お得なランチ。老舗の味を手軽に味わう弁当特集』

表紙には、半熟となった卵がかかったカツ丼《どん》の写真が大写しになっている。

「この本、毎月愛読してるんですけどね、今月号で香味屋のお弁当が紹介されたんです。しかも吉本幸吉が勧めるこの一品ってコーナーで」

「吉本幸吉って、料理評論家だったね」

「そう。この本が出たのが一昨日。それで、今日のランチは香味屋のお弁当が食べたくなって、十一時半に買いにでたらびっくり。いつもは十二時過ぎても余裕で買えるのに、私が最後の一個」

「やっぱ、メディアの力ってすごいんだな」

「最近じゃネットだ何だって言ってますけど、やっぱりペーパーメディアの力はすごいですよ。しかも名の通った人が推奨したものは、すごい人気になるんです」

荒木は箸《はし》を止めると続けた。

「私、食べ歩きが趣味で、この手の本には必ず目を通すんですけど、一旦《いったん》何かの媒体で取り上げられるともう終わり。予約しないと、入れやしないんです。それに、本で紹介された店は、その後必ずといっていいほどテレビが取り上げる。また人が押し寄せる。これって悪循環じゃありません？　ほんと、いい迷惑だわ」

「いい迷惑って、雑誌を参考に食べ歩きを楽しんでるのは君も一緒だろ」

「それはそうですけど……」

他愛のない会話をしていると、それだけでも気が休まる。横沢は急に空腹を覚え、席を立とうとした。

その時、数冊のファイルを抱えた寺島が姿を現した。

無表情を装《よそお》ってはいるが、いつになく顔が強《こわ》ばっているように見える。

「部長、どうでした」

横沢は席を立ち、寺島の前に足を運んだ。

「結論が出たよ」

寺島がファイルを引き出しにしまいながら、静かに言う。

「やはり併売ですか」

「いや、ピットインの申し出は拒絶だ」

「拒絶ですって？　と、いうことは全面撤退ですか」

「それ以外に方法はないだろ」

「ちょっ、ちょっと待って下さい。ピットインと縁を切るというなら、我が社は一気に全国八千もの取扱窓口を無くすことになる。この影響は甚大《じんだい》ですよ」

「会議の席でもそうした話が出たがね。だが、併売は意味がない。ミニマムの貨物でも百四十円の料金の違いを突きつけられたら、サービスレベルに然程《さほど》の違いがない以上、客のほとんどは郵パックを使うに決まってる。かといって、こちらの集荷回数を減らすわけにもいかない。つまりだ、併売を呑《の》めばオペレーションコストだけが確実に上がり、その結果収益は激減するということになる。いや、事実上、ピットインだけを考えれば赤になるだろう。確かに、八千もの窓口を無くすのは痛いが、赤を出すとなればビジネスとしてやる意味がない」

寺島が言うことに反論の余地がないことは分かっている。企業というものは例外なく、利益を追求するものだ。もちろん、先のビジネス展開をにらんで赤字覚悟で始めるものもないわけではない。つまり先行投資というわけだが、それが成り立つのは投資がいずれ利益を生むという見通しがある場合だけだ。

何しろ郵パックと暁星運輸の料金格差に埋め難いものがあるのは事実である。ましてやいかにコストを削減しようとも、両者の格差を埋めることなどできやしない。端《はな》から勝敗が見えているビジネスに食い下がるのは愚の骨頂だ。

しかし――。

「それじゃ我々が期首に立てた目標はどうなるんです。ピットインを失うとなれば、広域営業三課にとって、営業見通しの大幅な修正を余儀なくされる。全国八千もの窓口を埋めるのは容易なことではありませんよ」

「そんなことは分かっている」

「じゃあ、会社は販売見通しを下方修正し、新たな……」

「いや、それはない」

横沢の言葉を最後まで聞くこともなく、寺島がぴしゃりと言った。

「期首に立てた目標は、我々広域営業部が会社に対してコミット《確約》した数字だ。不測の事態が発生したからといって、それを反古《ほご》にすることはできない」

「馬鹿《ばか》な。じゃあ、何ですか。ピットインの穴を埋め、さらにそれを上回る新規の顧客を探して来いとおっしゃるのですか」

「それが俺たち営業の仕事だろ」

寺島は冷静な口調で切り返してきた。

「いいか、横沢。今回の話はな、単に俺たち広域営業部だけの問題じゃないんだ。ピットインを失うとなれば、その影響は暁星運輸全体のオペレーションに大きな影響を及ぼす。考えてもみろ。うちはピットインの各店舗に、一日二回から四回の集荷を行っている。この任に当たっているのは専属車じゃない。一般家庭を回りながら配送、集荷をしている配送車が、その合間を縫って荷物を集めているんだ。ピットインが無くなれば各配送車の集荷貨物は格段に減る。当然積載効率も落ちる。結果、暁星全体のオペレーションコストは増大し、市場競争力は落ちる。それが分かっていて、不測の事態だから期首目標の修正なんて話を会社が呑むと思うか」

「我々が四月に立てた目標は売り上げベースで対前年比百五パーセントでしたよね。広域営業部の売り上げの中でピットインが占める割合はおよそ二十五パーセントもある。

それほどの大口顧客をすぐにものにできるわけがないでしょ。第一、そんな先があるなら、とっくの昔に営業かけてますよ」

寺島は『俺たち』という言い方をしたが、現実は違う。ピットインを担当しているのは誰でもない、この自分だ。そのビジネスを無くすとなれば、穴を埋めて余りある新規取引先を探しだしてくる役割を担《にな》うのはお前だと言っているのに等しい。そう、寺島はこう言っているのだ。『横沢、失うことになるピットインの物量を補って余りある客先をつかんでこい。それがお前のノルマだ』と……。

もちろん営業マンにとってノルマの達成が絶対的なものであることは充分に承知している。ノルマは達成して当たり前。未達の営業マンは責任を厳しく追及される。もちろん、昇進にも影響すれば、何よりも給与、特に事実上の業績給であるボーナスには成果が厳密に反映される。このままでは夏のボーナスはともかく、冬の年末手当はひどいものになることは間違いない。

業界最大手の一つとはいえ、暁星運輸の給与は他業種と比べて決して高くはない。三十七歳でやっと五百万そこそこといったところだ。月給は生活給、ボーナスは月々の不足分と、四年前に購入したマンションのローンを支払えばあらかたが消えてしまう。もし、ピットインに匹敵する新規顧客をものにすることができなければ、現在の生活そのものを見直さなければならなくなる。

それを考えると、横沢は焦燥感を覚えると共に暗澹《あんたん》たる気持ちになった。

「そんな先があるならとっくに営業をかけてるって言うがな。横沢、お前新規の客をものにするために、これまでどんだけの努力をしたってんだ」

寺島の容赦ない言葉が胸を抉《えぐ》る。

自分の営業スタイルに、油断や慢心がなかったと言えば嘘《うそ》になる。

一旦一つのコンビニをものにしてしまえばシステムで繋《つな》がってしまう以上、そう簡単に切られることはないと考えていたことは事実だった。それにピットインにしたところで、ビジネスを勝ち取ってきたのは寺島だ。自分はただその仕事を引き継いできただけに過ぎない。

「新規の客っていうなら、狙《ねら》いどこはまだたくさんあんだろうが。例えばナショナル通運を始めとする同業他社が食い込んでいる先をひっくり返すとかさ」

寺島は、暁星運輸最大のライバル会社の名を口にした。

「ナショナルっていいますけど、連中が取引している大口顧客は、いずれもシステムで繋がっていて……」

「そんなこたあ分かってる。だがな、郵政は俺たちががっちりシステムを繋げたピットインをひっくり返したじゃねえか。そうだろ」

「それはそうですが……」

「通販、DM何だっていい。その一つでもものにしてみろよ。根性見してみろよ」

寺島が言葉を一つ吐く度に、じりじりと自分が窮地に追い込まれて行く。

寺島はぐいと身を乗り出すと、

「お前公務員がなんぼ貰《もら》ってるか知ってるか」

唐突に切り出した。

「いいえ、知りません……」

自分でも情けないと思える程に、か細い声で横沢は答えた。

「単純計算で、一人あたり約九百三万円も貰ってやがんだぜ」

「九百三万！　ほんとですか」

声が裏返った。

「民間サラリーマンの平均が四百四十三万だから、倍以上も貰ってやがんだ。ノルマもなければ、定時登庁、定時退庁の暇こいている公務員がだぜ、汗水垂らして働いてる労働者から巻き上げた税金で法外な給料を貰ってんだぜ」

「公務員の給料って、民間並みかちょっと下って聞いてましたけど」

「んな、人事院の話なんか真に受けんじゃねえよ。同じ穴のムジナなんだ。あのな公務員の給料ってのはな、現物支給の部分がでけえんだよ。官舎の家賃は民間の相場に比べりゃ三分の一から四分の一。国有地に建てられたホテルや旅館は格安で利用できる。役所の中に入ったテナントの家賃はタダ。その代わり商品の売価は安くする。偉くなりゃ専用の公用車を通勤に使えるといった具合にな」

「ほんとですかそれ」

「あいつらはマフィアだ。民からは厳しく税を取り立てる一方で、てめえらに都合のいいように勝手にルールを作り、やりたい放題だ。郵政だって公社になったといったって同じこった。俺たち民間企業が、今の物流ネットワークを築き上げるために、どんだけの汗を流したと思う。日々、どれだけ厳しい競争にさらされてきたと思う。それをだ、税金使って、国の保護の下で何の憂《うれ》いもなく築き上げた連中が、民になりますからといって、俺たちの商売をかっさらって行く。俺はそれが面白くねえんだよ。ここで俺たちが真の意味での意地を見せることなく、尻尾《しっぽ》を巻いて引き下がるなんてこたあ、絶対に許せねえんだよ」

「それが本当ならひどい話だ。ヤクザ以下だ」

「確かに郵政は強敵だ。だがな横沢、やつらの行っているサービスには一貫したパターンがある」

「何ですそれは」

「オリジナリティーがないってことだよ。つまり俺たち民間がやっているサービスをそのまま踏襲しているってことだ」

なるほど、そう言われてみればその通りだ。少なくともサービスの内容だけを比較する限りにおいては、民間企業が行っている宅配便と郵政は全く同じだ。違いはただ一つ、料金だけだ。

肯《うなず》いた横沢に向かって寺島は続けた。

「要するに、連中には新規のビジネスを考える頭なんかありゃしねえんだ。ここに俺たちが生き残るチャンスがある。厳しい競争の中で生き残るために知恵を絞ってきた俺たちならではの、そして国の保護の下でのうのうとしてきた連中なんかには、絶対真似《まね》のできねえサービスがあるはずだとな。だから横沢、お前がこれからやらなきゃならねえことは二つある。一つは、何としても今期中にピットインを失った穴を埋めること、そしてもう一つは、郵政、いや同業他社にもそう簡単には取られねえビジネスをものにすることだ」

胸中に熱いものが込み上げてくる。闘志と怒りが全身を駆け巡る。絶対的安全圏に身を置きながら、さらにその身分を確固たるものにせんとする郵政。敵は強大だが、知恵の回らぬ大男だと考えれば、勝つために必要なのは一つしかない。

そう、知恵だ。

いいだろう、連中には決して真似のできない新たなビジネスを何が何でも考え出し、それをものにして見せてやる。

「分かりました。正直いって、今の時点では何をしていいのか思いつきませんが、なんとか考えてみます」

力強く宣言した横沢に、寺島はうんうんと肯いたが、

「考えなきゃならねえのは、お前だけじゃない。この俺も同じだ。これはもはや郵政との食うか食われるかの戦争だ。おそらく、連中は同業他社にも同じような攻勢をかけて来るだろうからな。とにかく、今取引のある大口の客先の動きにはこれまで以上の注意を払っておく必要があるだろうな……」

すぐ真顔になり、自らに言い聞かせるかのような緊張した声で言った。

その時だった。二人の会話が終わるのを見計らったかのように、寺島の机の上の電話が鳴った。

「暁星運輸です」

通常の呼び出し音は外線からのものだ。電話番の荒木よりも早く受話器を取り上げた寺島が答える。

席に戻りかけた横沢の背後から、

「何？ エニイタイムが――それは本当か！」

押し殺した寺島の声が聞こえた。緊張感に満ちた彼の声に、ただならぬものを感じた横沢は思わず足を止め、振り返った。受話器を耳に押し当てた寺島の手が微《かす》かに震えて

いるのが分かった。眉間《みけん》に皺《しわ》が寄り、蟀谷《こめかみ》がひくついている。僅《わず》かな間に血の気が引いた顔、額には一筋の太い血管が浮かび上がっている。

何か悪い知らせがあったのだ。

直感的に横沢は思った。

「分かった……とにかくすぐに戻って来い。詳しい話はそれからだ」

短い会話を終わらせた寺島が受話器を叩《たた》きつけるように置いた。その手を離す間もなく、彼が上目遣いに横沢を見詰めてくる。

「やられた……」

寺島が呻《うめ》いた。

「やられたって……まさかエニイタイムまで……」

確か、エニイタイムの契約更新は来年——。

「軽部《かるべ》からだ。エニイタイムが郵パックとの併売を持ち掛けてきたそうだ」

エニイタイムはコンビニ最大手だ。店舗数だけでも、全国に約一万一千。これが郵政の手に落ちたとなれば、ピットインと合わせて一万九千の取扱店舗を奪われることになる。郵政が自らの手で運営している郵便局は全国に二万四千七百六十八。それに一万九千の窓口が新たに加わることになれば……。

ひざが震えた。冷たい汗が、背中を伝って流れて行く。ピットインに加えてエニイタイム。もし、この両者が郵政の手に落ちるとなれば、広域営業部が抱えるコンビニとのビジネスの実に六十パーセントが無くなってしまう。それは先に寺島が言ったように、暁星運輸のオペレーションコストの増大に繋がり、利益を圧迫する。そしてそれを挽回《ばんかい》する手だては唯《ただ》一つ、料金の値上げかサービスの合理化しかない。料金競争も、サービスも行き着くところに行き着いた感がある今日、そんな手法を取れば暁星運輸は市場から淘汰《とうた》されてしまうことは明白だ。

恐怖が込み上げてくる。寺島の指が電話のボタンを這《は》い回る。

「ああ、本部長。寺島です。いまエニイタイムの担当から連絡がありまして——」

報告を入れる寺島の声を聞きながら、横沢はその場に呆然《ぼうぜん》と佇《たたず》んだ。

第二章　危機の連鎖

人生と同じように、ビジネスにもバイオリズム、いや運気と呼べる波がある。人間の生命に限りがあるのと同じく、未来永劫《えいごう》に亘《わた》って繁栄を続ける企業などありはしない。日々、刻々と変化する市場環境に対応できなければ即座に退場を余儀なくされる。それがビジネス社会の冷酷な掟《おきて》だということは横沢にも分かっていた。

かつて我が世の春とばかりに繁栄を貪《むさぼ》った企業が、新技術の出現や市場環境の激変によって、短期間のうちに淘汰、あるいは事業規模の縮小を余儀なくされた例は枚挙にいとまがない。

フィルム産業などはその好例だ。銀塩写真が発明されてから百数十年。この間、写真の世界市場はわずか四社の巨大企業によって牛耳られ、彼らは莫大《ばくだい》な利益を上げてきた。しかし、デジタルカメラの急速な普及に従って、いまや衰退の一途をたどるばかりだ。革新的な技術の出現は、まるでハリケーンの一撃のごとく、大木をも薙《な》ぎ倒してしまう。郵政という怪物を相手にしなければならなくなったいま、暁星運輸はまさに会社の存在そのものを脅《おびや》かされる危機に直面している。特に本部交渉で、多くの取扱窓口を一挙に獲得するのが使命の広域営業部にとって、客先を一つものにすることは、劇的に実績を上げはするが、逆に一つでも失えばとてつもないダメージとなる。それが一つどころか、すでに最大の顧客であるエニイタイムとピットインの二つを失った。

おそらく郵政の攻勢は留まることはなく、現在暁星運輸が抱えている残るコンビニ四社も同様に狙《ねら》い撃ちしてくることは間違いない。いや、コンビニだけじゃない。本部交渉によって一網打尽にできる客先は、ことごとく彼らのターゲットになるだろう。駅、空港、高速道路のサービスエリア……。

二つのコンビニチェーンを落とした穴を埋めるのでさえ困難だというのに、どうやってこの窮地を打開すればいいというのだ。それを考えると途方に暮れる。

「横沢。お前、どうするつもりだ」

寺島の声で我に返った。

ここ二日ばかり、広域営業部では午前中は会議、午後になると部員総出で新たな客先回りに追われていた。

「どうするつもりだと言われましても……。正直なところ、ピットインに相当する新規取引先なんて、そう簡単には見つかりませんよ」

暁星運輸の売り上げの二十パーセントを稼いでいると豪語し、連日法外な接待費用を使っていた寺島に、いままでの面影はない。罠《わな》の中に巧みに追い込まれ、窮地を脱する手だてを見いだせずにいる手負いの獣にも似た焦《あせ》りの色とやり場のない怒りが滲《にじ》み出ている。

「そんな暢気《のんき》に構えてていいのか。このままじゃ、期首の目標に掲げた対前年比百五パーセントのノルマの達成は覚束《おぼつか》ねえ。いや五十パーセントだって危ねえもんだ。これがどれだけ深刻な事態を招くのか分かってんのか」

「もちろん分かってます。だから私なりに必死に考えて新たな取引先を探すべく——」

「だったらその考えってやつを聞かせてみろ」

途中で言葉を遮り、寺島は苛立《いらだ》ちを露《あらわ》に迫った。

「昨日は、テレビショッピングを専門にやっているケーブル局に行きました。あの業界は二十四時間何らかの商品を販売してますし、最近の消費者はテレビ通販に抵抗がありませんからね。ピットインほどではありませんが、それなりの物量は見込めます」

「それで、どうだったんだ」

「飛び込みに等しい営業をかけて、すぐに商売をもらえるわけがないでしょう。あの業界だって、他社が食い込んでいるんです。それをひっくり返すには、一朝一夕ってわけにはいきません。なにしろ、どこもシステムで繋《つな》がれてるんですから。それなりの段取りを踏まないことには……」

「駄目元の営業ってわけか」

失望というのではない。寺島の目には明らかに能無しといわんばかりの蔑《さげす》みとも取れる皮肉な光が宿っていた。

「部長はそうおっしゃいますが、大口の取引先なんてどこも他社ががっちり押さえてますよ」

最終的に部の成果を問われるのは寺島だ。焦る気持ちは分からないではないが、新規の大口顧客を獲得するのがどれほど困難を極めるものか、営業畑一筋で歩んできた彼が一番よく知っているはずだ。にもかかわらず、感情に任せて激しい言葉を容赦なく浴びせかける寺島に、横沢の口調もつい反抗的になる。

「んなこたあ分かってる」

寺島は重い溜息《ためいき》を吐《つ》くと、居並ぶ部員を見渡しながら続けた。

「お前ら、広域営業に配属されて、すっかり楽することを覚えちまったんじゃねえのか。他の営業と違って、商売は本部交渉一つで決まる。それもかつて俺が開発した客先のお守りのようなもんだ。溝板《どぶいた》踏んで細かい商いを拾ってくることもねえからな」

一同が押し黙った。重苦しい沈黙が会議室の中を満たす。

確かにコンビニの将来性にいち早く目をつけ、大きなビジネスに育て上げたのは寺島の実績である。他の営業のように取扱窓口を一軒一軒と回る苦労を強いられてきたわけでもない。広域営業が楽な仕事だと言われれば返す言葉がない。

「実際、この何年か振り返っても、新規に獲得した取引先はたった二つしかねえ。『蚤《のみ》の市《いち》』と『ガレージ広場』。そうだな」

寺島の目が再び横沢に向けられた。

「はい……」

横沢は少し救われる思いがして目を合わせた。蚤の市とガレージ広場、この二つはネット上でショッピングモールを開設している最大手で、横沢がそのマーケットの将来性に着目し、独占契約を物にした取引先だったからだ。

「しかしな、この二つはウチへの貢献度を考えれば決して優良取引先とは言えねえ。独占的に配送を請け負う代わりに最下限の料金で仕事を請け負っちまったからな。売り上げは上がっても、利幅は極めて小さい。まあ、ねえよりはマシという代物《しろもの》だ」

「七年の間に物量は七倍にもなってるんですよ。赤の商売ならともかく、ないよりはマシはないでしょう。それにあのビジネスからは売り上げ以外の効果も上がっています。配送車両の積載効率への貢献度だって決して小さくありません。空でトラックを走らせるくらいなら……」

「そうムキになるな。そんなことは分かってる」

寺島は横沢を制すると、

「俺が言いたいのは、こうなったらどんな商売でも赤さえ出さなきゃいい。取れるものは取ってこいということだ。少なくともピットインとエニイタイム、この二つのコンビニが抜けた穴を埋めるだけの売り上げを、最下限の料金を提示してでもものにするんだ。料金の最下限は、蚤の市とガレージ広場、この二社に提示したものとする」

傲然《ごうぜん》と言い放つと会議を終わらせた。

問題は料金なんかじゃないことは寺島だって百も承知だ。現在の物流システムは、極限まで合理化が進み、貨物を受けた段階から配送終了まで完全にシステムによって管理されている。たとえどんな安い料金を提示し、相手が乗ってきたとしても実際に物が流れるまでには、それ相応の準備期間が必要となるのだ。

ましてや、ほとんどのケースにおいて、契約は複数年単位ときている。ピットインやエニイタイムが郵政に取って代わられようとしているのは、その間隙《かんげき》を衝《つ》かれたからにほかならない。

しかし、営業は結果が全《すべ》てだ。ノルマを達成できなければどんな言い訳も通用しない。

席に戻る足が重かった。窓の外には真夏の太陽が降り注いでいる。午後にはまた外回りに出掛けなければならないが、どこに足を運んだところでさしたる成果が得られるわけでもない。それを考えると憂鬱《ゆううつ》になる。

「まいったなあ。横沢さん、どうします」

エニイタイムを担当していた軽部が、ほとほと困り果てたといった体《てい》で話しかけてきた。無理もない。こちらが全国八千の取扱窓口を失ったのなら彼は一万一千だ。これだけの大口顧客をカバーする新たな取引先を限られた時間内で探しだせと言われれば、途方に暮れるのは誰でも同じだ。

「当てがあるならとっくの昔に営業をかけてるさ」

「ですよね。部長、料金を下げてでもと言ってましたけど、それで商売をもらえるんなら苦労はしませんよ。でも、さっきの部長の話からすると、期首に立てた売り上げ目標はもはや達成不可能と踏んで、現状の売り上げだけは確保しようと方針を変えたようですね」

「それだって夢物語だぜ。お前と合わせて一万九千の窓口、それと同等の物量を見込める新規の客を摑《つか》んでこなきゃなんねえんだから」

「ヤバイなあ。このままじゃ、年末手当はともかく、来年夏のボーナスは目も当てられないことになりますよ」

幸い夏のボーナスは半月前に支給されたばかりだ。

年末手当は今年の七月までの業績が反映されるから、今回の件は影響を及ぼさないとしても、来年の今ごろは明細を見て暗澹《あんたん》たる気持ちになっていることだろう。

横沢には二人の子供がいるが、上は来年、小学校、下は幼稚園へとそれぞれあがることになっている。この分だと、下の子の幼稚園は諦《あきら》め、保育園に入れて妻を昼のパートに出さなければならなくなるかもしれない。そうでもしなければマンションのローンすら払えるかどうか怪しいものだ。

「少し早いけど、メシにしませんか。どうせ、午後からは外回りに出掛けるんでしょ」

軽部が時計を見ながら言う。時刻は午前十一時半になろうとしている。

「悪いけど、すぐに出掛けなきゃならねえんだ。一件アポを取っている先があるもんでな」

「テレビ通販ですか」

「まあ、そんなところだ」

横沢は嘘《うそ》を言った。

本当のところを言えばアポなんかありゃしない。この先、家計が逼迫《ひっぱく》することを考えれば、一銭の金だって無駄にできない。今日この日から、耐乏生活に慣れるため、昼飯は立ち食いうどんで済ませると決めたからだ。

席に戻ると、会議の間にかかってきた客先からの電話のメッセージメモが机の上に置かれていた。会議資料が綴《と》じられたファイルを置き、それらに目を通す。

『十一時五分　蚤の市、高木《たかぎ》様からTEL。折り返し電話が欲しいとのこと』

ピットインをなくした今、蚤の市は横沢が担当する最大顧客である。すぐに受話器を取り上げ番号をプッシュした。

「蚤の市、高木です」

ＩＴ企業らしく、蚤の市の従業員は全員ＰＨＳを所持している。受話器の向こうから、若々しい声が聞こえてくる。

「暁星運輸の横沢でございます。お電話を頂戴《ちょうだい》しておりまして……」

「ああ、横沢さん。早々にお電話いただいて恐縮です。実はちょっと折り入ってご相談したいことがありましてね」

「ご相談と申しますと」

状況が状況である。持って回った言い方をされると、どうしても考えは良からぬ方向へと向いてしまう。

「電話ではちょっとお話ししにくいことなんです。どうでしょう、今日の午後にでも、こちらに来ていただくわけにはまいりませんか」

いかに運輸業界最大手の一つとはいえ、所詮《しょせん》彼らにとっては暁星運輸も出入り業者の一つに過ぎない。高木の言葉には有無をいわせぬ強引さがあった。

「構いませんが……それでは一時半でいかがでしょうか」

「結構です。それでは社でお待ちしております」

高木は、不吉な予感に満たされる横沢の心中など知る由《よし》もなく、電話を切った。

蚤の市の本社は、都心のランドマークとなった赤坂タワーにあった。広大な敷地に建つ四十五階建てのビルは、外壁がアルミの肌が剝《む》き出しのパネルで覆《おお》われ、夏の強い日差しを浴びて銀色に輝き、見るものを圧倒するような威容を誇っていた。

約束の時間の二十分前に到着した横沢は、一階にあるコーヒーショップに入ると、いつものようにフラペチーノを注文した。以前はラージサイズを頼むのが常だったが、スモールにしたのは出費を抑えるためだ。五分前までそこで時間を潰《つぶ》し、エレベーターに乗った。

蚤の市のオフィスは三十五階にある。ドアが開くと、ホールの向こうにガラスで仕切られた受付があった。来意を告げると程なくして高木が姿を現す。細身の体、ウエーブのかかった頭髪を真ん中から分け、コットンパンツにポロシャツといういでたちは、いかにも時代の先端を走るＩＴ企業で働く人間の格好である。

「いやあ、横沢さん、暑いなか急に呼び出したりして申し訳ありませんでしたね」

「いえ、これが仕事ですから」

高木の口調からは邪気がない分だけ、逆に軽薄さが漂ってくる。そこには時流に乗り、右肩上がりの業績を誇る企業に比べ、運送業という地味な業態に身を置いている者の僻《ひが》みもあったかもしれない。

だが、それ以上に、ＩＴ産業という業界がいとも簡単に巨大なビジネスを短期間で築き上げた、その得体のしれなさ、胡散臭《うさんくさ》さを高木と会う度に感じてしまうからだ。

それを思うと、いかに仕事とはいえ、こんな若造に愛想笑いを浮かべる自分が嫌になる。

「どうぞこちらへ」

そんな横沢の心中など知る由もなく、高木は先に立って奥の商談室に入った。

「それで、お話というのは……」

椅子《いす》に座ったところで横沢は切り出した。

「御社に配送をお願いして、もう七年になりますよね」

「ええ」

「ネット上にショッピングモールを立ち上げ、わずか二十余りの店舗でスタートした我が社のビジネスも、今ではネット証券、金融と多岐に亘《わた》ります」

「モール上の店舗だけでも四万近く、いや、立派なものです」

「海のものとも山のものともつかぬ創業期の我が社にやってきて、社長が熱く語る夢に耳を傾け、運送を請け負って下さったのが横沢さんだったそうですね」

「実に面白いアイデアだと思いましたからね。当時はインターネットが世の中に認知されたばかりでしたが、サイバーの世界に地域差はない。誰でも無店舗で全国展開できる。資本を持たない個人商店が大企業に伍《ご》してビジネスを展開できる仕組みを作るのだ。これは零細企業にとっても、何よりも社会にとって福音をもたらすものだ、という社長の言葉を聞いた時には、身が震える思いがしました」

その言葉に嘘はない。横沢が初めて蚤の市のオフィスを訪ねたのは七年前。当時は社長の武村慎一《たけむらしんいち》とその妻の他に五人の社員がいるだけで、モール上に出店する店舗も千にも満たず、いつ潰れてもおかしくはない吹けば飛ぶような会社だった。

ベンチャーを志す人間は数多《あまた》いたが、その中でも武村の経歴は少し変わっていた。東京大学を卒業した後、最大手の証券会社に職を得た。六年間の勤務のうち、三年間はニューヨークに駐在し、そこでM&Aの実務に携わったという。アメリカにIT企業が続々と生まれ、その多くが相次いで上場を果たし、創業者たちはそれで手にした莫大《ばくだい》な富を元手に、企業規模を拡大せんと次々に企業を買収していく姿を目《ま》の当たりにしたのだ。

十畳ほどのマンションの一室。所狭しと並んだコンピューター機材。カップ麺《めん》やコンビニ弁当の空の容器が散乱するオフィスで、洗いざらしのポロシャツにジーンズ、汗で強《こわ》ばった頭髪に無精髭《ぶしょうひげ》を蓄えた武村に、かつてのエリート証券マンの面影はなかった。

むしろ、倒産寸前、金策に追われる中小企業の経営者といった臭《にお》いさえした。確かに、金策は楽ではなかったろう。あるいは実際に、事業に失敗すれば莫大な借金を抱え、路頭に迷うという危機感を覚え、眠れぬ夜を過ごしていたのかもしれない。

しかし、彼の目には底知れぬ力があった。未来を確信する輝きがあった。

「横沢さん。アメリカで成功したビジネスは、十年遅れて日本にやってきます。しかし、私がやろうとしていることは違います。ネットの世界に国境はありません。障壁になる規制や法律もありません。それにビジネスモデルはアメリカで確立されている。日本で成功を収めるか否《いな》かはスピードが勝負です。それも、この仕組みを熟知した人間が行えば、失敗なんかするはずがない」

この自信は一体どこからくるんだ。妄想に駆られた男の戯言《たわごと》か。正直なところをいえばそう思ったことも事実だった。

戸惑いながら気のない相づちをうち、話に聞き入るばかりの横沢の前に、武村は一冊のファイルを広げた。

「これは、アメリカ最大のショッピングモール、Ｅマートの業績推移です。見て下さいこの伸びを。わずか二年の間に、千五百パーセントもの驚異的伸びを示しています。今ではアメリカの消費者は、このサイトを見て商品を買うのが当たり前になっています。タイヤ一つ買うにしても、このサイトを見、最も安い店から取り寄せるからです。もちろん、日本ではタイヤを自分で交換する人はいないでしょう。でも、出店企業は物理的店舗を持たず全国の人間を相手にできる。消費者は直接店にいかずとも、地方の名産品を手に入れることもできれば、普及品だって最も安いものを買うことができる。この利便性は同じです」

対面販売に慣れた日本人が、果たして画面上に表示された写真や価格だけを見て、そう易々《やすやす》とオーダーを入れるものだろうかという疑念もあったが、このビジネスはひょっとすると大化けするかもしれない。

今にして思えばさしたる根拠があってそう考えたのではない。おそらくそれは営業マンとしての勘だったのだろう。

当時は、暁星運輸のような大企業があの程度の会社を相手にするなど考えられないことだった。

事実、蚤の市は、出店企業からの家賃を主な収益源にしているだけで、配送は注文を受けた店任せ。それをシステムで繋《つな》げ、モールを通じて発注された商品をすべて暁星運輸が担当する仕組みを作り上げるというプランを提出するや、営業部はもちろん、審査部やシステム部までもが難色を示した。なにしろ民間の信用調査会社の評価は最低に近く、財務体質も借金まみれときていた。しかし、このビジネスには将来性がある。

すでに確立されたビジネスを引っ摑んでくるのは営業の仕事だが、客を育てるのもまた営業の仕事ではないか。横沢は上司、関連部署を説得して廻り、今日の物流システムを構築してやったのだった。

勘は的中した。蚤の市のビジネスは急速に伸び、店頭市場に株式を上場し、莫大な資金を手に入れた途端、武村はそれまで決して表には出さなかった牙《きば》を剥き出しにした。次々に企業買収を行い、ネットを使った新たな分野への進出を始めたのである。今では株式の時価総額では暁星運輸など足元に及ばない大企業だ。蚤の市が次にどこの企業を買収し、どんな分野に乗り出すのか誰もが息を呑《の》んで注目している。

蚤の市を育てると言った手前、破格の運送料を暁星運輸は提示したが、取扱量が増えるに連れ、料金値上げの交渉をしても、値下げを要求しないのが恩返しだと言わんばかりに頑として応じない。そして、現代のカリスマと崇《あが》められるようになった武村は、いつの間にか横沢など会うこともできない雲上人となってしまった――。

「実はね横沢さん。今日おいで願ったのは、一つお願いがあるんです」

「何でしょう」

電話ではご相談と言っておきながら、お願いとくる。そこに蚤の市も何か厄介な案件を切り出して来るのではないかという気配を感じ、横沢は身構えた。

「会社もここまで大きくなりますとね、例外というものが認められなくなるのです」

「例外と申しますと」

「御社との取引条件のことです」

高木は邪気のない口調で直截《ちょくせつ》に切りだす。

「まあ、暁星さんには創業以来いろいろとご協力を頂いてきたので、いままで取引開始時の条件をそのままにしてきたのですが、そろそろそのご恩も返し終えた。つまり我が社の取引規定に従っていただいてもいい時が来た。我々はそう考えているのです」

「御社の取引規定といいますと？　値引きですか」

「いえ、そうではありません」

高木はゆっくりと首を振ると一冊の冊子をテーブルの上に置いた。

「これは、蚤の市のモールに出店していただいている店舗の料金規定です。細かいことはさておき、大雑把に言うと固定料金、まあこれは家賃と考えていただいていいのですが、これが月額四万円から五万円。その他に、従量料金、つまり売り上げの額によって、その五パーセントから三パーセントを頂戴する仕組みになっているのです」

「それが何か」

「これを配送を一括して請け負っている御社にも適用させていただきたいんですよ」

「何ですって」

「そんなに驚くほどのことでもないでしょう。蚤の市の出店企業は年々急激なカーブを描いて上昇を続けている。物量もそれに応じてかつてとは比較にならないくらい伸びている。今やウチは御社にとっても大口取引先の一つのはずだ。だったらそれなりのインセンティブ《優遇措置》が与えられるのはビジネスの世界では当たり前のことではありませんか」

「ちょっと待って下さい。物量に応じて従量料金を課すというなら、実質上の値引きと同じじゃありませんか」

「我々はそう考えていません。どう取るかは見解の相違というものでしょうね」

「見解の相違ですって？　そんなことはないでしょう。暁星運輸は独占的に御社の東日本配送を担当しているんですよ。蚤の市の平均オーダー数は一日平均して約十万からある。付随する配送料は昨年実績で――」

「ざっと二百九十億円。御社にとっても決して少なくない商いでしょ」

すでにそんなことは承知だと言わんばかりに、高木が答える。

「高木さんはそうおっしゃいますが、弊社は創業当時から御社のビジネスの将来性を買い、十五パーセントもの値引きをしてきたんです。我が社としては出せるところまで出した、それが偽らざるところです」

「何も赤を出してまで、ウチに協力しろとはいいませんよ」

「それでは、どの程度の料率を課すつもりなのです。取引の規模から言って三パーセントですか」

蚤の市の従量料金についてはもちろん熟知している。モールの出店企業の売り上げが五十万以下の場合は五パーセント、五十万一円から百万円までは四・五パーセント、百万一円から五百万までは四パーセント、五百万一円以上になると三パーセントである。つまり彼らは出店企業のネットビジネスがうまく行くのは、蚤の市というゲートとなるサイトがあってのことであって、個人でウェブサイトを立ち上げただけでは成果が得られるはずはないと考えているのだ。

確かにそれは一面の事実ではある。この環境なくして出店企業は投資に見合う利益を上げられやしないだろう。しかし、そもそもこのビジネススキームは、出店企業に対しサーバー上のスペースをレンタルし、そこから上がる家賃を得ることを目的としていたのではなかったか。

この上さらに売上高に応じて従量料金を取るのは、もはやフランチャイズビジネスである。商売がうまく行くのも蚤の市という看板があってのものだと言っているのと同じことだ。世の中にはコンビニのように同様のシステムを導入している業態は多々あるが、配送業者にそれを適用するなどという話は聞いたことがない。

「そうですね、御社の規模からいって売り上げの三パーセントを収めていただきたいと考えています」

果たして高木は、当たり前のような顔をして答えてきた。

「呑めません。それは無茶というものです。考えてもみて下さい、二百九十億の三パーセントといえば、八億七千万もの金額になる。真水、つまり純益の、というなら考えないではありませんが、最優遇のレートを提示してきた上に、その上さらにそれだけの金を還元したのでは、利益がないどころか赤になります」

「横沢さん」

高木はわざとらしく溜息《ためいき》をつくと、

「我が社には例外という言葉は存在しないのですよ。それに我々だって馬鹿《ばか》じゃない。何の根拠もなくこんな話を切り出したわけじゃない。現状のオペレーションを考えてみて下さい。我が社の出店企業にオーダーが入る。その情報はオンラインで結ばれた御社のシステムを通じて該当地域を担当する支店の端末に集荷指示が出される仕組みになっている。当然業務効率だって上がっているはずだ。それを考えれば、通常のビジネスよりもコストはずっと低く押さえられていて当然というものじゃないですか」

「だからそれを加味した上で十五パーセントもの値引きを提供しているのです」

横沢は即座に高木の言葉を否定した。

同時に、一介の担当者に過ぎない平社員の若造に、こんな大事な話を一方的、かつ高圧的な態度で持ちかけられる自分が情けなくなってきた。物流のコスト分析は傍《はた》で考えるほど簡単なものではない。それが分からない素人《しろうと》を相手にしても時間の無駄というものだ。ここで、高木の提案を拒絶すれば、その上司となる人間が出てくるに違いない。

そして彼にこれまでに蚤の市とのビジネスで、どれだけ暁星運輸が身を削って貢献してきたかの資料を用意しようと横沢は考えた。詳細な資料を用意しさえすれば、むしろ蚤の市の事業が軌道に乗った今、これまでの貢献を評価してもらい、逆に多少の料金値上げが必要なことを知らしめることもできるかもしれない。

「とにかく、そんな提案には同意しかねます、この場ではっきりとお断りします」

横沢は、きっぱりと申し出を拒絶した。

「困りましたね……」

高木は、言葉とは裏腹に余裕すら感じさせる態度で口の端を歪《ゆが》める。

「これは武村直々の命令なんです」

「えっ……」

思いもかけなかった言葉に横沢は絶句した。

「社長の性格は私なんかよりも横沢さん、あなたの方がよくご存知のはずだ。彼が求める答えはただ一つしかない。イエスという言葉だとね。そして意に反する答えを返してくる者は容赦なく切り捨てることも……」

一瞬、高木がブラフをかましてきたのかと横沢は思った。

しかし、底意地の悪そうな彼の目を見ているとそれが真実であることは容易に推測がついた。

武村の紳士然とした顔が脳裏に浮かぶ。いつも丁重な受け答えをしながら恐ろしく回転の速い頭脳。当然決断も速い。その判断は的確なばかりでなく、ことビジネスとなれば、義理や人情といった日本人特有の感情を排し、極めてドラスティックな判断を下す男である。

「まあ、担当者としての横沢さんの立場も理解できないわけじゃない。たとえ三パーセントといえども、八億七千万もの利益を無くすとなれば、いかに大暁星さんといえども小さな話じゃないでしょうからね。ただ、これだけは言っておきます。この話は呑むか拒絶するか、つまりオール・オア・ナッシングの答えしかないとね。さらに言えば、我々はすでにあなた方のライバルである運送業者に話を持ちかけ、この条件への同意をとりつけてある。にもかかわらず、こうして御社にチャンスを与えたのは、これまでの我が社に対する貢献を考慮してのことだということをご理解下さい」

高木は静かに冊子を閉じると、

「二カ月待ちます。その間に上司の方ともご相談なさって、この提案を呑むか、あるいは蹴《け》るか、会社としての結論を出していただきたい」

話は終わったとばかりに席を立った。

「あの武村のくそガキゃ！　一体何様だと思ってやがんだ。これまでの恩も忘れやがって」

蚤の市からの申し出の報告をし終えた刹那《せつな》、怒気を露《あらわ》にした寺島の罵声《ばせい》がオフィスに響き渡った。

顔面は蒼白《そうはく》であるにも拘《かか》わらず、禿《は》げ上がった額が赤くなり、強《こわ》ばった頬が細かに痙攣《けいれん》している。そこからでも寺島が凄《すさ》まじい怒りに駆られているのが手に取るように分かる。席にいた営業マンの誰もが、とばっちりは御免だとばかりに息をこらして身を硬くする。

「それで、二カ月以内に条件を呑むか呑まねえかの結論を出せ。そう言いやがったんだな」

寺島は噛《か》みつきそうな目をしながら念を押すかのように尋ねてきた。

「ええ……もしも、呑まない場合は業者を代えると……」

「その三パーセントの従量料金を払ったらウチはなんぼの利益が上げられるんだ」

「蚤の市にはすでに十五パーセントの値引きをしてますから二パーセント……約五億八千万円です」

担当する客先のデータは常に頭に入っている。横沢は間髪を容《い》れず答える。

「十四億以上の純益がそれっぽっちになっちまうのか！　んなもん呑めるわけがねえだ

ろ。ピットイン、エニイタイムはゼロになっちまったんだ。そこにもってきて、さらにそれだけの純益を失うなんてこたあ、絶対にできねえ」

「しかし、もし我々がノーと言えば、その五億八千万円の純益も失ってしまうんですよ」

「分かってる……」

寺島は堅く口を結んだ。蟀谷《こめかみ》がひくつき歯嚙みの音がここまで聞こえてきそうだった。

「オール・オア・ナッシングは避けるべきだと思います」

横沢は進言した。上司の判断を仰ぐだけの営業マンはそれだけで失格だ。自分なりに考えた結論は常に用意していなければならない。それに、十四億円からの純益を上げようとしたら、どれほど大きなビジネスを摑《つか》んでこなければならないか。それを考えるだけで気が遠くなる。

「面白くねえな」

寺島はじろりと横沢を見ながら、苦々しい口調で言った。

「そりゃ、私だって気持ちは同じですよ」

「世の中、IT、ITって騒いじゃいるけどよ、一体あいつらがどんな立派なことをしてるってんだ。蚤の市にしたところでそうだろ。ネット上のショッピングモールといやあ聞こえはいいが、所詮《しょせん》、数多《あまた》あるホームページの入り口を作ってやっただけじゃねえか。確かに零細企業の店主にしてみりゃ、あそこに出店すれば物理的な店舗を持たずに全国展開もできるだろうさ。だが、蚤の市のやってることなんて、それこそ仮想世界の地主のようなもんだろ。資産が何千億ったって、所詮は株を時価換算すりゃの話じゃねえか。何でそんなやつらに偉そうな顔されなきゃなんねえんだ」

「私だって同じ気持ちですよ。しかし、それも時代の流れというもので……」

「横沢よ。連中の提案を蹴ったら、商売を打ち切られるまでどれくらいの猶予《ゆうよ》がある」

「そうですね……もし、新たに蚤の市の配送を請け負うのが同業他社だとすれば、三カ月もあれば充分でしょう」

「三カ月？　そりゃ少し早すぎるんじゃねえのか。他社に乗り換えるなら、システム構築だけでもかなりの時間がかかんだろう」

「いや、三カ月でも長すぎるくらいかもしれませんよ。最近ではどこの企業も、基幹システムは外部の専門業者が開発したパッケージを導入して、個々のニーズに合うようにモディフィケーション《改良》したものを使ってるんです。業種の如何《いかん》を問わずね。しかも、その分野では欧州系の一社がほぼ独占しているんです。我が社もそのシステムを導入して十年、蚤の市だって同じものを使ってる」

「それは本当か」

営業畑一本で歩んできた寺島は込み入ったシステムに関してはあまり詳しいとは言え

ない。初めて聞くとばかりに問い返してきた。

「本当です。我々が蚕の市のシステムへの接続が極めて短期間で行えたのも、会社の基幹システムが同じパッケージを使っていたからです」

「じゃあ何か、我々にとって代わる業者が、同様のパッケージを使っていれば、接続も簡単なら、移管もスムーズにいくってわけか」

「これだけの話を持ち掛けてくるからには、それくらいのことは計算してますよ」

寺島が呻《うめ》いた。無理もない。誰がどう考えても、状況は八方塞《はっぽうふさ》がりそのものだ。やり場のない怒りに駆られる寺島の思いが手に取るように伝わってくる。

かつて、中堅の一運送会社に過ぎなかった暁星運輸が、今日の地位を築きあげることができたのは、それまで郵政の小包に頼るしかなかった小口貨物の宅配を、日本全国のほとんどの地域に翌日配送するというスキームを、他社に先駆けて確立したからにほかならない。そして、このビジネスを可能にしたのはコンピューターの力である。もっとも宅配便の創業期のオペレーションは、現在とは比較にならないくらい原始的なものだった。

集荷された貨物はターミナルに運び込まれ、配送地域別に仕分けされる長大なラインに流される前に、伝票番号が記されたバーコードがスキャンされると同時に、パートの作業員によって荷物の行き先を示す四けたのエリアコードを手入力するという原始的な作業が行われていたのだ。当然ミスも多発した。会社はあらゆる手法と工夫を凝らし、いかに精度を上げるか、業務の改善に追われたものだったという。

しかし、今ではどこの運送会社の現場を見てもそんな作業などありはしない。荷物を受け取ったドライバーが常に携帯しているハンディターミナルでバーコードをスキャンし郵便番号を打ち込めば、エリアコードがプリントアウトされ、その時点から荷物が荷受人に届くまでリアルタイムでトレースされる。伝票ナンバーさえ分かっていれば、ネット上に開設されたホームページを通じて、集荷から一時間後には自分の貨物がいまどこにあるか、それすらも一発で分かってしまう。

極限までソフィスティケートされた配送システムを構築することを可能にせしめたコンピューターに、今度は首を締められる。考えてみればこれほど皮肉な話はない。

「これじゃ、けんかにもなりゃしねえ……」

やがて寺島ががっくりと肩を落とすと、悄然《しょうぜん》とした面持ちでぽつりと漏らした。

「蚤の市の申し出を呑《の》むんですか」

「しょうがねえだろ。状況が状況だからな。コンビニ二社の商売を失った上に、蚤の市五億八千万円の純益をゼロにするわけにはいかねえ」

「いいんですか。本当に蚤の市の提案を呑んでも」

蚤の市とのビジネスを失うわけにはいかないと分かっていながらも、横沢は食い下がった。彼らの提案を受け入れれば、純益の差額分に相当するだけのビジネスを見つけだしてくるのは誰でもない、この自分だという思いがあったことは否定しない。しかし、横沢の心中にその時込み上げてきたのは紛れもない蚤の市に対する怒りと嫌悪《けんお》だった。蚤の市が海のものとも山のものともつかぬ段階から将来性を買い、通常では考えられない優遇レートを適用し協力してきたというのに、力がついた途端に血の一滴まで絞り取ろうとする。それればかりじゃない。蚤の市は今では三十余の会社を傘下《さんか》に収めるまでになったが、それは株式の公開によって手にした莫大《ばくだい》な金を元にしてのことだ。それが更なる投資を生み、一つまた一つと札束で横っ面《つら》を張るかのようにして企業を買収してきたのだ。

なるほどそれが資本主義の原理そのものだと言ってしまえばそれまでだ。ビジネスの世界は食うか食われるか、そこに一切の甘えも許されないというのも紛れもない事実というものだろう。

だが、ビジネスは健全な社会があって初めて成立するものだ。真っ当に働いている人間たちの生活基盤までを奪うようなものであってはならない。規模が大きくなればなったで、そこに連なる企業には正当な利益をもたらす義務が生じるものだ。武村が最終的に何を目指しているのかは知らない。いや知りたくもない。しかし、自分の夢を実現するためならば、もぎ取れる果実はすべて自分のものにする。彼の行動からは明らかにそ

ん な臭《にお》いが漂ってくる。

それが我慢ならなかった。

「そんなことを言うからには何か考えがあるのかよ」

珍しくきつい口調で詰めよる横沢に、些《いささ》か驚いた様子で寺島が問い返す。

「今すぐには思いつきません」

「何だ、威勢よく歯向かってきたかと思えば、アイデアなしかよ」

寺島は失望の色を露に鼻を鳴らしたが、横沢はめげなかった。

「部長。蚤の市へ答えを持って行くまでにはまだ二カ月あります。私に時間を下さい」

「二カ月あればこの状況を打開できる確証があんのか」

「それは分かりません。でも、ここで引き下がったんじゃ、やらずぶったくりそのものだ。腹の虫がおさまりませんよ」

寺島は椅子《いす》の背凭《せもた》れに身を投げ、暫《しば》しの間思案を巡らすと、

「いいだろう。本音を言やあ、俺だってこのまま白旗を上げるのは糞面白《くそおもしろ》くねえとは思ってる。どんな結論が出るかは分からんが、思う存分納得が行くまで考えてみろ」

静かに肯《うなず》いた。

それから二週間の時が瞬《またた》く間に流れた。

寺島の前で大見得を切ったはいいが、状況を打開する案は一向に浮かんでこない。日中は、あてもなく他社が食い込んでいる大口顧客を回っては商談を持ち掛けるばかり。もちろんどこの返事も決まっていて、すべてが徒労に終わっていた。

その日、横沢は家族を連れ、東北自動車道を宮城県北部にある妻の実家へと車を走らせていた。盆に入った高速道路は酷《ひど》く混む。渋滞を避けるために、東京を深夜に発《た》ち、岩手県との県境にある河北町に到着したのは朝の五時のことだった。

大変な難題を抱えているこの時に、のんびりと夏休みを取る気にはなれなかったが、今年の夏は妻の香奈江《かなえ》の祖父の七回忌に当たっていて、田舎では親族一同が集まっての法事が行われることになっていた。それにこのままの状況が続けば、来年の夏のボーナスは大幅に減額され、小学校と幼稚園に上がる子供たちにも随分な金がかかる。ことによると、帰省はしばらく諦《あきら》めなければならなくなるかもしれない。

東北道を降りて、見渡す限りの田園風景が広がる中の県道を走り、山間部に入ったところに香奈江の実家があった。かつては茅《かや》で葺《ふ》かれていた大きな屋根も、今では錆《さ》び止めのペンキが塗られたトタンに覆《おお》われている。それでも庭に面した長い縁側があり、それが都会ではめったに見ることができない日本の原風景の風情《ふぜい》を醸《かも》し出し、横沢の郷愁を擽《くすぐ》った。

庭に車を乗り入れ、エンジンを切る。すでに目を覚ましていた二人の子供が、ドアを開け外に飛びだして行く。

「おじいちゃん。おばあちゃん。来たよ！」

長女の真由《まゆ》の元気な声が聞こえた。

「おお、真由、大っきくなったな。隆雄《たかお》もすっかり男の子らしくなって」

義父の義隆《よしたか》が相好を崩し、二人の孫を抱きしめた。

「お義父《とう》さん、お世話になります」

「挨拶《あいさつ》はいいから、まず中に入れ。夜通し運転してきたんだ、大変だったな」

頭を下げた横沢に義隆が労《ねぎら》いの言葉をかけた。開け放たれた玄関から家の中に入ると、居間の奥にある台所から、義母の澄枝《すみえ》が顔を出した。

「無事着いてよかったあ。夜中に走ってくるっつから事故にでも遭わねえかと心配したのっさ。まず、休まい。すぐお茶淹《い》れるから」

「哲夫さんは昨夜は寝てねえんだ。ビールでも飲んで休んでもらった方がいいべ」

すかさず義隆が言う。

「いや、朝から酒というのはちょっと……」

「んだら、朝ご飯にすっぺか。お腹空《なかす》いてるでしょ」

「途中で用意してきたお弁当を食べてきたから、ちょっと中途半端《はんぱ》かな」

澄枝の言葉に香奈江が荷物を降ろしながら答えると、

「そんなら、いまちょうどもいできたばかりの唐黍《とうきび》を茹《う》でてっから、それを食べらい」

「私、トウモロコシがいい」

「隆ちゃんも」

子供たちが歓声を上げた。

「そしたらすぐに用意すっからね。茹で上がるまで少し時間がかかっぺから、それまでこれでも食べて」

澄枝は鉢に盛ったトマトと胡瓜《きゅうり》を勧めてきた。

田舎の家には特有の匂《にお》いがある。特に香奈江の実家は建てられてから六十年以上も経《た》っているせいで、リフォームはされてはいても、開け放った窓から流れ込んでくる清冽《せいれつ》な大気に漂うむせ返るような草や花々の匂いに、かつて囲炉裏《いろり》を利用していた頃の名残だろうか、微《かす》かに煤《すす》の香が混じる。夜を徹してのドライブに、疲れていないと言えば嘘《うそ》になるが、こうして長閑《のどか》な空間に身を置いていると、仕事に追われていた緊張感が俄《にわ》かに弛緩《しかん》していくのを横沢は感じた。

真由は早くも鉢に山と盛られたトマトを手に取り、それにかぶりついた。

「何、これ、本当にトマト？」

「うんめえべ。さっきおばあちゃんが畑からもいできたばっかりだからな」

「甘いっていうか、何か果物みたい」

齧《かじ》り取られたトマトの断片から芳醇《ほうじゅん》なジュースが滴《したた》り落ちる。目を凝らして見ると、実の張り方といい、色艶《いろつや》といい、確かに東京のスーパーで目にするものとは明らかに違う。

「哲夫さんも、よかったら一つ食べてみらい」

義隆に勧められるままに、横沢はトマトを手に取ると、それにかぶりついた。

「美味《うま》い！」

なるほど真由がトマトと訊《き》き返すのも頷《うなず》ける。今まで口にしてきたトマトは一体何だったのかと思うほどに味が濃厚であるばかりではなく、食感もまた別物だった。

横沢は思わず感嘆の声を漏らすと、

「これ、何か特別なトマトですか」

思わず訊《たず》ねた。

「そんなことはねえのす」

義隆が夢中でトマトを貪《むさぼ》る二人の孫に目を細めながら言った。

「でも、普段食べているトマトと全然違いますよ」

「この辺ではどこにでもあるトマトだ」

「じゃあ、何でこんなに味が違うんでしょう。やっぱり鮮度ですかね」

「それもあっかも知んねえなあ。東京のスーパーに並ぶトマトなんて収穫から消費者の口に入るまでには最低でも二日か三日は経ってしまうからな」

「それを見越してですかね。まだ青みの残っているものが売られているのもよく目にします」

「それはあんまり関係ねえんでねえか」

「どうしてです」

「青みが残っていても、熟成したトマトとは糖度はそれほど変わらねえのす。それに、収穫したばかりのトマトは青臭いと言うんだな。だから、鮮度が良ければいいっつうもんではねえ。そう言われてんだ」

「でも、明らかにこのトマトの味は別物ですよ」

「それは樹《き》で熟成させたっつうこともあるべし、何より手間がかかってるからな」

「有機農法によるものだということですか」

「それもあっけど、規模のせいもあるべ。この辺りの畑はな、見ての通り山を開墾したせいで作付面積は然程《さほど》大きくはねえ。だから特定の作物を大規模に栽培することはできねえのさ。ウチの現金収入はリンゴだけんど、その他の畑では自家消費用に作れるものは何でも作る。ナス、胡瓜、冬瓜《とうがん》、唐黍、桃、プラム……。少量多品種つわけだが、規模が小せいからって手を抜けばろくな作物は育たねえ。だから大規模生産地とは手間暇のかけかたが全然違うのっさ」

「そういえば、毎年晩秋になると送っていただいているリンゴ。一度会社に持って行ったら、こんな立派なものは見たことがない。味だってスーパーやデパートで買うものとは全然違うと絶賛されたことがありましたよ。中にはブランド品として市場に出せば、注文が殺到するだろうという同僚もいたほどです」

「あんたのところに送っているのは超一級品のリンゴだからな。あれほどの大玉の収穫量はそんなに多くはないのっす。いい物は、この辺りの人が少し早いお歳暮に押さえてしまうからな」

「同じ樹から取れるんですから、味はそんなに変わらないんでしょう」

「そりゃそうだ」

「要は見映えの問題ですね……」

「普通の玉は、全部農協に持っていくのっす。そこで大きさが揃《そろ》えられ、生産農家の区別なく全部ごっちゃまぜにされて出荷されるんだ。もちろん、規格に満たない小さな玉や、少し形の悪い玉ははじかれる。歩留まりを考えれば、丹精込めた割にはリンゴ農家は割のいい仕事ではねえのっす。そんじゃなかったら、こんな暮らしはしてねえべ」

義隆は、朝日に輝く緑が生い茂る庭に目をやった。その先には広大なリンゴ園が広がっている。東京でリンゴを買おうとすれば、種類にもよるが一個百円ということはない。

これだけの規模のリンゴ園から収穫される果実がすべて市価に近い価格で購入されるなら、確かに義父が言うように莫大な利益が上がることだろう。

義隆は田舎の人間らしく、実直な人柄であることはよく知っている。おそらく作物への日々の丹精も怠ってはいまい。にもかかわらず、未《いま》だに古い家屋に住み、贅沢《ぜいたく》とは無縁の生活を送っているのは、そういう生活を送ることを余儀なくされる程度の収入しか得てはいないことを物語っていた。

「ささ、唐黍を食べらい。まだ熱いから気をつけてね」

澄枝が笊《ざる》に山盛りにしたトウモロコシを食卓に置いた。手に取り、かぶりついた途端、歯の先で実が弾《はじ》け、上品にして濃厚な甘い汁が口の中いっぱいに広がった。皮の感触はほとんど感じない。びっしりと詰まった実の一つ一つの食感が心地よい。

「これは……」

次の言葉が出てこない。横沢は二人の子供とともに、トウモロコシを貪り食った。

「いやあ、これはトウモロコシに抱いていた既成概念を覆《くつがえ》すような味です。トウモロコシは北海道の名産品だと思っていましたが、とんでもない。こんな美味いのは初めて食べた」

横沢はまたも感嘆の声を上げた。

「哲夫さんは初めてだったか？　唐黍はもぎたてか遅くてもその日の内じゃないと駄目

さ。京都の筍《たけのこ》もそう言われているべ。朝掘りじゃねえと灰汁《あく》が廻っちまってエグミが出る。こいつも同じだ」

「それとやはり少量生産ですか」

「それもあるべな。手間暇かけねえことには、美味いものは育たねえよ」

義隆は満足げな笑いを浮かべると、

「少量とはいっても、食いきれねえほど採れる。なんぼでもあるから遠慮しねえで食え」

節くれ立った指にショートホープを挟み、火を点《とも》した。

その時だった。つけっぱなしにされていたテレビのニュースを読み上げるアナウンサーの声が、横沢の注意を引いた。

『インターネット上にショッピングモールを開設している最大手の蚤の市が、民放キー局大手の極東テレビの発行済み株式の十五・六パーセントをすでに取得していたことが昨日明らかになりました。これによって蚤の市は極東テレビの筆頭株主となり、さらに株式を三割程度まで買い進める意向で、ネット取引と放送の融合を進める新規事業を共同で構築、極東テレビへの経営参加を視野においているものとみられます。それでは昨夜行われた、蚤の市、武村社長の会見をお聞き下さい』

横沢は思わず手にしていたトウモロコシを落としそうになった。東京を離れたせいで、やっと解放されかけた神経が現実へと引き戻される。心臓の鼓動が速くなり、背中にじっとりと汗が浮かんでくる。

画面を凝視する横沢の目に、スーツ姿の武村の姿が飛び込んできた。ホテルの宴会場ででもあるのだろうか、雛壇《ひなだん》の上に置かれたテーブルを前にして座る武村に無数のフラッシュが浴びせかけられる。押しかけた記者たちから次々に質問が投げ掛けられる。その姿にかつてのみすぼらしさはない。挑戦者としての立場は変わってはいなくとも、盤石な基盤を作り上げたという確信がみなぎり、更なる高みを目指す。そう、孤高のクライマーが己の能力の限界がどこにあるのか、それを探求すべく人跡未踏の高峰に足跡を残さんと、その機会を虎視《こし》眈々《たんたん》と狙《ねら》う、そんな決意の色が伝わってくるようだった。

編集されているせいで、やり取りの全容は分かりようがないが、『株式取得の目的は』という質問が投げ掛けられると、武村がきっと前を見据え、『インターネットが広く普及したとはいえ、地上波放送の影響力は格段に高いものがあります。放送局が持つ膨大なコンテンツとネットが融合すれば、新たな形態のビジネスが可能なばかりでなく、情報環境、ひいては社会を激変させる新しいメディアを創出することが可能であると考えています』と、自信に満ちた口調で語ったのが横沢の耳に残った。

ネットとテレビの融合。新しいメディアの創出——。武村が熱っぽく語った言葉が、冷え冷えとした余韻を持って横沢の胸中を満たした。ネット長者たちが決まって口にする手垢《てあか》のついた言葉であったことに加え、武村の真の目的がそこにはないことが明白だと思ったからだ。

　テレビ局の買収を目論《もくろ》んだのは、武村が初めてではない。これまで何人ものITやネット長者たちがテレビというメディアの買収を試みた。しかし、そのことごとくが最終的に密《ひそ》かに買われた株式をテレビ局が購入価格以上の金を支払って買い戻すという結末を見て終結した。そして図らずもそうした結末は、彼らネット長者に、労せずして更なる富を産むビジネスモデルを確立させてしまったのだ。

　おそらく武村もまた、ネットとテレビの融合や、そこから生じるシナジー効果など、考えてもいないだろう。もしそんなことが可能なら、いま買収の危機にある当のテレビ局がとっくの昔にネットビジネスに参画しているはずだ。ネット産業が地上波局、それも全国にコンテンツを流すキー局を自らの手で一から作り上げることは不可能だが、逆にテレビ局がネットビジネスに乗り出すことは極めて簡単な話だからだ。それをしなかったのは、武村の言っていることが、絵空事に過ぎないか、あるいはまだ時期尚早と踏んでいるからに違いない。

　そう、武村の真の目的は金だ。効率良く資産を増加させ、更なる富を手に入れること、それ以外に考えられない。なるほど、確かに株は広く市場で公開されているもので、誰がどれだけ購入しようと非難をうけるものではない。しかし、実体のないプランを口実に経営権を脅《おびや》かすほどの株を買い占め、結局は法外な値段で株を買い取らせる。確かに合法的な手段かもしれぬが、実態は紛れもない恐喝行為にほかならない。

画面に映る武村の顔を凝視しながら、横沢は彼の手法に対する猛烈な嫌悪《けんお》が込み上げてくるのを感じ、心の中で毒づいた。

『何がネットだ。何が新しいメディアの創出だ。本当に強いのは、実体のないビジネスを展開しているお前らなんかじゃねえ。額に汗してコンテンツを作り上げている会社だ。それは俺たちだってそうだ。お前らが全国ネットを持つ運送会社を作り上げられるか。俺たちがお前らのビジネスを模倣できても、お前らが――』

考えがそこに至った時、横沢はハッとしてその場に固まった。脳裏に無数の点が滲《し》み出てくると、徐々に輝きを増してくる感覚があった。

そうか、その手があったか。

気がついた時、横沢は立ち上がっていた。かつて経験したこともない興奮と自信が全身を満たしていく。ただならぬ気配を察した家族が、何事が起きたかとばかりに、視線を向けてくる。

テレビ画面に表示された時刻は七時十分。寺島は通勤の途中か、あるいは家を出る寸前といったところか。だが、どちらにしても構うものか。横沢は携帯電話を手にすると、躊躇《ちゅうちょ》することなくボタンを押した。程なくして寺島の声が答えた。

「部長。ぜひ聞いていただきたいプランがあります。今私は宮城にいますが、すぐにここを発《た》ち東京に戻ります。夕刻には出社できると思いますから時間を空けておいて下さい。お願いします」

寺島が何事だ、と訊き返してきたが、横沢は、詳しいことは会社で、と言うと電話を切った。そのやり取りの一部始終を聞いていた香奈江が、

「あなた、何を言ってるの。さっきついたばかりじゃない。それに、法事はどうなるの」

金切り声で非難の言葉を吐く。だが、そんなことに構っている場合ではない。ついいましがた脳裏に浮かんだプランを実現するためには、一刻の猶予《ゆうよ》もならない。それに、このままむざむざと蚤の市の提案を呑《の》めば、来年の夏はこの家を一家そろって訪問することもできなくなる。

「大事な仕事が入ったんだ。俺は車で東京へ戻る。お前たちは、新幹線を使って帰ってこい」

横沢は有無を言わさぬ口調で言い放つと、今度は義隆に向かって、

「お義父《とう》さん、このトウモロコシとトマトと胡瓜《きゅうり》、もらって行きますよ」

言うが早いか、それらを車中の飲み物を入れるために持参したクーラーボックスに詰め込んだ。

帰省ラッシュの車が連なる下り車線を右手に見ながら、横沢は一人、東北道を駆けた。途中、福島の国見サービスエリアで休息を取ったが、それとてわずかな時間で、正午前には浦和料金所を抜け、首都高速に入った。都内の道路もいつになく空《す》いており、人形町にある暁星運輸本社の地下駐車場に車を停めたのは午後一時少し前のことだった。四百五十キロ以上もの距離を、一気に運転してきたというのに疲労感はほとんどなかった。大きなビジネスに繋《つな》がるアイデアを摑《つか》んだ——。その確信と興奮が、体の疲れを補って余りある程の熱を発していた。

トランクから野菜を入れたクーラーボックスを取り出し、エレベーターに乗り込み、営業部のあるフロアへと上がった。この時間、空席が目立つのはいつものことだが、日頃にも増して同僚の姿が極端に少ないのは、盆に入って休暇を取っている人間が多いせいだ。

「本当に帰ってきたのかよ。それにしても随分早かったな」

横沢の姿を目に止めた寺島が、さすがに驚いた様子で声をかけてきた。

「宮城を出たのが七時半。高速が空いてりゃ法定速度で走ったってこんなもんですよ」

「いいのか？　かみさんのところ、七回忌だったんだろ」

「帰省できるのも、しっかりした生活基盤があってこそのことでしょ。仕事がうまくいかなくなって、給料減らされたんじゃ、里帰りなんてさせてやろうにもできなくなりますもん」

「法事を放ってでも会社に取って返すだけの、価値がある何かを掴んだってわけか」

「はい」

横沢は自信を持って断言した。

「聞かせてみろ」

「その前に、これを召し上がってみて下さい」

もったいぶったわけじゃない。閃《ひらめ》いた新しいビジネスの仕組みを話して聞かせるのは簡単だ。しかし、発想の基となった体験を共有させた方が話の説得力がずっと増す。

クーラーボックスを開くと、横沢はトウモロコシとトマトを差し出した。

「何だこれ」

「見ての通りのトウモロコシとトマトです」

「話の前に田舎の土産か？　それともこいつがビジネスに結びつくとでも言うのか」

訝《いぶか》しげに首を捻《ひね》りながら、寺島がトウモロコシを手に取る。

「うわあ、おいしそうなトウモロコシですね」

背後から荒木澄子の声が聞こえた。日夜接待に明け暮れてきた寺島だ。それなりに味覚は発達しているだろうが、左党である彼が地物野菜の味に敏感に反応するかどうかの確信はない。その点、荒木は違う。情報誌を読み漁《あさ》り、うまいもの探しに明け暮れている彼女のことだ。きっと素直な感想を得られるはずだ。

「スミちゃん、よかったらこれ食べて、感想聞かせてくれないかな」

そう言いながら、横沢は新たに一本のトウモロコシを手渡した。

「いいんですか」

「ああ」

「あれ、このトウモロコシ、いつも食べているのに比べて、随分実が柔らかいですね」

彼女はびっしりと実の詰まったトウモロコシの感触を確かめると、おもむろにそれに歯を立てた。

「何、これ……すごく皮が柔らかいだけじゃなく、食感が全然違う。それにこの甘味……まるでコーンスープを食べてるみたい。すっごくおいしい！」

「ほんとかよ」

いい年をした男がオフィスでトウモロコシを齧《かじ》る。抵抗を覚えて当たり前というものだが、寺島はとまどったような表情を浮かべながらも、鮮やかな黄色に輝く実を頬張った。

二度三度と嚙《か》みしめる度に、彼の蟀谷《こめかみ》の筋肉が動く。

「うめえな、これ……確かにいつも食べているトウモロコシとは別物だ」

寺島が低い声で漏らすと、

「で、トウモロコシがうめえことは分かったが、これが俺たちのビジネスとどんな関係があるんだ」

一転して、鋭い目を向けながら訊《たず》ねてきた。

「地方には、流通に乗らないまま埋もれているうまい食材や名産品が山ほどあるってことです」

「だから何だってんだ」

「こいつをネットを通じて販売したらどうでしょう」

「ネットを？」

寺島は小首を傾《かし》げ、少し考えているようだったが、

「お前が言いたいことはこういうことか。わが社が全国に持つ支店網、営業力を駆使してまだ一般には流通していない地方の食材や名産品を発掘し、それをネット上のショッピングモール、つまり蚤の市に出店させる。その開発実績と引き換えに蚤の市との現行取引条件を維持しようってわけか」

些《いささ》かの失望の色を浮かべながら、考えは読めたと言わんばかりの口調で言った。

「全国に広がるわが社の支店網、営業力を以《もつ》て埋もれている食材や名産品を開発する。それは当たっていますが、基本的な部分が違います。私が狙っているのは蚤の市でもな

ければ、ガレージ広場でもありません」

「じゃあ、どこだ」

「わが社が独自でネット上にショッピングモールを開設するんです」

「ウチが？　ばか言え。お前そんなことというためにわざわざ宮城から吹っ飛んできたのか」

寺島はあきれた様子で言うと、

「ネット上のショッピングモールが、すでにあの二社の寡占《かせん》状態にあるのはお前もよく知ってんだろ。今更ウチが出て行ってどこに食い込むすきがあるんだよ。ネット通販に乗り出そうなんてところは既に始めているさ。それに利用者の立場に立ってみろよ。いくらウチの営業力をフルに活用してモールを立ち上げたところで、知名度もない、出店数も二社に比べて遥《はる》かに見劣りする。そんなサイトにアクセスしてくる物好きがどれだけいるってんだ。んなこたあ、少し考えりゃ分かることだろ」

深い溜息《ためいき》を漏らし、失望を隠そうともせずにトウモロコシを机の上に置いた。

「そんなことはもちろん分かってますよ。じゃあ部長、もしも、もしもですよ。ウチが新たに開発した出店者に加えて、蚤の市、ガレージ広場の既存顧客を一気に総取りできるとしたらどうでしょうか」

「そんな、夢のような話がありゃ、とっくに他社がやってるよ」

「いいえ、他社にはできませんが、我々にはできる、いやウチだからこそ可能だと私は考えます」

「どうやって」

「簡単な話ですよ。出店費用を無料にすればいいのです」

「無料？」

寺島の動きが止った。呆《ほう》けたように口を開けたまま、きょとんとした顔でこちらを見る。

「ばか言うんじゃねえよ。それじゃ一体どこで儲《もう》けんだ。ネット上のショッピングモールなんて、出店料がなかったら……」

「運送料です」

「はあ？」

「ウチがモールサイトを運営すれば、出店者の元に入るオーダーは百パーセント把握できます。そして出店企業とは直取引《じかとりひき》。つまりコンビニのように取次店に手数料を抜かれることもなければ、個々の客と価格交渉をする必要もない。直取りの配送と同じ純益が確保できるわけです。そこから上がる収益は、サイト運営費を補って余りあるほどの額になるんじゃありませんか。これは運送会社だからこそできることで、出店料金を主な収益源にする蚤の市やガレージ広場には逆立ちしたってできません」

「やれやれ、宮城くんだりからいきなり引き返して来て何を言い出すかと思えば……」

寺島は口元を歪《ゆが》め、肩を竦《すく》めた。

「お前、本気でそんなこと言ってんのか」

「当たり前です」

「あのな横沢よ。確かに理屈の上ではお前の話も分からんではない。だけどな、ネット上に新たにショッピングモールを作ると簡単に言うが、それを実現させるためにはちょっと考えただけでも幾つもの大きな問題がある」

「例えば」

「いちいち説明しなけりゃ分からねえか」

寺島は大仰に溜息をつくと続けた。

「第一の問題は金だ。初期投資だ。お前、蚤の市一社でどんだけの店舗を抱えているのか知ってんだろ」

「四万以上です」

「ウチがそれだけの顧客にサーバーを無料で使わせることになったら、どんだけの投資が必要になると思ってんだ」

「サーバーだけでも二百台は必要になりますから、ざっと二十億といったところですか」

「簡単に言うな。いいか二十億だぞ。そんだけの金をどうやって捻り出せるってんだ。ネット勃興《ぼっこう》期の頃ならいざ知らず、このビジネスに関しては、今や蚤の市、ガレージ広場の二つが完全にシェアを独占しているんだ。確かに出店料がただというのは顧客にとって魅力的な提案には違いないが、実績がないサイトに誰が出店する。誰がアクセスする。お前が言っていることは、施設が完備された大学を造りました、授業料は無料です。名門校に通学している皆さん、今通っている学校を止《や》めて、こちらにどうぞって言ってるのと同じようなもんだ」

「二十億の投資が高いとおっしゃるのであれば、このまま蚤の市の提案を呑むしかありません。だけどその結果、我々は年間八億七千万円の純益を捨てることになるんですよ。二年で約十七億、三年なら二十六億だ。それにもしこのサイトをウチが運営することができれば、今は他社に握られている西日本の荷物も獲得できる。となれば年間十三億円以上の純益を得られる。もちろんこの間にも、蚤の市の業績は伸びるでしょうから、逸失利益はもっと大きくなる。それを考えればやってみる価値はあると思います」

寺島がぐっと答えに詰まるのを見て、横沢は更に続けた。

「それから、実績がないサイトに誰が出店するかというお尋ねですが、それについてはそれほどの心配はないと思います。だってそうでしょう。料金は無料なんですよ。二つのサイトに同時にホームページを開設したって、かかるコストは同じ。出店者にとってメリットはあっても、リスクはない」

「しかし、そんな事業を始めるとなれば、専属の部隊を置かなきゃならねえぞ。サイトのメンテナンスは？　出店者のアフターケアは？　マーケティング戦略の指導は？　それを誰がやるんだ」

「ウチには情報システム部というコンピューターのプロが集まった部門があるじゃありませんか。それだけじゃない、子会社の暁星情報サービスは物流システム全般を請け負う会社です。サイトのメンテナンスなんてお手のものですよ。確かに、アフターケア、マーケティングについては、専属の組織を新設しなければなりませんが、蚤の市、ガレージ広場の双方の客をものにでき、そこから上がる収益を考えれば充分なお釣りがきますよ」

「まあ、アイデアとしては面白いが、実現性は低い。いやゼロだな」

「どうしてです。せめて実現可能かどうか、検討してみるだけの価値はあるんじゃないですか」

「考えるまでもねえよ」

寺島は鰾膠《にべ》もなく申し出をはね付ける。

「いいか横沢、ウチは運送会社だ。客から預かった荷物を目的地まで運んでなんぼの商売をやってるんだ。お前が言っていることは、ウチが新規のビジネスに進出するってことなんだぞ。それも莫大《ばくだい》な資金と人的資源を注ぎ込む上に、何のノウハウも持っちゃいない未知の分野にな。ただでさえも、郵政という怪物と戦わなきゃなんねえこの時に、そんなリスクを会社が負うと思うか」

「だからこそ、新しい飯の種を作らなきゃならないんじゃないですか」

ここでめげては全《すべ》てが終わる。横沢は執拗《しつよう》に食い下がった。

「部長の言葉を逆手に取るわけじゃありませんが、それじゃ我々はいつまでたっても一介の下請け業者だ。ただの荷物の運び屋だ。業界のサービスだって行き着くとこまできちまってる。営業マンのセールストークにしたところで、結局は料金交渉に終始しているのが現実じゃありませんか。これじゃまるで巷《ちまた》のご用聞きそのものだ」

「おお、そうだよ。営業マンはご用聞きさ。お前、今更気が付いたのかよ」

「価格交渉だけをやってこいというなら、頭はいらない。会社が決めた最低価格を下回らない条件を提示して、後は相手が呑《の》むかどうかそれを待てばいいだけのことですからね。ですがね部長、そんな営業手法は今までは通用したかもしれませんが、これからの時代は違うと思います。客から仕事を貰《もら》うのではなく、こちらが仕事を作る。それがこれからのビジネスじゃないですか」

「ナマ言ってんじゃねえよ。これだけの投資が必要となる事業を立ち上げるとなれば、ずぶの素人《しろうと》には無理だ」

「素人って言いますが、今でこそ蚤の市はこの分野のトップ企業ですが、それこそずぶの素人が一から手探り同然で始め、これまでの規模にしたんです。それもさしたる資産も金も持たない、全くのベンチャーとしてね。その点我々には、組織と資金がある。充分なスキルを持った人材もいる。蚤の市やガレージ広場とは、そもそもスタートラインが違う。暁星運輸が腹を括《くく》ってこのビジネスに乗り出せば、彼らと伍《ご》して戦うどころか、取って代わる存在になることだって可能だと思います」

「もういい！」

寺島が語気を荒らげて机を拳《こぶし》で叩《たた》きつける。

「とにかく無理なものは無理なんだよ。第一だな、いきなり話があると言われて、何だと思って聞いてみれば二十億円からの金を出せだと？　しかも企画書もない、戦略もない。お前の言ってることは単なる思いつきじゃねえか。そんなもんに、はいそうですかとゴーサイン出す馬鹿《ばか》がどこにいるかよ」

そう言われると、横沢も返す言葉がない。営業畑一筋で歩んできたとはいえ、新規の顧客、特に新規の大口取引先にアプローチをかける際には、企画書、あるいは提案書を持参するのが当たり前だ。自分の提案を受け入れて貰うためにものを言うのは、その案を採用すれば、従来に比べて客がどれだけのメリットを享受《きょうじゅ》することになるのか、ビジネスがどう変化するのかを一目で分かるようにしておくことだというのは常識だ。

せっかく起死回生の一発となるアイデアを摑《つか》んだというのに、些か拙速に過ぎた。これだけの提案をするには、周到な事前準備をしておくべきだった——。

後悔と失望の念が脳裏を掠《かす》めたが、

「それじゃ、この案を企画書としてまとめます。いくらの投資が必要で、どれだけのマンパワーを確保しなければならないのか、マーケティング戦略はどうするのか、全ての事項を網羅した企画書を正式に提出します。それならば、改めて考えていただけるわけですね」

寺島の言葉を逆手に取って迫った。

「なに？」

挑戦的な態度に、寺島は明らかに不快な表情を露《あらわ》にし、しばし何事かを考えているようだったが、やがて口を開くと、

「いいだろう。企画書、書いてみろよ。ただし、これだけは言っておく。お前の案が認められる可能性は九分九厘ない。従って通常の勤務時間内にそれをやることは許さない。少なくとも九時から五時は今まで通り、新規大口取引先の開発に専念しろ。ノルマの未達は許さない。それが条件だ」

冷たく言い放ち、くるりと椅子《いす》を回転させると話は終わったとばかりに横沢に背を向けた。

第三章　果てなき欲望

窓の外には真夏の太陽が照りつける東京の街並みが見えた。熱せられた大気は濁り、冬ならば遠くにくっきりとその勇姿を見せる富士山も、輪郭のはっきりとしないシルエットとして浮かび上がっている。足元には、開発に着手されたばかりの旧極東テレビ跡地が土をむき出しにして広がる。

武村慎一は社長室の窓際《まどぎわ》にたたずみ、じっとその光景を見やった。こうしていると、朝からの喧騒《けんそう》が嘘《うそ》のように思えてくる。極東テレビの発行済み株式の十五・六パーセントを取得したことを明らかにしたのが、昨日の午後。それから記者会見、さらにはテレビや新聞、雑誌の取材ラッシュが続き、ようやくこの部屋に戻って来られたのは今日の昼過ぎのことだった。

三十畳ほどの部屋の中には、コンピューターのモニターが三つ置かれた執務机と応接セット、それに会議用の楕円形《だえんけい》のテーブルが置かれている。坪六万円の家賃で換算すれば、このスペースだけでも、月額九十万円以上の額になる。

蚤の市を起業した七年前には、月額十二万円の家賃さえも払えるかどうか、不安に駆られる日々を送っていた。当時のことを考えると、夢の中にいるような気になる。実際、世間では蚤の市はＩＴ産業の先駆者として、一つのビジネスモデルを確立したともてはやされていたし、武村自身も莫大《ばくだい》な富を手にした勝ち組の典型と言われるまでになった。

確かに成功の定義が、富を手にすることにあるというならその通りだろう。上場を果たしたその時点で、数十億円の個人資産を手にしたのは紛れもない事実である。これだけの金があれば、どれだけぜいたくな生活をしても一生涯生活に困りはしない。

しかし、金を手にしたといっても、それは自分が保有する自社株の一部を市場に放出し、現金化したからこその話でしかない。これ以上の株を手放すことは会社の経営権を放棄するのも同じ。経営や株は生き物であり、武村にとってはゲームだ。自分の資産は、こうしている間にも、常に何億という規模で上下している。

もちろん世間でＩＴ長者と言われる人間たちの中には、早々に株を売り、優雅な引退生活へと入る人間も数多くいる。実際、蚤の市の創業時のメンバーの中にも、上場と同時に株を売り、第一線を退き、投資家として優雅な生活を決め込んでいる者もいる。高価な車、豪華なマンション、連夜のパーティー……。傍《はた》から見ればうらやましい限りだろうが、武村はそんな生活に魅力を覚えない。いや、それどころか、金に飽かせ享楽《きょうらく》をむさぼる連中を哀れに思い、嫌悪《けんお》の念さえ抱いていた。

株価が上がるのは自分の能力に対する世の中の評価だ。それだけ多くの人間が、金という、時には命以上に大切なものを自分に賭《か》けている。彼らの期待に添うだけの働きをすれば、株価はさらに上がり、結果、投資家や会社の資産は膨らんでいく。株価には天井がない。自分の能力がどこまで評価されるか、ビジネスという一片の甘えも許されない世界で、俺は頂点を極めてみたい。

武村は、その思いを胸に蚤の市上場で手にした金と市場から得た資金を元に、次々と企業を買収し、事業を拡大してきたのだった。

もっとも、極東テレビの株を買い占めにかかった理由はそれだけではない。

確かに、会社は飛躍的発展を遂げはした。相次ぐ買収で、蚤の市グループと呼ばれるほどの規模にもなりはした。

しかし、買収した会社は大手企業が手を出さないITベンチャーばかりである。これほどの短期間で、会社が大きくなったのは、名だたる大企業がいまだこの分野に本格的に乗り出してこないからだ。この業界で成功を収めたとされる人間たちの多くは、自分たちこそが時代の先端を走り、大金鉱脈を掘り当てたと思い込み、既成概念に捉《とら》われた大企業で働く者たちにはまねのできないことをしていると思っているが、それは大きな間違いだ、と武村は思っていた。

確かに企業は規模がでかくなればかじ取りが難しくなる。それは事実だ。しかし、大企業というものを決してなめてかかってはならない。資金力、組織力、そして何よりも人材の豊富さ、従業員の基本的能力という点においては、とても太刀打ちできるものではない。

ずうたいはでかくなったものの、蚤の市の従業員の平均年齢は二十六歳そこそこ。その多くは、世に知られた大企業に入ろうとしても入れないような人間ばかりだ。もちろん、入社してくる彼らもそれなりの志望動機を持っている。いわく、これからはＩＴ産業の時代だ。新しいビジネスを創出するチャンスがある。組織が硬直した大企業には魅力がない。そうした言葉を何のてらいもなく口にする。なるほど、ＩＴ産業を志望してくる人間の多くは、コンピューターに対する知識ということだけなら、世間の平均レベルを上回ってはいる。だが、そんなことを言えるのは、彼らが大企業の本当の力を知らないからだろう。長い歴史の中で培《つちか》われた大企業が持つビジネスのノウハウ、そして組織力と従業員の基本的能力の高さを以《もっ》てすれば、決して蚤の市の将来が安泰ではないことが分かろうというものだ。

そう、大企業の連中はまだ、この産業に本格的に乗り出すにはテクノロジーやマーケットが流動的かつ未成熟で、時期尚早であると考えているのだ。はしゃぎ回る我々をじっとさめた目で見詰めながら、参入の時を虎視眈々《こしたんたん》と狙《ねら》っている。新種の樹《き》に実りつつある果実が、果たして食するに足りるものかどうか、それを見極めんとしているのだ。

かつて、日本有数の証券会社に勤務していた自分には、彼らの思考が手に取るように分かる。

もし、彼らが本気で組織を挙げて、この産業に乗り出してきたら、その時自分たちには何が残るだろうか。

世間では株式の時価総額がいくらになったと言ってはやしはするが、そんなものは数字の遊びに過ぎない。事業が侵食され、業績が落ちれば当然株価も下がり、資金の調達すら難しくなる。一旦《いったん》負のスパイラルに入れば、体勢を立て直すのは容易な話ではない。蚤の市が大きくなったと言っても、今のままでは砂上の楼閣のようにもろく、たった一つの波で崩れ去ってしまうことだろう。だからこそ、資金調達が意のままになる今こそ、経営基盤を固めておかなければならない。

武村は、改めて工事が進む旧極東テレビ社屋跡地を、決意を込めて見やった。

極東テレビの経営権を握れば、放送とネット、時代をリードする二つのメディアを手に入れることができる。そして彼らが持つ莫大な資産を我が手に握り、それを足がかりとして新たな挑戦へと踏み出せる。

この買収は決して失敗することはできない。何がなんでも成功させなければならない。

賽《さい》は投げられたのだ。

もう後戻りはできない——。

部屋のドアがノックされる音でわれに返った。

「どうぞ……」

「失礼します」

長谷部《はせべ》忠則《ただのり》が一礼すると部屋に入ってきた。シルクのシャツにネクタイ。服装に特に規定のない蚤の市では、フォーマルな格好をするのは役員以外にはいない。彼は創業以来のメンバーの一人で、年は三十ちょうど。今では稼ぎ頭の一つである蚤の市証券の専務をしている。

部屋に誰もいないことを見ると、長谷部はいきなり砕けた口調で武村の肩をたたいた。

「株価、見た？」

「ああ、さっき見たよ。我が社も、極東テレビの株価も寄り付きから急激に上がっているようだね」

「極東テレビが値を上げているのは、俺たちがさらに株を買いまくっているせいもあるだろうけど、市場が俺たちの買収を歓迎している何よりの証拠だね。それよりもさ、ウチの株価がついに九万円をつけたんだよ。これで発行済み株式の時価総額は一兆円超し。すげーよな」

長谷部が興奮した口調で言う。

「どうやら市場は俺たちがこの勝負に勝つと踏んだようだな」

「ああ。やっぱ時間外取引を利用して、一気に十五・六パーセントまで買い進めたのは正解だったな。正攻法に出ていたら、これだけのインパクトはなかっただろう。もっとも、一般投資家は我々が本気で極東テレビを買収しようとしているとは考えてはいないと思うけどね」

「一定の株式を握ったところで、株価を時価以上で極東テレビに買い取らせ、金を摑《つか》んで手じまいする。そう踏んでいるだろうな」

「それは極東テレビの連中だってそう思っているだろうね。我々の目的は、金以外にないって」

「金か……。そんなことしか思いつかない人間は、一生かかっても大金を手にすることはできないな。金は女と同じだ。追い求めれば逃げる。能力のある人間が力をフルに発揮すれば黙っていてもついてくるものさ」

「それ、すごいせりふだな。俺らが蚤の市を創業してたった七年。あのマンションの一室で肩を寄せ合うようにして、会社を大きくしようとしていた頃、お互いの夢を語り合ったことを思い出すよ」

長谷部の目が遠い記憶を探るように穏やかになった。

「月々の給料さえ出るかどうか分からない。皆酷《ひど》い暮らしを強いられていても、俺たちには夢があった。事業を軌道に乗せ、会社を上場し、日本の産業界に名を馳《は》せる企業にしようという夢がさ。その第一段階は、あっという間に達成され、創業メンバーは考えもしなかった大金を手にした。だけど、いざ自分が一生困らないだけの金を手にしても、正直どうってことはなかったのには我ながら驚いたよ。安定は退屈を生むだけなんだな。ほら、武村さんの好きなフランスの哲学者、アランの言葉じゃないけど、緊張と苦悩が情熱を生むものだということを、今回改めて思い知ったよ」

「その通りだ。そこにこそ、アントレプレナー《起業家》としての醍醐味《だいごみ》がある。走ることを止《や》めた創業者などただの豚だ。人の一生はあまりにも短い。その中でも、全力疾走できる期間はわずかだ。限りある時間をどう生きるか。それが人間の価値を決めるんだ」

武村は、そこで長谷部の顔を正面から見据えると、

「長谷部。お前、この世に永遠に続く企業があると思うか」

静かに尋ねた。

「そんなものはありはしないと言ったら、武村さんはあると言うんでしょ」

「その通りだ」

武村はほおを緩ませながらうなずいた。

「激烈な競争に勝つだけの能力、常に新たな挑戦に立ち向かうだけの意欲と情熱。そして頭脳と判断力。トップに立つ人間が経営者としての正しい資質を持っている限り、そしてその遺伝子を受け継ぐ人間が存在する限り、企業は滅びはしない。滅びる企業には

それなりの理由がある。既成概念に捉われた硬直した思考からくる怠惰と慢心、油断だ。ビジネスの世界は弱肉強食。弱みにつけ込まれれば、猫にだって虎《とら》は倒される。それが掟《おきて》だ」

「だからこそ我々は極東テレビに目をつけた」

「全国ネットワークを持つキー局であるにもかかわらず、安定株主は分散され、それぞれの持ち株比率も低い。その上膨大な資産を持ちながら、株価は安いときている。M&Aが当たり前の世の中にあって、何の対策もせずに平然としてきたのは、経営者がいかに能無しかということの証《あか》しだ」

「そうだよね。俺たちが買収に打ってでなくとも、この状態を放置しておけばいずれ他の誰かが、買収を仕掛けたに決まってる」

「ビジネスの世界において、能無しの経営者がたどる道はただ一つ。すみやかなる退場だ」

「それじゃ、予定通りに――」

「ああ、極東テレビの株を買って買って買いまくるんだ。二十五パーセント寸前のところまでな。戦争はすでに始まっている。それだけの株を押さえてしまえば、彼らになすすべはない。こちらの要求を呑《の》む以外にな」

「もし、こちらの条件を呑まなければ?」

「議決権を握る比率まで、買い増しを続ける。当然、世間からは非難の声が上がるだろう。乗っ取り、横暴、傲慢《ごうまん》、ありとあらゆる罵《ば》詈《り》雑言《ぞうごん》が浴びせかけられるだろう。しかし、俺は断じて怯《ひる》まない。非は我々にはない。能無しの経営者をいただいた極東テレビにこそあるのだ」

「OK」

長谷部がわが意を得たりとばかりに肯《うなず》いたその時、執務机の上の電話が鳴った。

武村は話を中断し、受話器を取った。

「日東製鉄の細川会長からお電話が入っております」

秘書の声が告げた。

「さっそく来たか。日東の細川会長だとさ」

受話器を押さえながら、長谷部に告げると、

「極東テレビの社長自ら乗り込んでくるならまだ見どころがあるというもんだけど、財界のご重鎮に泣きつくとは……」

長谷部は呆《あき》れた口調で言い、

「それじゃ俺は……」

と、社長室を出て行く。

「繋《つな》いでくれ」

回線が切り替わる音がした。

「蚤の市、武村でございます」

しわがれた低い声。抑揚のない口調から彼が感情を押し殺している気配が漂ってくる。

「細川だがね」

「これは会長、ご無沙汰《ぶさた》しております」

「ご無沙汰じゃないよ。武村君、いったいこれはどういうことだね。いきなり極東テレビの株を買い占めにかかるとは」

「どういうこととおっしゃられても……。我々ネット産業においては、テレビ局が持つコンテンツは宝の山です。今や世の中に多大な影響力を持つテレビとネットが融合すれば、最強無比の新しい形態のメディア産業を創出することができます。私は、その新しいビジネスモデルを自らの手で構築したいのです」

「君の公的コメントはテレビや新聞を通して何度も聞いたよ。しかしね、物にはやり方というものがある。相手先に何の事前相談もなく株を買い占め、まさに不意打ちという形でいきなり筆頭株主に躍り出る。君にどんな意図があろうと、これはまさに敵対的買収そのものじゃないか」

「お言葉を返すようですが、会長。私共は何ら法に触れるような行為は行っておりません。それに、新しいビジネスを立ち上げるに際しての最大の障壁は、既存の組織に固執する経営者です。この十年のメディア環境の激変はすさまじいものがあります。いまやネットは全世界を網羅し、人々の生活や産業界の勢力図を書き換えるまでに成長しました。その典型的な例が音楽産業です。ＣＤの売り上げは減少の一途、それに代わって、ネットを通じて配信される——」

「そんなことはどうでもいい」

細川の一喝が武村の言葉を遮った。

「君の目的は何だ。金か。それとも本気で極東テレビを蚤の市の傘下《さんか》に収めようともくろんでいるのか」

「傘下に収めようとは思っておりません。パートナーとして、新たなメディアの創出をしたいと願っているだけです」

「そんなことが、本気で可能だと思っているのか」

「私は可能だと思っています」

「馬鹿《ばか》なことを言うもんじゃないよ。君も知っているだろう。ネットと他のメディアの融合がどれだけ難しいことか」

「アメリカン・オン・ラインとタイム・アンド・ワーナーの合併のことを言っているのですか」

武村は先だってアメリカで行われた、異なるメディアの合併の例を挙げた。

「そうだ。あの合併は、両者合意の元、極めて友好的に行われたものだった。にもかかわらず、結局は両者のパートナーシップは解消された。その原因は、両者の企業風土の違いだ。君たちＩＴ産業で働く者は、極めて短期間で結果を求めるがあまり、アグレッシブ、悪く言えば拙速に過ぎるきらいがある。結果ビジネスの手法も違えば、スピードも違う両者の間に不協和音が起きるのは当然のことじゃないか。合理主義者のアメリカ人でさえそうだったんだ。和を以《もっ》てよしとする日本人がうまくやれるわけがないだろう」

「私はそうは思いません」

武村はきっぱりと否定した。

「確かにアメリカ人が合理主義者であることは事実です。しかし、その一方で極めて自己主張が強いという国民性を持ちます。一旦納得すれば強い結束力を持ちますが、そうした局面に行き着くまでには個と個の激しいぶつかり合いがある。誰がリーダーシップを握るかという戦いもある。その点日本人は違います」

武村の言葉を終わりまで聞かずに、細川はさらに言いつのる。

「株式を握られて、乗り込んでこられる従業員の立場になってみたまえ。もろ手を上げて歓迎するとでも考えているのか。いかに日本人といえども、感情的な対立が生じることは火を見るより明らかだ。ましてや、ネットとテレビの融合というのであれば、イニシアチブを握るのは極東の連中じゃない。君たち蚤の市の人間じゃないのか。自分たちより遥《はる》かに若く、テレビのことなど何も分からない若造に牛耳られる人間の身にもなってみたまえ。感情的対立が起きない方が不思議というものだ」

「テレビの制作現場に口を出すつもりはありませんよ。極東の社員はこれまで通りの仕事を続けていただいて構わないのです。極東が抱えているコンテンツをどう活用するか、テレビと融合した新しいコンテンツをどう作り上げるかが我々の仕事となるのですから」

「君。本音を言いたまえ」

細川のしわがれ声がさらに低くなった。

「本音を申し上げているつもりですが」

武村はあくまでも冷静に答えた。

「さっきから君はコンテンツ、コンテンツと言うが、テレビ局が持っているコンテンツは著作権の処理が複雑で、ネットを通じて配信するのは事実上不可能だ。そんなことが分からないはずがない。狙《ねら》いは何だ。高値で買い占めた株を引き取らせようというのか。それとも、極東が抱えている資産か」

「私が目指しているものは、新しいメディアの創出です。その言葉にうそはありません。会長のおっしゃることは充分に承知しております。しかし、新しいビジネスには困難がつきものです。実際私が蚤の市を立ち上げた際には、そんなものはうまくいくわけがない、必ず失敗すると言われたものでした。しかし、今の世の中は物凄《ものすご》いスピードで変化します。今この時点で不可能だったことが、一年後には可能になっている。蚤の市がわずか七年で、一兆円の価値を持つ企業に成長した。それが何よりの証拠です」

「それでは、どうしても買収をあきらめないというのだな」

「これは私の悲願です」

「君は自分の悲願のためなら強姦《ごうかん》に等しい行為をしても恥じないというのだな」

「強姦？」

「そうじゃないか。これじゃまるで欲しい女を手込めにするようなものだ」

細川は吐き捨てるように言った。

「それならば、なぜ極東テレビはこれまで株主対策を怠ってきたのです。テレビ局買収を試みたのは、私たちが初めてではありません。特に極東に関しては、資産の割に株価が安いとかねてより言われていたことではありませんか。にもかかわらず、何の手も打たずに放置していたのは経営者の怠慢というものです。株式は公開されている限り、誰がどれだけ買おうと自由なものではありませんか」

細川が押し黙った。言い負かされたのではない。怒りに震えているのだ。彼の息遣いが武村の耳朶《じだ》を打った。

「どうやら私は君を見損なっていたようだ」

暫《しば》しの間を置いて、地の底からはい上がってくるような声が聞こえた。

「数多《あまた》いるIT産業の経営者の中でも、君は経歴といい、見識といい、一頭地を抜く存在だと思っていたよ。大企業の経営者にふさわしい紳士だともね。だから、私も多くの財界人に引き合わせもしたし、事実上の後ろ盾となってきたつもりだった。しかし、君もしょせんは自由の意味を履き違えているただの愚か者だったということが分かった」

「私が自由の意味を履き違えている？」

「一つだけ教えてやろう。自由というのは何でもありということを意味するものではない。この言葉を行使するにおいては、社会のルールを最大限に尊重し、自らを律し、己の取る行動に全《すべ》ての責任を持つ。つまり極めて厳しい制約が課されることが前提となる。それが分からないで、自由などという言葉を吐くのは、盛り場でたむろってる馬鹿者と同じだ」

「私は、それに照らし合わせても、何ら恥ずべき行動は取っていないと思っております」

「そうか。そこまで言うならもう何も話すことはない。君との仲もこれでおしまいだね。まあ、やれるところまでやったらいいさ。ただ、今この時から、私は君の敵だ。それを忘れんことだな」

細川が受話器を叩《たた》きつけ、回線を切った。

彼がこれまで何かにつけ自分に目をかけてくれたのは、紛れもない事実だった。穏やかなやりかたを望むなら、大勢に与《くみ》し細川をはじめとする財界を牛耳る人間たちの覚えをめでたくしておけば、自然と道は開けるかもしれない。しかし、自分は今でも夢、いや明確な目的を持った挑戦者だ、と武村は自分に言い聞かせた。長い歴史を経て、確固たる経営基盤を築き上げ、経済界に君臨する大企業のサラリーマン経営者とは違う。ここまで全力で駆け抜けてきた速度を、少しでも緩めることは、夢を捨て去ることであると同時に、創業間もない蚤の市においては死を意味することにほかならない。

なるほど細川が言うように、今自分がやろうとしていることは、彼らからすれば掟破り以外の何物でもないだろう。不快感、いや嫌悪《けんお》といってもいい、そんな気持ちを抱くのも分からないではない。だが、正義は常に勝者の側にある。そして、ビジネスの世界における正義とは力だ。この買収が成功すれば、蚤の市は有形無形の資産を手に入れると同時に、巨大メディア産業として揺るぎない地位を築き上げることができる。

それまでは歯を食い縛ってあらゆる困難に耐えなければならない。勝負は早晩決する。あと少しの我慢だ。

武村は、改めて眼下に広がる旧極東テレビ跡地に目をやりながら、決意を新たにすると、受話器を置いた。

夜十時。武村は麻布にある自宅マンションに着いた。細い路地の先に立つ、五階建ての煉瓦《れんが》で覆《おお》われた豪壮な建物の前には、仄暗《ほのぐら》い街路灯の下に、多くのマスコミがたむろしていた。地下にあるガレージに入ろうとする武村が乗ったベンツが速度を緩めた途端、テレビクルーの照明が灯《とも》り、記者たちが殺到してきた。

「武村さん。コメントをお願いします」

「株はさらに買い進めるのですか」

「狙いは本当にメディアの融合なんですか」

「財界からも今回の件に関しては、批判の声が上がっていますが」

記者たちが窓を叩き、次々に質問を浴びせてくる。武村はそれを無視し、ガレージに車を乗り入れるよう運転手に命じた。緩いスロープを進むにつれて記者たちの声が遠ざかる。部屋へと続くエレベーターがあるエントランスの前で車が停ったところで、武村はドアを開けた。湿気と熱を帯びて澱《よど》んだ空気が空調の効いた車内に流れ込んでくる。

短い距離を歩き、エントランスに入り、エレベーターに乗り込んだところで、武村はほっと一つ息を吐いた。慌《あわ》ただしい一日が終わり、少なくとも明日の朝までは平穏な時間を過ごすことができるのだと思うと、全身にみなぎっていた緊張感が徐々にほぐれて行く。

武村の部屋は、このマンションの最上階にあった。エレベーターの扉が開くと、そこは絨毯《じゅうたん》が敷き詰められた静謐《せいひつ》な廊下となっており、左右に二つオークでできたドアがある。

「ただいま」

大理石で覆われた玄関に立ち、声をかけた。

「パパ、おかえりなさい」

リビングに続く廊下を三歳になる長男の良太《りょうた》が全力で駆けてくる。それをしっかと受け止めた武村は、幼子を抱きかかえリビングに向かった。そこは四十畳ほどもある空間で、続きになっているダイニングを入れれば、五十畳の広さになる。さらにその奥にあるキッチンから妻の典子《のりこ》が、

「お疲れさま。今日は大変だったでしょう」

と言いながら顔を出した。

「さすがに今日は疲れたよ。君も大変だっただろう」

武村は良太をそっとソファの上に置くと、ネクタイを緩めた。

「マスコミのこと?」

「ああ。今もまだ外にいる。この分だと明日も朝から追い回されることになるんだろうが、君の方はどうだった」

「私は大株主の一人には違いないけれど、会社の経営にはもう携わっていないんですもの。コメントを取ったってしかたないでしょ。静かなものよ」

「そうか、それならよかった」

「でも、あなたが帰ってくれれば、騒ぎになるに決まっているからインターフォンは切っちゃったけど」

「こんな時間に訪ねてくるやつはいない。構わないさ」

「お風呂《ふろ》にする？　それとも食事が先？」

「そうだな。考えてみたら、今日は昼飯を食べている暇もなかった。さすがに腹が減ったよ。食事を先にしようか」

「分かった。すぐに準備するわ。それまで何か飲む？」

「ビールを貰《もら》おう」

「ＯＫ」

典子はキッチンに取って返すと、冷えたビールとグラスを武村の前に用意した。好物のカラスミのスライスが添えられている。

「今日の夕刊読んだ？」

「いや、まだだ」

「どれもこれも、一面トップはあなたのことばかりよ。テレビのニュースもね」

「そりゃそうだろう。メディアの連中にとっては、自分たちの将来にかかわる大問題だ。どんな事件より関心が高くて当たり前さ」

「それで、首尾の方はどうなの？　何もかもあなたの計算通りに進んでいるの？」

今は専業主婦として家事と育児に専念してはいるが、典子は蚤の市の事業が軌道に乗るまで、武村の夢と能力を信じ、あの狭いマンションの一室で共に働いてきた言わば同志である。株式上場と同時に莫大《ばくだい》な金を手にしたのを機に一線を退いてはいるが、会社の成り行きに関心を持つのは当たり前というものだ。

「今日の時点で、取得株式は十七パーセントを超えたよ」

「当面の目標は、限りなく二十五パーセントに近いレベルまでということだったわね」

「そうだ」

「新聞では、あなたが三分の一まで買い進める意向を示したと報じているけど」

「それはブラフをかましたのさ」

「ブラフ？」

「こいつはな、ポーカーと同じだ。相手にはこちらがこのゲームから降りるつもりはない、こちらの要求を呑《の》まなければ、幾らでも掛け金をレイズする用意があるという意思を見せるためのね。実際、こちらには三十三・三パーセント以上の株式を買うだけの資金力はある。本気で極東テレビを乗っ取ろうと思えばできるんだ。だが、その前に彼らが降参すれば、余分な金がセーブできるからね」

「なるほどね。確かにあなたが言うように、三分の一の株式を握られてしまえば、事実上、極東テレビは蚤の市の支配下に入る。それならば、業務提携という形で決着をつけた方がまだマシと思うでしょうからね」

典子は、一応納得した様子で肯《うなず》いたが、

「でも、マスコミの論調はあなたのもくろみ、つまりテレビとネットとの融合ということに関しては懐疑的な見方をしてるわよ。そんなことは夢物語だと言わんばかりの論調でね」

経済紙の夕刊を差し出してきた。

「僕が、そこまで頭の回らない男だと思うか」

「だって、あなたのもくろみは、極東テレビに経営参加することで、蚤の市の経営基盤を盤石なものにすることにあるんでしょう」

「もちろんそれもある。ウチの会社がでかくなったとは言っても、それはあくまでも発行済み株式の総数を時価換算すればのことだ。株価が下がれば、会社の価値は下がる。だからこそ、資金調達が容易な今、優良資産を持つ極東テレビに食い込まなければならない。だがね、それは僕の本当の目的を果たすための第一段階に過ぎない」

「じゃあ、本当の目的はその先にあると言うわけ」

「当たり前だ」

「その目的は何なの」

典子は、食事の支度も忘れて、ソファに腰を下ろした。

「世間では、テレビとネットとの融合などできはしない。そう思われているようだが、僕はそうは考えていない。なるほど、テレビのコンテンツをそのままネットで流そうとすれば、著作権の処理だけでも解決できない問題は多々ある。だけどな、よく考えてみろ。例えばニュースは実際に画面を通じて報じられる前にどんな手順を踏む？　情報番組はアナウンサーやタレントがリポートする前に、何が必要になる？」

典子は視線を宙に向け、考えを巡らしているようだったが、やがて口を開くと、

「両者に共通するものは、まず取材」

一つ一つのステップを思い浮かべるように話し始めた。

「それから？」

「それを文字にして台本を作る……」

「そうだ。そこに僕の狙《ねら》いがある」

「どういうこと」

「つまり、テレビというのは、一見したところ画像と音声で構成されているように見えるが、実のところ文字が必ず介在するということだ。アナウンサーが報じるニュース、

リポーターの口を衝《つ》いて出る情報、全てに台本がある。なるほど、画像をそのままネットで配信することは難しい。しかし文字情報ならば別だ」

「それじゃ、あなたが狙っているのは――」

「ニュースの原稿は、基本的にパソコンを使って書かれる。それにある程度の加工を施し、文章を洗練させれば、新聞以上に詳細に事件を報じる新しい媒体となる。なにしろ紙面のスペースという物理的制約がネットの世界にはないからね。識者のコメント、論説委員の解説、寄稿者の原稿。一つのニュースをあらゆる角度、違った視点からとことん追求し、重層的に報じることができる。しかも、ネットを使えば、世間がどういうニュースに関心を払い、何を欲しているのかは、瞬時にして分かってしまうだろう。記事の一つ一つに購読率という形で現れるからね。これが可能になれば、新聞のあり方は大きく変化する。宅配も印刷も必要ない。利用者は、家にいながらにして、ほぼリアルタイムで随時更新されるニュースを読むことができるんだからね」

「じゃあ、あなたは新聞のありかたを根底から変えようとしてるわけ？」

「既に新聞社はネットでのニュース配信を行ってはいるさ。もちろん我々もね。でも現実は、実際の新聞記事の見出しに多少手を加えた程度のものに過ぎない。ましてやネット産業が報じるニュースは取材力はないし、書き手の能力もなきに等しい。これらの全てが無料なのはそのせいだ。しかし、僕が考えているものが実現すれば、ニュースも生活情報も、全ての情報がはるかに価値の高いものに変わる。利用者が金を払っても読みたいと思うほどのものにね。しかも人件費は、テレビ局の連中が現行の仕事の中でほとんどやってくれるから事実上コストはゼロに近い。それに紙代、印刷費、新聞店への販売手数料や配送費がない分だけ、はるかに安い料金で提供できる」

「そしてその料金は、蚤の市ファイナンスに落とす……」

「当たり前だよ。銀行引き落としという形でね。それだけじゃない」

武村はさらに続けた。

「生活情報記事の中で何かの商品名が出たとしようか。その部分をクリックすると、該当する会社のサイトに飛ぶ。もし、その人が商品を購入したければ、今度はそれが蚤の市のサイトに飛ぶ。もちろん、リンクを張る企業からは、アクセス数に応じて広告費に相当する料金を徴収する契約を事前に交わしておき、さらにモールへの出店費用も取る」

「なるほどねえ。確かにあなたの話を聞いていると、テレビ局が宝の山だってことが分かるわ。でもどうしてそれを先に言わないの。このアイデアを前面に出せば、極東テレビにとっても悪い話じゃないと分かるはずだわ。きっと前向きになるんじゃない」

「アイデアをパクられて終わっちまうさ。こっちが経営に参加してからじゃないと、とても話せやしないよ」

さすがの典子もしばらく現場を離れている間に大分焼きが回ったらしい。武村は思わず苦笑した。

「そうして考えると、極東テレビとはいいところに目をつけたものね。優良資産を持っている上に、唯一《ゆいいつ》新聞社の系列下にはない民放キー局ですものね」

「だから、僕の夢の第一段階をかなえるためには、何がなんでも極東テレビをものにしなければならないんだ」

「第一段階？ それじゃあなたの脳裏にはすでに次の目標があるの？」

「ある」

武村は正面を見据え断言した。

「出版産業だ」

「出版？」

「新聞と同じ理屈だよ。ネットに載せるメディアとしては、活字をメインとしている分だけはるかに簡単だ。それに出版社というところは、オーナー企業がほとんどだし、どこも業績不振であえいでいる。大手とはいえども、つぶれないでいるのが不思議な会社はごろごろしている。買収話を持ち掛ければ乗ってくる経営者はいくらでもいるだろうさ」

「でも、活字離れが進んでいると言われて久しい業界よ。新聞はともかく、出版に大金を注ぎ込む意味があるのかしら」

「僕はそうは思わないね。少なくとも、週刊誌や情報誌に関して言えば、まだまだ有望な市場だと思うよ」

「どうして？　発行部数が多いと言われている週刊誌だって、五十万部かそこらでしょう。テレビで高視聴率と言えば二十パーセント、つまり二千四百万からの人が見ていることになるじゃない。比較にならないわ」

「それは視聴率調査の前提に大きなトリックがあるからだ」

「トリック？」

「視聴率は、乱暴に言えば一家庭四人が同じ番組を見ているという仮定の下で算出されているのさ。だからそういう計算が成り立つ。だがね、今の時代、一つの家庭に複数台、場合によっては人数分のテレビが置いてあるケースも少なくないよね。めいめいが違う番組を見ていても、カウントの対象となるのは調査機械が設置されているテレビだ。だから視聴率の実数値は、その三分の一程度ではないかと言われているのさ、もっとも、そんなことを公言しようものなら、大金を出しているスポンサーがコマーシャル料金を値切ってくるに決まってる。テレビ局は口が裂けても言えやしないけどね」

「三分の一にしても八百万人。差は大きいわ」

「そうかな。僕はそう思わないな」

「なぜ？」

「週刊誌の五十万人は、それを読むという明確な意図を持ち、かつそれだけの時間を費やす人間だからだ。漫然と画面を眺めている人間とは質が違う。ペーパーメディアもまた情報の宝庫だ。これを放っておく手はない」

「テレビ、新聞、出版か……」

典子がぽつりとつぶやくと、顔を向けてきた。

「あなたが目指していたものが実現すれば、本当にメディアのあり方は変わってしまうわね。まさにグーテンベルクの印刷機が出現した時と同じ革命が起こるわ」

「そういうことだ」

「がんばってね。何があっても、あなたの夢を叶《かな》えて」

「既成の概念をぶち壊すんだ。道はそう簡単じゃないぞ。ビジネスの世界にはどんな化け物が潜んでいてもおかしくはない。失敗すれば無一文になる可能性だってある」

「そうなったところで最初に戻るだけの話じゃない。とは言っても、無一文じゃない。私のお金に手をつけなければ、再起の資金にするもよし、そのまま生活費に充《あ》てれば、家族三人一生食べて行けるだけのものは残る。それでいいじゃない」

典子は、さわやかな笑みを見せると、食事の支度をしなくちゃ、と言い残し、キッチンへ消えた。

その後ろ姿を見ながら、この家族を守らなければならない、何があっても極東テレビをこの手に収めなければならない、と武村は思った。

第四章　アイデアの種

企画書を提出すると威勢のいい言葉を吐いたまではよかったが、いざ作業に取りかかってみると、横沢はたちまち大きな問題にぶち当たった。

アイデアをまとめ、それを文字にするのは簡単だ。しかし、今回の企画は設備投資だけでもざっと二十億。もちろん、出店料をただにすることだけでも、蚤の市が確立したビジネスモデルをひっくり返すだけの自信はあったが、第三者にそれを納得させるためには、大前提として提案を裏付けるだけの現状の分析、それにデータが必要である。そうでなければ、自分の考えの優位性がどこにあるのか、将来のビジネス展望がどんなものか、を寺島はもちろん、会社の上層部に納得させることはできるものではない。

蚤の市成功の秘密やビジネスモデルについては、幾つもの書籍が刊行されてはいたが、それらにいちいち目を通し『勉強』している時間はない。それに必ずしも、必要と思われる情報を手にできる保証もない。

やはり最も効率がいいのは、店舗を蚤の市のウェブサイト上に立ち上げるまでのプロセスを自ら体験してみることだ。どこにネットビジネスの優位性があり、どこにつけ込むすきがあるのか。実体験に勝るものはない。いや実際に店舗を出さずとも、蚤の市の営業担当者とコンタクトし、話を聞けばかなりの情報を得ることができるだろう。

しかし、作業量を考えただけでもかなりの量になる上に、たった一人で書き上げた企画書にはどこに落とし穴が生じないともかぎらない。斬新《ざんしん》な提案というものは、欠点を突かれればそれだけでも没にされる可能性が高い。勝負は一度だ。確実に企画を通すためには、第三者の協力が不可欠である。

そう考えた横沢は、コンビニ最大手の一つ、エニイタイムを担当し、新たな取引先の獲得に苦しんでいる軽部に話を持ち掛けることにした。本部交渉ですべてが決まる広域営業部に配属されるのは、営業マンからすれば楽な仕事だが、その分ビジネスを失った時には会社に与える損害は甚大《じんだい》である。そうした観点からこれまでの営業実績、交渉能力、営業マンとしてすべての面において優秀と目された者だけがこの部署には集められていた。その点からも軽部が乗り気になってくれれば、大きな戦力になる。

「なるほどねえ。横沢さん、面白いこと考えたもんですね」

横沢がプランのあらましを話して聞かせると、二年ほど入社年度が若い軽部は、果たして目を輝かせながら身を乗り出してきた。

「出店料無料のショッピングモールサイトですか。確かに、出店料で大部分のもうけを上げている蚤の市には逆立ちしたってできるもんじゃありませんよね。運送料という別の部分で利益を得られるわれわれ運送業でこそできるビジネスですね」

「そう思うか」

「面白いと思いますよ」

軽部は改めて同意すると、

「第一、出店料無料というのがネット利用者の嗜好《しこう》に合っていると思います。横沢さん、『ネット原住民』って言葉知ってますか」

初めて聞く言葉を発しながら尋ねてきた。

「ネット原住民？　何だそりゃ」

「本だったか新聞だったかは忘れちゃったんですが、前に読んだことがあるんです。ネットの世界には原住民と呼ばれる存在がいるってね。彼らは、ネットの世界におけるすべての情報、コンテンツは、利用者に共有されるものであって無料で自由に使用されるものでなければならない。著作権すら存在しないと強硬に主張するんです」

「それが何で原住民なんだよ」

「今でこそインターネットは世界を網羅していますが、そもそもの起源はアルパネットという、アメリカの四つの大学の間で結ばれたコンピューターネットワークだったんです。研究者同士が、自由にデータベースや資料にアクセスし、いかようにでも使用できる。そんな目的で使われていたんです。使用者も目的も限定されていましたから、少なくともネット上にアップロードされたコンテンツはすべて共有物。個人の権利は主張しない。そういう取り決めになっていたらしいんですね。ところが、ネットワークが急速に外部に広がり出すと、著作権を始めとする権利を主張する人間も出てくれば、料金を取ろうとする輩《やから》も出てきた。原住民たちは、これをネット本来の意義とは異なる、ネット上における情報は使用者がフリーで使えるべきだ、と主張しているんですね」

「ふーん。何で原住民と呼ばれるかは分かったが、それとネットショッピングがどう関係すんだよ。今の時代、通信費やサーバーのレンタル料金を支払うのは当たり前のことだろ」

「もちろんそうです。私が言いたいのは、サーバーのレンタル料金すらもタダってことが、彼らならずともネット利用者にはウケるに違いないってことですよ。無料。このコンセプトがね。これは原住民だけじゃなく、既存のモールに出店している人間にとっても絶大な売り文句になりますよ」

「そう思うか」

「ええ。間違いなく」

軽部は断言したが、

「しかし、すべてを無料にするというのはどうですかね」

今度は一転して小首をかしげた。

「何かひっかかることがあるのか」

「第一に考えられるのは、出店料金をタダにすれば、有象無象がこぞって出店し、それこそ収拾がつかない状態になる可能性があるってことですね。事実上の家賃を取っている蚤の市の出店者にしたって、本気でネットでもうけようとしている人間ばかりじゃないと聞きます」

「じゃあ、ばか高い料金を払って、何をしようってんだ」

「中には仕事で頻繁に海外に出掛ける機会があり、そこで目についた日本では売られていない商品、あるいは同じものを日本で売られている値段よりも遥《はる》かに安い値段で販売できる。まあ、サラリーマンの小遣い稼ぎといいますか、その程度の気持ちで出店している人間も少なからずいると聞きますよ」

「月額四万からの金をその程度のことに使う人間がいるのかよ」

「まあ、遊び。それもうまくやればちょっとした小遣い稼ぎになると考えれば、安い出費といえなくもないでしょう。少なくともパチンコやってあっという間に何万も負けちまうよりも、よほど生産的ですからね。だから、タダなんかにすれば、それこそ趣味でお菓子とかを作ってる主婦なんかが、興味本位で出店してくる可能性もある。そうなれば、サーバーが何台あっても足りやしませんよ」

「なるほどなあ」

「それだけじゃありません。出店料がタダになれば間違いなく店舗の数は増えるでしょうが、出店者のモチベーションをどう維持するか。これは大きな問題ですよ。横沢さん、中古の本をネットで買ったことがありますか」

「いや……ないな」

「サイトをのぞいてみれば分かりますが、本を中古で売ろうとしている人間の欄をクリックすると、過去取引した人間の評価が出て来るんです。美品とうたっていたが実は汚れていたとか、レスポンスが悪かったとかのコメント付きで、顧客となった人間が点数を付けているんです。利用者は、それをどの出店者から買うかの目安にしてるんです」

「本の中古マーケットへの出店料は無料なんだろ」

「ええ。でも、オーダーが飛び込んで来ればめっけもの。どうせ出店料はタダ。反応がなくとも自分の懐《ふところ》が痛むわけでもないとなったら、毎日オーダー状況をチェックしない連中も出てくるでしょうし、さっき言った趣味で菓子を作っている連中なんかは、一つのオーダーのためにすぐに準備を始めたりしないから、クイックレスポンスなんて望めませんよ。出店者が増えたはいいが、くずの山となったら、サイトにアクセスする人間なんていなくなっちまう」

軽部の言うことはもっともだ。確かに出店料金を無料にすれば、彼のいうように数は集まってもサイトの中はくずの集まりになりうる可能性が高い。まさに今のインターネットが抱えている最大の問題にして最大の欠点、つまり無料の情報はあふれ返っているが、どこの誰が発したものなのか、精度も定かではない、という状況に陥りかねない。やはり無料というのは無理があるのだろうか。

横沢は弱気になりかけたが、

「軽部よ。今、お前、遊び感覚で蚤の市に出店してる連中も少なからずいるって言ったよな」

「ええ」

「じゃあ、そいつらはどうなんだ。高いモチベーションを持って、自分のサイトを運営し、客のオーダーにこまめに応《こた》えているのか」

「そいつはどうですかね。サラリーマンや主婦は仕事や家事って本業があって小回りが利《き》きませんからね」

「それでも出店を続けているってのは、やっぱり月額四万円からの料金を支払っている以上、金をドブに捨てるようなまねはできない。つまり料金が、高いモチベーションを維持させているってことになるのかな」

「そうとも考えられますね」

「やっぱりそうか……」

いけると踏んだアイデアが、企画書を書くどころかそれ以前に粉砕される。期待が大きかった分だけ覚える失望感も大きい。横沢は全身にみなぎっていた力が急速になえていくのを感じながら、肩を落とした。

「でも、横沢さん。このアイデア、ちょっと考え方を変えれば、いけるかもしれませんよ」

軽部がふと、思いついたように言う。

「どうすんだ」

「横沢さんのアイデアは、要はあれでしょう。蚤の市のビジネスをそっくりこっちで頂《ちょう》戴《だい》しようってところにあるんでしょ」

「ああ、そうだよ」

「だとしたら、連中にとっての稼ぎ頭にターゲットを絞ったらどうでしょう」

「どういう意味だ」

横沢は軽部の言わんとしていることが俄《にわ》かに理解できずに問い返した。

「蚤の市は出店者から家賃とも言える固定の料金を徴収する他に、売上金額に応じて五パーセントから三パーセントの従量料金を徴収してるんでしたよね。それも売り上げが低いほど料率は高い」

「その通りだ」

「蚤の市がこうした従量料金を課しているのには、二つの理由があると思うんです」

軽部は揺るぎない視線を横沢に向けながら続けた。

「一つは、売り上げが上がれば従量料金が低くなる。これは優良出店者に対するインセンティブ、つまり頑張れば手取りは大きくなるということを認知させ、さらにビジネス拡張へのやる気を起こさせる。利幅が大きくなれば、当然モチベーションは上がる」

「なるほど、それで第二は？」

「売り上げが五十万円以下は五パーセントもの金額を徴収する。純益の五パーセントならともかく、売り上げの五パーセントは、出店者にとって決して少ない金額ではないはずです。出店料金を支払った上に、これだけの金を抜かれたんでは、赤になるケースがごまんとあるはずです。これは考えようによっては、業績が上がらない出店者を切るための方策じゃないですかね。だってそうでしょう。ああいうビジネスは出店店舗が増えればいいってもんじゃない。数が増えれば増えるほど、利用者にとっては検索が大変になりますからね」

「なるほど、そこまでは分かった。それでどうするってんだ」

「われわれの立場からすれば、売り上げの高い店、イコール、物量の大きい店ってことですよ。だから蚤の市の上をいって、ある一定の売り上げ、あるいはオーダー数のある店舗は出店料をタダにしたらどうでしょう」

「あっ！　そうか」

横沢は思わず感嘆の声を漏らした。確かに軽部の言う通り、何もかもタダにしたのでは、サイトは玉石混交、利用者の使い勝手が悪くなりもすれば、当たれば幸いと出店を申し込んでくる人間で、収拾がつかなくなるだろう。

しかし、ある一定の売り上げ、あるいはオーダー数をクリアした店舗に限ってというのであれば、話はまったく違ってくる。なぜなら、そこには必ず配送という行為が存在するはずで、暁星運輸は本来の仕事で充分な利益を上げられるからだ。

「これなら行けるでしょう。たとえば出店料をタダにしても、たとえば五百万円もの売り上げがあるアカウントから出される荷物はかなりの量になるはずです。しかも配送料はフルチャージ。ウチの利幅は現行のどのビジネスよりも大きい。四万程度の金なんて、コンビニなんかに払っている取扱料に比べれば、どうって額じゃない」

「そして、同時に有象無象も排除できる」

「そういうことです」

「いいねえ。そこまで頭が回らなかったよ」

「いや、横沢さんの無料ショッピングモールサイトというアイデアがあったからこそですよ」

こちらを見詰める軽部の瞳《ひとみ》に、闘志がみなぎっているのが分かった。

このところ、商売を取られっぱなしでこのフロアにいる営業マンのことごとくが冴《さ》えない表情をしていたが、久々に見る希望と野心に満ちあふれた目に接して、横沢の胸中に熱いものが込み上げてくる。

「やるか！」

「やりましょう！」

横沢の言葉に、軽部が間髪を容《い》れず応えた。

「よし。そうなれば、まず蚤の市がどんな形で新規出店希望者にビジネススキームを説明し、どういう手順を踏んでサイトにアップロードするのか。それから、数多《あまた》ある出店者の中にあって、どういう店舗に利用者が集中しているのか。そこを調べることから始めよう」

「分かりました」

「そのためには、こちらがダミーになって、まず蚤の市の営業とコンタクトを取り、パンフレットを入手しよう。すまんが、軽部君、それをやってくれるか」

「横沢さんは、面が割れてますもんね。もし、詳しい説明をするから会社に来いなんて言われたら、バレて相手も警戒するでしょうし。いいですよ、私がやります」

「それと、企画書をまとめるに当たっては、システム部門の人間のサポートを受けなきゃならないが……」

「それなら、私の同期に石川というのがいます。ご存知でしょう、ほら、蚤の市のシステムとウチの配送システムを繋《つな》げる仕事を担当した」

「ああ、彼か。適任だな。彼ならすでに蚤の市のシステムは熟知しているはずだし」

「じゃあ、さっそく声をかけてみましょう」

軽部は受話器に伸ばした手を止め、

「横沢さん。俺、何か久々に燃えてきましたよ。考えてみれば今までウチの業界は、客から仕事を貰《もら》うことだけを考えてきたけど、これってわれわれ主導でビジネスを創出するってことですよね」

目を爛々《らんらん》と輝かせて訊《たず》ねてきた。

「そうだ」

「これはひょっとすると、ウチの会社、いや業界にとっても、ある意味革命的な出来事になるかもしれませんね。絶対に成功させましょう。何があっても」

肯《うなず》く横沢に力強く言い放つと、軽部は番号をプッシュした。


週が明けた月曜日の夜七時。暁星運輸の会議室に三人の男たちが顔をそろえた。この時間になると、真夏とはいえ、本社社屋全館の空調は切られてしまう。窓を開けることができない室内に、昼の余熱が忍び込み、体感温度がたちまちのうちに上がっていく。

横沢は早くも背筋にじっとりと汗が噴き出してくるのを感じながら口を開いた。

「石川君、悪いね。ただでさえも忙しいのに、僕らのために時間を割いて貰って」

「いや、いいんです。スタッフ部門の人間が営業の、それも新規事業の立ち上げに直接携われるチャンスなんてそうあることじゃありません。僕でお役に立つことなら喜んでやらせて貰いますよ」

ノーネクタイのワイシャツ姿に、サンダル履きというのは、日頃あまり外部の人間と接することのないシステム屋の特権である。石川は扇子で風を作りながら縁無し眼鏡の奥の目に穏やかな笑みを浮かべて言った。

「話の概略は軽部から聞いているよね」

「ええ」

「それじゃ率直に訊《き》くが、システム屋の君から見てどう思う？　今回のアイデア」

「正直な話、面白いプランだと思いますよ。ただ、実現に漕《こ》ぎ着けるまでには、クリアしなければならない高いハードルがちょっと考えただけでも幾つも出てきますけど」

「もちろん、これだけのことをやろうとするんだ。問題があって当たり前。その点は覚悟しているさ。特にこのビジネスの成功の鍵《かぎ》を握るのはシステムにあるともね。だから君にこうして参加してもらうことにしたんだ」

横沢は隣に座る軽部にちらりと視線をやると、改めて石川を促した。

「じゃあ、最初に問題点を話す前に、僕が必ずしもこのプランを否定的にとらえていないことの証《あか》しとして、ひかれる部分からお話ししましょう。その方がこれから先、プランを煮詰めていくにしても建設的な考えが出てくると思いますからね」

「バッドニュース・ファーストはビジネスの基本だが、確かに問題点ばかり先に聞かされたんじゃ気が滅入《めい》っちまうもんな」

横沢は思わず苦笑を漏らした。

「言うまでもなくこのプランの最大の長所は、出店費用が基本的に無料だという点にあります。売り上げが増加すればするほど出店者の利幅は大きくなる。この点だけを取っても、従来のショッピングモールにサイトを出している人間たちには、とてつもない魅力に映ることでしょう。おそらく、今現在、蚤の市に出店して成果を上げている人間たちから、雪崩《なだれ》を打ってとまでは言わないまでも、併用という形で我が社のモールに出店を試みる業者が少なからず出てくると思いますよ」

「当初は併用にしても、利幅のでかい方に力が入るに決まっている。それに出荷の際に、配送請負業者が二つに分かれてたんじゃ、使い勝手が悪くてしょうがねえ。結局は、一本に絞ることになるだろうさ」

軽部が傍らから口を挟んだ。

「でしょうね。だから基本コンセプト的には、取扱高の多い出店者を優遇するのは間違っていないと思います。出店料に加えて売り上げに応じた従量料金。五百万の売り上げの三パーセントは、一見、さほどの金額には思えないかもしれませんが、純益ベースでは料率はずっと高くなる。しかもこれ、月額ですからね。この点からも勝機は充分にあるとは思います。まさに商品を届けることで料金を貰う、という利益確保の手だてを持っている我々運送業者だからこそできることです」

「それで、肝心の実現へ向けてクリアしなければならないハードルだが」

石川が基本コンセプトにネガティブでないと分かった以上、メリットを延々と聞いていても仕方がない。横沢は話題を変えた。

「サーバーなどの設備投資については、すでに頭に置いていらっしゃるでしょうから、システム的な部分と運営面に分けて考えついた問題点をお話ししましょう」

石川は眼鏡を人差指で持ち上げると続けた。

「まずその第一ですが、出店者がモール上に立ち上げるサイトです。もし既存の業者が蚤の市からこちらに乗り換えようとすると、一からホームページを制作しなおさなければならないという手間がかかる。蚤の市のモール上にアップロードされているサイトは、彼らが提供するホームページ作成用ソフトを用いて作られている上に、著作権も彼らにあるのです。そのまま流用するわけにはいかない」

「なるほど、ホームページ作成用ソフトをこちらが用意し、それを使用して改めて制作して貰わなければならなくなるというわけだな」

「しかし、蚤の市の既存の出店者にしたところで、ホームページは自分たちで作ってるんだろ。確かに二度手間には違いないが、それから先の運営経費のことを考えれば、まだこちらにメリットがあるんじゃないのか」

軽部が横沢の言葉を引き継ぐ形で反論する。

「まあ、そう感じる出店者が多いのは事実でしょう」

石川は穏やかな口調で肯定すると、

「問題はその後のケアですね」

いよいよ本題を切り出した。

「どう利用者の興味をひくか、サイトの完成度を高めなければならないというわけだな」

「そうです。蚤の市のサイトを見れば一目瞭然《りょうぜん》なのですが、出店者のページのほとんどは一画面で構成されているわけではありません。導入から展開、そして購買意欲をかき立てるような画面へと、何層もの仕組みになっている。言うまでもなく、モールサイトへの出店者のほとんどが無名の企業、というか商店です。利用者は現物を見ずに購入を決断しなければならないのですから、どうしても情報量を多くせざるを得ない」

「まさにプレゼンと一緒だな。いかに自分の訴えたいことを簡潔にしてポイントを漏らさず伝えることができるか。それにビジネスの成否がかかっているというわけだな」

石川の言うことは一見、簡単なことに思えるがそれがいかに困難なことであるかはすぐに想像がついた。

最近ではプレゼンにもパワーポイントが使われるのが当たり前の時代になったとはいえ、一つのことを説明するのに、たった数行のセンテンス、あるいは図で済ませる者もいれば、冗長な文章を何のためらいもなく画面に映し出す者もいる。日々、ビジネスの最前線でしのぎを削っているプロと呼ばれる人間でさえその有り様なのだから、素人《しろうと》同然の人間が洗練された画面を作るのは至難の業というものだろう。

「そうです」

果たして石川は肯くと、

「蚤の市は、少なくとも専門の部署を設け、いかに洗練されたサイトを作るか、どうしたらアクセス数が上がるようになるかを顧客に指導すべく、幾つもの講座を開いているんです。当然、ウチがこの分野に乗りだすとなれば、同様の組織を持つことが必要になることは間違いありません」

と断言した。

「つまり、一旦《いったん》このビジネスに乗りだす以上、顧客ケアのための組織を置かなければならない。そうでなければ、集まった客も逃げちまう。そういうことなのだな」

「その講座の話なら知ってるよ。しかし、どうかな。本当に蚤の市の指導を仰いだからといって、出店サイトへのアクセス数が上がるのかな」

すかさず、軽部が傍らから疑義を差し挟む。

「俺も何度となく蚤の市のサイトにアクセスしてみたが、講座と言やあ聞こえはいいが、有料な上にホームページを作るのは所詮《しょせん》出店者だ。もちろん代わりにホームページを作るサービスもあるが、これまた結構な料金を取る。体裁さえ整えれば商売がうまくいくってもんじゃあるまいし、俺にはどちらも食いついた客から金を絞り取れるだけ絞り取る、そんなふうにしか見えないがね」

「蚤の市のアフターケアの効果については、評価が分かれるところでしょうね。確かに君の言うような側面があるのは否《いな》めないとは思うよ。ただ体裁を取り繕ったところで、四万もあるサイトの中から利用者がうまく自分のサイトにアクセスしてくれる保証はないからね」

石川の言葉は、かねてより横沢が抱いていたネットショッピングに対する最大の疑問に触れようとしていた。

蚤の市に限らず、ウェブ上にショッピングモールを展開する企業のトップページは、いずれも商品別にカテゴライズされた項目で、その部分をクリックするとさらに細分化された商品別項目へと移り、購入者が何度も同様の操作を繰り返しながら目当てのものを探しだす仕組みになっている。

原理的には、ウェブ上の検索サイトと何ら変わりはない。確かにペーパーメディアとは違い、紙面という物理的制約がない分だけ情報量は豊富だが、一覧性もなければ斜め読みもできない。考えようによっては不便極まりないばかりでなく、かなりのフラストレーションがたまる代物《しろもの》だ。にもかかわらず、モールを通じてショッピングを楽しむ利用者は確実に増えている。その絡繰《からく》りが理解できなかった。

「石川君、僕が疑問に思うのは、まさにその点なんだ。いったい利用者は何を頼りに、商品購入を決めるんだろう。どうやって目当てのものを見つけるんだろう」

横沢は素直に疑問をぶつけた。

「目安となるものは二つあると思います」

石川は真摯《しんし》なまなざしを向けると続けた。

「一つは、出店者の商品を自分の嗜好《しこう》に合ったように何通りにも並べ替えができるということです。例えば価格が安い順、売れ筋順といったようにね。情報を条件順に瞬時に並べ替えるのはコンピューターの最も得意とするところですからね。利用者はそうやって商品を絞り込むことができるんです。ただこれも度が過ぎると利用者にとっては使い勝手が悪いこと甚だしいだけでなく、誤解をまねくようなことにもなるんです。何しろ蚤の市のランキングサイトは三千以上もあるんですよ。総合ランキングの下に、食品があり、その下に肉があり、またその下に加工食品があるっていう具合に延々と絞り込みが続くんですからね。これじゃやりようによっては、昨日出店したサイトだってすぐにどこかの時点でランキング一位になってしまう。もっとも蚤の市のマーケティング担当者は、むしろそれを売り文句にしているようですがね」

「何ともお粗末な話だな。まるで学生のサークルの乗りじゃないか。いやここまでくると、むしろ詐欺《さぎ》みたいなもんだ。ランキングなんてわざわざ謳《うた》う意味がない。それでその第二は？」

「実際の影響力はどの程度のものかは分かりませんが、アフィリエイトでしょうね」

「アフィリエイト？　何だそりゃ」

「個人がネット上でホームページ、あるいはブログといった形態を用いて自分の意見や日記を公開しているのはご存知ですよね」

「ああ、知っているよ」

「たとえば、私がある食品についてブログの中で意見を述べたとしましょうか。それを読んだ人間が、文中の商品に関心を持ち、その部分をクリックすると実際に該当する商品を販売しているサイトに飛ぶんです。もし、その人間がそのまま商品を購入すれば、ブログで紹介した私にはいくらかの販売手数料が入る。まあ、仲介手数料、あるいは広告費といいますか、そんな仕組みができあがっていて、これが人気のあるブログを運営している人間にとってはささやかながらも小遣い稼ぎになるってんで、ちょっとしたブームになりつつあるんです」

「ブログなんて、どこの誰が書いてるのか分かりゃしないもんだろ。そんな情報を真に受けて、商品を購入する人間なんているもんかね」

「口コミと考えたら馬鹿《ばか》にできるもんじゃないでしょ」

石川はいとも簡単に言い放つ。

「実際、どんな商品だって、巨額の広告宣伝費を使っても駄目なものもある一方で、口コミで火がついたなんて例は枚挙にいとまがありませんよ」

なるほど口コミといわれると納得がいく。中年のオヤジには理解し難いが、女子高生の間で流行《はや》るアイテムは彼女らの口コミで爆発的ブームとなったものも少なからずあれば、数年前に細々と発売された本が、ある日突然ミリオンセラーになったという話も耳にしたことがある。

「でもさ、じゃあ何か、そのブログを運営している人間は、海のものとも山のものともつかない商品を、ネットを通じて買い漁《あさ》り、逐一その評価をブログにアップロードしてるのか。そんなことやってたんじゃ、金がいくらあっても足りはしないだろう」

当然の疑問というものである。評価が小遣い稼ぎになるというなら、ブログの運営者がますますその世界にのめり込んでいくのは目に見えている。アフィリエイトから上がる利益で購入資金を賄《まかな》うことができるというならともかく、どう考えても購入した商品代金を賄って余りある余禄《よろく》を得られるはずがない。

「いや、それが、最近では影響力のあるブログやホームページの運営者に商品を評価して貰《もら》おうと、無料でサンプルを送る出店者もいるみたいですよ」

「それじゃ素人とは言えないな。まるで職業評論家じゃないか。そんなところから発せられる情報が果たして当てになるものなのか」

「無責任な情報を発し続ければ、いずれ自然と淘汰《とうた》されるんでしょうが、アフィリエイトにしても出現してまだ数年。ちゃんとしたルールがあるわけでもなければ、責任の所在がはっきりしているわけでもない。私にいわせりゃ、どさくさ紛れに大金を摑《つか》んだ人間がいた戦後の闇市《やみいち》みたいなもんですよ」

「戦後の闇市か。うまいことを言う」

軽部が苦笑いを浮かべながら言った。

「考えてみりゃその通りかもしれんね。時代の寵児《ちょうじ》と言われているIT長者の連中にしたところで、何でもありのどさくさ紛れに大金を摑んだ。そう考えた方がはるかに分かりがいい。実際、この週末に蚤の市に資料を請求しようと電話をしてみて実感したよ」

「何かあったのか」

そういえば、軽部は早々に蚤の市に電話を掛け、パンフレットを入手すると言ったが、それらしきものを所持している様子はない。

「いや、実際に電話をしてみて分かったんですが、あの会社、ご大層なビルにオフィスを構え時代の先端を行っているように見えて、中身はどうも器に追いついていないといった感じがするんですよね」

「どんなところが」

「まず金曜日の夜、いや正確には土曜日の午前五時に資料請求のメールを送ったんです。早々に蚤の市から電話があったんですが、それが何時だったと思います？　土曜日の午前九時ちょうどですよ。リプライが早いっちゃ早いんですが、相手が何時にメールを送ったかなんてことはお構いなし。朝早くに叩《たた》き起こされ電話に出てみれば、これがまた若いアンちゃんが『資料を請求してますけど、どこまで本気でやるつもりなんですか』と来た」

「客商売にふさわしい応対が満足にできないってわけか」

「客を相手にタメ口ですよ。まあ、会社が急速に大きくなった上に、社員の平均年齢も若い。それが時代だといえばそれまでですが、出店者を教育する前に社員教育をしっかりやらないとね。あの調子だとまともな企業が本気で乗りだしてきたらひとたまりもありませんよ」

「それでパンフレットはきたのか」

軽部は首を振りながら、

「今日メール便で送付しますって言ってましたけど、さっき家に電話してもまだだって。あのアンちゃんの言うことが本当だったら、日曜日に届いていなきゃならないところなのにね」

嘲《あざけ》るような笑いを浮かべた。

横沢は、これまでの会話を頭のなかで反芻《はんすう》してみた。軽部が思わず同意の言葉を漏らしたように、今の状況を考えれば考えるほど、石川が言った『戦後の闇市』、『どさくさ紛れ』という例えはまさに的を射た比喩《ひゆ》といえると思った。となれば、彼らに対抗できる手だては何か。何が必要かがおのずと見えてくる。

正確な情報。そして信頼だ。

確かに蚤の市は短期間に、これほどまでの王国を築き上げた。その力は認めなければなるまい。しかし、いかに表面を取り繕おうとも、彼らが運営するモールの実態は玉石が入り交じった鉱脈の中から、客に玉を見つけろと言っているだけに過ぎない。利用者は宝探しを楽しんでいるわけでもなければ、不純物が混じった原石を求めているわけでもない。完成された玉を求めているのだ。もし、自分たちがその二点を満たすサービスを確立できれば、蚤の市をしのぐショッピングモールサイトを立ち上げ、膨大な量の荷物を手にできるはずだ。そのためには何をすればいいのか——。

横沢は夜の帳《とばり》が降りた窓の外を見やった。通りを挟んで建つビルの蛍光灯の光の中に、閑散としたオフィスが浮かび上がっている。一人机に向かって仕事に没頭する男の後ろ姿が見えた。ガラス窓に映る自分の姿がそれに重なる。それはフォーカスが定まらないファインダーの中をのぞいているようで、二つの影が重なったとき、そこに答えを見いだせるような気がして、横沢は無言のままその姿にじっと見入った。

極東テレビの応接室は険悪な空気で満たされていた。この部屋に入ったのは午後三時のことだから、もう四時間の時が流れたことになる。

武村慎一は豪華な革張りのソファから身を起こし、氷がすっかり溶けて薄くなったコーヒーで口を湿らすとグラスを静かに置き、改めて正面の席に座る極東テレビ社長の宮《みや》下洋司《したようじ》の目を見据えた。

「武村さん。それではどうあっても引く気はないと言うのだね」

すでに議論は出尽くしたにもかかわらず、宮下が念を押すように尋ねる。

「ありません」

間髪を容《い》れず、武村は答えた。

「分からんね」

宮下はテーブルの上に置かれたシガーケースに手を伸ばすと、今日この部屋に入って初めてのたばこに火を点《とも》し、苦々しい顔で煙を吐く。

「何がです」

「君の本当の狙《ねら》いだ」

「私の目的は何度もお話ししたじゃありませんか」

「ふん……」

宮下は鼻を鳴らしながら煙を吐くと、吸いかけたばかりのたばこを灰皿に擦《こす》り付ける。

「テレビとネットとの融合。そんな手垢《てあか》のついた言葉は聞き飽きたよ。君たちは何かと言うと錦《にしき》の御旗《みはた》のごとくその言葉を口にするが、今まで聞いたアイデアなど、検討するまでもなく極めて実現性に乏しいものだということくらい分かっているだろ。君の本音は経営に参加できるだけの株式を取得した段階で、われわれにそれを買い戻させ、莫大《ばくだい》な利益を上げようと目論《もくろ》んでいるだけなんじゃないのかね」

「そんなことはありません。あなた方テレビの人間は、自分たちの持っているコンテンツが、ネットと融合すればどれだけの価値のあるものに変化するか、その可能性に全く気が付いていない。いや、しようともしない。それはテレビ放送が始まって半世紀以上が経《た》つというのに、いまだ創業期からのビジネスモデルに依存したままだということが何よりの証拠です」

「それは我々民放が収益のほとんどを、スポンサーからの広告費に頼っていることを言っているのかね」

「そうです」

武村は肯《うなず》くと続けた。

「確かに最近では過去に人気のあったドラマやドキュメンタリーをＤＶＤ化したり、あるいは通販ビジネスに乗り出したりと、それなりにコンテンツの有効活用を図ろうとしている点が見受けられるのは事実です。ですが、たとえばＤＶＤのような物理的記録媒体によるソフトの販売ビジネスには、常に需要と供給のバランスに伴うリスクが付き物です。売り上げの予測を立て、それが当たれば良し。外れればそれはたちまち不良在庫と化す。逆に売れたら売れたで、今度はビジネスチャンスを逃してしまうことになる。映像ソフトがネットを通じて配信できるようになれば、こうした問題は一気に解決できるばかりか、視聴者から一番組いくらという形で料金を徴収できることになる。それも利用者が望む時間にリアルタイムにです。これは民放にとっても、コマーシャル収入以外の大きな収益源になるはずです」

「つまり何かね、視聴者がパソコンに向かってドラマやスポーツ番組を見るようになると」

そんなことは考えられないとばかりに、宮下が嘲りともとれる笑いを口元に宿した。

「技術の進歩はあなたが考えているよりはるかに早い。配信の環境が整えば、いや、そうしたプランをテレビ局が打ち出せば、今テレビと呼ばれているものは間違いなくパソコンの機能を兼ね備えたものに変わる。それは間違いありません」

「そうした兆《きざ》しが見えたら、我が社にだって即応できるだけの態勢もあれば人材だっていないわけじゃない。何も先を切って、海のものとも山のものともつかぬ事業に乗り出す必要は全くないね」

宮下から直《じか》に株式買い占めの意図を尋ねたい、というトップ会談の申し出があったのは、昨日の昼のことだった。数あるメディアの中でも頂点に君臨するテレビの、しかも全国ネットトキー局のトップならば、時代の趨勢《すうせい》にも敏感で柔軟な思考の持ち主だと思っていたが、どうやらそれは自分の買いかぶりだったらしい、と武村は思った。何しろこの四時間というもの、どんな言葉を発しても理解する姿勢を見せないばかりか、端《はな》から聞く耳など持ち合わせてはいないとばかりにそのことごとくを否定しにかかる。結局は長いサラリーマン生活の末にようやく上り詰めた今の地位を守らんとするばかりだ。その姿からは老醜と腐臭が漂ってくるようで、武村は酷《ひど》い嫌悪《けんお》感を宮下に覚えた。

「その兆しが見えてからなんて言っていたのでは遅いのです。この世界は、リスクを冒しスタンダードを最初に作り上げた人間が勝つ。続く者には何も残されない。それが掟《おきて》です」

「それにしてもだ、今回の君のやり方は乱暴過ぎやしないかね。それだけのビジョンを持っているなら、どうして正面から正々堂々と提携を持ち掛けてこない。いきなり時間外取引を使って我が社の株式を大量に買い占め、今日までにさらに買い進み、十九パーセント以上もの株式を取得したそうじゃないか。これでは敵対的買収を目論んでいる、あるいはさっき言ったように買い戻しによる利益を上げようとしていると思われてもしかたがないんじゃないのかね」

「では、正面から乗り込んでいったら、真剣に私の話に耳を傾けたと？」

「君はこれほどの短期間に、発行済み株式時価総額一兆円もの規模の会社に育て上げた実績を持つ立派な経営者だ。私にだって聞く耳はあるさ」

嘘《うそ》だ！ 思わず喉元《のどもと》まで出かかった言葉を武村はすんでのところで呑《の》み込んだ。

確かに通常の手続きを踏んで宮下に面談を申し込めば、会うぐらいのことはするだろう。しかし、いかに礼を尽くして自分のプランを話したところで真剣に聞き入ることもなければ、ましてや実現に向けて検討することなどあるはずがない。面白い話ですな。そんな相づちを打たれて後はなしの飛礫《つぶて》がせいぜいだ。

「喉元に匕首《あいくち》を突きつけられて、話を聞けといわれて、平然としていられる人間がいると思うかね。君も人間の感情というものを少しは考えてみたらどうかね」

宮下は、改めて不快な表情を浮かべながら言った。

「株式を買い占めたことがそれほど不愉快ならば、なぜ上場してるんです。株式を公開した以上、会社は経営者のものじゃない。株主のものです。それが間違いだとおっしゃるんですか」

「君は何の法も犯してはいないし、資本主義のルールに則《のっと》って株を買ったのは事実だ。それは否定しないよ。しかしね、君がやろうとしていることは、この極東テレビを私物化しようとしていることと同じではないのかね」

「誰よりも多くの資本を出した人間の意向を反映させる。それが株式会社たるものの、義務だと考えております」

「青臭い資本論の講義など聞きたくはないね。本当に、君が我が社と手を組みたいと言うなら、購入した株式を一旦《いったん》第三者に委《ゆだ》ねるか、これ以上買い進める姿勢を留保したらどうかね」

話はまた堂々めぐりを繰り返そうとしていた。

「それはできません」

武村はきっぱりと拒絶した。いかに発行済み株式総額の時価が一兆円を超えるとはいえ、極東テレビの株を十九パーセント以上まで買い進めるまでには、すでに千二百億もの金を注ぎ込んでいる。その多くは銀行からの借入金である。ここで足を止めたのでは、すぐに会社がどうなるというものではないにせよ、金利負担も馬鹿《ばか》にはならない。それに、話を聞くと言われても、巧妙にお茶を濁され、ただ無駄な時間を浪費するだけに決まっている。それでは自分が密《ひそ》かに抱いている大きな野望を実現することができなくなる。

「君も強情な男だね」

宮下が呆《あき》れた口調で言う。

「第一だね、たとえ君が望み通り我が社の経営に参加したとしてだ。こんな形で乗り込んできた経営者に社員が好感を持つと思うかね。誰がもろ手を上げて君のプランの実現に向けて精魂傾けて仕事に励むかね。君も経営者ならば、少しは社員のことを考えてみたらどうだ」

「会社から与えられた仕事に邁進《まいしん》するのがサラリーマンたるものの使命だと思っております」

「なに?」

宮下はむっとした目で武村を睨《にら》みつける。

「どこの会社でも、社員たるもの、必ずしも望む仕事に就けるとは限りません。それとも御社では従業員の誰もが望む仕事に就けるとでもおっしゃるのでしょうか」

宮下の顔が、不快感と怒りのせいで赤黒く変わっていくのが分かったが、武村はすでに絶対的イニシアチブはこちらにあると、意を強くして続けた。

「嫌なら辞めればいい。成果を上げられない社員はそれなりのポジション、それなりの給与に甘んじればいい。それがフェアな考えというものではありませんか」

「当然、我が社にも人事考課はある。もちろん社員の業績は個々の給与に反映されている」

「そうでしょうか。私にはテレビ局というところは、まるで官庁のような硬直した人事システムの中で運営されているようにしか思えませんがね」

「どういうところがだね」

「職場を共にしているにもかかわらず、局員はキャリア。外部の人間はまるでノンキャリ。それほどの違いがあるということですよ。いったいどこに三十にも満たない社員に、一千万以上の高給を支払っている企業がありますか。もちろん外資系、特に金融関係にはそうした企業があることは事実ですが、高給を食《は》む人間はそれ以上の金を稼いでいる。それこそ、血を吐くような思いをしてね」

「我が社の従業員だって同じだ」

「私にはそうは思えませんね。スポンサーからは高額な料金を取る一方で、実際に番組制作に当たる制作会社や外部スタッフは法外に低い報酬で馬車馬のように働かせる。だが、社員の給与だけはしっかり行き渡るようあらかじめ確保されている。こんな馬鹿げた経営がまかり通るのも、認可制の下、独占的に放送業務を行うことを許されているテレビ局ならではのことだ」

「スポンサー料金が高いかどうかは、それこそスポンサーが決めることだ。価値観の問題だね。効果があると思うからこそ、彼らは高い料金を支払っているんじゃないか」

「視聴率というマジックを使ってね」

「マジック？」

「誰がどれだけ見ているか、本当のところは誰も分からない。あんなものは何の基準にもなりはしない」

「ほう、それでは君たちの世界はどうなんだね」

「我々の世界では、広告の効果というのは、極めて正確に把握できますよ。テレビのようなどんぶり勘定なんかじゃない。誰がどの広告を見たのか。ものによっては、それを見て誰がどの商品を実際に購入したのかまで、完全に把握できます。テレビがネットと繋《つな》がれば、スポンサーが今までのテレビのあり方から急速に離れて行くのは火を見るより明らかです」

「それは媒体の性質の違いというものだね。話にならん」

「だから、そういう時代がそこまで来ていると言っているのです」

「じゃあ、ネットとテレビが融合したら、広告のあり方はどう変わると言うんだ」

武村はそこで一瞬、口を噤《つぐ》んだ。テレビ局が持つコンテンツをネットを通じて流す。それは計画の第一段階に過ぎない。その先にある本当の目的は、この世に存在するメディアと呼ばれるもののあり方を激変させることだ。おそらく、民放キー局の中にあって は唯一《ゆいいつ》新聞の系列下にない極東テレビにとっても、そのプランは魅力的なものと映るは ずだ。もちろん、それは通常の思考回路と感性を持った人間が聞けばという大前提があ ってのことではある。

この宮下に、その頭があるだろうか。経営者としての正しい資質を持っているだろう か。

武村は考えた。

今までの経緯を考えれば答えは否《いな》だろう。しかし、この買収を成功させるためには、 いや買収とまでは行かずとも、極東テレビの経営に食い込むには、何としても宮下を納 得させなければならない。

仮にこのプランに拒否反応を示すようなことがあれば、その時は敵対的買収という誹《そし》 りを受けようとも、このままさらに株式の買収を進め、三分の一以上を押さえてしまえ ばそれで済むことだ。

武村は腹を括《くく》った。

「いいでしょう。宮下さん。私の本当の狙いをお話ししましょう」

「本当の狙い？」

「私がこれまでお話ししたことは、考えていることの第一段階に過ぎません。最終的に目指すものは、この極東テレビを映像と文字情報を併せ持つ、新しい形態の巨大メディアとすることです。その手法は――」

武村は、それから長い時間をかけて、妻の典子に話した計画を宮下に聞かせた。

「き、君は、そんなことを考えていたのか……」

全《すべ》てを聞き終えた宮下が、目を丸くして呻《うめ》いた。

「このプランが実現すれば、テレビ、新聞、出版のあり方は大きく変わります。おそらく社会のインフラそのものも大きく変わるでしょう。まさに印刷機が出現して以来のメディアの革命です」

「確かに、君の言うことが実現可能ならそうだろうが……」

宮下は腕組みをし、天を仰ぐと、

「しかし、新聞や雑誌をモニターを通して見るというのはどうかね。そうした習慣にはそう簡単に慣れるものではないだろう」

新たな疑問を投げ掛けてきた。

「それこそ慣れの問題だと思います。私の読みに間違いがなければ、この数年以内に、携帯式端末は大きく変化すると思います。ポケットに入るような、薄く軽い、更には高精度の液晶画面を備え付けた端末が市場に導入されるでしょう。コンテンツのインストールは当初こそパソコンからということになるかもしれませんが、将来的には現在の無線LANが使える環境が広くなれば、電波の届くところならどこからでもということになる。これは夢の話ではありません。ニーズがあればそれを可能にするハードが出現し、環境が整ってくるのは歴史が証明していることです」

武村は、ここぞとばかりに一気に押す。

「これは産業界にとっても、大変なビジネスチャンスです。それればかりじゃない。資源の有効活用、環境問題という観点からも、必ずや社会に受け入れられると私は考えます。何しろ紙はいらない、従ってゴミの量も減るわけですからね。世界に先駆けてその先鞭《せんべん》をつけるのが、極東テレビ。そしてそれにゴーサインを出すのは誰でもない、宮下さん、あなただ」

とどめを刺すように、武村は宮下を持ち上げ話を締めくくった。

「話は分かった」

宮下は思案を巡らすように、慎重な口調で言った。

「それでは、業務提携にご賛同いただけるのですね」

「いや、返事をするまで少し時間が欲しい。何分、予想だにしなかった方向に話が展開してしまったものでね。考えがすぐには纏《まと》まらない」

「いい返事をいただけることを期待しております」

「その間、これ以上我が社の株を買い進めるのは止《や》めてくれるかね。そうでなければ、我が社としても対抗策を発動しなければならなくなる」

「分かりました。約束しましょう」

極東テレビが、敵対的買収者が現れ二十パーセント以上の株式を取得された場合、大手証券会社に九百億円分の新株予約権を与えていることは知っている。それを承知の上でその防衛線を踏み越えるのは賢い選択とはいえない。ましてやすでに筆頭株主となった今、むやみに事を荒立てる必要もない。

武村は丁重に頭を下げると、話は終わったとばかりに腰を浮かしかけた。

「ところで、武村君」

呼び止める声で、武村が改めて姿勢を正すと、

「もし、それでも我が社が君の申し出を拒絶すると言ったら君はどうするかね」

宮下が視線を落としたまま訊《たず》ねてきた。

「その時は、極東テレビの発行済み株式の三分の一を超えるまで株を買い進めるだけです」

「我が社が防衛措置を取ったら?」

「その時は、告訴するしかありませんね。第三者割当を行えば、株価は当然下がる。株主にとっては、決して看過できない由々しき事態ですからね。もちろんそうならないことを願っていますがね」

宮下は、視線を落としたまま、二度三度と小さく肯《うなず》いた。

その様子を見て、武村は、

「それではこれで」

と断りを入れ、席を立った。

正直な話、宮下が果たしてどんな結論を出すのかは分からなかった。だが既に賽《さい》は投げられたのだ。プランの全てを話してしまった以上、もはや選択肢は二つしかない。友好的に経営に参加するか、それとも敵対的買収か。だが、どちらに転んでも、自分の勝利であることに疑いの余地はない。そしていずれにしても宮下は用済みとなる。

無言のままじっとソファに座る宮下に一瞥《いちべつ》をくれることなく、武村は応接室を後にした。

第五章　最強のチーム

横沢は苦しんでいた。

正確な情報。そして信頼。

ショッピングモール成功の鍵《かぎ》が、この二点にあるとにらんだまでは良かったが、ではその二点を利用者にどうやって認知させるかということになると、いいアイデアが浮かんでこない。

日中はピットインに代わる新規取引先の開拓に追われ、飛び込みに等しい営業活動を行い、オフィスに戻れば日報書き、そして軽部、石川とのミーティングに追われる日々が続いていた。救いはといえば、石川の担当するシステム関係の想定される設備、および組織にかかる投資金額はさておき、技術的部分が大分クリアになったこと、それに寺島がこの新しいビジネスプランに対しては一切進捗《しんちょく》状況を尋ねてこないことくらいのものだ。もっともそれは彼がこのプランに、然程《さほど》の関心も抱いてはいないということの裏返しでもあったが、妙な期待を抱かれ矢のような催促を受けるよりははるかにマシというものだ。

その日、午前中の外回りを終えた横沢は、オフィスに戻ると早々に日報の記入に取りかかった。どこを回り、誰と商談を交わし、結果はどうだったのか。相手先の名前は変わっても、商談の内容、結果は同じだ。最初のうちこそ、文面に変化を持たせようと腐心したが、そんな小細工をするのに頭を痛めるのが馬鹿馬鹿《ばかばか》しく思え、いつしか同じ文言を繰り返すだけとなった。ただ機械的に空欄を埋めていく作業に、焦《あせ》りと虚《むな》しさを覚えながら、ペンを走らせていると、逸早《いちはや》く昼食を終わらせた荒木澄子が戻ってきて、席に座った。食事を終えて塗り直したばかりのルージュが唇の輪郭を鮮やかに浮かび上がらせている。

「横沢さん、戻ってらしたんですか。午後はまた外回りですか」

「あそこを見りゃ分かんだろ。午後の予定は無しだ。もう思いつく先は全部回っちまったよ」

横沢は壁に掲げられている課員のスケジュールが書かれたホワイトボードを目で指した。自分の名前が書かれた欄だけがぽっかりと空いている。

「じゃあ、午後は内勤ですか」

「黙ってここに座っていたんじゃ、部長にどやされるのがオチだ。無理をしてでもどっか行き先作んなきゃ」

ノルマに追われる営業マンの辛《つら》さは荒木もよく知っている。

「大変ですよね、営業の仕事って」

と言いながら、彼女は一冊の週刊誌を取りだすと、ページをめくり始めた。

「スミちゃん、またグルメ本かい」

横沢はペンを止め、何気なく訊《たず》ねた。

「違いますよ。週刊ウイークエンド。私だっていつもグルメ本ばっかり読んでいるわけじゃありませんよ」

「へえーっ、そんなおじさんの週刊誌読むんだ」

「ウイークエンドはOLの間でも結構人気あるんですよ。変なエロ記事はないし。新聞よりも世の中で話題になっているニュースを詳しく取材して、違った視点から切り込んでるし。読み応《ごた》えがあるってのかな。それにこの最後のグラビア、『私の食卓・秘密の一品』。これが面白いんだなあ」

荒木はそう言うと、広げたページを指先でとんとんとたたいた。

「何だ、結局食べ物じゃないか」

「だってこの企画、興味をひかれますよ。文化人や芸能人、政治家やスポーツ選手。毎週いろんな有名人が、日頃どんな食べ物をわざわざ取り寄せてまで食卓に載せているか分かるんですもの。それにこの写真が実にいいんだなあ。いかにもおいしそうに撮ってあるし、推薦者のコメントと一緒に見ていると、ついオーダーしてしまうことだってあるんですよ」

「取り寄せ方法も書いてあるの」

「ええ、懇切丁寧に。だから反響も凄《すご》いみたいですよ。そうそう、横沢さん、『魚松』知ってますよね」

「もちろん。人形町の西京漬けの老舗《しにせ》だろ」

「先々週号は女優の小松原瞳《こまつばらひとみ》さんだったんですけど、彼女は大阪在住で、いつもあそこの西京漬けを取り寄せているっていうのを読んだら、急に私も食べたくなって帰りにお店に立ち寄ったんです。そしたら、いつもは夕方になっても品切れになることなんてないのに、ショーケースは空っぽ。えーっ、何でって訊《き》いたら地方からの注文が殺到して、今日は売り切れですって言われちゃったんです」

「そんなに？」

「魚松は前から東京じゃ有名だったんですけど、メディアの力って凄いんですね。あの店が品切れ起こすなんてよっぽどのことですよ。もっとも単なる紹介記事じゃ、あそこまでオーダーが殺到することはなかったでしょうけどね。やっぱり著名人が取り寄せてまでと言うと、私のような人間には、それだけでもぐっとひかれちゃうものがあるんですよね」

突如、目の前にかかっていた薄いベールが取り去られ、視界が急に開けるような感覚に横沢は襲われた。

「スミちゃん。それちょっと見せてくれる」

言うが早いか、次の瞬間には横沢は荒木に向かって手を差し伸べていた。

「いいですけど……」

怪訝《けげん》な顔をしながら、週刊誌を差し出してくる荒木。彼女の手からそれを奪い取るように受け取ると、横沢はグラビアに目を走らせた。

そこにはテレビによく出演する政治評論家が名古屋にある水羊羹《みずようかん》を紹介しており、ページの上半分は写真、下半分はコメント、そして左の端には取り寄せ方法が記してあった。

「スミちゃんさ。君、さっきこのページを読んで、紹介された食品を取り寄せることがよくあるって言ったよね」

「ええ」

「こういう地方の隠れた名産品ってのは、ネットのショッピングモールでも手に入ると思うんだけど、そこで購入したりもするの」

「したことはありませんねえ」

「どうしてさ。この羊羹にしたって、魚松の西京漬けにしたって、モールでも販売してるんだろ」

「多分……」

「じゃあ、何で？」

「そりゃ、信用力が違うからですよ。だってそうでしょ。確かにネットのショッピングモールでは、実際に購入した利用者が色んなコメントを寄せてはいますよ。でも、そんなものどこの誰の評価か分からないじゃないですか。そんなものを信用して買うほど私はお人よしじゃありませんよ」

「でもさ、利用者のコメントって、いわば口コミと同じだろ」

「横沢さん。確かに私も口コミで奨《すす》められたものを買ったりすることはありますよ。でも、口コミにしたって、その情報を伝えてくれた人がどんな人間なのかを知っていればこそ評価が正しいかどうかの判断ができるってもんじゃないですか。だけどネットはねえ……」

「その点、著名人のお墨付きがあれば話は違うってわけか」

「だってそれなりに社会的実績が認められた人たちじゃないですか。出版社だって、そう変なものを載せるわけないし。仮に取り寄せたものがまずかったとしても、日ごろテレビや雑誌で偉そうなことを言っている人の、本当のレベルが分かるっていうのも、それはそれで面白いってこともあるかな。もちろん騙《だま》されたと思ったら、その人を見る目は変わりますけどね」

これだ！ と、横沢は内心で叫んだ。

たわいもない会話ではあるが、今、荒木が話した言葉の全《すべ》てに、横沢がこの数日探し求めていた答えがあった。

ネット上に無数にあるコメントはまさに玉石混交、どれが正しい情報で、信頼に足るものかは分かりはしない。しかし、既存のメディアで報じられた情報は違う。テレビならば放送局、雑誌や書籍は出版社というその道のプロが、仕事として情報をスクリーニングし確度を揺るぎないものとする。もし、既存のメディアの評価、あるいは著名人の評価を、新しく設立するショッピングモールに出店する商品の評価として用いたら、利用者の関心も高まれば、安心感も従来とは格段に違ってくるはずだ。

そう考えると、いても立ってもいられなくなる。横沢はペンを放り投げると、慌《あわ》ただしく席を立った。

「横沢さん。どちらへ？」

「何か君の話聞いてたら、急に魚松の西京漬けを食いたくなっちまった」

「えっ、この時間に買いに行くんですか」

「だってスミちゃん、言っただろ。オーダーが殺到していて、売り切れちまうほどだって。帰りの時まで、給湯室の冷蔵庫に入れときゃ悪くはならない」

「そりゃそうかもしれませんけど……」

「とにかく、ちょっと行ってくるわ」

横沢はそう言い残すと、オフィスを後にし、夏の日差しが照りつける街に出た。そろそろ昼食時が終わろうという時間の人形町界隈《かいわい》は、上着を脱いだビジネスマンや軽装のOLたちが行き交っている。その人込みを縫うようにして五分ばかり歩くと、ビルの一階部分に瓦葺《かわらぶ》きの小屋根が張りだした魚松があった。昼時ということもあってか、店内にそれほどの客はいない。にもかかわらず、バックヤードとなっている作業場では、従業員たちが忙しく働いているのが見えた。その傍らには、発泡スチロールに梱包《こんぽう》された地方発送物と思《おぼ》しきパッケージが山と積まれている。

横沢は、数点の西京漬けをオーダーすると、勘定を済ませる間にレジを打ち込む女性店員に向かって何気ない口調で尋ねた。

「先週の週刊ウイークエンド、見ましたよ」

「ありがとうございます」

「何か、あの記事が出てから注文が殺到して大変なんだってね」

「はい、もう全国からオーダーが殺到しましてね。ファクスが繋《つな》がらないとお叱《しか》りは受けるわ、電話も鳴りっぱなし。ホームページを通じての注文も凄くて、この通り昼も休まず発送を続けているんですが追いつかなくて。来店していただいた方を優先しているもので、宅配は三日待ちしていただいてるんですよ」

「そんなに凄いんだ。いったい毎日どれくらいのオーダーが入っているの」

「毎日五百件かそれ以上ってとこでしょうか」

「五百件！　そいつは凄い！　でも紹介記事が出たのは先々週でしょ。それでもまだ発送が追いつかないの？」

「いやあ、雑誌って凄いですよ。私たちも最初は次の号が出れば、注文件数も元に戻ると思ってたんですけど、それが全然減らないんです。どうも病院で診察を待っている間にグラビアを見たり、図書館で見たりして、買っている方々がいるみたいなんですよね」

なるほどと思った。

確かに言われてみれば、週刊誌は毎週定期的に発売されてはいても、そのライフサイクルは一週間とは限らない。個人病院、理髪店、美容院、図書館、バックナンバーをそのまま何週間も取り揃《そろ》えている施設は巷《ちまた》に数多《あまた》存在する。その点から言えば、情報の持続性は少なくとも数週間はあると考えて間違いない。これは横沢にとって考えもしなかった事実だった。

「魚松さんは、前からインターネットにホームページを開設してましたよね。今までだってそれなりにオーダーはあったでしょうに」

「もう全然反応が違うんです。そりゃ今までもネットを通じての注文はありましたよ。でもそれは多くとも日に三十件程度でしたからね。それがネットだけでも一日二百件以上。ウチは蚤《のみ》の市《いち》なんかには出店していなかったもんで、発送伝票も手書きだし、もう後ろはパニック状態なんです」

レジの女性はバックヤードを振り向きながら言う。

「しかし、こういっちゃ何だけど、魚松さんの西京漬けは美味《うま》いが結構な値段がするよね。銀鱈《ぎんだら》一枚六百円。鰆《さわら》は七百円。家族四人一食分を買えば、三千円近くの価格になる。それに配送料が加われば五千円近くだ。僕のように前から知っている人間ならともかく、グラビアに載っただけで、じゃあ一丁試してみるかって人間が、そんなにいるもんかね」

「やっぱり、小松原瞳さんがご推薦くださったからですよ。だって今までネットでオーダーしてくださっていた方は、地方に住んではいても、お土産としてウチの西京漬けを貰《もら》った方が気に入って注文してくるといったケースがほとんどだったと思うんですね。事実リピーターの方が多かったし。でも今回は明らかに、初めてのご注文の方ばかりなんです。しかも早くも二度目のオーダーをしてくる方もいましてね。この状態が続くのなら、仕込みの量も増やさなきゃならないし、人も新たに雇わないと、パンクしてしまいます」

正に百聞は一見にしかず、というのはこのことだ。目の前で繰り広げられる店の活況。それはネット上に溢《あふ》れかえるアフィリエイトのコメントが束になっても、たった一つの権威あるペーパーメディアが発した情報には叶《かな》わないという何よりの証《あか》しだった。

これこそがネットとメディアの融合だ。これこそが異なったメディアの相乗効果だ、と横沢は思った。

堰《せき》を切ったように、新しいビジネスの展開図が脳裏にくっきりと浮かんでくる。勘定を済ませ表に出ても、うだるような暑さは気にはならなかった。体内で燃え盛る炎が発する熱量が大気の熱を完全に凌《しの》いでいた。

急ぎ足でオフィスに戻った横沢は、すでに午後の仕事を始めている荒木に向かって声をかけた。

「スミちゃん。悪いが今日仕事が終わった後、少しばかり時間をくれないか」

「残業ですか？」

荒木が少し戸惑った様子で尋ねた。

「いや、そうじゃない。詳しいことは後で話すが、どうしても君の力を貸して欲しいことがあるんだ。穴埋めはする。頼む。知恵を貸してくれ」

横沢は深々と頭を下げた。

その夜、暁星運輸の会議室に、いつもの三人に加えて初めてミーティングに参加する荒木澄子の姿があった。

「今日は大きな収穫があった」

口火を切る横沢の声にも力が籠《こも》る。

「それを話す前に、まず最初に我々がいま検討しているプランをスミちゃんに話しておこう」

横沢はこれまで三人が知恵を寄せ合って練り上げた、暁星運輸が出店料原則フリーのショッピングモールサイトの運営に乗り出すプランを話して聞かせた。

「横沢さんたち、そんなことを考えていたんですか。それって凄く面白いと思います」

一通りの説明を聞き終えたところで、荒木は目を輝かせて驚嘆の声を漏らした。

「しかし、我々のプランは今日君の話を聞くまでは暗礁《あんしよう》に乗り上げていた。スミちゃんもすでに気づいているとは思うが、ネット上のショッピングモールの最大の問題は、どうしたら利用者の興味を引き、注文まで漕《こ》ぎ着けるかにある。その問題を解決するキーワードは正確な情報、そして信頼にあると我々は考えた。しかしそれを解決する手だてがどうしても見つからなかった。だが、今日、スミちゃんのおかげでようやくハードルをクリアできる目処《めど》が見えてきた」

「私、何か言いましたっけ」

「スミちゃん、週刊ウイークエンド、持ってるよね」

「ええ」

荒木はバッグを探ると週刊誌を取り出した。それを受け取った横沢は、グラビアの最終ページを開きテーブルの上に置いた。

「今週号は名古屋の水羊羹だが、先々週号では魚松が紹介されたそうだ」

「魚松ってこの近所の？」

軽部が顔を上げ訊《たず》ねてきた。

「その魚松だ。推薦者は女優の小松原瞳。それを聞いて、実際に店に足を運んでみたんだが、ペーパーメディアの威力は私の想像をはるかに超えていた。なにしろ発売から二週間経《た》っても一日五百件からのオーダーがあり、うちネットを通じたオーダーは二百を超えるというんだ。魚松では発送が追いつかず、今では受注から出荷まで三日待ちの状態だそうだ」

「ひゃあ、そんなにこのページ一つが影響力を持ってるんですか。それじゃアフィリエイトの比じゃありませんね」

石川が思わず体をのけ反らせながら目を丸くした。

「私は、ここに我々が今まで悩んできた、どうしたら利用者に信頼に足りる正確な情報を伝えられるかを解決する鍵《かぎ》があると思う。魚松に大量のオーダーが寄せられた最大の要因は、一つは世に知られた著名人の推薦があったこと、第二にそれを掲載したメディア、つまり出版社という社会に看板を掲げた機関がスクリーニングした情報を提供したからだ。つまり、我々が立ち上げるショッピングモールに出店する店の業績を上げるためには、アフィリエイトのようなどこの誰とも分からない情報発信者の力に頼っていたのでは駄目だ。世に知られたメディア、あるいは著名人の力なくしてはそう簡単にいくものではないということだ」

「つまり、こういうことですね。既存メディアの情報、それを有効に活用できてこそ我々が立ち上げるサイトの業績は上がると」

軽部が真剣な眼差《まなざ》しを向けながら口を挟んだ。

「そういうことだ」

「正に既存メディアとネットの融合、いや相乗効果を目指すというわけですね」

と、石川。

横沢は大きく肯《うなず》くと、おもむろにマジックを持ち、ホワイトボードに図をかき始めた。

「私の考えはこうだ。まず最初に出店店舗を三つにカテゴライズする。最上位に位置するのは、スーパープレミアムと呼ぶ出店料無料の顧客グループ。中位に位置するのが、出店料月額一万円、乃至《ないし》は二万円のプレミアム、そして最下層に属するのは三万円、乃至は四万円のスタンダード。もちろん料金は仮にの話で、これより安くなる可能性は今後の財務分析で決定するし、どのグループに出店者が属するかは、売上高では決めない。出荷件数で決める」

「なるほど。運送料で儲《もう》ければいい我々にとっては、理に適《かな》った条件ですね。それに最下層に属するグループの出店料金を高くすれば、遊び半分や、モチベーションの低い出店者を排除できるし、結果サイトのノイズも極力抑えられる」

軽部が即座に同意の言葉を吐く。

「システムの最上位にあるのはショッピングモールのメインサイト。そしてそこから、製品別へと進み、次にメディアでの紹介のある無しに進む。ある場合にはその項目をクリックすると、紹介されたメディア、あるいは推薦者の一覧が出、そしてその製品へと飛ぶ。そこから先は出店者が作るホームページの世界というわけだ」

「しかし、それだと新たにメディアで紹介された出店者の情報がリアルタイムで紹介されないケースが出てきますね。第三段階のところに最新情報が反映されるような仕組みを作っておくべきでしょうね」

石川がシステム屋らしい指摘をしてきた。

「もちろん細部はこれから煮詰める必要があることは承知している。まだこれはデッサンの段階と考えてくれ」

「分かりました」

石川が肯くのを見て、横沢は続けた。

「もちろんメディアは何もペーパーメディアに限ったことではない。テレビ、ラジオ、新聞、どんな媒体でもいい。とにかく、社会的に広く認知されたメディアによって扱われたものは、全《すべ》てサイトの中に反映されることにする」

「一ついいですか」

軽部が手をあげた。

「何だ」

「メディアに紹介されていない出店者についてはどうするんです？　この仕組みだと、どう考えても利用者のアクセスはメディアに取り上げられた店舗に集中し、そうでない出店業者にアクセスする利用者は皆無となる可能性が強いように思いますが」

待っていた質問だった。

横沢は思わず、笑みを宿すとホワイトボードの上に新たな図を書いた。

「実はそれについては、暁星ショッピングモール専属の評価者を置こうと考えている」

「何ですそれ」

軽部が小首を傾《かし》げながら尋ねてきた。

「各商品分野ごとに、世に知られた著名人を専属評価者として雇うんだよ」

「著名人って、どんな」

「どんなんでもいい。俳優、女優、政治家、作家、スポーツ選手、シェフ……」

「ちょっと待ってください。そんな人たちを雇ったら、固定費用だけでも大変な額になりますよ。それに商品アイテムだって膨大な量になるだろうし――」

「軽部。ウチが今まで蚤の市とのビジネスでどんだけの利益を上げてきたか知ってんだろ。十四億円以上の純益を上げているんだ。誰をどれだけ雇えばそれだけの金が出ていくってんだ」

「それはそうですけど……」

「一人月額百万として年間千二百万。五十人雇ったって六億円だ。蚤の市からふっかけられた値引きよりもまだ二億七千万も安い」

「あのう……」

荒木がおずおずと手を上げた。

「何か？」

「一ついいですか」

「ああ」

「その専属評価者に対する報酬なんですけど、支払いの方法は他にもあるような気がするんですけど」

「考えがあるなら言ってみて」

横沢は、優しい口調で先を促した。

「ネットの世界にはアフィリエイトってのがあるってさきほどおっしゃいましたよね。その仕組みを応用したらどうかなって……」

「どういうふうに」

「つまりですね、専属評価者から推薦を貰って出店した商品が売れた場合、一定の割合でその利益から評価者にマージンが入る。そんな仕組みにしたらどうかと……」

素人《しろうと》というのは時にとっぴょうしもないアイデアを考えつくものだ。思わず呆気《あっけ》にとられて横沢は荒木を見た。

「いや、そうしたら、評価者だってちょっとしたゲーム感覚で推薦するのも面白く思うだろうし、それに固定報酬も百万なんて金額よりもずっと低く押さえられ、五十人と言わずもっとバラエティーに富んだ人間を起用できるかなあなんて——」

荒木は消え入りそうな声で言葉を結んだ。

「……いいね、それ……」

横沢は目をしばたたかせながら言うと、

「石川君、アフィリエイトの報酬って相場はいくらくらいなんだ」

やはり、呆気に取られている石川に向かって尋ねた。

「確か、売り上げの一・三パーセントくらいだと聞きます。もちろん、これにはアフィリエイト仲介業者が中で抜いた後、実際に評価を下した人間に渡る金の比率ですから、三パーセント、あるいは四パーセントくらいは持っていかれるかもしれませんね」

　横沢は脳裏で素早く計算をしてみた。仮に評価者の推薦した商品が月額二百万円の売り上げを上げたとして、その二パーセントを支払ったとすると四万円。評価する商品は何も一つとは限らない。一人で十、二十と評価を担当すればそれだけ利幅は大きくなることを考えれば、決して悪い話ではない。

「出店者からは評価をして貰《もら》う時に、一件あたり二万円程度の料金は取ってもいいんじゃないでしょうか。著名人から、お墨付きを貰えるのも暁星運輸という看板があってのことでしょ。それで売り上げが伸びるんだったら、安いもんですよ」

　軽部が声を弾ませた。

「そうだな……。原則無料のサイトを考えていたつもりだったのに、出店者から金を取るというのは、いささか気が引けるが……」

「蚤の市に出店すれば、従量料金でもっと高い比率で金を抜かれた上に、どこの誰ともわからない人間にアフィリエイト料金を支払うんです。それに比べりゃ遥《はる》かにマシ、かつ有効な金の使い方ってもんじゃないですか」

「分かった。じゃあ、基本方針はそれで行こう」

　軽部の言葉に肯いたところで、今度は石川がいささか深刻な顔をして話し始めた。

「しかし、ウチのサイトでメディアの名前を出しても大丈夫なんでしょうかね」

「何かひっかかることがあるのか」

「いや、実際にメディアで紹介された出店者が、自らのページでそれを謳《うた》うのは構わないと思うんですが、紹介メディアというところでその媒体を表示すると、テレビ局や、出版社あたりから文句がきそうな気がするんですよね。あちらも看板を掲げているわけだし、それをサイトで利用されたということになると、どうかと……」

なるほどそう言われてみれば、確かに全く問題がないと断言できる根拠があるわけでもない。

「よし、ここの部分はこのサイトのキーになるところだ。これは私の方で調べよう」

横沢はそれを懸案事項として残しながら、

「スミちゃん、君に頼みがある」

と荒木に向かって話しかけた。

「何でしょう」

「読者に影響力があると思えるような商品紹介をしている雑誌を、思い当たる範囲でリストアップしてくれないか。それからネットを検索して、そこで紹介されている商品を販売している店が、すでに蚤の市に出店しているか否《いな》か、それを調べて欲しいんだ」

「分かりました」

「とにかく、これから先もクリアしなければならない問題が幾つも出て来るだろうが、取りあえず基本方針が見えてきたことは一歩前進だ。ここまで来た以上、何としてでもこのプランを実現させよう。あの蚤の市のやつらに、一泡吹かしてやろう」

一同が肯くのを見て、横沢は満足しながらその日の会議を終わらせた。

自社で運営するショッピングモールを、短期間で蚤の市を凌《しの》ぐレベルにするには、どう考えてもメディアの力が必要なのは明白だった。最大のキーは、既存メディアが報じた情報を、そのまま流用できるかどうかという点にかかってくる。もしも、トップページのメニュー画面に、雑誌やテレビ番組の名前をそのまま表示できれば、利用者に与えるインパクトは絶大で、商品そのものへの関心を喚起するだけでなく信頼度も断然違ってくる。問題は石川が言ったように、商品を取り上げたメディアが、その名前をメニューの一つとして表示することを許すか否かだ。それを確認しないことには、話は先に進まない。

横沢は、早々に週刊ウイークエンドを発行している大手出版社の一つである早春社に面会を申し込んだ。『私の食卓・秘密の一品』の担当者と会うためである。該当欄を任されているのは新堀《しんぼり》という女性で、電話から聞こえてくる声は、まだ二十代と思われるほどの若さであることにも驚いたが、土曜、あるいは日曜日でも会うことができると言う。確かに考えてみれば、マスコミという業態に休みは存在しない。社会ではこうしている間にも、無数の事件が起こる。その中からこれといった取材対象を見つけだし、旬を逃さぬうちに記事に纏《まと》めなければならないのだから、事実上一年三百六十五日、二十四時間仕事に追われているのだろう。

そんな多忙を極める相手が少なくとも会うことに同意してくれたのは、それだけでも幸運と言わねばなるまい。それに、このプランはまだ正式に会社から承認されたものでもない、いわば自分のペットビジネスの域にある。横沢は相手の気が変わらぬうちに、土曜日の午後一時にアポイントメントを取ると、当日早春社に一人出向いた。

神田神保町にある早春社に着き、受付で来意を告げた。おそらくウイークデイならば、女性の受付嬢が対応するところなのだろうが、事実上年中無休の出版社とはいえ、一般社員は別なのだろう。対応したのは、制服に身を包んだ警備員だった。彼は「すぐに来るそうですから、ロビーでお待ち下さい」と言い、応接用の椅子《いす》とテーブルが並んだフロアの一画を指さした。

人気のないロビーで一人待っていると、程なくして若い女性が姿を現した。想像していた通り、年はまだ二十代半ばといったところだろうか、半袖《はんそで》のポロシャツにジーンズといったいでたちである。

「お待たせいたしました。『私の食卓・秘密の一品』を担当しております新堀です」

「暁星運輸の横沢と申します。お忙しいところお時間を拝借して申し訳ありません」

横沢は名刺を交換しながら頭を下げた。受け取った名刺には『週刊ウイークエンド編集部 新堀好美《よしみ》』と記してあった。

「早速ですが、横沢さん。お電話でお聞きしたところでは、弊誌の『私の食卓・秘密の一品』を御社が検討中の通販事業に使いたいとのことでしたが、もう少し詳しいお話をお聞かせ願えませんでしょうか」

出版社に勤める女性らしく、歯切れのいい口調で新堀が切りだしてきた。

「ウェブサイト上の仮想ショッピングモール、蚤の市をご存知ですよね」

「ええ」

「実は、現在あれと同じ通販ビジネスを我が社で行えないかと、その可能性を探っているところなんです」

「それが、この企画とどういう関係があるのでしょう」

「ご承知かとは思いますが、オンラインショッピングサイトは、すでに幾つもネット上に存在しています。正直申し上げて、既存のサイトと同じものを立ち上げても利用者は何の興味も示さないと思うのです。もちろん出店企業だって見向きもしないに決まっています」

「そうでしょうねえ。私が知っているだけでも、オンラインショッピングサイトは、そうですね、六つ、いや、七つはありますからね」

「そんな環境の中で新規にこのビジネスに乗り出すとなれば、既存のサイトを凌ぐメリットを利用者、出店者の双方に提供しなければ勝ち目はありません。そこで我々が考えたのが、出店料金を事実上フリー、つまり、無料にするということなんです」

「無料って、タダってことですか？」

さすがに新堀は虚を衝《つ》かれたように目を丸くして尋ねる。

「そんなことをやってビジネスになるのかと思われるでしょうが、既存の業者にはできなくとも、我々にはそれが可能なのです」

「どうしてです？　確かいずれの業者も出店者から、家賃に相当するお金を毎月徴収してそれで収益を上げているんでしょ」

「その通りです。しかし、オンラインショッピングで扱われる商品のほとんどには、必ず配送という行為が伴います。我々は運送業者です。もし我々が運営するサイトを通じオーダーされた商品の配送を一手に引き受けられるとなれば、出店料を取らずとも、本業の部分で充分に儲《もう》けられる。私共はそのように考えているんです」

「なるほど。配送料でねえ」

新堀は感心したように漏らすと、

「確かに、そう言われてみれば、運送会社がサイトの運営に乗り出すとなればそうしたことも可能なのかもしれませんね。それに出店料がタダとなれば、出店者にとっても大きな魅力に違いないし……」

静かにうなずいた。

「しかし、問題はそこからです」

「どうしてです。出店料がタダになるんなら、黙っていても出店企業は集まってくるんじゃありませんか？」

「新堀さん。失礼ですが、オンラインショッピングを実際にお使いになってみたことはおありですか」

「ええ、何度か」

「現状のシステム、たとえば蚤の市のサイトを利用してみて、不便というか不満に思われたことはありませんか？」

「と言いますと」

「現行のサイトを見ていてつくづく思うのですが、目当ての商品を見つけるためには、膨大な商品群の中をいちいち覗《のぞ》いて歩かなければならない。仮に購買意欲をそそられるようなものにぶつかったとしても、今度はその商品が果たして料金を支払って購入するだけの価値があるかという保証はどこにもない」

「それはどうでしょう。前に購入した人たちが商品の評価をしていますからね。結構、あれは参考になりますよ」

「どこの誰とも分からない人間が下した評価が、それほど信頼に足りるものですかね」

「そう言われてしまうと、身も蓋《ふた》もありませんけど……」

新堀は苦笑いを漏らしながら言った。

「そこで、私共が着目したのがこのページなんです」

横沢は、満を持して所持してきた週刊ウイークエンドのグラビアページの最後を開くと続けた。

「ここには、各界を代表する著名人の方々が、ご自分の取って置きの一品を紹介されています。実際この欄が持つ影響力は絶大なものがあるそうですね。最近では、女優の小松原瞳さんが人形町の魚松をご紹介されていましたよね。実は弊社も人形町にありまして、掲載以前と以後のオーダー数を訊《き》いてみたのですが、掲載前のネットを通じてのオーダー数が三十件程度だったのに比して、掲載直後からネットだけでも二百件、ファクスなどを含めると連日五百件を超える注文が殺到しているというのです。これは驚異的な数字です。そしてここから分かることは、オンラインショッピングを楽しむ人間にしても、名の知れた人間、つまり顔の見える人間のお墨付きを欲しがっているということです」

「おっしゃる通り、このページに掲載されると、お店にはかなりの反響があるとは聞いていましたが……。でも、私たちはその後のフォローをするのが仕事ではありませんので、詳しいことは知りませんでしたけど、やはり反響は相当なものがあるのですね」

「我々が欲しているのは、そのお墨付きなのです。消費者の購買意欲をかき立てると共に、安心感を与える。そのためには、メニュー画面の中に御誌の名前を掲載させていただき、そこをクリックするとグラビアページが現れ、更には紹介された店のサイトに飛ぶ。そうした仕組みを作り上げたいのです」

横沢は、ここぞとばかりに一気に押したが、新堀は困惑した表情を露《あらわ》にし、急に押し黙った。

「どうでしょう、新堀さん。こうしたサイト、つまり御社の名前を我が社で運営するオンラインショッピングモールの中に掲載することは可能でしょうか」

「そうですね……」

新堀は暫《しばら》く思案を巡らしていたようだったが、やがて一言一句を確かめるように、慎重な口調で言った。

「結論を出すのは、もちろん私ではなく、会社ということになるのですが、私のレベルで少し考えただけでも、幾つかの問題点が挙げられますね」

「ご迷惑でなければお聞かせ願えますか」

「一つは、著作権の問題ですね。使用されている写真は、必ずしも弊社の社員カメラマンが撮影しているとは限りません。特にこうした食品の場合、食べ物専門のカメラマンが撮影するケースが多いのです。それを御社のビジネスに転用するとなると、彼らの同意を取り付けなければならないでしょうねえ」

「しかし、実際には、このグラビアページをそのままサイトにアップロードしている店もありますよね」

「それは、ご紹介させていただいた店がご自分たちのホームページに掲載しているだけですから……。本来なら、これも弊社、あるいはカメラマンの許諾を得なければならないところなのですが、そこは黙認しているだけというのが実際のところです。しかし、これが御社の運営するサイトに弊誌の名前があり、そこからいきなりこの画面に飛ぶとなれば、やはり話は違ってくると思いますよ」

「でも、このグラビアは一度広く公衆の目に晒《さら》されたものですよね」

「媒体が違ってくれば適用される法律も違ってきます。少なくとも、このページをそのまま掲載しているお店があるとすれば、その方は、私が今思いつくだけでも二つの条項を侵害しています。一つは複製権、それから公衆送信権ですね」

著作権については、全く無知だった横沢は、すっかり腰を折られた形になって押し黙った。そんな様子を意に介する様子もなく、新堀はさらに続けた。

「二つ目は、仮に今申し上げた問題をクリアできたとしても、ここでご紹介された方々が、二次利用ともいえる使い方に同意なさるかどうかということですね」

「別途料金を請求されるということですか」

「可能性としてはあります」

「それはどのくらいの金額になるのでしょうか。もし差し支《つか》えなければ、この欄に掲載された方々へはいかほどの料金を支払っているのかお聞かせ願えませんでしょうか」

「掲載料はさほど高くはありません。一件あたり二万円というのが規定ですから」

「その程度ですか」

一瞬、安堵《あんど》の気持ちが横沢の胸中に込み上げてきたが、そんな淡い期待も新堀の次の言葉で無残に砕け散った。

「でも、それは企画の意図を鑑《かんが》みての破格の値段と言ってもいいでしょうねえ。私共がこう言うのも何ですが、掲載される人にすれば、まるまる一ページを貰《もら》って名前を売ることができるわけですからね。もし、これを個人のイメージアップのために、広告としてページを買いきれば、二百万円程度にはなるんですよ。それが弊誌の企画とはいえ、僅《わず》かでも逆にお金を貰えるんですから、皆さん喜んでご協力下さいます。でも、これを店の販促に使うとなれば、話は別じゃないでしょうか。ご紹介して下さった方々は、多少なりともいずれも名の知れた方々ですからねえ。いわばコマーシャルに出演するのと同じことになると思います。となれば人にもよるでしょうけど、出演料に相当する額を要求されることは充分に考えられます。それだけのお金を支払った上に、無料でオンラインショッピングモールを運営しても、ビジネスになるんですか？」

テレビ、紙媒体を問わず、コマーシャル契約を結ぶとなれば、大変な金額がかかることは知っている。著名人、特に社会的影響力のある人間のそれは千万単位になる。

ぐうの音も出ないというのはこのことだ。

彼女の言うことに間違いはない。グラビアをそのまま出店者が開設するサイトにアップロードさせてしまえば、これは紛れもない自社広告である。もちろん、中にはそうした行為に出たところで、目くじらを立てずに黙認する人間もいないわけではあるまい。しかし、それもあくまでその店が独自で開設したホームページならばのことである。もし、暁星運輸がそこに一枚嚙《か》むことになれば、出店者のサイトの内容にかなりの部分まで責任を持たなければならないのは、自分たちである。

どうしてそこに気がつかなかったか。

少なくとも自分たちの中では、コンセプトを充分に揉《も》み、多少の問題はあったとしても必ずや乗り越えられると信じていたのだったが、たった一人の、それも入社間もない記者にいとも簡単にあしらわれてしまうとは……。

横沢は一直線に切り開かれた前途がたちまち閉ざされ、暗闇《くらやみ》の中に一人放りだされたような絶望感に打ちひしがれた。

その後、どうやって早春社を出たのか覚えてはいない。気がついた時には、真夏の余韻がまだ残る路上にいた。容赦なく照りつけてくる九月の太陽に、冷たい汗が噴きだし、背中にワイシャツが貼《は》り付く感覚があるばかりだった。

しかし、ここで諦《あきら》めたのではすべてが終わってしまう。何の成果も収めずにこのまま引き下がる。それは横沢にとって有りうべからざる選択肢以外の何物でもない。

何か方法があるはずだ。利用者の興味を引き、安心してショッピングを楽しんで貰える方法が必ずある。ましてや自分たちはオンラインショッピングのビジネスの最下流にして最も重要な部分である配送という行為を担《にな》っているのだ。

そう、ビジネスで最も重要なのはクロージングだ。それは何も商談だけのことを指すものではない。全《すべ》ての行為において最後の部分が円滑に運ばなければ、それまでの努力は無に帰すことにほかならない。絶対的優位性が自分たちにあることは、今でも間違ってはいないのだ。必ず何か方法があるはずだ。ここでプランを放ってしまえば、一生俺たちはどこかの下請けに甘んじ、いつ切られるとも知れぬ恐怖を覚えながら、ノルマに追われる日々を過ごさなければならなくなる。そんなことは御免だ。

横沢は一人答えを探し求めながら、週末の人気のない神保町の路上を歩き、地下鉄の階段を下りた。

週が明けた月曜日の夜、暁星運輸の会議室にいつものメンバーが揃《そろ》った。

土曜日の早春社への訪問の結果を告げる横沢の言葉を、三人のメンバーは一言も発することなく真剣な面持ちで聞き入った。最初は期待の籠《こも》った眼差《まなざ》しに、話が進むにつれて失望の色が浮かんでくるのは辛《つら》かったが、情報は全員で共有する。それがチームというものだ。悪いニュースなら尚更《なおさら》のことである。

「恥ずかしい話だが、著作権という概念が全く僕の頭から欠落していた。失望させるような知らせで申し訳ない」

もちろんチームといっても会社から正式に認められた組織でもなく、ただ自分のアイデアに賛同したメンバーが実現に向け、個人の時間を割いて集まってくれているだけに過ぎないものではあったが、それゆえに申し訳なさが先に立つ。横沢は頭を下げた。

「著作権ねえ。確かにそこまでは考えが及ばなかったなあ。一回公表された記事なんだから、そんなにカタイこと言わなくてもと思うけどねえ」

軽部が椅子《いす》の背凭《せもた》れに身を預け、頭髪をかき上げながら言った。

「記事として扱ってもらうと一ページ二百万円がタダになる上に僅かとはいえ謝礼までいただける。だけど、これをそのまま転用しようとすれば、推薦者が店の広告塔になる。それなりの報酬を要求してくるのも当たり前といやあその通りですよね。もし、魚松が小松原瞳を自社で広告に使おうと思ったら、出版社の方が言うように何千万という金を取られるに決まってる。それがあの人たちの商売ですもんね」

石川がグラビアページに恨めしそうな目を向ける。

「となると、残念だけど紹介された媒体から出店者のサイトに飛ぶというアイデアは使えませんね」

「利用者の興味を引くと共に安心感を与えるには最善の方法には違いないが、乗り越えなければならないハードルがあまりにも高すぎる。この案は捨てるしかないね」

軽部の言葉に、横沢は肩を落としながら答えた。

「さて、それじゃどうするか、次の手を考えなきゃなりませんね」

石川は目の前に広げていた週刊ウイークエンドを閉じると、終わった案だとばかりに話題を変えた。

著名人が愛用している商品を紹介した既存媒体をメニューに並べ、そこから店のサイトへと利用者を誘う。このコンセプトは、進めているプランのキーポイントだった。それを諦めざるを得ないとなれば、失望の念を抱くどころか、「やはりこの計画自体が無理だったのだ」という反応が返ってきてもおかしくはないと考えていた横沢にとって、前向きな石川の発言は大きな救いだった。

「そうですよね。この集まりだってまだ三回目ですもんね。企画書を出す。あるいは、このプランが会社から正式に認められる段階になって分かったってんならともかく、今は実現に向けてあらゆる可能性を探っている段階です。否定要素が出てこない方がおかしいし、出てくるなら早い方がいいに決まってる。がっかりすることなんてありませんよ」

一旦《いったん》は落胆の様子を見せた軽部も石川の言葉に同調した。

「君たちがこんな知らせを聞いても、前向きでいてくれることは嬉《うれ》しいが、それじゃどうやってサイトの利用者に商品に対しての興味を持たせられるか、安心して購入して貰えるかということになると、正直僕にはとんと考えが及ばない。もちろん、出店者が彼らのサイトの中で、これこれのメディアで取り上げられました、と書くのは自由だが、それでは訴求力は格段に落ちてしまう。そんなことなら蚤の市のサイトと全く同じことだ」

「あのう……」

横沢の顔色をうかがうように、恐る恐るといった体《てい》で荒木が切り出した。

「スミちゃん、何か考えがあるの」

「私、横沢さんから言われて色々な雑誌を調べてみて思ったんですけど、むしろ今回の話はうまくいかなくて良かったんじゃないかと思うんです」

「どうして？」

自分にとっては最悪の結果だったというのに、良かったとは奇妙なことを言うものだと、横沢は思わず問い返した。

「たとえばですね、この週刊ウイークエンドにしてもそうなんですが、こうしたページに登場する人は、大抵が一人一回一品限りで終わっているんですよね。その点から言えば、確かに紹介できるアイテムのラインアップは増えるでしょうけど、画面構成を考えると利用者にとって決して使い勝手がいいものとは思えないんです」

「どういうところが？」

「つまり、こういうことです。従来の考えでは最初にトップページがある。そこには週刊ウイークエンドを始めとする様々な媒体の名前が並んでいる。利用者が興味を引かれて、その項目をクリックすると、今度は推薦者の氏名がずらりと現れる。そうでしたよね」

「その通りだ」

「横沢さん。週刊ウイークエンドのこの企画、何回続いているかご存知ですか」

「いや……」

「最新号で四百九十二回になってますから、もうすぐ五百回を越すんですよ。一年で五十回とすると十年は続いているってことです」

「そんなになるのか！」

「もちろん、それだけ人気の企画ってことにはなるんですけど、五百人以上もの人間の氏名が表示されて、目当ての人の名前をクリックしても現れるのはたった一つの商品だけ。私だったら、二、三回クリックするだけで、もう飽きちゃいます。これって、決して使い勝手が良いとはいえないんじゃないでしょうか」

オンラインショッピングモールという性質上、画面のデザインにはそれなりの工夫を凝らさなければならない。おそらく名前を表示するにしても、使えるスペースは良くて三分の二、へたをすれば半分程度になる。五十音順に整理したとしても、全てを表示するのには何回もクリックしなければならなくなる。しかも、各メディアごとに週一人ずつ増えていく上に、全ての人間を利用者が知っているとは限らない。興味を引かれる商品にぶち当たるまでには、何百回となくクリックを繰り返し、膨大な情報の中を彷徨《さまよ》わなければならなくなる。よほどの暇人でなければそんなことができるわけがない。

「著名人が既存メディアで紹介した商品をむやみやたらにサイトで紹介すると、利用者にとってはかえって使い勝手が悪いってことになるんじゃないか。そう思うんです」

「なるほど、それはもっともだなあ。君が言っていることは、正にオンラインショッピングというか、ネットの欠点を衝《つ》いているよ。とにかく、ネットというものは紙媒体と違って一覧性を欠くこと甚だしいからね。利用者はフラストレーションを覚えるだろうね」

石川がシステム屋らしい見解を即座に述べる。

「私、やっぱり推薦者はそんなにいらないんじゃないかと思うんです。むしろ、『ウイークエンド』にしたって、有名な人がコメントしたときは反響が多いかもしれませんけど、これ誰？　って人が出てるときもあるんです。そういうときは私も読み飛ばしますし、逆に有名じゃなくとも、この人のお勧めならって思う人だったら買ってみたくなります。だから前のミーティングで横沢さんがおっしゃっていたように、各分野の権威と呼ばれる人を専属評論家として契約し、そこから商品分野別の推薦商品メニューに飛ぶ。そんな仕組みの方がよほどいいと思うんですが、どうでしょう」

彼女がそこまで言うならば、何か考えがあるはずだ。横沢は先を促した。

「例えばですね。民放のテレビ番組の中に、『フィッチ・イズ・ユア・フェーバレット』っていう番組がありますよね」

「ああ、それなら知っているよ。二つのチームに分かれたシェフが、類似のメニューを作って出演者にどっちの料理が食べたいかを競わせるものだね」

「それ、それです」

荒木は肯《うなず》くと続けた。

「あの番組の中では、二つのチームのどちらも『本日の隠し球』と称する一般にはあまり知られていない素材を紹介するコーナーがあるんです。私、この間、横沢さんが宮城から持ってきたトウモロコシを食べて、世の中にはマスコミに取り上げられずとも、普通の人を感動させるような食べ物はまだまだ埋もれているもんなんだなってつくづく思ったんです。もしも、もしもですよ、あそこに登場する料理人が、出店者の商品を口にしてコメントをくれたら、それだけでも充分じゃないかと……」

「確か、あの番組に出ている料理人は——」

「調理師学校のシェフです」

「となれば、専属契約を結ぶにしても、週刊ウイークエンドに登場するような著名人とは言えない分だけ、契約料は安く済むかもしれないね」

軽部が声を弾ませる。心なしか、顔に明るさが宿っている。

「それもありますし、画面構成だってずっとシンプルかつ魅力的なものになると思います。例えばトップページで食材という欄をクリックする。そうするとシェフの顔のイラストが現れ、そこに経歴が記載されている。もちろん『フィッチ・イズ・ユア・フェーバレット』で腕を揮《ふる》うシェフということは、明確に前面に打ち出すんです。これならシェフとの個別の契約ですし、経歴の一つでもありますからテレビ局に文句を言われる筋合いはないんじゃないでしょうか。そしてさらに画面を進めると、肉、魚、野菜といったように、さらに細分化されたメニュー画面が現れ、価格、あるいは人気、評価の高い順というように利用者の望みに応じた形で、出店者のサイトに繫《つな》がっていく。野菜や魚は旬というものがありますから、季節によって自動的にランキングが変わるようにするのもいいでしょうし、今が食べ時といったような項目を設けるのも手ですよね」

「なるほど、それはいいね」

思わず横沢が感嘆の言葉を漏らすと、それに意を強くしたのか荒木はさらに続けた。

「地方の名産品の紹介にしても、同じ手法が取れると思うんです」

「どんな人を使うの？」

「たとえば関東農業大学の鍵山《かぎやま》教授なんかはどうでしょう。あの方、大学教授でありながら、大変な食い道楽で世界中のあらゆる食べ物を口にしているんです。新聞や雑誌でもご自分のコラムを持っているくらいですから。あの人の食生活を考えると、色んなものに挑戦してみたいという気持ちは常に抱いていると思うんですよね。それが自分でお金を払わずとも、地方の名産品が試食してくれと押し寄せてくる。しかもそれがお金になるとなれば、一挙両得ってもんじゃないでしょうか」

「それはスミちゃんの言う通りかもしれんね。教授だけじゃなく、調理師学校のシェフにしたってそうだ。本業で給料を貰《もら》った上に、更には評価料金、売り上げに応じた歩合まで入ってくるとなれば、これはかなり魅力的な話と映るだろうな」

軽部が満面に笑みを湛《たた》えながら、ぽんと手を叩《たた》いた。

「つまりキーワードは副業者。何も誰もが名を知っている著名人なんかである必要はないけれど、メディアに取り上げられている存在で、料理の腕や味覚が優れていると思われている人なら充分事足りるんじゃないでしょうか。番組の演出であろうと、筆の力だろうと、メディアに取り上げられれば、その道の権威ということになるのが今の世の中なんですから」

荒木の言葉を聞きながら、横沢は舌を巻いた。なるほど、副業者を評価者にしてしまえば、仕事を依頼するにしても著名人のように法外な対価を要求されることはあるまい。実際の料金はどの程度になるのかは分からないが、一件あたり二万円、あるいは三万円程度の金額で済むかもしれない。それでも月に十件もこなせば二十万円から三十万円の臨時収入が得られる。月給取りの副収入としては、誰が見ても充分過ぎる額である。それも素材を口にし、短いコメントと同時にレーティング格付《けい》をつければいいだけのことだ。通常業務に及ぼす影響だって皆無に近い。しかも評価者の権威付けはテレビや雑誌といったメディアが黙っていてもやってくれる。コメントにしたって、口述でいい。活字にするのはこちらでやってしまえば済むだけの話だ。今度こそコンセプト的にはどこをついても無理はないように思える。

それと同時に、義父の義隆がつかの間の盆休みで訪れた際に口にした言葉が脳裏に浮かんだ。

『普通の玉は、全部農協に持っていくのっす』

どれほど丹精込めて美味《おい》しいリンゴを作ろうとも、市場に送りだされる際には地元の農協の集荷場に集められ、単に宮城産のリンゴとして十把一絡《ひとから》げにされて出荷されてしまう。しかも規格外のリンゴはそのまま廃棄か自家使用に回すしかないのだ。もしも、実家のリンゴに高い評価が得られれば、少なくとも今よりは大きな収入を得られることになるのは間違いない。それに廃棄されるリンゴにしたって、もともと味に問題があるわけではない。百パーセントの天然ジュース、あるいは家庭使用品として廉価《れんか》で販売することが可能になるだろう。いやそれだけじゃない。トウモロコシやトマト、冬になれば白菜やほうれん草、大根といった野菜が豊富にとれる。雪を被《かぶ》った白菜やほうれん草は甘みが増し、うまさは段違いだ。あの地でとれる大根は、柔らかく煮えるのもことのほか早い。ささいな違いといってしまえばそれまでだが、名の知れたシェフがそうしたコメントとともに推奨すれば、零細農家の栽培分などあっと言う間にさばけてしまうだろう。そしてそれはそのまま貧しい家計の支えとなる。

これこそがオンラインショッピングの醍醐味《だいごみ》というものだ。

横沢は前途に光明を見いだした気持ちを覚えつつ、新たな質問を放った。

「スミちゃん。それ、グッドアイデアだ。なるほど副業者を推薦者に選ぶ。これには気が付かなかった。それで、他の商品については何かアイデアがあるかな。たとえばアクセサリーとか、衣類とかはどうなんだ」

「スタイリストなんかどうですかね」

「スタイリスト？」

「テレビに出演している人の衣装や小物を揃《そろ》える人ですよ。これも裏方稼業《かぎょう》な上に、独立している人は収入の手だては多ければ多いほどいいに決まってますもん。さすがにプロフィールの中に担当している俳優や女優の名前を挙げるわけにはいかないとは思いますけど、担当している番組名くらいなら大丈夫なんじゃないかなあ」

「日用雑貨は？」

「それが難しいところですよね。日本にもマーサ・スチュワートのようなカリスマ主婦がいればいいんでしょうけど、正直いってすぐには思いつきません」

「まあ、仮にマーサのような主婦がいたとしても、あそこまで知名度が高けりゃ、法外な値段を取られるに決まってる。お墨付きを貰う前に、自分のブランドを立ち上げたり、本を出したりもしてるだろうしな」

軽部はそう言うと、呵々《かか》と笑い声を上げた。

その言葉が引き鉄《がね》になって、横沢の脳裏に閃《ひらめ》くものがあった。

「待てよ……。そうか、一般への認知度が高まれば本になる可能性があるか……。とすればだ、もし、我々が立ち上げるオンラインショッピングモールの利用者数が蚤の市と伍《ご》して戦える規模になったとすればだよ、逆に出版社が推薦者が推奨する商品を纏《まと》めた本を出版したいと言ってくる可能性がないわけじゃないよな」

「それはあると思いますよ」

即座に答えたのは荒木だった。彼女は雑誌の山から一冊のグラビア本を取り出すと、テーブルの上に広げた。

「これ週刊ウイークエンドの『私の食卓・秘密の一品』だけを纏めた本なんです。ここからも分かるように、消費者は常に地方の隠れた名産品を探し求めていることは間違いありませんからね。出版社の中には『フィッチ・イズ・ユア・フェーバレット』のシェフの取り寄せ品、あるいは『暁星モールのベスト一〇〇』なんてタイトルで本を出したいなんて言ってくるところがあってもおかしくないですよ」

「そうなりゃ、それこそ最初に横沢さんが目論《もくろ》んだ、ペーパーメディアとの相乗効果が生まれることになる」

石川が目を輝かせながら言った。

「そのためには、スミちゃんがくれたアイデアを何としてでもモノにしないとな。よし、軽部、明日からさっそく候補に挙げられた人たちとコンタクトを始めよう」

「分かりました」

軽部の顔にも笑顔が浮かんでいる。そこには最初に出版社との交渉が暗礁《あんしょう》に乗り上げた報告をした際に部屋の中を満たしていた沈鬱《ちんうつ》な空気はどこにもなかった。

闘志に満ちた軽部、石川。そして大きな前進へのきっかけを作ってくれたというのに、すました顔で三人の男たちの中にすわっている荒木を見ながら、このプランは何としてでも実現に漕《こ》ぎ着けてみせる。横沢は改めて心に誓った。

第六章 決戦前夜

漆で塗られたように気品ある黒い光沢を放つプレジデントの後部座席で、武村慎一は車内に持ち込んだ新聞の最後の一紙に目を通し終えると、一日の活動が始まったばかりの街に目をやった。エアコンの効いた車内は低いエンジン音が聞こえるだけで、快適そのものだったが、逆にそれが武村の気持ちを重くさせる。

極東テレビの株を買い占めにかかって一カ月。この間、経済紙、一般紙を問わず、蚤の市の動向は日々報じられるニュースの中でも、トップニュースに近い扱いを受けており、その意図をめぐって様々な憶測が紙面を賑《にぎ》わせていた。もちろん新聞ばかりではない。テレビ、週刊誌、あらゆるメディア媒体も蚤の市の極東テレビ買収のニュースを報じない日はなかった。もちろんそれが正確に事実だけを報じているならともかく、殆《ほと》んどが根拠のない憶測で書かれているのだから始末が悪い。しかもいずれのメディアの論調も決まっていて、蚤の市が極東テレビの株を買い占めにかかったのは、さしたる資産を持たぬＩＴベンチャーが、極東テレビの持つ資産に目をつけ、事実上の乗っ取りを企てようとしている、あるいは取得済みの株を高値で買い戻させるのが目的だ、という点で一貫していた。

確かに、極東テレビの買収を決断した背景には、そうした目論見《もくろみ》があることは否定しない。蚤の市が躍進を遂げるきっかけとなったオンラインショッピングモールは、ネットの世界の中の架空の商店街だし、それ以降相次ぐ買収で手に入れた証券や金融会社にしたところで、物理的な店舗を抱えているわけでもなければ換金できる資産と呼べるものを持っているわけでもない。

その点から言えば、IT産業はアイデア一つ、後はサーバーさえあれば充分に成り立つところが最大の強みであり、逆に規模が大きくなればなるほどそれが弱みとなる。というのも、広く社会に浸透し、インフラも確立されたように見えるインターネットにしても、通信手段、端末となるパソコンにしても、発展途上にあるもので、技術の進歩はいまだその勢いを失ってはいないからだ。

そうした観点から言えば、今は成功を収めている事業ですら、環境が一つ変わっただけで、たちまち行き詰まってしまう可能性がないわけではない。

例えば、地上波のデジタル放送が本格的に導入されれば、テレビは双方向通信機能を持つコンピューター端末としての機能を併せ持つことになる。もし、そこで民放キー局が通販事業に乗りだせば、視聴者は画面を眺めながら即座にその場からショッピングを楽しめるようになるだろう。そんなことになれば、どこの物好きが、わざわざパソコンの画面に向かって蚤の市のサイトにアクセスし、買い物をしたりするだろうか。そのままテレビのリモコンを操作し、早々にオーダーを入れてしまうに決まっている。いや、民放キー局ばかりではない。地域が限定されているとはいえ、ケーブルテレビの中には通販専門の番組だけを延々と流し続けている局だってすでに存在している。

そう、ネットビジネスは、常に新しい技術によって駆逐されてしまう危険性を孕《はら》んでいるのだ。

人間が開発した技術というものに、未来永劫《えいごう》に亘《わた》って使い続けられるものなど存在しない。必ずやそれに取って代わる新しい技術が出現し、既存の技術を駆逐してしまうのは歴史が証明している。波に乗り遅れた、あるいは会社の組織が硬直化したがために、柔軟な対応ができずにかつてはエクセレント・カンパニーとまで言われ、我が世の春を謳歌《おうか》した世界的企業が消滅した例は枚挙にいとまがない。

一旦《いったん》、苦境に陥った会社を立て直すのは簡単なことではない。古い血と新しい血を入れ替える必要もあれば、事業自体を根底から見直すことを余儀なくされるであろうし、近未来を見据えて莫大《ばくだい》な先行投資をしなければならないことだってあるだろう。もちろん、そうした手を打ったからといって、それが成功するという保証はない。

ただ一つ確かなのは、企業が苦境に陥った時に助けになるのは、換金性を持った資産であるということだ。

その点から言えば、蚤の市の企業体質は極めて脆弱《ぜいじゃく》であると言わざるをえない。メディアが報じているように、極東テレビの持つ不動産は喉《のど》から手が出るほど魅力的なものであり、株の買い占めへと決断させた理由の一つには違いなかった。

しかし、自分が極東テレビを傘下《さんか》に収めたいと考えているのは、そればかりではない。メディアのあり方を根底から覆《くつがえ》し、新形態のメディアを創出する、悲願とも言える壮大な夢があるからだ。それを知らずして、まるで金の亡者《もうじゃ》のように報じられる。その現実が武村には我慢ができなかった。

そしてこの朝、武村の気持ちを重くさせたのは、これから会わなければならない相手がいたからだ。

東亜銀行頭取の宇野《うの》譲二《じょうじ》である。メガバンクの一つである東亜銀行は、蚤の市のメインバンクでもある。そのトップが直接会って話をしたいと申し出てきたのは、昨日の夕方のことだった。話の内容は察しはつく。極東テレビ買収のことに決まっている。正直なところ、これ以上、この件について誰であろうと勝手な意見を押しつけられるのはまっぴらだった。しかし、だからといって、メインバンクのトップ直々の申し出を断るわけにはいかない。

細川、宮下に続いて今度は宇野か。

新興勢力の台頭を嫌い、既存の産業構造と己の地位を守るために汲々《きゆうきゆう》としている連中と話すことを考えただけでもうんざりする。事実、民放キー局トップの宮下にしてあの反応なのだから、銀行屋に自分のコンセプトを話して聞かせたところで理解できるわけがない。正に時間の無駄以外の何物でもない。

武村は、流れ行く街の景色を見ながら、深い溜息《ためいき》をついた。

車は虎ノ門を過ぎると、大手町に向けて走る。やがて行く手に、東亜銀行本店の巨大なビルが姿を現す。車寄せに車が滑り込むと、武村は自らの手でドアを開け、ビルの中へと歩を進めた。

受付で来意を告げると、すぐに二十階にある頭取室へ通された。広い部屋の一面に開かれた窓からは皇居が一望の下に見渡せる。奥にはマホガニー製の巨大な執務机が置かれていた。その上にはコンピューターの端末画面もない。この時代にあっても、連絡は秘書任せ。メール一つ自分では打てやしないのだ。それを目にしただけでも話の行方が見えてこようというものだ。

「武村君。忙しいところ、わざわざ足を運んで貰《もら》って悪かったね。まあ、どうぞ」

宇野は部屋の中央に置かれた応接セットを目で指した。口元に笑みを湛《たた》えてはいるが、目には射るような力が籠《こも》っていた。

「急なお話というのは、極東テレビの件でしょうか」

呼び出した目的など尋ねるまでもない。武村は直截《ちょくせつ》に切りだした。

「この時期に会いたいといえば、それしかあるまい」

宇野の顔から笑みが消えた。彼はソファに腰を下ろすと、足を高く組み、

「君はすでに日東製鉄の細川会長、極東テレビの宮下社長と会ったそうだね」

銀行家らしく感情を感じさせない目を向けながら訊《たず》ねてきた。

「お聞きになるまでもないでしょう。二人を以《もっ》てしても私を説得することができなかった。だから今度は頭取の出馬を仰ぐことになった。そうじゃないんですか」

「いやにはっきり言うじゃないか。もっとも私は君のそうした部分は嫌いじゃない。むしろ好ましいとさえ思っているがね」

宇野は苦笑いを浮かべながら言い、

「しかしね、君のそうした素直さを好ましいと取る人間ばかりじゃないよ。ビジネスの世界は食うか食われるか、非情なものだが、だからといって人間の感情というものが完全に排除できるものではないからね。目的を達成したいのなら、少しは処世術というものを身につけんといかんな。思わぬところで敵を作ることになりかねんよ」

忠告めいた言葉を投げつけてきた。

「ご忠告はありがたく承っておきます。しかし頭取、もし今日の話が極東テレビ買収の矛を収めろとおっしゃるのであれば、それは無理というものです。ご承知の通り、私は

すでに宮下社長とこの件に関して二人だけの話し合いを持っております。自分の考えも包み隠さず全《すべ》てお話し申し上げました。宮下社長は株を買い進めることを我々が一旦停止することを条件に、共同事業の可能性を探ってみるという言質《げんち》を与えて下さいました。今はその返答待ちというのが現状です」

「君がそこまで言うなら、私もはっきり言わせて貰うが」

宇野はそこで一旦言葉を区切ると、語気を強めて続けた。

「この問題はね、もはや極東テレビと蚤の市の問題だけではなくなっているのだ。財界の重鎮たちが、君のやり方には漏れなく批判的でね。メインバンクである当行にも批判がましい声が寄せられているのだよ」

「それは妙な話ですね。私どもは何も法を犯しているわけじゃありません。あくまでも合法的な手続きを経て、市場に流通している株式を取得しただけです。だれからも非難を浴びる謂《いわ》れはないと認識しておりますが」

「確かに、公開された株式をどれだけ買おうと、それは個人の自由だ。理屈の上では君の言うことは間違ってはいない。だがね、どんな世界にも不文律というものがある。極東テレビが経営の危機に瀕《ひん》して、第三者の助けを請《こ》うている、あるいは新規事業に乗り出すに当たってパートナーを見つけようとしているならともかく、今回の件は、いくら何でも行き過ぎという面があるのは否《いな》めないね。まあ、君のことだ。アメリカならばこうした買収劇は日常茶飯事。むしろあって当たり前だと言うのだろうが、残念ながらここは日本だ。こうしたやり方は、到底受け入れられるものではないよ。第一、パートナーシップを結ぶにしても、君たちにメリットはあっても極東テレビには何のメリットもない。そんな形で二つの企業が一つになっても、うまくいくわけがないじゃないか」

どうしてこの老いぼれ共は揃《そろ》いも揃って同じことを言うのだろう。いったい企業というものがどんなものかを知ってこんなたわけた理屈をこねているのだろうか。企業における真理は二つしかない。

第一は、トップに立つものが経営に関する全責任を負うということ。

第二に、仕えるものはトップの意向に従って、与えられた職責を果たすこと。

つまり雇われ人である従業員には、その企業に残る意思がある以上、どんな使命を課せられようとも文句の一つも言えない立場にあるのだ。もちろん、経営トップに立つ人間は、従業員を幸せにする義務を負う。しかし、そこに問われるものがあるとすれば、経営者たる者が地位に相応《ふさわ》しい資質を持っているかどうかだけであるはずだ。

俺は蚤の市という企業を創業し、ここまでの規模に育て上げたという実績がある。それでも、経営者としての資質に問題があるというのか。ならば、細川はどうだ。宮下は。そしてお前は。所詮《しょせん》、先達が作り上げた基盤の中で禄《ろく》を食《は》み、出世競争を勝ち抜き、今の地位を手にしたサラリーマン社長じゃないか。それを考えれば、本当の意味での経営者としての資質をどちらが身に付けているかは明白だ。こいつらは会社の将来や、社会がどう変化していくかなんてことは見据えちゃいない。あと数年で終わる己の権力の座を無事まっとうできればいい。ただそう考えているに過ぎないのだ。

アイロンの折り目がついたワイシャツに身を包んではいるが、そこから漂ってくる老臭を嗅《か》いだような気がして、武村は胸がむかついてくるのを覚えた。

「うまくいくかどうかは、やってみないことには誰にも分かりませんよ」

武村は込み上げてくる嫌悪《けんお》の気持ちを抑えて、努めて冷静な口調で言った。

「テレビとネットの融合は、誰も経験したことのない新しい事業です。少なくとも今までのテレビ局が培《つちか》ってきたノウハウは新しいメディアを広く社会に普及させるという意味においてはほとんど役には立ちません。だから少なくとも、新規事業を立ち上げようとする場合、イニシアチブを握るのはテレビ業界の人間じゃない。我々ＩＴ産業に従事する人間だと私は思っております。コンピューターの世界を考えてみて下さい。誰がアップルを創業したか。誰がマイクロソフトを創業したか。ＩＢＭのような巨大企業があったにもかかわらず、その規模を一代で凌《しの》ぐまでにしたのは経営なんか経験したことのない、コンピューターオタクだったスティーブ・ジョブスでありビル・ゲイツじゃありませんか」

「君があの二人に匹敵する能力を持った経営者だと言いたいのかね」

「その可能性は私のみならず誰にでもあると思っております」

「大した自信だね」

宇野は明らかに皮肉の籠った言葉を投げつけてきた。

「ならば一つ訊《き》くが、それだけテレビとネットの融合が将来性に富んだものならば、どうしてテレビの人間は君の行為に対して批判的なんだ。きちんとしたプラン、戦略を示せば有能な人材が揃っているんだ、理解を示して当然というものではないのかね」

「理由は二つあると思います。一つは、あまりにも過分な餌《えさ》を従業員に与え過ぎていること……」

「餌?」

「給料のことですよ。入社五年程度の若造が、千二百万を超す年収を貰っていれば、よほどの意欲や野心のある人間でない限り、現状に満足し、改革への意欲など抱くわけがない。野生の動物が常に餌を得るチャンスを窺《うかが》っている一方で、家畜と化した動物は何もしなくとも充分に良質な餌が与えられる。どちらが必死にならなければならないかは分かりきっているじゃないですか」

「極東テレビは毎年充分な利益を計上している優良企業だよ。企業の決算は従業員の仕事の成果の集大成だ。たしかにテレビ業界の給与は他業種から見れば群を抜いているが、それも成果に見合う収益を会社が上げているからだ」

「それが誰しもが参入できる普通の業界での話なら何も言うことはありません。しかし、テレビの世界は違う。認可制という壁に守られているせいで、ライバルは数えられるほどしかいない。そんな中にいれば、誰も変革など望みやしませんよ。それは銀行にしたって同じじゃないんですか？」

宇野はあからさまに不快な表情を浮かべ口を噤《つぐ》む。

「第二は、我々に対する恐怖でしょうね」

「恐怖とはどういうことだね」

「もし、極東テレビに我々が乗り込んで行けば、何をされるか分からないという恐怖です。どんな仕事をさせられるのか、会社のルールは変わるのか、そして経営を我々に握られて会社は存続していけるのかという恐怖です」

「それは従業員たる者、当然覚えて不思議ではない感情だね。何しろ、君はまだ若すぎるからね」

「若すぎるとは何を指してのお言葉ですか。年齢ですか。それとも経営者としての経験ですか」

「その両方だよ」

「歳《とし》を重ねれば誰もが有能な経営者になれると思っていらっしゃるのであれば、それは錯覚というものですよ。少なくともメガバンクの一つである東亜銀行頭取のお言葉とは思えませんな」

「なに！」

　初めて宇野の顔に赤みが差した。彼が怒りに震えている様子が手に取るように伝わってくる。しかし武村は怯《ひる》まなかった。

「だってそうでしょう。これまでに、長きに亘《わた》って君臨してきた大企業が無残に倒産に至った例など掃いて捨てるほどあります。それらの経営者のほとんどは、ビジネスの現場で充分な経験を積んできたと目された人間たちばかりではありませんか。かじ取りを誤る人間は、誤るものなのです。年齢や、経験など関係なくね」

「君、無礼にもほどがあるよ」

「そうでしょうか。だったら、なぜ東亜銀行は我が社にメインバンクとして八百億もの融資を行っているのです。もし、私に経営者としての資質がないというならば、我が社の事業の将来に、不安があるというのであれば、これほど多額な貸付を行うわけがないでしょう。ましてや我が社は不動産などの担保を所持しているわけじゃない。発行済み株式の一部を担保として差し出しているだけだ。これは頭取、あなたが事実上私の経営者としての能力、そして事業の将来性を買った何よりの証《あか》しではありませんか」

　宇野の蟀谷《こめかみ》がひくついている。痛いところを突かれた忸怩《じくじ》たる思いが伝わってくる。本来ならば、やり込めてやったという快感が込み上げてきてもおかしくはないところだが、逆に武村は少しばかり言い過ぎたかもしれない、という後悔の念に駆られた。

東亜銀行との関係を悪化させるのは得策ではない。もしも、彼らが融資を引き上げるとでも言い出せば、蚤の市は新たなメインバンクを探さなければならなくなる。もちろん、担保として差し出している株式を換金すれば、借り入れの八百億をはるかに上回る額にはなる。しかし、それだけ大量の株式が一気に市場に放出されれば株価は下がる。これと言った資産を持たない蚤の市が、極東テレビの株式をここまで買い占められたのは、発行済み株式の時価総額が極東テレビを凌ぐという現実があるからだ。当然、株価が下がれば、新たな資金調達が難しくなるばかりか、追加担保、あるいは資金の一部精算を求められないともかぎらない。

「君がこれほどまでに思い上がった男だとは考えもしなかったよ」

宇野は苦々しい口調で言うと、

「ならばその融資を我々が引き上げると言ったら、どうするかね。それでも極東テレビ株の買い占めを進めるつもりかね」

果たして、思った通りの言葉を口にした。

「引き上げたいのならどうぞ……」

「銀行に見放され、それで事業が成り立つと思うのかね」

「資金を提供してくれるのは、何も銀行だけとは限りませんよ」

「外資のファンドからでも資金を調達するとでも言うのかね」

「それも選択肢の一つでしょうね」

「しかし、我々銀行団が融資を引き上げれば、仮に、どこかのファンドが資金を我々に代わって提供したとしても、逆に蚤の市がファンドに呑《の》み込まれてしまう可能性も出てくるんじゃないのかね。それでは君の目論見《もくろみ》も水泡に帰してしまう。何しろ外国資本の放送事業への進出は認められてはいないからね」

そんなことは百も承知だ。武村は、胸中を過《よ》ぎった後悔の念を振り払い、

「何も充分な資金を持っているのは、外資のファンドだけではありませんよ」

努めて平然とした口調で言い放った。

「なに？」

「ご存知でしょう、日本にもこのところ活発に企業買収に乗りだしているファンドのあることを」

宇野の顔から血の気が引くのが分かった。それを見た武村は一気に畳みかける。

「はっきり申し上げて、私は彼らのやり方が好ましいとは思ってはおりません。だから今まではプライベートはともかく、仕事の上では彼らとの関係に一線を画してきたつもりです。しかし、もし東亜銀行を始めとする銀行団が融資を引き上げるというのであれば話は違ってきます」

「彼らの目的は、事業にあるのではない。株価に比して資産が多い企業に目をつける……」

「そんな連中だからこそ、極東テレビの経営に一枚嚙《か》めるとなったら千載一遇のチャンスとばかりに食いついてくる。我々が興味があるのはテレビとネットとの融合。彼らは資産だ。両者の利害が対立することはありませんからね」

「そんな手に打って出れば、君は日本の財界人をあまねく敵に回すことになるぞ。たとえ極東テレビを手にいれることができたとしても、コマーシャル収入が得られない民放経営が成り立つわけがない。結果、君の目的は志半ばで挫折《ざせつ》することは目に見えている」

「頭取。コマーシャルというものは、効果のある媒体に投じてこそ本来の目的が果たせるものですよ。我々と極東テレビが共同で新しい媒体を立ち上げることができれば、テレビ局の収益構造は一変します。もちろん新事業が軌道に乗るまでには幾多の困難を乗り越えなければなりません。しかし、変化は急激に現れる。その青写真は、もうすでに私の頭の中に出来上がっているんです」

「ならば、どうあっても計画は変更しない。極東テレビへの経営参加は諦《あきら》めないと言うんだな」

「その通りです」

「分かった。そこまではっきり言うんなら、もうこれ以上話すことはない」

「お預けした株を我々に返し、融資を引き上げるのですか」

「どういった結論を出すかは、見ていれば分かる。いずれにしても、今日この時点から君は我々の敵だ。それだけは忘れないでくれたまえ」

「決して……」

武村は、頭を下げると立ち上がった。

そもそも宇野を相手に交渉などするつもりはさらさらない。こうした結末を迎えることは最初から分かっていたことだ。しかし、ここで東亜銀行に手を引かれたのでは、株価が下がる上に資金調達も難しいという負のスパイラルに陥ることを意味する。それだけは何としても避けなければならない。

となれば方法は一つしかない。これ以上銀行団に頼らずに、買収に向けての更なる資金を調達するには、蚤の市の株価を今まで以上に上げることだ。株価が上がれば、担保の価値は増す。そうなれば外資のファンドに担保として差し出す株式は少なくて済むし、銀行団にしたところで、担保価値が増した株式を無下《むげ》に返上するわけには行かなくなる。

武村は腹を括《くく》った。結果がどうでるかは分からない。それは神のみぞ知るというものだが、ここまで来てしまった以上、可能性に賭《か》けてみるしかない。

武村は、もはや一刻の猶予《ゆうよ》もならないとばかりに頭取室を出ると、プレジデントの後部座席に座り携帯電話を手に取った。

二日後。赤坂のシティホテルの大宴会場に設けられた演壇の上で、武村は一人熱弁を振るっていた。

日本の経済界を支配する既存勢力に抗《あらが》ってでも己の夢を実現する。その意志を明らかにした以上、取るべき手段はただ一つ。今まで公《おおやけ》にしなかった極東テレビを事実上買収する本当の狙《ねら》い、そしてそのビジネスプランを明らかにする以外にない。

もちろん勝算はあった。極東テレビの株式を買い占めにかかってからというもの、蚤の市の動向はあらゆるマスコミ媒体で取り上げられ、さまざまな論議を呼んでいたが、世論調査の結果を見る限りにおいては、今回の行為に否定的な者と、肯定的な者がほぼ拮抗《きっこう》しているというデータがあったからだ。もっとも、この調査の結果をそのまま鵜呑《うの》みにし、楽観的に状況を捉《とら》えていたわけではない。肯定的になる人間の多くは、主に若年層、それも二十代から三十代中盤までに集中しており、それ以上の年齢層になると否定的な答えをする者が圧倒的に多くなっていたからだ。ネットが社会に浸透し、デイトレーダーという言葉が当たり前のように口にされる世の中になっても、やはり株式投資を行う人間の多くは、投資額の多寡《たか》を比較するならば、圧倒的に資金的余裕のある中高年層が占める。その年代層が極東テレビの株買い占めを否定的に考えているのは、武村にとっても大きな不安要因の一つではあった。

しかし、投資家のほとんどは、投資した企業から齎《もたら》される配当など当てにしてはいない。購入した株価が目論見通り上がれば、即座に売りに出し利鞘《りざや》を稼ぐ。つまり、合法的なギャンブルを楽しんでいるだけに過ぎないのだ。それが最大の目的である以上、株価が上がると目されるようなニュースを出せば、投資家といわれる連中が主義や理念の枠を超え買いに回ることは明白というものだ。結果、蚤の市の株価は上がり、それはさらなる極東テレビの株買い占めの資金となる。

それが武村の狙いだった。

広いフロアに並べられた椅子《いす》は新聞社、テレビ局、出版社、ありとあらゆるマスメディアによって埋め尽くされていた。その後方には、テレビやペーパーメディアのカメラの砲列がしかれ、自分にフォーカスを合わせている。

武村はパワーポイントを駆使し、背後のスクリーンに映し出される画像をポインターで示しながら、テレビとネットが融合するとどんなビジネスが展開できるのか、メディアのありかたがどう変わるのかを、淀《よど》みない口調で説明した。もちろん、極東テレビが抱えている資産については一切触れなかったことは言うまでもない。

長いプレゼンテーションが終わったところで、司会を務める広報の男性社員が、

「それでは、質疑応答に入ります。質問のある方は挙手をどうぞ」

と言うと、居並ぶ記者たちの間から一斉に手が上がった。

武村は、最前列に座る一人の男を指差し、

「どうぞ」

と発言を促した。

「武村社長の今のプレゼンテーションを聞いておりますと、電子版のCNNの構築を目指していると考えていいのでしょうか」

「リアルタイムで事件を報じるという点では、そのように考えていただいてよろしいかと思います。ただ、CNNと決定的に異なる点は、私が想定しているサイトは単にニュースのみを伝えるのではなく、芸能、生活情報、文化といったように、テレビ局が持っているコンテンツをフルに活用するということです」

「構想なさっているサイトの最大のメリットは何でしょうか」

「報道の現場に集まる情報を漏れなく、かつ詳細に利用者の方々に伝えられるという点にあります。考えてもみて下さい。皆さんの元には日々膨大な情報が集まってくる。しかし、そのうちのどれだけのものが実際にニュースとして紙面あるいは放送で報じられていますか？ ペーパーメディアには紙面という物理的な制約がある。放送には時間という制約がある。つまり、ニュースバリューの大きいと思われる順に、しかも最大公約数的に情報を絞り込み、読者あるいは視聴者に伝えざるを得ないのが現実というものでしょう。ですがネットの世界にはそうした制約は一切ない。記者が取材したニュースは、どんなに小さなものでも、漏れなく詳細に報じることもできれば、記事に付随した解説も今まで以上に詳しく伝えることができるわけです。これはニュースだけに限ったことではありません。番組で紹介された店の場所。確かに、画面には場所や電話番号が表示されますが、一瞬のことです。見逃す人間の方が多いに決まってます。それをサイトで改めて紹介できれば、取り上げられた店の集客にも繋《つな》がり、視聴者にとっても便利この上ないものになると考えております」

「しかし、リアルタイムでニュースを報じる必要性はあるんでしょうか。やはりニュースにもプライオリティというものがあり、何でも手当たり次第に報じると結局は現在のネットのように、膨大な情報の流れの中に、重大なニュースが紛れてしまう可能性があることは否《いな》めないと思うのですが」

「どのニュース、情報が重要かは、報じる側が決める問題ではないと私は考えています。たとえば株式投資をしている人はどうでしょう。朝夕配達される経済紙に目を通しても、自分が株を所有している会社のニュースが掲載されているとは限りませんよね。もちろん報じるだけのネタがないということもあるかもしれません。しかし、現に上場企業の多くは、広報がほとんど毎日プレスリリースを流して、自社の活動を広く知って貰《もら》おうと努めている。そうした情報は、見る側の人間の置かれた状況によっては、非常に高い価値を持つ場合だってあるわけです」

武村はそこで一旦《いったん》言葉を区切ると、パワーポイントを操作した。スクリーンに映し出された画面が変わり、ダミーとして用意していた模擬サイトが現れた。

「これは、我々が想定している新しいサイトのβバージョンです。これをご覧下さい。ただいまの質問の中で、手当たり次第にニュースを流すと、情報の洪水のようになってしまうとのご指摘がありましたが、それは見せ方の問題だと考えます。もちろん我々が想定しているサイトの中でもニュースにはプライオリティをつけます。最初に現れるのが、今ご覧になっているメニュー画面です」

スクリーンの上には、政治、経済、社会、生活といったように、情報が分野別にカテゴライズされた映像が浮かび上がっている。それを確かめた武村は、経済と表示された部分をクリックした。

「これは昨日の毎朝新聞が報じた、我が社の極東テレビ買収に関する記事です。一行十三文字、十九行、四段組み。全国紙としては、かなり大きな扱いです。しかし、記者の方から取材を受け、書かれた側からの立場からすると、話したことのほとんどはカットされてしまっている。客観的に考えて、当然書かれなければならなかったことも含めてです。そこで、我々はフリーのジャーナリストを使い、同じ状況で記事を書かせてみました。それがこれです」

武村はキーボードを操作し、画面をかえた。スクリーンに毎朝新聞の記事と並んで、もう一つの文面が表示された。それは、一行十三文字の構成こそ同じだったが、記事の大きさは毎朝新聞のものと比べ五倍は大きなものになっていた。

「さらに、これについて識者の解説がなされており、それを読みたい場合には、この部分をクリックすると、全文が表示される。また、このニュースに関する過去の関連記事が読みたければ、このようにそれをメニューとして一覧表示することも可能です」

武村の指がキーボードを操作する度に、画面がめまぐるしく変化する。

記者たちの間から、声にならないどよめきが起きた。

「ここからお分かりになるように、我々が提供するサービスは、ニュースをリアルタイムで読めるばかりではなく、報道された事実をきわめて簡単に過去に遡《さかのぼ》って読むことができるという大きなメリットもあるわけです」

武村は胸を張り声を大にして断言した。

「当然このサービスは無料というわけではないんですよね。だとしたら、幾らくらいの料金を考えていらっしゃるのですか」

記者の質問は止《や》むことがない。次々に手が上がり、新たな質問を投げ掛けてくる。

「料金は、現在の新聞の購読料と同等、もしくは少し安いくらいのものを考えております」

「それで採算が取れるものなんでしょうか」

「プレゼンの中でも申しましたが、こうしたニュースはたとえばテレビ局の報道記者が自分の職務として取材し、本来テレビで報じて終わりになるものを、いわば流用したものに過ぎません。事実上のコストは限りなくゼロに近いと申し上げていいでしょう。つまり、購読料金のほとんどはそのまま利益になるわけです。それに、生活情報の中には、そのまま通販へと結びつけられるものもあります。商品の紹介はテレビで、購入は蚤の市を通じてということになれば、我々の現行のビジネスにも利益が齎される。採算は充分に取れるという確信はあります」

「しかし、このサービスはパソコンでしか見られないものですよね。それを考えると幾つかの問題があるように思えます。通勤途中でこのサービスを享受《きようじゆ》することはできないでしょうし、第一課金の方法はどうなさるつもりなのですか」

思わず溜息《ためいき》が出そうになった。どうして既存のメディアの連中というのは、現存する技術の枠の中でしか物事を考えられないのだろう。自分たちが支配している情報の伝達方法が未来永劫《えいごう》に亘《わた》って続くと考えているのだろうか。

それを考えると、呆《あき》れるのを通り越して嘲笑《ちようしよう》を浮かべたい気持ちになったが、武村はそれを堪《こら》えて努めて冷静な口調で言った。

「技術の進歩というものを考えて下さい。情報伝達手段の変化というものを考えて下さい。インターネットが世の中に認知され始めて僅《わず》か十年しか経《た》っていないのですよ。それが今ではメールを使うのは当たり前、ブログサイトだって物凄《ものすご》い勢いで増加してるんです。このサービスを受けるハードにしたところで、十年、いや五年スパンで考えれば、使用される機器は何もパソコンだけとは限らない。紙のように薄い携帯式のハードも出てくるかもしれません。地上波デジタル放送が始まれば、テレビは情報の相互通信機能を持つ。だから我々はその時に備えて今から布石を打っておかなければならないのです。それから課金ということに関しては、蚤の市をプロバイダーに指定していただければ、現行の料金徴収システムをそのまま応用できます。つまり、家族で同じアドレスを使っていれば、新聞と同じ、最低限の料金で一家庭の全員がこのサービスを享受できるというわけです。携帯で読む場合も同じです。携帯の登録住所が同じであれば、追加料金はかかりません。もちろん通信にかかる費用は別ですが」

「あなたは新聞や雑誌を殺す気ですか」

突然会場内に押し殺した男の声が聞こえた。最前列に座っていた中年の記者が、こちらを睨《にら》みつけているのが見えた。

「そんなことは考えてもいません。ただ、このサービスが普及すれば結果として既存のメディアのあり方が変わる可能性は充分にあることは確かです」

会場がどよめいた。次々に記者たちの間から手が上がったが、武村はそれを無視して続けた。

「ただ、このビジネススキームは、既存のメディアの方々もやろうと思えばできることです。皆さんには全世界に張り巡らした情報網がある。取材する能力がある。記事を書く力もある。要はその成果物をどういう形で世に送りだすのかという問題なのですから。もちろん、我々がこのサービスを始めた場合には、皆さんたちがライバルとなることは否定するものではありませんが……」

「つまり、武村社長は極東テレビの持つコンテンツというより、報道機関としての能力に着目し、全く新しい形のメディアを立ち上げる。それが狙いだと考えていいのですね」

「その通りです」

「その発想はどこから生まれたものなのですか」

待っていた質問だった。武村は、マウスから手を放すと、目の前に置かれたマイクの束を握り締め身を乗り出した。

「動機は三つあります。第一は、いまおっしゃったように、全く新しい形のメディアを立ち上げること。実は、私自身も今回極東テレビを買収するに当たっては、既存のメディアのあり方を徹底的に分析しました。テレビのみならず、新聞、出版ありとあらゆる分野をです。そこで気がついたのが、既存メディアの仕事、組織にはあまりにも無駄が多すぎるということです。たとえば新聞社を例にあげますと、全国紙には数多《あまた》の記者がいる。しかし、その全員が毎日記事を書いているわけじゃない。もちろん、一つの記事を紙面に載せるためには、取材に時間をかけなければならないことは分かっています。ですが、中にはせっかく多大な時間を使って取材をしたにもかかわらず、紙面の都合というだけで、あるいは印刷途中に刻々と入るニュースに取って代わられ没にされてしまうケースも少なくない。これはニュースを報じる側、受け取る側の双方にとって不幸なことだと言わざるを得ない」

会場が静まり返った。記者の中には、思わず肯《うなず》く者の姿も散見できた。それに意を強くした武村はさらに続けた。

「第二は、費用対効果の問題です。マスコミの中でも、テレビ局の人間の給与はずば抜けて高い。なにしろ三十歳前でも正社員なら、一千万円を超える年収を貰ってるんです。もちろん制作、取材の現場は勤務時間もあって無きがごときもの。九時五時の普通の会社員と比べるのは酷な面があることは認めます。ですが、莫大《ばくだい》な金をかけて集めてきたニュースを、時間という制約があるがために、残すべきものまでを編集し、切り捨ててしまうのはあまりにももったいない。どんな些細《ささい》な情報でも、必要としている人間がいるはずです。それを私は全《すべ》て世に出したいのです。先ほども申し上げましたが、情報の価値を決めるのは報ずる側ではありません。受け取る側です。このビジネスが現実のものとなれば、読者がどんな記事に興味を示し、どれだけの数の人々が読んだのかが正確な数字となって現れます。視聴率などという曖昧《あいまい》かつ得体のしれない数値に右往左往する必要などなくなるわけです。高い関心を集める記事を書き、あるいはニュースをものにした人間には、それなりの報酬を払えばいいし、取材資金をそこに集中させることは経営効率を高めることにも繋がります」

すかさず複数の手が記者たちの間から上がったが、武村はそれを無視して語気を強めた。

「第三の理由は環境問題です。情報がこうした形で伝えられるようになれば、紙も必要なくなるし、配送という手段も必要なくなる。これは現在社会が抱えている問題の一つである紙資源の有効活用におおいに貢献するでしょう。家庭から排出される新聞、雑誌は激減するばかりでなく、居住環境を快適なものにするでしょう。なぜなら、情報が詰まった新聞や週刊誌を物理的に保管しておく必要がないからです。我々はこのビジネスを実現するに当たって、新しいソフトウェアを市場に導入することを考えています。このソフトは、我々のサイトを通じて流されたニュースを検索する機能も持っていれば、スクラップとして保存する機能をも持たせることを想定しています。つまり必要と思われる情報はすべてサーバー、あるいはパソコンの中に保存され、いつでも引き出すことが可能になるのです。そして、このビジネスを実現させるためには、どうしてもテレビ局が持つ機能が必要不可欠になる。それが、今回我々が極東テレビの株式を買い進め、経営に参加しようとしている理由です」

「おっしゃることは分かりますがね」

先ほどの中年の記者が声を上げた。

「しかし、あなたが第二の理由として上げた、購読率の高いジャンルの記事に取材資金を集中させることによって経営効率を高めるという意見には違和感を覚えますね。おそらく読者のアクセスは、芸能やスポーツ、あるいは社会記事に集中する一方で、政治や経済といった硬いジャンルの数字は低くなることが予想される。それじゃあなたがやろうとしているサイトはワイドショーと同じになってしまうんじゃないですか」

「部分的に見ればその可能性は否定できないでしょうね」

武村は記者の言葉を躊躇《ちゅうちょ》することなくあっさりと認めた。

「でもね、私は何も、政治や経済といったジャンルのアクセス数が少ないからといって、手を抜くとは言っちゃいませんよ。読者が読みたいと思っているジャンルの内容をより充実したものにすると申し上げたのです」

「限られた資源を、購読率の高いジャンルに集中させれば、低いジャンルは手薄になるんじゃないですか」

「そこがテレビ局の強みですよ」

武村はにやりと笑うと答えた。

「テレビ局の政治部、経済部は新聞社に匹敵する陣容と取材能力を持っている。現状のままでも充分です。それに手をつけるつもりはありません。しかし、スポーツや芸能、あるいは文化、生活といった分野では、評論家、フリーランスの記者が沢山コンテンツの制作に関《かか》わっている。その部分に今まで以上に資金を注ぎ込めば、内容は今とは比較にならないくらい充実する」

「大変なコストがかかりますね。どこの現場でも人件費を始めとするコストを抑えようと必死だというのに、そんなことが可能なんですかね」

記者の言葉には明らかに皮肉が籠《こも》っていたが、武村はそんなことは意に介さなかった。

「可能ですよ。このビジネスには印刷費、配送費、新聞ならば販売店、雑誌ならば取次や書店へ落とすマージンがすべてゼロになるんですよ。あなた方既存のマスコミは、出来上がったものを読者の手元に届けるために膨大なコストをかけている。それを取材者や記事を執筆する外部スタッフに回せばいいだけの話です。赤になるどころかお釣りがきますよ」

会場が静まり返った。居並ぶ記者たちが複雑な顔をして、こちらを見詰めている。

その様子を見て、武村は自分の思い描いているビジネスが出現した暁には、新聞、雑誌といった既存のペーパーメディアにとって、紛れもない脅威になることを彼らが悟ったのだと確信した。

おそらく、この会見の様子は明日の新聞紙面で大きく報じられ、雑誌もまたかなりのスペースを割いて特集記事を組むだろう。その論調は間違いなく、蚤の市の新しいビジネスに対して好意的なものではないものになるに違いない。しかし、それはこの会見を開くと決意した時から予想していたことだ。いやむしろそれが狙《ねら》いだったと言ってもいい。

なぜなら、たとえ批判的な論調であろうとも、蚤の市が極東テレビを買収するに当たっての、本当の狙いを投資家に知らしめることが目的だったからだ。投資家は常に新しいニュースを探している。そしてマネーゲームの魅力に取り憑《つ》かれた彼らの多くは、本能的に情報の本質を摑《つか》む術《すべ》を持っているものだ。

新しいメディアを蚤の市が立ち上げる。既存メディアがこの事実をどれだけ批判的な論調で報じようとも、投資家の嗅覚《きゅうかく》を刺激することは間違いない。あとは、彼らがこの情報をどう判断し、買いに回るのか、あるいは売りに出るのか、問題はそれだけである。もし、買いに出れば株価が上がり、仮に東亜銀行が融資を引き揚げたとしても、新たな資金調達の目処《めど》が立つというものだ。

それは正に賭《か》けという行為にほかならない。しかし、このまま経済界を牛耳る老いぼれたちの意向に添って、極東テレビの買収を断念するくらいなら、たとえ結果が裏目に出たとしても悔いはない。それこそがベンチャービジネスの醍醐味《だいごみ》であり、己の生き方だと思った。

「それでは質問も出尽くしたようですので、これで記者会見を終わらせていただきます。本日はお忙しい中ご参集いただきましてありがとうございました」

広報の社員の言葉を合図に、武村は席を立った。

夕刻のオフィスには外回りを終えた営業マンたちが三々五々帰社し、机に向かって日報を書いている。そんな同僚たちの姿を見ながら、横沢は席を立つとロッカーの中から上着を取り出し、ホワイトボードに『直帰』という二文字を書き込んだ。

エレベーターホールに向かおうと振り向いた刹那《せつな》、こちらの様子を何気ない素振りで見ている荒木と目が合った。彼女は両手を胸の前で握り締めると頑張ってといわんばかりのガッツポーズをつくる。

横沢はそれに肯くと、上着を抱えオフィスを後にした。

関東農業大学の鍵山教授と連絡が取れたのは昨日のことだった。本業の講義に加え、執筆活動に忙しい身にもかかわらず、教授は用件のあらましを聞くと、興味を覚えたらしく面会に応ずることを快諾してくれたのだった。指定された時刻は今日の午後六時。大学の研究室の方に来て欲しいと鍵山は言った。

関東農業大学は、小田急線の生田《いくた》にある。人形町からなら一時間半ほどの時間をみれば充分だろう。乗り継いだ電車が多摩川を渡った頃には、夕暮れの空の色を反射して、川面《かわも》は菫色《すみれいろ》に染まっていた。電車が生田の駅につくと、授業を終えた学生たちの流れに逆らって、横沢は小高い丘の上に聳《そび》える校舎へと歩いた。既に日は西の空に没しようとしていたが、もう暦では秋だというのに昼間の余熱は肌にまとわりつき、汗が噴きだしてくる。荒い息を吐きながらハンカチで汗を拭《ぬぐ》い、鍵山教授の研究室のある校舎へと足を踏み入れた。リノリウムの長い廊下の両側に、ドアがずらりと並んでいる。部屋番号を確かめ、ノックをすると中から甲高い声が返ってきた。

「失礼いたします。昨日お電話をさせていただきました暁星運輸の横沢でございます」

年の頃は五十代半ばといったところだろうか。でっぷりと太った鍵山が小さな椅子《いす》から立ち上がった。

「お待ちしておりました。どうぞそちらにお掛け下さい」

鍵山は部屋の中央の長い机の両側に並べられた椅子を指した。

「いやあ、凄い汗ですな。どうぞ上着をお脱ぎになって。何か冷たいものでも入れましょう」

「恐縮です」

横沢が上着を脱ぐ間に、鍵山は傍らにあった冷蔵庫を開けると、ペットボトルの麦茶をそのまま差し出してきた。

「コップじゃ足りないでしょう。まあ気楽にいきましょうや」

どうやら気さくな性格らしく、丸い目を細めて鍵山は笑いながら横沢の正面の席に座った。改めて名刺の交換が終わったところで、横沢は早々に用件を切り出した。

「今日お時間を拝借したのは他でもありません、先生にお願いしたいことがあってまいりました」

「昨日の電話ですと、私に地方の名産品の評価をして欲しいとおっしゃっていましたね」

「そうなんです。実は、今私共はネット上にショッピングモールを立ち上げることを検討しておりまして、それを成功させるためにはどうしても、先生のお力が必要なんです」

「ネット上のショッピングモールねえ。私も蚤の市を使って地方の名産品を取り寄せることはたまにあるんですけど、何でまた暁星運輸さんが新規にご参入なさるんですか。あの世界は、もはや蚤の市の独壇場、ネットショッピングといえば蚤の市が代名詞となっているのが現状でしょ。そんなところに出て行って、成功の見込みはあるんですか」

「普通に考えれば、もはや勢力図もビジネスモデルも確立したマーケットに、門外漢といえる運送会社がのこのこ乗り出して行って、成功するのかという疑問を覚えられるのはもっともです。しかし、ネット上の仮想ショッピングモールといっても、本質は通販事業そのものです。実際、これまで蚤の市の配送を請け負ってきたのは我々暁星運輸ですから」

「まあ、そうでしょうね。暁星さんは宅配業の最大手にしてきめ細かいサービスをすることで名の知れた会社ですからね。それが本来の仕事から一歩踏み出して、ショッピングモールまで開設しようという狙いは何なんです」

ペットボトルに直接口をつけ、鍵山はぐびりと麦茶を飲む。

「率直に申し上げます。私共の狙いはただ一つ、配送を独占することにあります」

鍵山を相手に駆け引きは無用だ。横沢は率直に言った。

「ほう、配送をね」

「少々生臭い話になりますが、私共運送業者というのは、商流の最下流に位置し、荷主の荷物をお客様の手元に届けるのが仕事です。我が社は業界最大手の一つではありますが、荷主にとっては単なる業者の一つに過ぎません。代わりはいくらでもいて、常にどこよりも安い料金で、高いサービスを提供することが要求される。激烈な価格競争の渦《か》中《ちゅう》に身を置いているわけです」

「そうでしょうね。良く分かります」

「取扱量が増えれば当然荷主は実績を盾に配送料金を下げろと言い出す。しかし料金を下げるにも限度というものがあります。かといって提示された金額を呑《の》めなければ、仕事は他社に持っていかれてしまう。これでは取扱荷物の量が増えても、我が社の収益は変わらない。何のために仕事を請け負っているのか分かりゃしません」

「なるほど」

「そこで考えたのが、もし我々が直接自社でネット上にショッピングモールを立ち上げたらどういうことになるかということだったのです。もちろん、このビジネスは蚤の市を例に取るまでもなく、すでにビジネススキームが確立されていることは事実かもしれません。しかし、たった一つ、彼らにはできなくとも、我々なら提供できるサービスがまだ一つ残されている——」

「ほう、それは何です？」

鍵山は興味津々《しんしん》といった態《てい》で体を乗り出してきた。

「モールへの出店費用をタダにするということです」

「そんなことをして儲《もう》かるものなんですか？ 僕は良く知らないけれど、あのビジネスの主な収益は出店者が月々支払う家賃が占めるんでしょう？ それを無料にしたんじゃビジネスそのものが成り立たなくなるんじゃありませんか」

「このビジネスの主な収益源はもう一つ、売り上げに応じた従量料金制があります。私たちが今考えているプランでは、それも無しにします」

「じゃあ、暁星さんはどこで儲けるんです？　現行のモールビジネスを展開している企業の収益源を無料にしたんじゃ、全くのボランティアということになるじゃありませんか」

理由が分からないとばかりに、鍵山は問い返してきた。

「配送料でカバーします」

横沢は鍵山の目を見詰めながら、静かに言った。

「我々のサイトに出店して下さる顧客の配送は全《すべ》て暁星運輸が受け持つ。その代わり、出店料を始めとする固定費用は一切かからない。これは我々にも大きなメリットがあります。何しろ、荷物の量を盾に、配送費の料金交渉に応じる必要がなくなるんですからね。もともと、通販ビジネスでは商品代金と配送費は別建てになっているのが当たり前です。つまり正規の料金をチャージしたところで、出店者の収益構造には何の影響も及ぼさない」

「でもね、実際に商品を購入するお客さんにとってはどうなんだろう。蚤の市が運送会社から値引きを受けた分は、そのまま配送料に反映されるもんなんでしょ。それが正規料金を取られたんじゃ、文句の一つもつけたくなるってもんじゃないのかな」

「それがそうとは言えないのです。確かに我々は毎年の料金交渉によって、正規料金より遥《はる》かに低い料金で配送を請け負っていますが、どこのモール運営会社も、それを出店者の配送料金に反映させていることはないのです。つまり差額は、そのままモール運営会社の懐《ふところ》に入っているのが現状なのです」

「ええっ！　そうなの？」

鍵山は巨体をのけ反らして、大仰に驚きの色を露《あらわ》にした。

「配送料金はこのビジネスの盲点なんです。出店者にしてみれば、配送料金はお客様に百パーセントチャージできるものだし、お客さんにしても通販で買うからには当然商品代金以外に、配送料金はかかるものだという思い込みがある。購入した商品のクオリティ、満足度に関心を払うことはあっても、配送費には誰も注意しませんよ」

「へえっ、そうだったんだ。いやあ、それは気がつかなかったな。するってえと、暁星さんとしては、正規の料金で配送を請け負うことができれば、モール運営にかかわる経費をさっぴいてでも、蚤の市の下請けでいるより大きな利益を上げられる。そう試算したというわけなんだね」

「その通りです。先生、考えてもみて下さい。昨年の蚤の市の受注件数は一日平均十五万件。宅配料金の最低は一個七百四十円……。もちろん、全ての荷物が最低料金に収まるわけじゃありません。荷物のサイズ、配送先への距離、クールか通常便かで料金は違ってくる……」

「最低料金で計算しても——ざっと四百億を超える料金になるね。どれだけの値引きをしていのかは分からないけれど、確かに、配送料をフルで貰《もら》えるとなれば、出店料を無料にしても、自社でやっても赤字にはならないってことにはなるだろうねえ」

「もちろんそういう試算が成り立ったからこそ、このプランを真剣に考えているんです」

横沢は力を込めて断言すると続けた。

「おそらく、出店料フリーのモールを開設すれば出店者にとって、かなり魅力的に映ることは間違いないと思います。問題は、そこから先です」

鍵山は話の内容にすっかり興味を覚えたらしく、再びペットボトルに口をつけお茶を飲み下しながら先を促した。

「固定費用がかからない上に、売り上げに応じた従量料金制という面倒なシステムから解放されるとなれば、いま既存のモールに出店している店舗がこぞってこちらのサイトに乗り換えてくることは容易に想像がつきます。しかし、料金がかからないということは、モチベーションの低い出店者ものは試しとばかりに集まって来てしまう。特に、今までモールに出店したことのない、まったくの新規出店者にはそうした傾向が顕著に現れるでしょう。それでは店舗が増えても内容は玉石混交、利用者にとっては使い勝手が悪いこと甚だしいということになってしまいます」

「そりゃそうだろう。どんな商売でもそうだが、金をかけているからこそ熱心にもなる。

学校だってそうだよ。入学試験も無し、学費を無料にしたら、どんな生徒が集まってくるか分からないものね。明確な目的を持つ子は一生懸命勉強するだろうが、中にはとりあえず学籍を置いておくか、なんていうのがごまんと出てくるに決まってる」

「そこで、我々が考えたのが、従来の従量料金制をやめるということです。つまり、多くのオーダーの入る店舗からは当然それに見合った量の出荷があるわけですから、一定量をクリアした場合には従量料金を科さない。逆に、クリアできなかった場合には料金を取る」

「なるほど。それはいい手だね」

「そしてもう一つ、出店者を集めるためには、何よりも利用者が安心して商品を購入できる環境を作ることです。そのためには是非とも先生のお力添えが必要なんです」

「僕に何をしろと言うのかね」

「商品のレーティング、評価をして頂きたいんです」

「言っていることの意味がいまいち理解できないが、詳しく話してくれんかね」

小首を傾《かし》げながら鍵山が言った。

「現在あるショッピングモールの最大の難点は、出店者の商品の評価が、利用者の人気とか、アフィリエイトと言われるいわば口コミに頼っている点にあります。考えても見て下さい。蚤の市の出店店舗はいまや四万を数えようとしているんですよ。当然、商品が重なる場合だって多々あるでしょう。そんな中から、いったいどうやって、何を頼りに利用者は購入するか否《いな》かを判断したらいいのでしょう。すでに評価が定まり、リピーターが後を絶たずという商品は全体からみれば微々たるものなんです。新規参入する出店者には開設したサイトを知って貰うだけでも大変な苦労を強いられる。一方の利用者にしたところで、とても全ての店舗を覗《のぞ》いて回ることなど不可能ですし、仮に興味を惹《ひ》かれるものにぶち当たったとしても、海のものとも山のものとも分からない商品に手を出す気にはそうそうなれるもんじゃない。そこで、我々のサイトでは、その道の権威といわれる方のお名前をメニューの中に載せ、そこに出店者の商品の評価を載せようと考えているんです」

「そりゃあ無理だよ。全ての商品をレーティングするなんて」

「全てとは申し上げておりません。希望する出店者の商品に限ってです。もし、評価に値しなければそれでも結構。しかし、先生がこれはいいと思われるものには、簡単なコメントとともにお墨付きを与えていただきたいのです。こうすればどこの誰とも分からない人間がその商品を勧めるよりも、利用者の安心度は高まり、ひいては売り上げに直結する。もちろん、評価を希望する場合には料金を取ります。想定している金額は一件二万円。さらに、売上額の一・三パーセントが評価者に歩合として入る。そういうシステムを考えております」

「なるほどねえ。確かに、あなたのおっしゃっているアイデアが実現すれば、利用者は評価者の顔が見えるわけだし、その点からいえばある程度の安心感を持って初めての商品でも購入することができるというものだ。しかしねえ……評価をする者からすると、ちょっと怖い部分もあるなあ」

鍵山は初めて眉間《みけん》に皺《しわ》を寄せると、歯切れの悪い口調で言った。

「と、言いますと」

「名前を出してある商品に評価を与えるということは、その人間が責任を負うというのと同義語だからねえ。味覚というのはそれこそ百人いれば百様。全ての人が私と同じ感想を持つものじゃない。中には不味《まず》い、こんなつまらない物を評価した鍵山はどんな味覚の持ち主なんだと思う人だっているだろう。どこの誰とも分からぬ人間が評価した、それを信じて商品を購入したと思うからこそ、許せる部分があるのであって、特定の個人となれば批判の矛先が向くのは誰でもない、その人間ということになるからね」

「しかし、先生はすでに雑誌、新聞で食紀行の連載をお持ちになっている上に、テレビにもご出演なさって、多くの珍味、料理をご紹介なさっているではありませんか」

「まあ、それはそうだけどさ」

鍵山はどうしたものかといった態で腕組みをして天井を仰ぐ。

「先生の文章を読み、あるいはテレビを見た人間が、それをきっかけにご紹介なさった店を訪れる例も少なくないのではありませんか」

「確かにそういった局面があるのは否めないと思うが……。しかし、ネットというのは反応が直に返ってくるからねえ」

「だからこそ面白いのではないでしょうか。はっきり申し上げて、私共が先生に期待しているのは、万人が知る食材を紹介していただくことにあるのではありません。最大公約数的なものをというならば、デパートに出店している老舗《しにせ》の品を紹介すれば済むことです。しかし、それでは面白みがない。地方で古くから受け継がれ、その地でなければ味わえない珍味、食材、そうしたものを全国の愛好者に広く知ってもらう。その味のどこに醍醐味《だいごみ》があるのか、どういう歴史的背景、あるいは民俗学的背景があるのか、そうした文化面の蘊蓄《うんちく》を大いに傾けていただけば、たとえ購入者の嗜好《しこう》に合わなくとも決して批判されるようなことはないと思います。それに、量産品に押されながらも、細々と丹精込めていいものを作っている生産者にとって、そうした珍味、食材を先生にご紹介いただけることは日本の伝統食材の継承にも繋《つな》がることではないでしょうか」

「うーん。確かにネットで売られているものの多くは、若い生産者が作った現代人の食習慣に合ったものか、コマーシャルベースで生産されているものがほとんどだからねえ。もちろん伝統食が廃《すた》れていくのは、僕としても大いに懸念《けねん》していることではあるけれど……」

鍵山が小首を傾げ、どうしたものかと考え込む。

「それに今回の話をお引き受けいただくのは、先生にとっても決して悪い話にはならないと思うのです」

「どういうところがだね」

「先生が世界中の珍味、食材に精通していらっしゃることはよく存じております。ですが、日本も狭くなったとはいえまだまだ広い。地方に埋もれ、まだ先生が口にしたこともない珍味、食材がたくさんあるはずです。このプランが実現に向けて動き出せば、我が社は全国の支店網をフルに活用して、出店店舗の開発に乗り出します。先生の下には評価をしていただこうと、それこそ日本中から食べ物が押し寄せることになるでしょう。結果、先生は東京にいながらにして全国の食材を口にすることができる。これは本来のご研究である、食文化の探求を効率的に推し進めることになるんじゃないでしょうか。もし、先生が製造方法なり文化的背景をより深くお知りになりたいという興味を持たれたものがあれば、生産者も快く協力してくれるでしょうし、取材費にしても我が社を通じて支払われる対価で充分に賄《まかな》うことができるはずです」

横沢はここぞとばかりに押した。

果たして鍵山は肯《うなず》くと、視線を横沢に向け、

「いったい、月にどれほどの評価を行わなければならないのかな」

明らかに前向きな問い掛けをしてきた。

「それは蓋《ふた》を開けてみないことには何とも言えませんが、少なくとも月間二十件やそこらは行くと考えています。効果が実証されれば、その数はさらに上がるとしか申し上げられません」

「それじゃ毎日新しい食べ物を口にしなきゃならないじゃないか。僕の身がもたんよ」

「何も全てを召し上がらなくとも――」

「一口食べてあとは捨てろって言うのかい？　君い、そんなもったいないことはできないよ。出されたものは全て平らげるのが食べ物に対しての礼儀というものじゃないか。評価を受けたいというなら、どうだろう、その条件として、基本的に私の下に送って貰うのは、試食レベル、つまりお試しパックの少量にして貰えんかね」

「その条件を呑《の》めばお引き受け下さると？」

「新しい食べ物を自分の足で探すのも楽しみの一つだが、年を考えるとそうも言っていられんのは事実だ。家にいながら、毎日新しい味と出会えるのも悪い話じゃない。もっとも、美食を重ねてたんじゃいつまでこっちの身がもつかは分からんが、食に死ぬことができればそれはそれで本望というものだ」

太鼓腹を抱え、呵々《かか》と笑い声を上げる鍵山を前にして、

「ありがとうございます」

横沢は最敬礼をした。

関東農業大学を後にした横沢は、駅へ向かう道すがら携帯電話を取り出した。メモリー機能を使って軽部の携帯へと電話をかけた。朗報をすぐに伝えるためだ。

呼び出し音が聞こえ、回線が繋がる。

「軽部です」

どこかの繁華街にいるのだろうか、雑踏の音が彼の声に混じっている。

「横沢だ。いい知らせだ。鍵山教授が評価者に名を連ねることに賛同してくれたよ」

「それはよかった」

軽部は一瞬、声を弾ませたが、すぐに一転して打ち沈んだ口調で、

「こちらの反応は厳しいものがありまして……」

語尾を濁した。

「今日は確か、東日本料理学校に行っていたんだったね」

「ええ、たったいま交渉を終えたところです」

「いい返事がもらえなかったのか」

「正直なところを言えば、イエスでもなければノーでもないといったところでしょうか」

「詳しく話してくれ。何が問題だったんだ」

「お会いしたのは、スミちゃんが言った『フィッチ・イズ・ユア・フェーバレット』に出演している、関田《せきた》さんというフレンチのシェフだったんですけど、我々の企画意図については興味を示し、好意的に考えていただけたと思ったんです。でも話を進めて行ったら、仮にもお墨付きを与えるとなると、実際にどれほどのレベルの食材をこちらが集めることができるのか、そのラインアップ、それに現物を見ないことには何とも言えない。そう言うんです。自分は評論家ではなくシェフだから、食材を紹介するにしても、素材そのものの良さを強調するのか、あるいは、一手間加えた方がいいのか、いろいろと試してみる必要がある。やるならば、自分が評価する食材がどんな料理にあっているのか、そのレシピまでも考えなければ自分がやる意味はない。その手間暇を考えると、時間的に難しいものがあるともおっしゃいましてね。もちろん、いい食材に出会うことは料理人にとって願ってもないことなので、企画そのものには大変惹《ひ》かれるものがあるとは言ってくれてるんですけど……」

なるほど、関田というシェフが言うことも理解できなくはない。こちらの場合は、鍵山に担当してもらう完成品の評価ではなく、素材そのものの評価なのだ。現物を見せずして、コンセプトだけでこちらの意図を理解しろといっても、すぐに判断を下しかねるというのは当然といえば当然だ。

「じゃあ、こちらがシェフが惹かれるような食材を用意すれば、話に乗って貰《もら》える可能性はありと考えていいのかな」

「ええ、それは大丈夫だと思います。しかし、横沢さん。これは一発勝負になりますよ。よほどシェフが感心するようなものを用意しないと、それで話は打ち切りということになるでしょうからね」

「分かった。現物を用意しろと言うなら、そうするしかないだろう」

「現物を用意するって、どうするんです？ そんなにプロを唸《うな》らせるような食材が簡単に手に入るんですか。ありきたりなものではとても納得しないでしょう。それに、市場でお墨付きを貰ったものは、すでに試しているでしょうし、全国で埋もれたままになっている良質の食材を持っていこうにも、まだこのプランが会社に認められていない今の時点では、支店網を使ってこれぞという食材を見つけ出すこともできませんし……」

「軽部。お前、俺が田舎から持ってきたトウモロコシ食ったよな」

「はい」

「トマト食ったよな」

「ええ。食べました」

「で、どうだった」

「どうだったって、美味《う》《ま》かったですよ。だから、この話に乗ったんじゃないですか」

「だろ？ あのトウモロコシにしてもトマトにしても、中央の市場には流通していない。

田舎で自家消費に回されるか、地元で消費されてそれでお終《しま》いだ」

「じゃあ、あれで勝負をかけるつもりですか」

軽部が、驚いたように甲高い声を上げた。

「あれじゃ力不足だってのか」

「そうじゃありませんけど……」

「けど、何だ」

「トウモロコシとかトマトって、少し安易過ぎやしませんか。こう言っちゃ何ですが、そんなもんはプロが行く市場に行けば、最高級品がいくらでも揃《そろ》っているんじゃないですか。そういった意味では、インパクトに欠けるんじゃありませんかね」

「だからいいんじゃないか。簡単に手に入るありきたりな食材だからこそ、既成概念を覆《くつがえ》された時のインパクトは大きいはずだ。違いも分かれば価値も分かる。プロの料理人だったらコストパフォーマンスには敏感なはずだ。そうじゃないのかな」

「そう言われればその通りかもしれませんね」

「とにかく、今の時点では用意できる食材は、かみさんの田舎のものしかない。これで勝負をかけてみようじゃないか」

「もし、それでシェフが駄目を出したら」

「何もシェフは関田さんだけじゃない。もちろん彼が評価者に名を連ねてくれるに越したことはないが、他にもマスコミに露出している料理人はごまんといる。他を当たればいいだけだ。いい返事をもらえれば良し。仮にノーだったとしても、何が足りないのか、それならどういったものを見つけだしてこなければならないのか。次のアクションへの足がかりになる。まあ、ポジティブに考えようぜ」

「そう……。そうですよね」

軽部もどうやら納得したらしい。気を取り直したような張りのある声で返事をした。

「よし、じゃあこれからすぐに宮城に連絡を取ってみる。何が用意できるか分からんが、結果は折り返し電話する。その上でもう一度関田さんとアポを取ってくれ。その日に合わせて物を揃えてもらうようにするから」

「分かりました」

話を終わらせた横沢は、そのまま宮城の妻の実家へ電話を入れた。一月程前に会ったばかりの義父の義隆の声が聞こえてくる。

「お義父《とう》さん。哲夫です」

「ああ、哲夫さんか」

「お盆は慌《あわ》ただしく東京にとんぼ返りをしてしまいまして、失礼しました」

「いやあ、いいのっさ。仕事じゃしょうがねえものな。んでも、久しぶりに一緒に酒を飲めなかったのは残念だったけどな。また正月にでも顔を見せてけらい」

「ええ、今回のお詫《わ》びと言っては何ですが、お言葉に甘えて正月はゆっくりさせてもらうつもりです」

横沢は、先の帰省での無礼を詫びると、早々に本題を切り出した。

「ところでお義父さん。いま、畑で採れるもので味がいいものといったら、どんなものがありますかね」

「んだなあ……。今年は梅雨が長くて、夏になったらなったで暑さが続いたせいで、いつもの年だったらもう終わってるものがまだ少しあんのす。唐黍《とうきび》もまだ大丈夫だし、トマトもある。それに茄子《なす》やサヤエンドウなんかもいいんでねえか」

「それを少し送っていただくわけにはいきませんかね」

「そりゃ構わねえよ。どれくらい欲しいの」

「そんなに多くなくていいんです。トウモロコシを五本、トマトと茄子を十個。それにサヤエンドウは袋に一つ程度……」

「それじゃ家族四人には足りねえべさ。遠慮するこたあねがす。箱に一つ入るだけ送るから」

「いえ、そんなに量はいりません。今回送っていただくものは、家で食べるのじゃないんです」

「ほんでゃ、何さ使うの？」

「実は――」

横沢は、それから要点をかい摘《つま》んで、いま自分が取り組んでいる新しいビジネスの概要を義隆に話して聞かせた。

「なんだか哲夫さん、難しい仕事してるんだね。インターネットつ言葉は、新聞やテレビでよく聞きはするげんとも、俺だづのような年寄りにはさっぱりわがんねえが……」

義隆はすまなそうに言う。

「お義父さん。いま私が取り組んでいるビジネスが現実のものとなれば、生産者と消費者が直接結びつくことになるんです。農協、市場という現在の流通を飛び越してね。もちろんそれはそのまま現金収入へと結びつく。中間マージンが抜かれない分だけ、収益も上がります。お義父さんおっしゃってましたよね。毎年畑で採れる作物は自家消費分以上の量があるけど、余剰となったもののほとんどは誰かに譲るか、あとはそのまま放置して朽ち果てるだけだと」

「んだ。もったいねえげんとも、しゃあにゃあのっす。米やリンゴを除けば大量生産地と違って、量が中途半端《はんぱ》だがらな」

「本業のリンゴにしたところでそうでしょ。規格に合わないものは、選別場で撥《は》ねられる。出荷できないリンゴは腐らせるだけだと。だけど、お義父さんのところで採れる作物は、どれも味は一級品ですよ」

「大規模生産地とは手間のかけかたが違うからね。量産品と手作りの違いっつのかな、確かに味はどごさ出しても恥ずかしくはねえとは思ってるげんとも……」

「最も美味《おい》しい時期に、消費者に直接出荷することができれば、固定客が必ずつきます。今まで選別で撥ねられていたリンゴだって、自家消費用として割り引いて販売すれば、それでもいいという消費者はごまんといるはずです。だってそうでしょう、味は変わりないんですから。鳥に啄《ついば》まれたり、傷があったりするものは、百パーセントのジュースとして販売すればいい。収穫できた作物は全《すべ》て無駄なく収入に変えることができる。ネットビジネスにはそうした大きなメリットと可能性が秘められているんです」

横沢は熱を込めて一気にまくし立てた。

「んでもさ、そんな有名な料理人の人に、おらいの唐黍とかトマトとかを食ってもらうつうても、どうなんだべ。ここら辺じゃどこにでもある珍しくも何ともねえもんだよ」

「それはお義父さんが、ご自分の畑で採れたものしか食べていないからそう思うんですよ。お義父さんたちにとっては当たり前でも、世の中の多くの人にとってはそうじゃないという場合だってあるんですから」

世の中には、大した力もないくせに自分を過信し、でしゃばってくる人間もいる半面、自分には突出した力などありはしないと端《はな》から思い込み、社会の中で埋もれたまま過ごすことを善しとする人間もいる。もちろんそれは生まれ育った社会環境、人それぞれが内に秘めた野心のある無しによるのかもしれないが、間違いなく世の中のどこに出しても恥ずかしくはない作物を作りながら、それを積極的に売ろうとしない義父の姿勢に歯《は》痒《がゆ》い思いが込み上げてくるのを横沢は禁じえなかった。

「あんだはそう言うけんどもさ、農産物を売るっつのはそう簡単なものではねえのっす。実際、この町でもな、役場と民間の会社が組んで第三セクター方式で料理用のトマトの栽培を大規模にやったんだけんどもさ、それがさっぱり売れなくてな。三年やって倒産だ。民間の会社がやってもそうだったんだから、個人でやってもあんだが言っているようにはなんねえべさ」

「お義父さん。私が勧めているのは、仮にうまくいかなくてもお義父さんには何のリスクもない話なんですよ。もちろん、パソコンは購入していただかなければなりませんが、それにしたって幾つかの簡単な扱いを覚えればいいだけです。若い人にやらせてもいい。もしこのビジネスがうまくいき商売が大きくなれば、作付面積を増やすも良し、現状維持でいるも良し。どちらにしたって大きな損害に繫《つな》がることはありません。試すだけの価値はあると思います」

「んだなあ……。ほかならぬあんだの言うごった。ほんでゃ、やるだけやってみべか」

「是非お願いします。もし、他にもこれぞと思うものがありましたら一緒にお送り下さい」

「そんなに自慢できるものなんか、そうあるもんでねえよ。後はあっても、草っ葉のようなもんだけだからな」

義隆が苦笑混じりに言った。

「草っ葉？」

「ああ、バジルとかクレソンとかな」

「そんなものがあるんですか」

「あるある。これも随分前に西洋料理に使うからって言って、ここさ持ち込んだ人がいてっさ。ほんで畑さバジルの種をちょこっと蒔《ま》いてみたら、それが増えて増えて。クレソンも同じだ。ほら、おらいは今でも水は水源地に掘った井戸から引いて使ってんべ。その水源地さクレソンの苗を植えたら、これもあっという間に増えてしまってっさ。あそこには芹《せり》が自生してたんだけんども、それが負けでしまったって、婆《ばあ》さんには怒られるわ、手の付けられねえことになってんのす。おらいばかりでねえ。この辺の水のいい水源地はクレソンだらけだ」

「それ、どうなさってんです」

「食べ方知らねえもの。取っても取っても増えるばかりだから、放っておいでる」

「お義父さん。バジルやクレソンが東京でいくらしているか知ってますか」

「知らねえな」

「バジルなら二、三本入ったパックが二百五十円とか三百円はしますよ」

「何さ使うの」

「サラダやパスタ、とにかく香草は量の割に値段が張るんです。クレソンだって結構高いもんなんですよ」

「そいざあ知らなかったなあ。あんなもんがねえ」

「まあ、いかに通販とはいっても、バジルやクレソンを送料に見合うだけの量で一気に買ってくれるところはそうないでしょうけど、他の作物と合わせてというなら商売のチャンスがないとは言えないかもしれません。それも一緒に送っていただけますか」

「いがすよ。んじゃ、いつ送っぺが」

「日にちは折り返しご連絡します。おそらくこの二、三日のうちに……」

「わがりやんした。こっちはいつでもいいがら」

「それじゃ、折り返し電話します」

電話を切った横沢は、すぐに軽部に連絡を入れ、早急に改めて関田とアポイントメントを取るように命じると暗い夜道を駅に向かって歩き始めた。

第七章　敵の敵は味方

執務机の上に置かれた三つのコンピューター画面を前にして、武村はその時をじっと待っていた。背後には蚕の市証券の専務を務める長谷部が無言のまま立ち尽くしている。張り詰めた空気が二人の間に漂っていた。ふと傍らの時計に目をやると、時刻は午前八時五十分になろうとしていた。

「あと十分か……」

長谷部が緊張感に耐え兼ねるように、ぽつりと漏らした。

モニターには間もなく取引が始まる東京証券市場に上場されている蚕の市の株価推移のグラフや寄り付き前の気配値が映し出されている。場が開くと同時に、値が上がるか下がるか、それによって蚕の市の命運が決するのだと思うと、全身に痺《しび》れるような緊張感が込み上げてくる。

「しかし、昨夜のテレビニュースといい、今朝の新聞といい、どいつもこいつも勝手放題、言いてえことを言いやがって。これまでも何度となく思ってきたことだけど、実際自分たちが書かれてみると、マスコミがいかに真実を伝えちゃいねえかってことが改めて分かるってもんだ。頭きますよ」

長谷部が憤懣《ふんまん》やるかたないといった口調で吐き捨てるように言う。

彼が怒りに駆られるのも無理はないと武村は思った。

昨夕開いた記者会見は、その夜のテレビニュースで大きく報じられた。今朝の新聞も軒並み一面で報じられ、更には経済面にも解説記事が掲載されるという念の入れようだった。

問題はその論調である。

新しいメディアの創出を目指す、という武村のコメントを紹介しているまではいいのだが、いずれの媒体も、一歩内容に踏み込んだところで途端に疑問を差し挟んでいる。それも、もし武村の考えが実現すれば、確かに社会に発信される情報の密度は上がるだろうが、一つ手法を間違えれば、情報の垂れ流しとなる可能性がある。結果、読者は真に知らなければならない情報にアクセスすることが困難になるであろうし、判断を下す時間的余裕すらなくなってしまうのではないか。これはまさに、有益な情報とノイズが混在するという現在ネットが抱えている最大の問題を、そのまま報道の現場に持ち込むことになりかねない。それが社会にとって有益な媒体となりうるのか、果たして社会はそんなメディアの出現を待ち望んでいるのだろうか、といった論調で一貫していた。

揚げ句は全国紙の一つなど、一つのニュースを流すには、多くの記者が入念な取材を行い、それを検証し、要点、論点を簡潔に分かりやすく編集して伝えるのがマスメディアの使命である。情報の垂れ流しは既存メディアが長い年月の中で培《つちか》ってきたノウハウを根底から否定するものに他ならず、ビジネスモデルとしても到底成功するとは考えられないと、断定的に報じる有り様だった。

もちろん、こうした反応は武村にとって予期していたことである。

自分たちがやろうとしていることは、現在のマスメディアのあり方に対する挑戦であり、ある意味で革命を齎《もたら》そうとしているのだ。先駆者というものは、必ずしも世の中から拍手喝采《かっさい》をもって受け入れられるものでないことは歴史を繙《ひもと》けば容易に分かることだ。ましてや改革の脅威に晒《さら》されるのは誰でもない、このニュースを報じているテレビや新聞なのだ。

「まあ、お前がいきり立つのも無理はないとは思うよ。だけどな、正直言って、俺はこうした記事が必ずしもマイナスに働くとは思っちゃいないよ」

武村は背後に立つ長谷部を振り返りざまに言った。

「何で？　テレビ、新聞、おそらく来週になれば週刊誌もこぞって同じ論調で俺たちを叩《たた》きにかかってくるのは目に見えてるってもんだろ。まさに袋叩きってわけだ。当然企業イメージも地に落ちる」

「そうかな」

「そうかなって、こんだけ否定的な記事のオンパレードを見て、社長は何とも思わないのかい」

「俺がいちばん恐れていたのは無視だ」

武村はモニターに視線を戻すと続けた。

「もし、彼らが俺が会見で話したことを荒唐無稽《むけい》な世迷言《よまいごと》、阿呆《あほう》なドン・キホーテだと思ったら、これだけ大きな紙面や時間を割いて、事細かにこちらの意図を伝えたりするものか。奴等《やつら》は恐れているんだよ。俺たちのプランが実現した暁にはメディアのあり方は激変する。自分たちの労働環境、会社の収益構造も、全《すべ》てが一変しかねない。そうした可能性を嗅《か》ぎ取ったからこそ、連中はこぞってこのプランを潰《つぶ》しにかかっているんだ。俺はそう思うね」

「仮にそうだとしてもさ、この記事を読んだ読者はそこまで考えが回らないんじゃないかな。むしろ記事を額面通りに受け取る人間の方が多いに決まってるよ」

「一般の読者がどう取ろうとそんなことは何の関心もないね」

「それ、どういうこと」

さっぱり理由が分からないとばかりに、長谷部が問い返してくる。

「俺の関心は、投資家がどう動くか。その一点だけだ」

「投資家って言うけどさ。彼らだって株を買うか売るかの判断は、もっぱら新聞やテレビのニュース、あるいはモニターにテロップとして流れる速報に頼っているんだぜ」

「確かに、たった一行のニュースに反応して、買いに走る者もいれば売りに出る者もいる。だけどな、最近ではデイトレーダーと言われる連中のもっぱらの関心事は、ニュース以前に自分が関心を持った株価がどう動くか、それをリアルタイムで監視し、こまめに売り買いを繰り返して利鞘《りざや》を稼ぐというところにある。だから場が立っている最中には、俺たちがどんなに詳細なニュースを流したところで、そんなものを読んでいる暇はないだろう。しかしな、午前中の場が終わり、午後の場が始まるまでのインターバルの間、あるいは翌日まではどうだ。夕刊の締め切りは昼。それ以降のニュースは翌日の朝刊に回される。その間の穴埋めをしてくれるのがテレビということになるんだろうが、ニュース番組といったところで欲する情報の全てを詳細に報じてくれるわけじゃない。ましてや最近のニュース番組は、バラエティー色が強くなっている傾向もある。特に昼間は経済関係のニュースは全くの空白時間帯だ。テロップで流れたニュースの詳細が、さほどの時間を置かずして、ネットで読むことができるとなれば、彼らにとってそれは既存のテレビや新聞以上の価値を持つことになる」

「そりゃあ、そうには違いないけど……」

「要するにだ、ここ暫《しばら》くの間は投資家が我々のプランを評価してくれればいいんだよ。

彼らが欲しているものを提供してやれば、株価は必ず上昇するはずだ。既存のマスコミの連中がいかに批判的な論調で俺たちのプランを報じようとも、世間一般の人間がそのニュースを信じようとも、そんなこたあどうでもいい」

「それじゃ、社長は最初から投資家の注意を惹《ひ》くために——」

はっとした顔で長谷部が身を乗り出した。

「そうだ」

武村は画面を見詰めたままニヤリと口元に笑みを湛《たた》えた。

「みろよこの新聞の束。ここで報じられた記者会見の量を広告費に換算してみろ。奴等は俺たちのプランを叩き潰すつもりでこんだけの紙面を使ったんだろうが、逆に投資家に我々が何をしたいか、その目論見《もくろみ》を知らしめる役割を果たしてくれたんだ。金を追う人間は独特の嗅覚《きゅうかく》を持つ。一見ネガティブな情報のように見えても、その裏に隠された真実を摑《つか》んだ人間が金を手にできる。切った張ったの株式投資の現場で生き残るだけの才のある人間が、そうした嗅覚を持っているのは確かだ。特にプロと呼ばれる人間はな。今のところはそうした人間たちが俺の考えを理解してくれればいいんだ。そう考えれば、何も悲観的に捉《とら》えなくともいいだろう。えっ、そうじゃないのか」

「なるほど、それでこのタイミングで記者会見を行ったわけですね」

「株価が上がれば、蚤の市の会社としての時価総額は上がる。それは極東テレビの株式買収資金の調達を容易にする。それが俺の狙《ねら》いだ」

武村はそこで画面の端に表示された時刻を見た。

「あと一分だ。これからが勝負だ。この一日で株価が上がるか、下がるか、それでこれからの全てが決する」

緊張感が極限に達しようとしているのが実感として分かった。もはや、長谷部も何も喋《しゃべ》らなかった。二人は無言のままモニターを見詰めた。

取引が始まる。武村は息を呑《の》みながら、売買の詳細が表示されるモニターを見詰めた。二つに分割された欄の左側には買いの株数が、右側には売りの株数がそれぞれリアルタイムで現れる。昨日の会見を投資家が評価しているなら、当然数字は左の欄に集中し、逆ならば右の欄に売りの数字が並ぶ。蚤の市の発行済み株式数は、約千二百万株。昨日の終値はここ数日、利益確定の売りも入って少し値を下げ八万六千五百円をつけていた。株価が百円上がれば蚤の市の企業としての時価総額は、十二億円上がることを意味する。もし、一株一万円のストップ高いっぱいまで上がるようなことがあれば、一日で企業価値は実に千二百億円も増大することになるのだ。

期待と不安が交錯する中で、最初に左の欄に数字が現れたかと思うと、それに続いて次々に買い注文が入り始めた。それも数千株単位での買い注文である。もちろん即座に売りに出る投資家もいないではなかったが、株数は買いに比べれば微々たるものである。

そこから真っ先に買いに回ったのは機関投資家で、売りに走ったのはこまめに利鞘を稼がんとするデイトレーダーの類《たぐ》いの一般投資家であることが窺《うかが》い知れた。売りと買いのバランスが取れず、取引はなかなか成立しない。株価は買い気配となり、徐々に上昇を続けることを見て取った一般投資家も買いに回ったらしく、大小様々な数字が左側の欄に並ぶようになった。

自分のコンセプトが理解された充足感を覚える一方で、不安と緊張感から解放された安堵《あんど》の気持ちが武村の心中を満たしていく。もし、この場に長谷部がいなければ椅子《いす》に身を投げ、安堵の溜息《ためいき》をついていたに違いない。

「社長！　見てよ、これ。凄《すご》い勢いで買い注文が入ってるぜ」

長谷部が興奮の色を隠そうともせずに喝采の声を上げた。

「やっぱり昨日の会見で、俺たちが目指すネットとメディアの融合のコンセプトの一端を示してやったのは正解だったな。正直言って、どっちに転ぶか分からない賭《か》けだったが、とりあえず第一関門はクリアできそうだ」

武村は努めて冷静な声で応《こた》えた。

「後は株価がどこまで上がるかを見極めた段階で資金調達をして、再び極東テレビの株を一気に買い進めればいいだけだな。借り入れと引き換えに、銀行に担保として差し出している株の時価総額も上がっていることだしね」

「いや、銀行からの資金調達はこれ以上期待できない」

「何で？」

気勢を削《そ》がれた長谷部が怪訝《けげん》な顔をしながら訊《たず》ねてきた。

「実はこの間、東亜銀行の宇野頭取から呼び出しを食らってさ」

「宇野頭取？　何でまた」

「買収から手を引かなければ、東亜銀行はこれ以上の融資はしないと言ってきた……」

武村はあの日宇野との間で交わした会話の一部始終を長谷部に話して聞かせた。

「あのジジイ、そんなことを言いやがったのか。どうしようもねえやつだな。頭取なんて威張っちゃいるけど、所詮《しょせん》は組織に守られてきたサラリーマンの成れの果てのくせに」

長谷部は唾棄《だき》するように言い、

「どいつもこいつも、既成構造を打ち破ろうとする俺たちベンチャーの人間を、目の敵にしやがって。時代と共に、会社のあり方も変われば、産業構造も変化して行くものだっていうことに、どうして気がつかねえのかな」

と続けた。

「サラリーマンなんて、偉くなったところで自分が現役でいる間は波風立たず、無事定年の時を迎えられればいいって考えてるもんさ。それを考えりゃ、ウチの会社だって大きなことは言えねえぞ。たった五人で始めた会社が、今や千二百人もの従業員を抱えるまでになった。入社志望者も引きも切らずだ。中にはいずれ独立して起業したいという野心を抱いている人間もいるだろうが、多くは時代の寵児《ちようじ》として持て囃《はや》されるIT企業に就職すれば安泰でいられると考えているに違いない。ベンチャーといっても、本当に自分の一生をこの事業に賭けているのは、俺たち創業メンバーを除けばそんなにいるもんじゃない。つまり、ウチの会社の従業員のサラリーマン化も確実に進んでるってことだからな」

「事業の成功は、安定志向の人間をいや応なしに呼び寄せちまうってことか……。しかし、銀行から金を引っ張れないとなると、株価が上がっても買収資金の調達が難しくなるな」

「心配するな。極東テレビがいずれ東亜銀行に泣きつくことは最初から予期していたことだ。資金調達に関しては考えてあるよ」

「しかし、銀行が首を縦に振らなければ、資金調達なんてできやしないぜ。筆頭株主にはなったけど、株主総会での拒否権を持つためには、三分の一が必要だ。極東テレビの株価も暴騰《ぼうとう》している。俺たちが買いに入った頃から比べると、ほぼ倍。目的を達成するためには二千億は必要になるかもしれないぜ。どうするつもりなんだ」

「長谷部よ。俺が昔いた証券会社が、何で大枚はたいて毎年何人もの社員をアメリカのビジネススクールに派遣しているか分かるか」

「えっ？」

「単にMBAを取らせるためじゃない。アメリカの有力大学のビジネススクールには、世界中から将来の実業界を担《にな》う人材が集まってくる。そうした人間たちと若い時代に知りあい、親交を温めていけば、いずれ国を跨《また》いだ人的ネットワークが形成される。むしろ、そっちが狙いだと言ってもいい。同窓の絆《きずな》ってもんは、有力校出身者の方がより強いのは洋の東西を問わないもんだからな。今こそそのネットワークを活用する時だよ。俺のビジネススクール時代の同期の多くは金融界に就職した。中にはファンドの世界で生きている人間もいる」

「それじゃ、外資から資金を引っ張ろうってのか。しかし、放送法では外国資本が放送局の株式を取得できるのは、二十パーセントまでと規制されるんだぜ。もちろん、彼らが直接極東テレビの株を買いに出るんじゃないだろうが、ウチの株式に占める外資の比率如何《いかん》では放送法に抵触する可能性が出てくるんじゃないのかな」

「考えてものを言えよ。仮にだ、ウチの株価がこのまま十万円台まで上昇したとしてだ、二千億の資金を調達するためにはどれだけの株を担保にすればいいと思う？」

「そんなの小学生だって計算できるよ。二百万株だ」

「俺の株式保有率は？」

「五十パーセント……まさか、社長が保有する株を担保に差し出すつもりじゃ」

「そのまさかだよ。今回の買収では、すでに日本の銀行に対して、俺が保有していた株の八パーセントを銀行に担保として差し出した。この上更に三十三・三パーセントを外資のファンドに差し出したとしても、まだ手元には二十九・三五パーセント以上の株が残る。しかもこれはあくまでも担保だ。株がすべて銀行やファンドに渡るわけでもなければ、極東テレビの株券が紙くずになることなんてありえない。それだけ持っていれば、蚤の市が第三者の手によって買収される心配はまずないし、支配権を失うこともない」

「でも、万が一にもだぜ。株価が何らかの要因で、下がるようなことにでもなれば、新たな担保を差し出さなきゃならないのは誰でもない、社長であるお前だぜ」

「極東テレビを買収できれば、株価が下がることなんて有りえない。借り入れ利子を支払っても、充分なお釣りがくるさ」

武村はそこで自らを鼓舞するように声に力を込めると、

「極東テレビ買収は俺の悲願だ。議決権の比率上、役員を送り込むには、五十パーセント以上の株を手に入れなければならないが、拒否権を行使できる三分の一を押さえれば同じこと。こちらが推薦する人間を役員として迎え入れざるを得ない。とにかく、三分の一を取れば、我々が考えているプランも実現できるんだ。蚤の市の経営基盤を盤石なものとするためには、できうる限りの手段を用いて、何が何でも極東テレビを買収しなければならんのだ。そのためなら、この程度の株を担保に差し出すことなんてどうってことないさ」

決然と言い放った。

横沢が軽部と共に目黒にある東日本料理学校を訪ねたのは、義隆に農作物を送るよう依頼した翌々日のことだった。朝一番に会社宛《あて》に宅配便で届いた重い箱を両手で持ちながら受付で来意を告げると、程なくして厨房着《ちゆうぼうぎ》に身を包んだ恰幅《かつぷく》のいい中年の男が姿を現した。

「先生。お忙しいところ度々恐縮でございます」

すでに面識がある軽部がすっかり恐縮した態《てい》で頭を下げ、

「こちらは、弊社の広域営業部営業三課の課長をしております横沢でございます」

と、初めて訪問する横沢を紹介した。

「お初にお目にかかります。横沢でございます。今回は色々とご無理を申し上げます」

横沢は、頭を下げながら名刺を差し出した。

「いや、いいんです。世の中にはまだまだ埋もれたままになっている良質の食材は山ほどあるもんですからね。いいものがあると言われれば、試してみるのが私たちの仕事でもありますし、料理人としての喜びでもありますから」

どうやら関田は気さくな人柄であるらしい。笑うと肉付きのいい顔にくりっとした目が埋もれてしまいそうになるのがそうした印象に拍車をかけた。

「それで、今日はどんなものをお持ち下さったんですか」

関田の目が横沢の持っている箱に向いた。

「宮城で採れましたトウモロコシ、トマト、サヤエンドウ、それにクレソン、バジルを持参いたしました」

「ほう、それは楽しみですね。さっそく試してみましょうか。どうぞこちらへ」

関田は先に立って、エレベーターに二人を誘った。三階に上がると、そこは調理場になっており、磨き抜かれた業務用の調理台や流し、オーブンやガス焜炉《こんろ》が整然と並んでいた。

早速箱を開封すると、髭《ひげ》がついたままのトウモロコシを始めとする宮城の農産物がびっしりと詰められていた。

「先生、どれからご用意しましょうか」

横沢が訊ねると、

「最初は全部そのままで試してみましょう」

関田は言うが早いか、中の品を次々に調理台の上に取りだすと最初にトマトを手にし、そのままかぶりついた。瑞々《みずみず》しい果汁が溢《あふ》れ、ぶ厚い唇がじゅるりと音を立てる。二度

三度と嚙《か》みしめた関田はうんうんと肯《うなず》くと、

「ほう、これはいいトマトですね。糖度も充分だし、何より味が濃い」

幸先《さいさき》のいい反応を示す。

「用意した全《すべ》てのものが露地もので、ほとんど農薬を使わないで栽培しているらしいのです」

「ええ、手間暇がかかっていることは良くわかりますよ。やはり露地物はハウスで栽培したものとは、一味違いますね」

「商品としては通用するでしょうか」

「味は申し分ないと思いますよ」

関田はそこで一旦《いったん》言葉を切り、しげしげとトマトを見詰めると、

「ただ、やはり自家用に栽培したものだけあって、残念なことに身割れやサビがついていますね。一般消費者は奇麗なもの、イコール高級品という固定概念を持っているものです。売り方には工夫が必要かもしれませんねえ。たとえば、いっそスープ用と謳《うた》ってしまうとかね」

関田はトマトを傍らに置くと、こんどはビニール袋に詰められた緑色の葉に目を止めた。

「これはクレソンですか？」

「ええ」

「市場に出回っているものよりも、随分小さいなあ。こんなの初めて見る」

そう言いながら袋を引き裂き、指でそれを摘《つま》むと興味深げに観察を始めた。

「田舎ではまだ自家水道、つまり井戸を使っているところが多いそうで、クレソンはその水源地に生えているんだそうです。田舎ではほとんど食べる人がいないので、手入れもしていないということだったし、どうかとは思ったのですが……」

横沢の恐縮した言葉など耳に入らないとばかりに、関田は無言のままそれを口に入れた。蟀谷《こめかみ》が収縮を繰り返す。

「本当にクレソンだ。しかも柔らかい上に、味も優しい。これならサラダにすれば幾らでも食べられそうだ」

再び感嘆の声を上げた。それから、サヤエンドウを口にしては、歯ごたえ味とも申し分ない、バジルもまた香りが素晴らしいと、関田は大きな目を見開きながら感嘆の声を上げ続けた。

喜びが腹の底から込み上げてくる。すっかり意を強くした横沢は、とどめとばかりに最も自信のあるトウモロコシを勧めようと箱の中の一本に手を伸ばした。その時、トウモロコシの頭の部分に生えた髭の中に何か蠢《うごめ》くものが目に入った。見るとそこには数匹の小さな蟻《あり》が這《は》い回っている。手が止まった。思わず「あっ」と声を上げそうになった。

関田もそれに気がついたらしく、横から手を伸ばしそれをおもむろに掴《つか》み出すと、しげしげと見始める。

「失礼しました……。まさか――」

肝心なところに来て、大変な失態を犯してしまったものだ。背筋に冷や汗が流れ出すのを感じながらどうやってこの場を繕おうかと考えたが、

「そんなに慌《あわ》てるほどのことじゃありませんよ」

意外なことに関田は意に介する様子もないどころか、目を細め続けた。

「虫は正直なもんなんですよ。まずいものには決して寄りつかない。それこそ『ムシ』するもんです。蟻がつくというのは、糖度が高い上に無害ということです。期待できますね」

「しかし、蟻がついていたんじゃ……」

「こんなもの、洗えば済むことじゃないですか」

関田は蛇口を捻《ひね》ると、皮を剝《は》ぎ髭を毟《むし》ったトウモロコシを丹念に洗った。そして驚いたことに今度はそれを生のままおもむろに口に運んだ。

「先生！　それ生……」

しかし、関田は平然としてトウモロコシを嚙みしめている。

「こ、これは……」

そして、息を呑《の》んで反応を見詰める横沢におもむろに視線を向けて来ると、

「いや、驚いたな。粒は北海道産のものより小粒だけど、身の詰まりかたは抜群にいいし、甘さも飛び抜けてる。それに何より皮が柔らかいから食感がいいねえ。おそらく茹《ゆ》でたらもっと甘さも引き立つだろうし、スープにしても超一級品のものができるだろうねえ」

感嘆の声を上げた。

「それでは、品質的には問題ないと」

「問題ないどころか、どれをとってもこれだけの素材がどうして中央の市場に流れてこないのか不思議なくらいですよ。一般のマーケットだけじゃなく、一流のレストランでも立派に通用しますね」

関田は自信に満ちた口調で断言した。

「私も常々そう思っていたんですが、義父の言葉から察するに、普段自分たちが自家用に育てたような代物《しろもの》が、都会の人の口になんか合うわけがないと思い込んでいる節があるんです。トマトにしても、トウモロコシにしても、食べきれなければ畑で腐らせるか、周囲の人に配って終わり。クレソンやバジルに至っては、食べられるものだと分かってはいても、調理法も知らなければ普段口にしているものとは明らかに味が異なるせいで、誰も興味を示さないと言うんです」

「分かります。誰にでも慣れ親しんだ食べ物、味というものがありますからね。我々のフレンチの世界にしたところで同じです。フランスで当たり前に用いられている調理法をそのまま日本で再現しても、必ずしも受け入れられるわけではありませんし、本場では高価な食材でも、味覚に合わなければ食べる人間には何の価値もありませんからね」

関田はそこで一旦言葉を区切り、改めて食材に目をやると、

「しかし、確かにあなた方が言うように、これだけのものを埋もらせておくのはもったいないですよねえ。輸送手段が発達していなかった昔の話ならいざ知らず、いまの時代、宮城からなら本州のほとんどの部分に翌日配達が可能なんですからね。一度口にすれば、直接取り寄せようという気になる人は山ほどいるでしょうに」

「人知れず埋もれている農産物は、これに限ったことじゃないんです。実は義父の実家はリンゴ園で生計を立てているんですが、身内の私が言うのもおこがましい話ですけど、味は本当に一級品なんです。デパートやスーパーで売っている代物とは全く違います。しかし、直販は地元の人に頼まれるものだけ。ほとんどは、農協を通じて中央に出荷されてしまうんです。その時点で産地は分かっても、生産者は分からなくなってしまう。しかも選別の過程で、規格に合わないものは全て撥《は》ねられてしまう。多少形が歪《いびつ》だとか、大きさが合わないという理由だけでですよ。残りは全て廃棄です。リンゴだけじゃありません。ご存知だとは思いますが、白菜、ほうれん草などは、雪を被《かぶ》るとぐんと甘さも

増せば、柔らかさも違ってくる。だけど、そうした農産物にしても、自家消費ではまかないきれないほど採れるのに、出荷する術《すべ》がない」

「もったいない話ですね」

「かと言って、高齢化が進む田舎の農家では、自主流通のルートを開発するだけの人的資源もなければ、方法も思いつかない」

「それで、あなた方はネットを通じてそうした農産物を販売しようというわけなんですね」

「ええ、その通りです。作物が最も美味《おい》しい時に消費者の手元に届く。今まで捨ててしまっていた農作物が貴重な現金収入になることが分かれば、地方の農家も活性化するでしょうし、中には地元に残って農業を続けようと考える若者だって出てくるでしょう。私はそのお手伝いをしたいんです」

「ビジネスプランについては、この前、軽部さんからお聞きしました。正直言って、現物を見るまではどうかなと思っていたんですが、なるほど実際口にしてみると、これは世に出すだけの価値はあると思いますね」

関田は力強い言葉を返してきたが、

「問題は収穫量ですね。だって、これらは自家消費を前提として栽培なさってるんでしょ。ネットで販売を始めたら、一般消費者やレストランからオーダーが殺到することが考えられますが、供給量は大丈夫なんですか。特に、レストランでは今日はあるけど明日はないじゃ困りますよ」

と新たな質問を投げ掛けてきた。

「確かに供給量は然程《さほど》多くはないかもしれません。ただ、これも一軒あたりの余剰生産量を考えればのことです。早急にその点は改めて調査してみますが、近隣の農家も同じような問題を抱えています。町全体の農家のものを集めれば、かなりの量になるかとは思いますが……」

「なるほど。まあ、加工品とは違って、野菜には生産量という絶対的制約がありますし、旬というものもありますからねえ。一定期間それなりの量が供給できれば、それもあまり問題にならないかもしれませんね。それにこれがきっかけとなって、特約契約ができればそれでもいいわけですからね」

「それでは、私共のお願いをお聞き届け頂けると」

「個人的にはお受けしたいという気持ちはあります」

「と申しますと？」

「私も勤め人ですからね。確かにテレビ番組に出演して料理を作ったりはしていますが、あれにしたって校長からの許可、というよりも命令があってのことです」

関田は真摯《しんし》な眼差《まなざ》しを向けると、

「どうでしょう横沢さん。あなた方のビジネスプラン、それから評価者としてあなた方のサイトに私が名を連ねるに当たっての条件を書面にして校長に提出していただけませんか。もし、校長がOKを出せば、私に異存はありません。あの番組に出演している料理人は全て本校の教官ですし、校長が許可を出せば彼らも評価者に名を連ねることに異を唱えないでしょう。こうした食材に巡り合うのは、料理人にとっても嬉《うれ》しいことですから」

穏やかな口調で言った。

校長が許可を出すということは、関田のみならず『フィッチ・イズ・ユア・フェーバレット』に出演している料理人が全員評価者に名を連ねる可能性があるということに繋《つな》がる。つまり、一人ひとりを説得して回る必要がなくなるということだ。これはどう考えても大きな前進である。

「分かりました。おっしゃる通りにいたします」

「それからもう一つお願いがあるんですが……」

今度は関田が恐縮した様子で、切り出した。

「何でしょう」

「今日お持ちいただいた、農作物ね。まだ畑にあります?」

「ええ、もちろん。それが何か?」

「お引き受けできるか分からない段階で虫のいい話ですが、少し分けて貰《もら》うわけにはいきませんか。色々と試してみたいことがあるもんで……。いや、いい食材に出会うと料理人のスケベ根性といいますか、じっとしていられなくなるんですよ」

横沢は思わず噴き出しそうになるのをすんでのところで堪《こら》えると、

「分かりました。早々に先生宛《あて》に、お送りするよう、義父に連絡します。おそらく二、三日のうちにはお手元に届くと思います」

喜びが温かな塊となって腹の底から込み上げて来るのを感じながら、深々と頭を下げた。

その夜、退社時間を過ぎた午後六時半、暁星運輸の会議室に四人のメンバーが顔を揃《そろ》えた。

「今日はいい知らせがある」

三人の顔を見ながら横沢は口を開いた。

「例のショッピングモールの評価者の件だがね、食品に関しては関東農業大学の鍵山教授。それから農産物を始めとする食品素材には東日本料理学校の関田さんから名を連ねることの内諾を貰った。ただ、関田さんについては、学校の許可を得られればという条件付きだが、それがクリアできれば『フィッチ・イズ・ユア・フェーバレット』に出演している料理人が全員名を連ねてくれる公算が高くなった。まずは、プラン実現に向けて一歩前進だ」

「それは良かった。確かあの番組には八人からのシェフが出演しているんでしたよね。これで、食材に関しては評価者は充分ですね」

石川が声を弾ませながら即座に応《こた》えた。

「いずれもメディアに露出している人たちだからね。話を持ち掛けても、けんもほろろに扱われるか、難しい条件を出されるんじゃないかと内心では心配してたんだが、いずれも極めて好意的に話を聞いてくれてね。交渉は思いの他スムーズに運んだよ」

「いやあ、鍵山教授はともかく、関田さんとの交渉は横沢さんの力なくしてはこうも簡単には行かなかったでしょうね。やはり奥さんのご実家から急遽《きゅうきょ》取り寄せた現物がものを言ったんですよ。確かに関田さんは最初に私が訪問した時から、一貫して真摯な姿勢で話を聞いてくれたことは事実です。それでも、どこかあまり乗り気じゃない様子が見て取れましたからねえ。それが例のトマトを口にした時から、様子が一変しましたもの」

本来の業務では新規大口取引先の目処《めど》が立たず、苦境に陥っている中で、久々に交渉相手からいい返事を貰ったこともあってか、軽部が満面の笑みを湛《たた》えながら言った。

「それも、二度目の面談への道を残しておいてくれた君のお陰だ。最初の交渉で、はいそうですかと引き下がっていたら、こうもうまく話がまとまることはなかったろうさ」

「止《とど》めを刺されるまで食い下がるのが営業の仕事ですから。駄目元には慣れていますよ」

軽部は、白い歯を見せて笑った。

久々に明るい空気に満たされた部屋の中で、ふと視線を荒木に転ずると彼女が一人テーブルの一点を見詰め、浮かない顔をしていることに横沢は気がつき、

「どうした、スミちゃん。何かあったのか」

と声をかけた。

「食材の方の評価者の目処が立ったのはいいんですけど、他のジャンルの商品のことを考えると、先は長いなあと思って……。だって、蚤の市のトップページを見ても、三十近くのジャンルがあるんですよ。もちろん、その中には車とか、音楽配信とか、不動産とか、私たちが扱おうとしている対象外のジャンルも沢山あるんですけど、言い出しっぺの私がいまさらこんなことを言うのも何ですが、衣料品にしても評価者を誰にしたらいいのか……」

荒木は、そこで言葉を濁すと口を噤《つぐ》んだ。

「スミちゃん、ファッション関係は、スタイリストあたりがいいんじゃないかって言ってたんじゃなかったっけ」

「そこなんです。あれから色々と調べてみたんですけど、スタイリストって様々なブラ

ンドから服を借りる立場なんですね。裏方の仕事だし、よほどの大物でないと単にスタイリストっていうだけじゃ評価者に名を出しても、どれほどの効果があるか……。それこそ、雑誌に良く取り上げられているようなカリスマ・スタイリストでもない限り、利用者に対する訴求力はないと思うんですね」

「じゃあ、そのカリスマ・スタイリストとやらに当たればいいじゃないか。スタイリストって、服だけじゃなく靴や装飾品なんかも集めてくるんだろ。一人でも落とせれば、少なくとも三つのジャンルがカバーできることになるだろ」

食材の件で意を強くしたのか、軽部が事も無げに言う。

「理屈の上ではそういうことになりますが、彼女たちの仕事は役者やモデルが身に付けるものの全《すべ》てを用意し、トータルコーディネートすることにあるんです。仮にアクセサリーを出店した方が評価を求めてきても、単品だけではコメントのつけようがないと思うんですね」

「そうか。ファッション雑誌を見ていても、確かにモデルが身に付けているものには、どこのメーカーのものかが必ず記載されているし、それらが必ずしも一つのブランドで統一されているわけじゃないもんな。コーディネートの仕方を画像で見せないことには、利用者もイメージが湧《わ》かないということは有りうる話だ」

どうしたものかとばかりに、軽部が腕組みをしながら唸《うな》った。

「やり方があるとすれば、それこそカリスマ・スタイリストを評価者にした上で、評価を依頼してきた出店者だけの商品を使って新たなコーディネートを一から考えてもらうことになるわけですよね。これって考えてみると、評価する商品に制限がある分だけ大変な作業になるんじゃないかと思うんです」

「しかし、大都市の居住者ならともかく、地方在住者にとって流行《はや》りの服や装飾品を手に入れるために取扱店に足を運ぶのは容易なことじゃない。そこから考えても、通販事業にとって服や装飾品は欠かせないアイテムだよ」

横沢にも荒木が言わんとしていることは充分に理解できた。もちろん彼女を責めるつもりもなかったが、ことこの分野に関しては知識と呼べるものはない。頼りになるのは荒木だけだと思うと、どうしても口調が詰問《きつもん》調になるのは否《いな》めない。

「理想論になりますが、即効性を求めるならば逆の方向から責めるという方法はあると思います」

「逆って、どんな?」

「彼女たちの仕事は、メディアで使われる服や装飾品を探し出し、コーディネートすることです。たとえば人気のあるドラマやバラエティー、あるいはニュース番組やワイドショーの出演者やアナウンサーが使用する服や装飾品をね。その詳細をサイトで公開し、そこから該当する商品を取り扱っているサイトに繋げる、ということができれば、こと衣類や装飾品については評価者なんかいらないんじゃないかと思うんですよね」

「それができれば効果は絶大だろうが、現実的とは言えないだろうね。スミちゃんがいま言ったことを実現しようとしたら、テレビ局の協力無くしては成り立たない。彼らが何の見返りもなく、そう簡単にこちらのビジネスに協力してくれるとは思えないよ。乗り越えなきゃならないハードルが高すぎるな」

軽部が頭髪を撫《な》で上げながら、苦々しげに言う。

その気持ちは横沢にしたところで同じだった。食品についての評価者との交渉が思いのほかうまくいったことで、すっかり浮かれていたが、新しく立ち上げるショッピングモールにインパクトを持たせるためには、こうした交渉を何度となくこれから繰り返さなければならないのだ。

果たしていつになったら、寺島、ひいては会社の上層部にプランを提示する段階まで漕《こ》ぎ着けることができるのかと思うと、道のりは果てしなく遠いもののように思われ、暗澹《あんたん》たる気持ちになる。

「それに俺たちには時間がない」

再び軽部は口を開いた。

「皆も知ってるでしょう。一昨日、蚤の市の武村社長が記者会見を開いたことを。彼はついに、ネットとテレビを融合させてどんなビジネスを展開するか、その具体的なプランを発表しましたよね。あの会見以来、蚤の市の株価は、この二日間だけで一万円近くも値上がりしている。発行済み株式数から換算すると、蚤の市の企業価値は千二百億も上がったことになる。これは極東テレビのみならず、我々にとっても深刻な問題ですよ。この株価の暴騰《ぼうとう》は、極東テレビの買収に必要な資金の調達を容易にするだろうし、それを元手に彼らが株を買い進め、発行済み株式の三分の一を押さえてしまえば事実上のゲームセット。蚤の市だって、彼らのショッピングモールに極東テレビのコンテンツを使うことぐらいは当然考えてるに決まってるからね。そうなれば、僕らのプランも所詮《しょせん》は絵に描いた餅《もち》ということになってしまう」

「すいません……思いつきであんな提案をしてしまって……」

荒木が頭を下げる。声が微《かす》かに震えているのが分かった。しなやかな指が目の辺りをそっと拭《ぬぐ》う。

「スミちゃん。何も謝ることなんてないよ。君のおかげで鍵山教授や関田さんからは、評価者になることの内諾を貰えたんだから」

「そうだよ。それに、いま言ったテレビ局との合同事業ね。満更脈のない話ではないと思うよ」

横沢の言葉を継いで、石川が優しい声を上げた。

「石川君。それどういう意味？」

　思わず、横沢が問い返すと、

「あれ？　横沢さん知らなかったんですか」

　意外といった面持ちで、石川が言った。

「知らないって何が」

「いや、昨日のスポーツ新聞で読んだんですけど、極東テレビは大手書籍通販会社と業務提携を結んだらしいですよ」

「本当か！　それは初めて聞くぞ。経済紙にはそんな記事は載っていなかったと思うが」

「そうでしたか。いや、記事はスポーツ新聞らしく面白可笑《おもしろおか》しく書いてありましたからね。それでもガセというわけではないと思いますけど」

「詳しく話してくれ」

「どうも、極東テレビは蚤の市との合併を意味のないものと印象づけるために、彼らの競合相手となる企業と慌《あわ》てて提携を結んだらしいんです。何でも極東テレビの人気情報番組の中で紹介された本を、リモコンの操作だけで購入できるようにすると……」

「そんなことが可能なのか」

「ええ、地上デジタル放送を受信している視聴者なら可能ですよ」

　石川はわけもないとばかりにあっさり言うと、

「もっとも、極東テレビの目論見《もくろみ》も、一昨日の武村社長の会見であまり意味のないものとなってしまったわけですが、よくよく考えてみると、これは我々にとっては紛れもない追い風ですよ。だってそうでしょ。極東テレビは何としても、蚤の市の買収から逃れたいと思っている。そのための布石として、書籍だけとはいえ、あえて蚤の市とビジネスの一部がバッティングする通販業者と業務提携を結んだんです。しかし、その目論見が外れたとあっては、買収から逃れる手は一つしかない――」

今度は一転して理知的な目をぎらつかせながら言った。

「蚤の市本体をぶっ潰《つぶ》すか、あるいは買収など到底覚束《おぼつか》ないところまで、奴等《やつら》を追い込むか」

「そうです。つまり、その点において我々と極東テレビの利害は見事に一致するわけです」

「我々が、配送を請け負う代わりに無料のショッピングモールを立ち上げる。それに当たって極東テレビとの間で業務提携が結べれば、彼らの番組内で使用された衣料品や装飾品、食材、生活用品、ありとあらゆるコンテンツを自由に使えもすれば、スミちゃんが言うカリスマ・スタイリストや評論家との交渉もずっとやりやすくなるというわけだな」

「それどころか、交渉次第ではこのプランを極東テレビとの共同事業とすることも可能かもしれませんよ。もし、そうなれば、自社で負担しなければならないと踏んでいた二十億円の初期投資も、ずっと小さなもので済むことになるかもしれません」

おそらく、石川の読みは外れてはいまいと横沢は思った。

極東テレビは情報番組の中で紹介された本を、書籍通販会社を通じて販売するという提携を結んだと言うが、番組の中で紹介される本の数など高が知れている。多くとも五冊かそこらが精々だ。しかも地上デジタル放送を受信し、テレビからオーダーを入れることができる受像機を持つ家庭はそれほど多くはない。にもかかわらず、敢《あ》えて業務提携を結んだ理由は一つしかない。石川が言うように、蚤の市との業務提携は極東テレビに何のメリットもないということを、社会に印象づけるためだ。

敵の敵は味方――。

ふとそんな言葉が脳裏に浮かんだ。

到底呑《の》めやしない配送料金の事実上のディスカウントをオール・オア・ナッシングの形で突き付けてきた蚤の市は、もはや暁星運輸にとって敵以外の何物でもない。買収にあくまでも抵抗する極東テレビは、蚤の市にとっても敵だ。そう考えれば、いま自分たちがやろうとしているプランを極東テレビに持ち込めば、彼らにとっては正に渡りに船以外の何物でもない、と映るのではあるまいか。もしその読みが外れていなければ、間違いなく彼らは二つ返事で話に乗ってくる。そして提携がうまく行けば暁星運輸はテレビ局の力を借りて、サイトの認知度をスタートの時点から広く知らしめることができるばかりか、彼らが番組の中で用いたあらゆる物品を労せずしてサイトへと誘《いざな》うことができる。もちろん、評価者となる人間の人選や交渉も極めてスムーズにいくだろう。そしていま蚤の市に出店している店舗は雪崩《なだれ》を打って、こちらのサイトへと流れ込み、蚤の市は窮地に陥る。当然株価は暴落し、結果蚤の市は極東テレビ買収から撤退せざるを得なくなる。

一瞬にして、横沢の脳裏に見事な絵が浮かんだ。

再び、腹の底から湧き上がるような高揚感が込み上げて来る。

「よし、それで行こう！」

次の瞬間、横沢は叫んでいた。

「これはチャンスだ。極東テレビにこの話を持ち掛ければ、間違いなく彼らは話に乗ってくる。事態がここまで進んでいるんなら、評価者との交渉は後回しだ。プランを纏《まと》めて、社内の意思統一に向けて動き出そう」

翌日から二日間の週末の休日を利用して、四人は本社会議室に籠《こも》り、プランを詳細な企画書へと纏め上げた。横沢と軽部が、自分たちの脳裏に浮かんでいるシステム部分を除いた計画のコンセプトを口述し、時にはホワイトボードに図を描き説明する。それを荒木がパソコンに打ち込みリポートへと仕上げていく。その傍らで、石川はダミーの画面を作り上げる作業を一人黙々と進めた。出来上がった企画書は、総ページ数五十枚余に及ぶ厚さになった。もちろん、企画は極東テレビが、サイトの運営に全面的協力をするという前提に立って作り上げられた。

そして週が明けた月曜日、定例の課長会議が終わったところで、横沢は寺島を捉《つか》まえると、

「部長、聞いて欲しい話があるんですが、お時間をいただけませんか」

ファイルを手に、改まった口調で話しかけた。

「何だ。急ぎの用か」

今し方終わった会議の中では、広域営業部のいずれの課からも新規大口顧客の開発状況がはかばかしくないという報告ばかりだったせいもあって、寺島の声は不機嫌そのものだ。

「急ぎと言えば急ぎです」

「午前中は会議のために予定は何も入っちゃいないが……まあ、いいだろう。ただし手短にな」

寺島は再び椅子《いす》に腰を下ろすと、大きな溜息《ためいき》をつき、

「全くどいつもこいつも、この二カ月ってもの鸚鵡《おうむ》返しのように『進展はありません』の一言だけだ。お前ら、自分の仕事が何なのか分かってんのか。どうして会社が毎月給

料払えてんのか分かってんのか。横沢、泣き言やぱっとしねえ話だったら承知しねえからな」

獰猛《どうもう》ささえ感じさせる目で、横沢をじろりと睨《にら》んだ。

たじろがなかったと言えば嘘《うそ》になる。もちろん、この二カ月の間、従来の業務に手を抜いていたつもりはないが、ビジネスの現場で要求されるのは結果だ。他の課がこれといった成果を残せなかったのと同様、横沢にしても新しい客先一つ獲得できたわけではない。ましてや、全国に店舗を展開するコンビニのような大口顧客を新たに獲得するのは至難の業というものだ。確かに本部交渉の一発で、でかいビジネスをものにできるのは、広域営業部なればこそ。他のセクションでは味わえない醍醐《だいご》味《み》ではある。商談に成功すれば、業績も飛躍的に上がりノルマを達成するのも容易《たやす》いが、その分だけ客が離れた時の打撃はでかい。ピットイン、エニイタイムをすでに失った寺島が焦《あせ》り、怒りに駆られる気持ちは充分理解できる。

だが、ここで怯《ひる》んではここまでやってきたことのすべてが無駄になってしまう。

横沢は気を取り直して口を開いた。

「今日お話ししたいのは、例のウェブ上に我が社がショッピングモールを立ち上げるという件に関してのことです」

「何の話だ」

寺島が怪訝《けげん》な表情も露《あらわ》に訊《たず》ね返してくる。

「前にお話ししたじゃありませんか。出店料無料のショッピングモールのことですよ。部長、前に私がこのことを話した時に言いましたよね。企画書を正式に提出すれば改めて考えて下さると……」

「お前、あんなくだんねえことをまだ本気で考えていやがったのか。そんな時間があったんなら、客先の一つでも余計に回るのが先だろ」

「それで簡単に商売が拾えるなら誰も苦労なんてしませんよ」

「何だと！」

寺島の蟀谷《こめかみ》がひくつくのが分かった。日に焼けた顔がみるみる朱に染まっていく。

横沢は腹を括《くく》った。自分たちが練ったプランを実現に漕ぎ着けるためには、まず最初に寺島を説得しなければならない。関門はまだ先に幾つもある。ここで挫折《ざせつ》するくらいなら、全社的な合意など取り付けられるはずがない。

寺島の怒りの表情を見て、横沢はむしろ腹が据わるのを感じた。

「部長だって気がついているはずです。いま我が社が直面している危機は、これまで経験したことがないくらい深刻なものだということを。だってそうでしょう。以前なら、ライバルは同業他社と決まっていた。しかし、今度は郵政が相手だ。連中は我々じゃ到底太刀打ちできないほどの料金を提示して猛烈な攻勢をかけてきている。我々が勝機を見いだすためには、従来のビジネススキームを根底から見直す以外にないじゃないですか」

「そんなこたあ分かってる」

「分かっているって言うなら、部長にはどんな策があるんです。ご用聞きよろしく、客先回りをしても、ピットイン、エニイタイムを失った穴なんか、そう簡単に埋まるわけがない。それは部長がいちばん良く知っているはずだ。だとしたら、取るべき手段は一つしかない。他社にはそう簡単に真似《まね》のできない新たな飯の種を見つける他ないじゃないですか。違いますか？」

体が熱を持ち、首筋に汗が流れ出してくる。横沢はそれを掌《てのひら》でぐいと拭い去ると、ファイルを突き出して続けた。

「私だって必死なんです。確かに、いまこの時点では、二つのコンビニを失ったとはいえ、まだ幾つかの有力取引先の仕事は残っている。だけど、それだって次の契約更新の時にはどうなるか分からない。それだけじゃない。この間の営業本部の全体会議で、地方統括部からどんな報告があったかは忘れちゃいませんよね」

寺島は嚙《か》みつきそうな視線を向けながら押し黙った。

「郵政は個人の配送荷物にも猛烈な攻勢をかけてきている。かつては郵便局に持ち込むのが当たり前だった荷物も、今や局員が電話一本でピックアップに来る。それどころか、詰め放題なんてサービスも始めた。これはウチの業界のどこもやっていないサービスですよね。その影響は如実《にょじつ》に現れている。個人荷物の集荷量も月を追う毎《ごと》に減少に転じているのをただ黙って見ているわけにはいかない。このままじゃ我が社の業績は転落の一途を辿《たど》るだけだ。そう嘆いていたじゃありませんか」

「しかしな、あの時お前言ったよな。もし、ウチが無料のショッピングモールを立ち上げようとしたら、初期投資だけでも二十億からの金が必要になるって。そんな金、どこをどうつついたら出て来るってんだ。ましてや海のものとも山のものともつかねえプランに、会社がそんな大金を投資するわきゃねえだろ」

「投資に見合うリターンがあれば別でしょう。それとも何ですか、二十億の金をケチって、蚤の市から持ち掛けられているディスカウントを呑み、年間八億七千万もの金を捨てるんですか。その穴をどうやって埋めるんですか」

再び寺島が押し黙る。

「部長、考えて下さい。いま我々は大きなチャンスを摑《つか》もうとしてるんです。下請けに過ぎないと思われていた物流業が、実は全《すべ》ての産業の生命線を握っている。まさにラストワンマイルを握っている者こそが絶対的な力を発揮することを世に知らしめる絶好の機会を目の前にしてるんです。そのプランがここにあるんです」

横沢は必死だった。じっと寺島の目を見詰め、改めてファイルを突き出した。

「しょうがねえやつだな……」

寺島は椅子から腰を浮かせてファイルを受け取ると、その重さを手で測るように、腕を上下させ、

「これほどのドキュメンツを読んでいる暇はねえ。三十分やる。内容を手短に話してみろ。それで読む価値があると判断すれば、改めて目を通す」

重い溜息と共に再び椅子に腰を下ろした。

「ありがとうございます」

それから横沢は、膨大なファイルの内容を各項目順にポイントを絞って話し始めた。

自分たちが考えたプランのどこが蚤の市のショッピングモールとは違うのか。利用者への訴求力を高めるためにはどうするか。初期投資は。マンパワーは——。そして最後に、現在買収を巡って蚤の市とは敵対関係にある極東テレビを味方につければ、投資額、マンパワーはかなり軽減され、何よりも顧客への訴求力も格段に増すという言葉を口にした瞬間、寺島の顔に明らかな変化が現れた。

「なるほど、極東テレビを味方につけるか……」

寺島は、視線を宙に向けぽつりと呟《つぶや》く。

「テレビ番組というのは、生活情報の宝庫です。放送の全てが地上デジタルに変われば、受像機を通じて視聴者とのデータの双方向受信が可能になる。番組内で紹介、あるいは

使用された食品、衣料品、化粧品、ありとあらゆるものの情報を映像だけでなく、文字情報としても視聴者に提供できるようになるんです。もちろん受像機が普及するにはまだ時間がかかるでしょうが、それ以前に携帯端末を使ってワンセグを利用する人間は爆発的に増えるでしょう。そうなればテレビ局だって馬鹿《ばか》じゃない。新たな事業に乗り出すに決まってます。特に収益に直接結びつく通販事業には、いずれの局も力を入れてくることは間違いありません」

「しかし、そうなったらネットのショッピングモールの価値は低下しちまうことにはならねえか」

「そうはなりませんよ」

「なぜだ」

「テレビには時間という絶対的制約があるからです。ネット上に出品されている全てのものをカバーできるはずはない。おそらく最もインパクトのある商品を番組内で紹介し、視聴者の興味を惹《ひ》き、サイトにアクセスしてきたところで他の商品の購買意欲をかきたてる。そんな仕組みを作り上げるでしょう。つまり、ウチが極東テレビを味方につけることに成功すれば、テレビは我々が運営する新しいショッピングモールへ利用者を誘《いざな》うポータルサイトになるんだと考えればいいんです」

「そこに待っているのが、お前の考えたサイト、テレビや雑誌で知られた人間たちが評価者として名を連ねるモールというわけか」

「そうです。それが実現すれば、いまのネットショッピングが抱える最大の難点である、商品に対する信頼性の問題は改善されます。なにしろ現状では、実際にその商品を購入したとはいえ、どこの誰とも分からない人間の感想に頼っているのが実情なんですからね。メディアに広く露出している人間、あるいは番組内で取り上げられたというお墨付きがあれば、安心して商品を購入することができる。そうでしょ」

「だがな横沢よ。番組内で紹介された商品を販売している店が、必ずしもモールに出店しているとは限らんだろう」

「当然取りこぼしはあると思います。しかし、これは一種の撒き餌《まえ》と考えていただきたいんです」

「撒き餌？」

「釣りと同じです。魚をおびき寄せるためには、撒き餌を使うじゃないですか。もちろん取りこぼしを極限まで少なくする方法だって考えてますよ」

「どんな方法があるってんだ」

「テレビが番組内で使った物品のデータを流すとなれば、それを文字情報にするプロセスが必要になる。つまり、取材から放送までタイムラグが生ずるわけです。モールにその店が出店していればよし。もしなければ番組内で取り上げる店と事前交渉を行い、一本化した窓口にオーダーが入るようにしておく。そして、視聴者から入ったオーダーは、該当する店に最も近いウチの支店に流れる——」

「なるほど。そうすれば、何件の受注が入ったかをウチの支店から該当店に知らせ、出荷準備が整ったところでピックアップしに行けばいいということにはなるな」

寺島が初めて感心したように唸《うな》ると、ファイルを広げ企画書に目を通し始める。

「しかし、お前、これほどの短期間でよくこれだけのものを書き上げたもんだな」

「私だけの力じゃありません。それを書き上げるに当たっては、軽部、スミちゃん、それにシステム部の石川さんの協力をもらいました。もちろん作業は全て勤務時間外で行いました」

「お前の考えは分かった」

寺島が上目遣いにじろりと横沢を見る。

「それで結論は？ プランを実現に向けて検討していただけるんでしょうか、それとも……」

次の寺島の一言で一歩前進するのか、それとも没になるのかが決まる。そう思うと、横沢の首筋に新たな汗が噴き出してきた。

「正直言って、お前の話を聞くまでは、こんなプランはとても実現できるもんじゃないと思っていたさ。だがな、どんなビジネスでもラストワンマイルを握っている組織が絶対的支配権を握ると言われてみると、その通りかもしれないという気になってきたよ」

「それじゃ」

横沢の胸中に、熱を持った塊が込み上げてくる。

「もっとも、ウチが単体でネット上にショッピングモールを立ち上げるというなら、この場で却下していただろう。しかし、現在極東テレビは蚤の市の買収攻勢にあっている。彼らにとっても、蚤の市は目の上のたんこぶだ。極東テレビがウチと手を組み、このプランを実現できれば、蚤の市のビジネスには大打撃だ。それこそ、あいつらの最大の収益源の一つを吹き飛ばす可能性もある。当然、株価は下がるだろうから極東テレビ買収のための資金調達は困難になる。まさにお前が言う通り、敵の敵は味方だ。極東テレビにとっては起死回生の一発となるだろう。そしてウチは新たな飯の種、それも展開次第では、失ったエニイタイム、ピットインを補って余りある貨物量が得られる日がないとは言えねえしな。検討に充分値する話ではあるな」

寺島が初めて目を細めた。

熱を持った塊が弾《はじ》け、温かな余韻が体内にゆっくりと流れ出す。労苦が報われた充実感と達成感が全身を満たしていく確かな感覚を横沢は覚えた。しかし、ここで喜ぶのはまだ早い。寺島の同意を得たのは、プランを実現するに当たっての第一関門をクリアしただけに過ぎない。この先にはさらに高いハードルが待ち受けている。

「問題は、ここから先、どういう形で会社上層部の同意を得るか。それができたとしても、果たして極東テレビが話に乗ってくるかです」

自らの気持ちを引き締めるように横沢は言った。

「そこはよほどうまくやらねえとなんねえだろうな。俺だって、今の今までお前の話なんかまともに聞いちゃいなかったんだ。運送屋一筋で来たお偉方が、そう簡単にこのプランを理解できるとは思えねえ」

「しかし、実現するためにはそのお偉方の同意を取らないことには前に進みませんよ」

寺島は机の一点を見詰め思案を巡らしているようだったが、やがて目を上げ、

「お前が取った手法を真似するしかねえかもな」

決意を感じさせる口調で言った。

「私が取った手法？」

「外堀を埋めちまうってことだよ」

寺島はニヤリと笑うと続けた。

「お前は、この企画書を俺に提出する以前に、評価者となる人間たちとさっさと交渉を済ませ、同意を取り付けちまっただろ。これからやりますというのと、すでに交渉は済ませ相手の同意を取り付けているってのでは説得力が違う」

「それって、お偉方の同意を取り付けずに、いきなり極東テレビと交渉に入るってこと

ですか」

「極東テレビが乗ってきたとなれば、会社だって真剣に検討せざるを得ないだろ。彼らが話に同意したってことは荷物をくれるということと同義語だ。ウチはビジネス提案には慣れちゃいないが、依頼される仕事は拒みやしない」

「でも、部長。どうやって極東テレビに話を持ち掛けるんです。私にってはありませんよ」

「それなら心配いらねえよ。実はな、極東テレビには俺の大学時代の同期がいてな、確か今は経営室長をやってるはずだ」

「いきなり経営室長ですか」

「何だ。不満でもあるのか」

「いや、そうじゃないんです。でも大丈夫ですか、お偉方の了解を得ないうちにそんなポジションの人に話をもちかけたりして……」

「まあ、同期といっても、こっちは運送会社、あっちはテレビ局に就職した人間だ。できも違えば、年賀状のやり取り程度で卒業以来まともに会ったことはねえんだが、蚤の市をぶっ潰《つぶ》す話だと持ち掛ければ、話くらいは聞いてくれるだろうさ。まあまかせておけ。うまくいかなくとも駄目元じゃねえか。それに、このままじっとしていたら、俺の首だって危ねえんだ。どうせどっかに飛ばされちまうんだったら、それくらい派手な越権行為をしでかして咎《とが》められた方が諦《あきら》めもつくってもんだ」

寺島は、勢いよくファイルを閉じると、話は終わったとばかりに立ち上がり、

「とにかく、この企画書は改めてじっくり読ませてもらうよ。その上で、そいつとアポを取ってみる。もし彼が会うことに同意すれば、横沢お前も同席してもらうからな」

企画書を手に部屋を後にした。

第八章　一世一代の勝負

横沢が寺島と共に、赤坂にある極東テレビ本社を訪れたのは、それから一週間後のことだった。

その間に企画書に目を通した寺島からは、幾つかの変更点と共に一つの指示が下されていた。

「書き上げた企画書に加えて、プレゼン用に要項を纏《まと》めたペーパーを用意しておけ。それもなるべく文字を使わず、図を用いて一目で分かるようにな。だらだらとした説明書きなど不要だ。ぶ厚い企画書を提出されても、相手は面食らうだけだ」

最も強調したい部分を一目で分かるようにし、限られた時間内で要領良くプレゼンを行うのはビジネスの基本中の基本だ。横沢は寺島に言われた条件を全《すべ》て満たすペーパーを用意した。

受付で来意を告げると、暫《しばら》くして寺島が大学時代の同期だったという極東テレビ経営室長の浜川純也《はまかわじゅんや》がロビーに現れた。長身痩躯《そうく》の体にブルーのワイシャツ、黄色のネクタイ、そしてインクブルーのスラックスをはいた浜川は、さすがにテレビマンだけあって、物流業界に身を置く自分たちとは全く違う華やかな世界に生きている人間らしい、垢抜《あかぬ》けたファッションセンスの持ち主だった。

初対面の横沢と名刺の交換が済むと、彼はエレベーターホールへと歩き、二十階にある応接室に二人を案内する。革張りのソファが置かれた部屋の中は程よい空調が効いており、窓の外には再開発が進む、極東テレビ旧社屋跡地が一望の下に見渡せた。

「すまんな、浜川。忙しいだろうに時間を割いてもらって」

最初に口を開いたのは寺島だった。

「いや、構わんよ。大学時代の同期から改まってどうしても聞いて欲しい話があると言われりゃ、無下《むげ》に断るわけにもいかんからな。それに知っての通り、ウチの会社はこのところ例の蚤の市の買収対策に追われて、てんやわんやだ。たまにゃ違う話でもして気分転換を図りたいところだったからな」

浜川はそこで女子社員がテーブルの上に置いたアイスコーヒーに口をつけると、

「ところで話というのは何だい。外じゃなく、会社でと言ったところをみると、仕事の話かな」

寺島が訪問の目的を浜川には告げていないということは、ここへの道すがら聞かされていた。テレビマン相手に演出というわけでもなかろうが、プランの内容にインパクトを持たせるのが狙《ねら》いであるらしい。

浜川は相対して座るこちらの顔を交互に見ながら訊《たず》ねてきた。

「実はな、今日こうしてお前に会いに来たのはほかでもない、その蚤の市の話なんだ」

「蚤の市の？　どんな」

怪訝《けげん》な表情をしながら、浜川が問い返してくる。無理もない、運送会社とIT企業がどうして結びつくのか、即座に理解できるはずもない。

「極東テレビを蚤の市による買収の手から救い、やつらをぶっ潰《つぶ》す。そのプランを持参したのさ」

「冗談だろ。俺たちがこの問題をどうやったら解決できるか、毎日頭を痛めているってのに、そんなうまい話なんてあるのかよ」

「冗談を言うなら、どこかの飲み屋に呼び出してるさ。わざわざ昼間にこうして時間を取ってもらう必要なんてないだろ」

「そりゃそうだ……。しかし分からんな。こういっちゃ何だが、運送会社に勤めてるお前が、どうしてウチの買収話に興味を持つんだ」

「それが大ありなんだよ」

寺島はアイスコーヒーに口をつけ、一呼吸置くと話し始めた。

「ウチと蚤の市は彼らが創業して以来の付き合いになる。連中が運営するショッピングモールを通じて出荷される配送を一手に引き受けてきたという経緯もある」

「文字通りのビジネスパートナーというわけだな。それが何でまた連中をぶっ潰すようなプランを考えなきゃならないんだ」

理解に苦しむといった体《てい》で、浜川は訊ねてきた。

「蚤の市のビジネスが順調に推移していることは知っているよな」

「ああ」

「連中はそれをいいことに、ウチに法外なディスカウントを持ち掛けてきた。それも到底呑《の》めないような条件を提示してね。その額はざっと年間八億七千万。秒単位いくらのコマーシャル収入を上げているテレビ局ならどうってことのないことかもしらんが、俺たちのように一個千円やそこらで荷物を運んでいる人間にしてみりゃ、途方もない額だ。しかも、創業以来、折につけ何かと便宜を図ってきた恩も忘れて、条件が呑めなきゃ同業他社に乗り換えるとまで言ってきた」

「オール・オア・ナッシングというわけか。そいつぁ酷《ひど》いな」

「だろ。つまり、ここに至って、蚤の市は俺たちにとって、敵となったってわけだ」

「状況は分かったが、蚤の市をぶっ潰したところでお前の会社にどんなメリットがあるってんだ。単なる復讐《ふくしゅう》か？」

「そうじゃない。ここからは、プランの発案者である横沢に説明してもらう」

浜川の目が向けられるのと同時に、横沢は用意してきたプレゼン資料を差し出した。

「我々が最終的に目指すものは、大雑把に言ってしまえばずばりネット上に出店料無料のショッピングモールを立ち上げることにあります」

「出店料無料のショッピングモール？」

浜川の目が驚きで見開かれるのを見ながら、横沢はプランのあらましを話して聞かせた。

プレゼンの間中、彼は一言も発することなく、話に聞き入っていた。そして横沢が全てを話し終えたところで、彼は深い溜息《ためいき》と共に、

「なるほどなあ。確かに出店料無料にしても、配送を暁星運輸が一手に引き受けられれば、充分に元は取れるというわけか。うまいところに目をつけたもんだな」

感心したような口調で言った。

「でもな、単に無料としただけじゃ、それこそ有象無象が雪崩《なだれ》を打って集まってきちまう。そこで、横沢が考えたのがいまの蚤の市の料金システムの上をいくことだ。売り上げが上がるということは、配送物の量が増すということだろ。そこからさらに金を巻き上げる必要なんかありゃしねえ。モチベーションの低い出店者も排除できるというわけだ」

寺島が横沢のプレゼンの補足に入る。

「そして問題はもう一つ。利用者の興味と、出店した商品への信頼度をどうやって上げるかだ」

「それで、メディアに露出している人間を評価者として商品にお墨付きを与える。更にはウチが番組の中で取り上げた商品も、同時に一目で分かるようにしておくというわけだな」

「その通りだ。俺にはネットショッピングをする人間の心理は分からんが、横沢が言うには、数多《あまた》あるサイトを覗《のぞ》きながらこれといった商品を探しだすという行為には、宝探しに共通するような楽しみがあるってんだな。その言を信じれば、ガラクタを扱うような店舗もそれなりには役に立つ。無下に排除してしまうのはもったいない。それに出店者が多いというのは、利用者にとって魅力と映ることは間違いない。要はプロ野球のように出店者を一軍と二軍に分けるんだと考えてもらえばいい」

「いまの寺島の言葉を補足しますと、蚤の市は利用者の興味を引くための戦術として、事あるごとに有料のセミナーを開き、商品の撮影手法、サイトの見せ方といったところを中心に出店者を教育しています。しかし、これも利用者が実際にアクセスしてくれなければ、雑誌の広告と同じようなものです。たまたま見てくれる人がいれば良し。そうでなければ、数あるページの一つに過ぎない。つまり、あくまでも待ちの戦術であるわけです。その点から言えば我々の戦術は、攻めです。売れるものはどんどん売る。売り上げを伸ばしたいという出店者には、確実に効果の上がる手段を提供しようと考えているんです」

横沢は浜川の目を見つめながら、蚤の市と、自分たちが練り上げたサイトとの違いを強調した。

「確かに出店料無料、しかも売り上げに応じた従量料金も課されないとなれば、いま蚤の市に出店している店舗、特に順調に売り上げを伸ばしている出店者には大変な魅力と映るだろうね。横沢さんが立ち上げるショッピングモールに鞍替《くらが》えしようという出店者も相当な数出てくるには違いない」

「そうなれば蚤の市はどうなるか。優良店舗が離れていけば、当然連中が培《つちか》ってきたビジネスモデルは根底から崩壊してしまう。業績は急降下し、株価は下落する。蚤の市はこれといった資産を持っていない会社だ。お前のところを買収できるだけの資金を調達できるのも、会社の時価総額が莫大《ばくだい》なものであるからだ。その大前提が崩れたら、極東テレビの買収どころの話じゃない。そうだろ？」

寺島がここぞとばかりに、身を乗り出しながら力を込めた言葉を投げつけた。

「考えは分かった。確かに君たちが言うように、このプランが実現すれば、蚤の市にとっては、我が社の買収どころか、会社存亡の危機に陥るだろう」

浜川は、二度三度と肯《うなず》いたが、

「しかし、問題はこれだけの事業を行うには、それ相応の時間と莫大な投資が必要になる。もちろん専属の組織も新たに創設しなければならない」

と、新たな疑問を投げ掛けてきた。

「もちろん、それについては考えがあります」

横沢は待っていたとばかりに、新たな資料を浜川の前に置いた。

「ここには、現時点で考えられるモールを立ち上げるに当たっての初期投資額、収益分析、タイムスケジュール。それから組織図が記載されています」

浜川の目が資料の上を忙しく動き回る。それを見ながら横沢は続けた。

「初期投資は、概算で二十億円。これはサーバーの購入費用がメインです。ただし、これはサーバーを購入した場合にかかるコストで、実際はリースということになりますから、初期投資はこれよりも遥《はる》かに安くつきます」

話を聞きながら、ページに目を走らせていた浜川が、

「ちょっといいかな」

横沢の言葉を遮ると、顔を上げた。

「何でしょう」

「これを見ると、事業は暁星運輸が単体で行うのではなく、ウチとの共同事業で行うように読み取れるが」

「その通りだ」

寺島が肯くと、身を乗り出した。

「こんなプロポーザルを持ち込むからには、極東テレビの事業内容はそれなりに勉強させてもらった。正直言って、我々には自社で利用者に訴求力のある魅力的なホームページを作る能力はない。その点君たちは違う。常に視聴者に訴求力のある番組を作ろうと鎬《しのぎ》を削っている。見せるということに関してのプロだ。それに、まだアイテムは限られているとはいえ、通販事業にも乗り出している。このプランを一からやろうとすれば、投下資金も莫大なものになるし時間もかかるが、その通販会社の持つ機能をアップさせれば話は違ってくる」

「用意しなければならないのは、増設するサーバー、出店者がホームページを作成するソフト、彼らをケアする要員ということになりますが、御社がすでに通販事業に乗り出していることを考えれば、それをベースに施設や人員を充実していくのが最も効率的、かつ時間的にも極めて短期間でプランを実現できると我々は考えているんです」

横沢が言うと、すかさず寺島が再び口を挟む。

「もちろん、それに要する投資を全て極東テレビに持たせるつもりはない。当然これだけの事業を行おうとすれば、通販会社への増資も必要だろう。それを我が社も負担しなければならないだろうし、もし、このプランを受け入れてくれるのであれば、人員を送り込むだけの覚悟もある。ちなみに、オーダーが入った商品の伝票処理、集荷システムはこちらで用意する。リスクは応分に負う覚悟はある」

「おいおい寺島、そんなに簡単に言うなよ。確かにウチの会社は見せるということに関してのプロが揃《そろ》っていることは事実だ。だがな、今回の事業は自社や通販会社のホームページを作って終わりという代物《しろもの》じゃないんだぜ。出店店舗一つひとつのホームページを見て、なにかしらのアドバイスをしなけりゃならなくなるんじゃないのか。そんな細々とした仕事をしようもんなら、人員がいくらいても……」

「浜川。蚤の市だって、一つひとつの出店店舗のホームページのケアなんかしちゃいねえよ。アドバイスに応じるのは、あくまでも出店者側から要請があった時だけ。それも有料のセミナーという形で行っているんだ。もし、本当に出店者側にそうしたニーズがあるのなら、そこは蚤の市に倣《なら》って、有料のセミナーを開けばいいだけの話じゃないか。確かに、我々は出店料は無料にするが、何もかもをタダにするって言ってるわけじゃない。料金を取るべきところは取る。それが方針だ」

「まあ、こっちも慈善事業でやるわけじゃないんだから、エクストラ・サービスの部分については、料金を取ると言われりゃその通りなんだが……」

浜川は腕組みをして考えこむ。

「それに、当面はホームページの作成方法、その後のケアについては、然程《さほど》の問題は起きないと思いますよ」

疑念はできるだけ早くに潰してしまう。とにかくこちらのプロポーザルに対してポジティブな考えを抱かせるのが商談を成功に導くための鉄則である。横沢は、さらに畳みかけた。

「なぜ、そんなことが言えるんだ」

「まず最初に我々がターゲットとすべきは、蚤の市の既存の出店者だからです。彼らのサイトを見れば分かりますが、出店者のホームページにはもれなく会社概要が掲載されています。住所、電話番号までもがね。御社から共同事業の合意がいただければ、ただちに事業開始へ向けての準備を行います。サーバーの準備、それから我が社の集荷システムにオーダーが流れるようにシステムを整えるまでに一月半。それと並行して、できうる限りの人員配備と教育を行います。準備ができたところで、記者会見を行うと同時に、極東テレビのニュース、あるいは情報番組の中で、今回の我々の事業を大々的に報じて下さい。一斉に蚤の市の既存出店者の元にダイレクトメールを送付します」

「DMの送付はウチの仕事だ。無料で請け負うよ」

寺島が念を押すように言う。

「今の極東テレビと蚤の市の関係を考えれば、このニュースはあらゆる媒体で大々的に取り上げられることは間違いない」

「そりゃそうに決まってる。なにしろ、こんなことをウチが始めれば、蚤の市潰《つぶ》しに出たってことが一目瞭然《りょうぜん》だからな。これほど面白いネタをテレビや新聞が放っておくわけがない」

「つまり黙っていても、どちらのモールが出店者にとってメリットがあるかは、メディアが知らしめてくれる。そういうことですよね」

「うん。そうなるだろうな」

「テレビの後押しを受けた新しいモール。これには既存の蚤の市出店者も大きな関心を抱くでしょう。おそらく、かなりの出店者がこちらのモールに乗り換えることになると思います。月額四万円、五万円とはいっても、大企業ならいざ知らず、個人商店にとって、それだけの純益を上げようとするのは大変な話ですからね。もっとも、そうはいっても、彼らが蚤の市のモールに掲載している画像をそのまま使用することはできない。サイトが蚤の市のソフトを使って作られている以上、著作権は蚤の市に握られていますから」

「すると、こちらのサイトに乗り換えてくる客は、一からやり直しということになるじゃないか」

「ですが、彼らにしたところで、いま蚤の市のサイトで使用しているホームページを作るに当たっては、自分の力で作成してるんです。写真はそのまま流用できますし、ホームページ制作のノウハウはすでに身につけている。つまり、われわれは作成ソフトを無料で公開してやればいいだけで、少なくともその部分については全く手間はかからないと考えていいでしょう」

「なるほど。それは分かるが、このニュースが広く報じられるということは、それまで出店を躊躇《ちゆうちよ》していた人間も、このサイトに呼び寄せることになるんじゃないのか。そうなれば、やはり何かしらのバックアップ態勢を整えておかないことには……」

「今どきのホームページ作成ソフトなんて、パソコンを使う基本的知識があれば、誰でもそれなりのものが作れますよ。より良いページを作りたいというアドバイスを求めてくるのは、もう少し後のことになると思います」

「それにしたって時間の問題というもんだろう。それに、いま蚤の市で大きな成果を挙げている出店者は現状で満足してるんじゃないのかな。そう簡単にこちらのサイトに乗り換えたりするかな」

「多分暫《しば》くの間は様子を見ると思います。有力店は特に」

「それじゃあ、意味ないじゃないか。人気の店舗がこちらに来てくれないことには……」

「注文殺到、多額の利益を上げているところなんて、全体からみれば微々たるものです。他は、何とか実績を上げようと日々思案に暮れているのが現状なんです。しかし蚤の市はサイトの見映えを良くすることにその解決策を見いださせようとしている。ところがこちらは、著名人の評価、テレビという蚤の市にはない利用者に訴求力のある手段を持っている。これは大変な違いです。数は力です。おそらく中堅以下の店舗は雪崩《なだれ》を打ってウチのサイトに乗り換えてくるでしょう。出店店舗が減少すればサイトとしての魅力は低減し、アクセスする人間の数も徐々にこちらのサイトの方が増加していく。様子を見ていた有力店も、遠からずこちらに乗り換える。そして、何よりも——」

「店舗の減少は、確実に蚤の市という会社の体力を奪って行く。そう言いたいのだね」

「その通りです。結果、資金調達が困難になった蚤の市は、極東テレビ買収を断念せざるを得なくなる」

「暁星運輸もまた配送を一手に握ることができるというわけだ」

浜川は、初めて白い歯を見せながら笑みを浮かべた。

「どうだ、浜川。悪い話じゃないだろ。ウチとお前の会社が手を組めば、あの武村の野郎をキャインと言わせることができるんだ。こんな愉快な話はねえだろ」

寺島もまた不敵な笑みを浮かべながら問い掛ける。

「確かに、これは妙案かもしれないな」

浜川は急に真顔になると、

「知っての通り、武村が記者会見でネットとテレビの融合の具体案を明らかにして以来、蚤の市の株価は暴騰した。今のところ、新たに株を買い占めにかかってはいないが、それはメイン、サブを始めとする銀行が資金供給に難色を示しているからに過ぎない。しかし、外資のファンドは別だ。資金調達の目処《めど》がつけば、蚤の市は間違いなく一気に株を買いに走るだろう。やつらがウチの株式の三分の一を握れば、役員を送りこむことも可能になるだろうし、過半数を握られれば完全に経営権を握られる。そうなれば、あの旧社屋跡地もやつらの思うがままになってしまう」

「だから、そうならないためには、蚤の市をぶっ潰すしかねえんだよ。あいつらが、再度株を買い占めにかからねえうちにな」

止《とど》めを刺すように寺島が言った。

浜川は暫く視線を宙にやり、思案を巡らしていたようだったが、

「よし、分かった。このプランを上にあげてみよう。結果はどうなるか分からんが、少なくとも俺は充分検討するだけの余地はあると思う。少し時間をくれ」

「時間をやるのはいいが、猶予《ゆうよ》はあまりないぞ」

「分かっている。それほどかからないさ。ウチもそんなに余裕があるわけじゃないんでね」

浜川は決意の籠《こも》った視線を向けると、プレゼン資料と、プランが綴《と》じられたファイルを手にし、立ち上がった。

極東テレビを辞した二人は、近くにある喫茶店に入った。

横沢はアイスラテを、寺島はブレンドコーヒーを注文した。二人の前にそれらが運ばれてきたところで横沢はおもむろに切り出した。

「部長、どう思います？ 極東テレビはこの話に乗ってくるでしょうか」

「可能性としては充分にあると睨《にら》んでいる。そうじゃなかったら、こんな話を浜川に持ち掛けたりするもんか」

寺島は妙に自信ありげに言う。

「しかし、こちらのプロポーザルを呑《の》むというのは、極東テレビも最低十億円からの出資をしなければならないことになるんですよ」

当初、寺島に提出したプランの中では、新しく立ち上げるショッピングモールの運営は、あくまでも暁星運輸が主体となって行い、極東テレビはコンテンツの提供、評価者となる人間との交渉がスムーズに行くように最大限の協力をする、ということに限られていた。それを変更し、合弁事業にするという一項目を付け加えるよう指示したのは寺島だった。もちろん、暁星運輸が単体で新事業に乗りだすよりも、極東テレビとの共同で新会社を立ち上げる方が、蚤の市の既存の出店者、利用者に与えるインパクトも違えば、ニュースバリューも格段に違うのは事実というものだ。

しかし、いかに民放キー局の一つとはいえ、十億円からの出資を持ち掛けてすんなりと同意するとは思えない。

「お前、俺が極東テレビに持ち掛けた出資額の件を心配してんのか」

「ええ」

「そんなことを考えてるんだったら、今回のプランを実現するために必要な二十億の金、どうやって会社から捻出《ねんしゅつ》させるつもりだったんだ。ウチの会社のお偉方が、たとえ極東テレビの協力を取り付けられたとしても、必要経費は全額こちらで持ちます、そんな話に首を縦に振ると思うか。二十億と言ったとたんにポシャるだろうよ」

そう言われれば返す言葉がない。蚤の市から要求されている事実上の配送料金ディスカウントを呑めば、年間八億七千万の減収となる。それが継続的に続けば、年を重ねるごとに損失が大きくなることを材料として、上層部を説得するつもりだったが、おそらく投資額を聞いただけで誰もが否定的な見解を示すであろうことは容易に推測がつく。

「しかし、極東テレビがこのプランに乗ってくるかどうかが成否を分ける最大のポイントですからね。ハードルは低くしておいた方が……」

「こんな大それたプランを練り上げた割には、意外と肝っ玉が小せえんだな。それにいちばん大事なところに頭が回っちゃいねえな」

「えっ？」

「今回、お前がこんなプランを考えたそもそものきっかけは、蚤の市からの配送料金のディスカウントを呑むより、自社でショッピングモールを立ち上げた方が、ウチにとって遥《はる》かに大きな利益を得られるビジネスになる。そう踏んだからだろ」

「そうです」

「確かに、理屈の上ではお前の言うことは間違っちゃいない。だから、俺もこうしてお前の話に乗った。だがな、俺も大きなことは言えねえけど、俺たちの会社、というか、業界そのものが客から荷物を貰《もら》ってくるということだけを考えてきて、こちらから需要を作るなんてことを今まで一度たりとも考えたことはねえ。いま重役室で踏ん反り返っている役員連中にしたところで、溝板《どぶいた》商売よろしく、客先を駆けずり回り、頭を下げて仕事を貰ってきた連中だ。接待に金を使うことは当たり前でも、新しいビジネスを創出するために大金を使うなんて発想は、これっぽっちも持ちあわせちゃいねえ」

「だったら、仮に極東テレビが共同事業に同意しても――」

「同じことだって言いてえのか」

寺島はコーヒーを啜《すす》ると、カップを静かに置き、上目遣いに横沢を見た。

「違うんですか？」

「違うね。大違いだ」

寺島はきっぱりと断言すると続けた。

「極東テレビが共同で新会社を設立することに同意するということは、この事業そのものを今後ウチと永続的に続けていくということにコミットしたのと同義だ。もし、その合意を取り付けないまま、単なる協力を得ただけでこのビジネスを始めたらどういうことになると思う？」

俄《にわ》かにそう問われても、すぐには答えが思い浮かばない。押し黙った横沢を尻目《しりめ》に、

「どうやら、気がついちゃいないようだな。お前のプランにはでかい穴があるってことを」

寺島は再びコーヒーに口を付けるとぽつりと言った。

「穴……ですか？」

「このサイトが動き出し、俺たちの思惑通りにビジネスが順調に伸び始めた。それを同業他社や郵政が黙って指をくわえて見ていると思うか。ウェブ上に出店料無料のショッピングモールを立ち上げるなんてこたあ、誰にでもできる。ましてや、ウチがそれに乗りだし、成功したという先鞭《せんべん》をつければ、同じような事業を始めるに決まってる。その時、極東テレビがウチとは単なる協力関係にあるっていうだけだったら、競合他社がどんな条件を出して極東テレビと組もうと試みてくるか分かったもんじゃねえだろ」

「しかし、そんなことは……」

「ないと言えるのか」

「だって、このプランは私たちが──」

「お前の発想が、今までの俺たちの業界の常識を覆《くつがえ》すものだということは認めるよ。だがな、今や我が社の収益のメインとなっている宅配事業だって同じだ。最初はこの事業だって、業界のどこか一社がユニークな商売を始めたという程度の認識しかなかったさ。しかし、そこが成功したと見るや、大手はこぞってこの分野に乗り出しただろ。結果、始まったのは料金のディスカウント、取扱窓口の奪い合いだ。それと同じことが起きないとは言えねえだろ」

「それじゃ部長は、極東テレビとの提携関係を確固たるものにするために？」

「第一の理由はそこだ。浜川がこの話に乗り気になったのは、プランが実現すれば蚤の市からの買収から、逃れることができると考えているからだ。新聞でも広く報じられていることだが、蚤の市が資金調達の目処をつけ、再び株を買い占めにかかれば極東テレビに逃れる手だては残されてはいない。それを考えれば、十億、いや二十億円を使ってでも、蚤の市の経営基盤を脅《おびや》かせるとなれば、安い投資だろうさ。だが、俺たちにとって、極東テレビとサイト運営会社を設立できなければ、それは最初のハードルをクリアしただけに過ぎない。事業が順調に伸びれば、極東テレビも今度は利益を追求しにかかってくる。そこで同業他社が美味《おい》しい餌《えさ》を差し出してくれれば、切って捨てられない保証はねえだろ」

なるほど、そう言われてみればその通りだと横沢は思った。

他社の荷物を奪おうと必死になっているのは、いずこの企業も同じである。単なる協力関係にあるというだけなら、配送業者を乗り換えられる可能性は決してないとは言えない。もし、そんなことになれば、一旦《いったん》始めた事業をそう簡単には手じまいすることなどできるものではない。配送の物量が減少しても、サイト運営のコストがそれに比例して減るわけではない。そう、このプランはあくまでも事業が順調に伸び、配送貨物を永続的に請け負うことができなければ成り立たないのだ。コンビニを郵政に横取りされたことから考えついた企画だったはずなのに、また同じことを繰り返すことになるかもしれない。

どうして、そこに気がつかなかったか。横沢は己の不明を今さらながらに恥じ、唇を嚙《か》んだ。

「どうやら、俺の考えが分かったようだな」

寺島が、煙草《たばこ》を取りだすと深々と吸った煙を吐きながら言う。

「言われてみればその通りです。今のところ、浜川さんは蚤の市の買収からどうやって逃れるかで頭がいっぱいのようですが、熱さも喉元《のどもと》過ぎれば忘れちゃうのが人の常ですからね。この危機を乗り切れば今度は始めた事業から如何《いか》に高い収益を上げるかを考え出すに決まってますよね」

横沢は煙草をふかしながら肯《うなず》くと、

「それに、合弁会社を立ち上げるとなれば、ウチと極東テレビの立場はスクラッチ《対等》。今までのような下請けとは違う。お偉いさんだって悪い気はしないだろうさ」

煙が目に染《し》みたのか、あるいは新たに始める事業の将来に思いを馳《は》せたのか、目を細めた。

「でも、部長に言われて気がついたんですが、仮にビジネスがうまく軌道に乗ったとしてですよ。極東テレビが収益に着目し始めるとなると、少し厄介ですね。なにしろ、ウチはモールへの出店費用をタダにしても配送料で充分にカバーできますが、極東テレビは……」

「その部分については考えがある」

寺島が待ちかまえていたように身を乗り出した。

「お前のコンセプトとは少しばかり異なったことにはなるが、俺は出店商品の一部については従量料金制を導入してもいいんじゃないか。そう思っている」

「それじゃ蚤の市と何も変わらないじゃありませんか」

「いや、そうじゃない」

寺島は煙草を灰皿に擦《こす》り付けると続けた。

「テレビ番組の中では、毎日いろんな商品が紹介されてるよな」

「ええ」

「当然、そうした商品を取り上げる前には、リサーチャーが下調べをして、それから取材ってことになるわけだよな」

「多分、そうした手順を踏むと思います」

「だったら、番組で取り上げる商品は、ウチのサイトに出店している商品を優先的に取り上げてもらったらどうだろう」

「取り上げるのはいいんですけど、それが極東テレビの収益になるんですか」

「なるようにするんだよ」

「どうやって？」

横沢はわけが分からず問い返す。

「あのな、このビジネスが動き始めれば、ウチは正規の配送料金を徴収できるわけだろ」

「ええ」

「それと同じことだ。つまりだな、普通の方法で商売を手広くやろうと思えば、デパートに出店すればテナント料、スーパーに卸すなら、卸値で販売しなけりゃならない。定価の中にはそうした間接コストや中間業者に払わなきゃならねえマージンってものが含まれる。そこまでは分かるな」

「はい」

「ところが、この商売は出店者にとっても、全くの定価販売。直販である分だけ利幅は格段にでかい。そこでだ、テレビで商品を取り上げる際に、放送以降一定期間内の売り上げの一定割合を広告費、あるいは販売促進費として徴収することを条件とする──」

「それじゃ、蚤の市がやっている従量料金制より高く付くってことにはなりませんか」

「何も永続的に徴収しようってことじゃない。あくまでも一定期間だ。それに考えてもみろよ。たとえ数分にしてもだぜ、テレビで自分とこの商品を金出して紹介させようと思ったらいくらかかると思うんだ。もし、反響がなければ払う金額はそれほどの額にはならない。逆にもの凄《すご》いオーダーが入れば、収益の何パーセントかを一定期間支払っても、充分見合う利益が出店者には齎《もたら》される。しかも、その効果が一定期間過ぎてもリピーターが得られる可能性を考えれば、出店者にとっても悪い話じゃないだろ」

「まあ、秒単位のコマーシャルでも何百万もする世界ですからね。部長の考えも分からないではありませんが……」

「それにな、ビジネスの世界で何でもかんでもタダってのは俺にはどうにもひっかかる。それ相応のリスクを背負わないことには、出店者にしてもモチベーションが下がることは否《いな》めないと思うんだ。本当に蚤の市を凌《しの》ぐ、魅力あるモールを作り上げようとするなら、ある程度の緊張感と危機感というものを出店者も背負わなきゃならない。それがビジネスが成功する鍵《かぎ》だと思う」

　週刊誌のグラビアで紹介された魚松でさえあれほどの反響があったのだ。おそらくテレビの影響力はペーパーメディアの比ではあるまい。利用者がその商品を購入し、気に入れば固定客となって、それから継続的にオーダーを入れてくることだって充分に考えられる。もちろん、それを機に、永続的に売り上げの一定比率を徴収するというなら話は別だが、一定期間、しかも出来高に応じてというなら、テレビという大金を投じなければ使えない媒体で商品を取り上げて貰えるのは、出店者にも大きなメリットであるに違いない。その点、蚤の市のビジネススキームとは全く異なったものだ。

「そうですね」

　横沢は素直な気持ちで、寺島の言葉に同意した。

「言われてみれば、蚤の市の買収の手から極東テレビが逃れたとしたら、やはりおっしゃる通り、合弁会社の収益に目が行くのは当然でしょう。それからいきなり、今おっしゃったような課金制度を持ち出せば、出店者は反発するでしょうしね。金がかかる部分があるということは、事前に告知しておくに越したことはありません。それに、一定期間の収益から販促、あるいは広告宣伝費の名目で料金を取るというのは、双方にとってのメリットにもなりますからね」

「もちろん、そうしたことを謳《うた》う限り、番組内で商品が取り上げられるチャンスを多くしておかないとなるまいがな」

「極東テレビは生活情報や通販番組もやっていますからね」

「それと、ウチの広告宣伝費の使い方も考えて貰うよう、上に提案してみよう」

「ウチの広告宣伝費？」

「テレビのスポンサーシップだよ。ウチも何本かのテレビ番組のスポンサーになってるからな。短い時間枠でもいいから、出店者の商品を専門に紹介する番組、たとえば食材なら『匠の食材』とか、『新名品紀行』とかさ、そんな類《たぐ》いの番組を持つって手もありだろう。どうせ、スポンサーになるんなら、社名を連呼するより、その方が商売に直接繋《つな》がる」

「それができたら、一日に紹介できるアイテムがぐっと増えますね」

「まあ、それもお偉方の首を縦に振らせることができて初めて叶《かな》うことだがな」

寺島はそう言うと、ちらりと腕時計に目をやり、

「さあ、そろそろ社に戻るか。これから、さっそく上にこの話を持ち掛けなきゃ」

「えっ！　もうするんですか。まだ極東テレビがどういう結論を出すかは分からないんですよ」

「相手がその気になってからじゃ遅いんだよ。とにかく、極東テレビにはこういうプロポーザルをした。企画書はすでに検討段階に入っている。もし、問題なく相手がこの話

を呑《の》めば、こちらもそれなりの対応をしなけりゃならないことを教えておかんとな。まあ、どう話を切り出すかは俺に任せておけ。お前はプランを説明するだけでいい」

「えっ、私も同席するんですか？」

「当たり前だ。お前が書いたプランだろ」

寺島は事も無げに言い放つと、伝票を手に立ち上がった。

人形町の暁星運輸本社に戻ると、寺島は手にしていた上着を机の上にばさりと置き、返す手で受話器を取り上げた。肩を怒らせ素早い手つきでボタンを押す姿からは、勝負に出ようとする彼の並々ならぬ決意と心意気が伝わってくる。

「広域営業の寺島です。真壁《まかべ》本部長はいるかな」

暁星運輸では本部長以上の職責にある者は、全《すべ》て取締役に名を連ねており、社内外を問わず電話は最初に秘書が取るのが決まりである。どうやら本部長は在室らしく、寺島は受話器を耳に押し当てたまま、その前に佇《たたず》み成り行きを見守る横沢に向かって、任せておけと言わんばかりの目配せをしながら力強く肯いた。

「ああ、本部長。寺島です……突然で申し訳ありませんが、これから少しお時間をいただけませんか。至急にご相談申し上げたいことがございまして……えっ？　いやいや、そうじゃありません。そんな後ろ向きの話をするためにわざわざお時間を拝借するつもりはありません。もっと前向きな話です……分かりました。それではこれからすぐにそちらに伺います」

寺島はいつになく丁寧な仕草で受話器を置くと、たったいま座ったばかりの椅子《いす》から立ち上がり、

「ちょうど時間に空きがあるそうだ。横沢、行くぞ。資料を持って一緒に来い」

いま机の上に置いたばかりの上着を再び手に取った。

「資料って……」

「さっき、浜川にプレゼンした時のやつがあんだろ。それでいい」

命ずるが早いか、寺島はエレベーターホールに向かって歩き始める。

息をつく間もないとはこのことだ。横沢はブリーフケースの中から、自分用の控えとして持っていたファイルを取り出し、慌《あわ》てて寺島の後を小走りに追った。

予想もしなかった急な展開に汗が噴き出てくる。同時にこれほど重要な案件をいきなり営業トップの上司に持ち掛けるのは、あまりにも拙速過ぎるのではないか。横沢は胸中に、そんな不安が込み上げてくるのを禁じえなかった。

自分の考えに自信がなかったわけじゃない。実際、このプランが実現すれば、暁星運輸、極東テレビの双方に多大なメリットがあることは、寺島、浜川の反応を見れば明らかというものだ。しかし、どこの企業にも、暗黙のルールというものがある。いわゆる根回しというやつだ。今までの運送業界のビジネスを根底から覆《くつがえ》す。それを納得させる

だけでも大変な話だというのに、莫大《ばくだい》な投資を必要とする案件を、営業トップの耳に一切入れることなくすでに先方に持ち掛けてしまったのだ。自分が軽部、石川、荒木の四人でプランを練り上げたところまでは、フィージビリティ・スタディー《実行可能性調査》として言い訳ができるが、真壁にしてみれば寺島の行為は立派な越権行為と取られてもしかたがない。

しかし、当の寺島は不安気な素振りを微塵《みじん》も見せることなく、エレベーターの呼び出しボタンを押した。

「大丈夫ですかね。いきなりこんな話を突き付けて、本部長、気を悪くするんじゃないですか」

横沢は上着のボタンをかけながら尋ねた。

「気分ならとっくの昔に害してるさ。いまさらそんな心配をしたところで始まらねえよ」

「えっ？」

「本部長、俺が会いたいって伝えた途端に何て言ったと思う？　郵政に持っていかれちまうことが決定的になったコンビニの穴埋め先の開発が思うようにいかねえ言い訳をするつもりじゃねえだろうな。そう言いやがった」

「本当ですか」

「もっとも、そう言いたくなる気持ちも分からんではない。横沢よ。今更話して聞かせるまでもねえことだが、業績にノルマを課せられてんのは、何もお前ら最前線で汗水垂らして客先を回ってる人間たちばかりじゃない。お前が課員のケツを叩《たた》くように、俺もまた本部長から常に業績を監視されてる。本部長にしたって同じだ。あの人は社長から、そして社長は株主から、常に厳しいノルマを課され監視され続けてるんだ。お前らにしてみれば、俺たち上級管理職は下の奴《やつ》等のケツをひっぱたくばっかで、でかい椅子に腰掛けてさぞやいい身分だと、愚痴の一つも言いたいだろうが、現実はそんな甘いもんじゃねえ。お前は課の成績一つに責任を持てばいいだろうが、俺は五つの課全てのノルマが達成できて初めて合格点を貰《もら》える。本部長は全国の営業成績、社長は全社の業績といった具合にな」

エレベーターが到着した。寺島が先に立ってエレベーターに乗り込んで行く。ドアが静かに閉まる。二人を乗せた籠《かご》が役員室のある最上階に向けて動き始める。

ドアの上に表示されているフロアを示す数字が刻々と変っていく。寺島はそれに目をやりながらさらに続ける。

「もちろん、ポジションが上がれば問われるのは責任を持つ部署のトータルということにはなるが、今回、郵政に二つのコンビニを持っていかれちまうことで生ずる穴は、たとえ他の営業部が漏れなくノルマを達成したとしても到底カバーできるもんじゃねえ。何しろ、そんだけでも全社の売り上げの二十パーセントを担《にな》っている広域営業の商売の六十パーセントを失うことになるんだからな。それに加えて蚤の市だ。営業成績の低下はそのまま会社の業績低下へと繋がる。それも負の連鎖に直結する大問題だ。そうだろ。業績が下がったからといって、車両を減らせるか？　ドライバーや作業員を解雇できるか？　施設の規模を縮小できるか？　そんなこたあできやしねえわな。会社の施設や従業員は、いま俺たちが稼いできている事業規模を前提として成り立ってるんだ。荷物が減ったからといって規模を縮小すれば、顧客に対するサービスレベルの低下と繋がる。サービスレベルが下がれば、顧客は離れちまう」

「おっしゃる通りです……」

返す言葉がないとはまさにこのことだ。

常に前年を上回るノルマを課されることに、日ごろ不平不満を口にしなかったと言えば嘘《うそ》になる。部下の前ではともかく、考えてみれば寺島の言うように、課長同士が集まった酒の席では、数字を達成することへの苦しさの余り、上司を、そして己の仕事を罵《のの》ったのは一度や二度のことではない。

しかし、企業で働く人間は、誰しもがノルマと無縁ではないのだ。営業マンばかりか、スタッフ部門の人間にしたところで同じだ。直接客先回りをすることはなくとも、営業成績が不振に陥れば経費の節減を強いられる。

業務をこなすのに最適な人員を確保できなくとも、泣き言は許されない。必要な機材が与えられなくとも、あるものでやりくりしなければならなくなる。かと言って、仕事のクオリティを落とすことは断じてできない。

まさに企業とは、組織とは巨大な精密機械であり、部品の一つが変調をきたせば全体が狂いだしてしまうのだ。理屈の上では、重々承知していたはずの、そんな単純なことすらも、目前に課せられたノルマに目が行く余り、いつの間にか忘れてしまっていた己の不明を横沢は恥じた。

「いま、俺たちが直面しているのは、単にノルマが達成できるかどうかなんて単純なもんじゃねえ。もっと深刻な、まさに会社存亡の危機にかかわることなんだ。この事態を乗り切れなければ、俺たちに将来なんて言葉はありゃしねえ」

「分かります……」

寺島はそこで、揺るぎない視線を向けてくると、

「でもな、横沢よ。コンビニ二つを郵政にもって行かれることは、確かにとてつもない痛手になることは確かだが、蚤の市から無茶な値引きを持ち掛けられたのは、こうしてみるとかえって良かったのかもしれんな」

いつになくしみじみとした口調で言った。

「どういうことです？」

「あいつらがこんな話を持ち出さなかったら、お前だって俺たち運送屋が自分たちで仕

事を創出するという、新しいビジネススキームを思いつくことはなかった。そうだろ？」

「まあ、それはそうだったかも……」

エレベーターが微《かす》かな浮遊感を感じさせながら止まった。

「何だ。その気のない返事は。一世一代の勝負かけようって時に。気合入れろ、横沢！」

「はい！」

寺島が目をぎらつかせながら不敵な笑いを顔いっぱいに宿す。

ドアが開いた。真壁がいる役員室に続く絨毯《じゅうたん》の敷き詰められた廊下が一直線に伸びている。

寺島が先に立って奥へと歩き始める。ホールを出たすぐのところには、秘書が待機するブースがあったが、寺島はお構いなしに真壁の部屋へと向かった。

やがて、一つのドアの前で立ち止まると、寺島は二度ノックをした。

「どうぞ……」

中から特徴のある嗄《しわが》れ声が応《こた》えた。

「失礼します」

寺島がドアを開ける。秋の午後の日差しに満たされた部屋が広がる。大きな執務机を前にして座る真壁義忠《よしただ》が、黒縁眼鏡の奥から上目遣いに無遠慮な視線を向けてきた。頂点まで禿《は》げ上がった頭髪。広くなった額に浮かんだ脂《あぶら》が日差しに反射して、白い光を放っている。

「おや、横沢君も一緒かい？」

真壁は一瞬、怪訝《けげん》な顔つきをしたが、

「まあええわ。ちょうど良かった。こちらからも、いろいろと話を聞きたいことがあったことやし。そこへ座り」

部屋の中央に置かれた応接セットを目で指し、机の上に置かれたコンピュータースクロールを手にしながら立ち上がった。

それが何かは横沢にもすぐに察しがついた。第2四半期の業績のサマリー《概要》に違いない。

真壁が二人に正対する形で腰を下ろしたところで、間髪を容《い》れず寺島は切り出した。

「本部長。率直に申し上げます。新規事業を立ち上げるために十億円出資していただけませんでしょうか」

耳を疑った。無茶だと思った。何の前振りもなく、いきなり十億出せと言われて、はいそうですかと首を縦に振る馬鹿《ばか》がこの世界のどこにいるだろうか。怒号が上がるか。罵声《ばせい》が飛ぶか。いずれにしても話は即刻終わる。横沢は観念して目を閉じた。

「はあっ？」

強《こわ》ばった体の力を抜き去るような間の抜けた声が聞こえた。

目蓋《まぶた》をゆっくりと開けた。予想に反してすっかり毒気を抜かれ、呆《ほう》けたように寺島を見る真壁の顔があった。彼は何度も瞬《まばた》きをしながら、小首を傾《かし》げ、

「何やて？　新規事業を立ち上げるためになんぼやて？」

今度は今にも噴き出しそうになるのを堪《こら》えていると言わんばかりの声で訊《たず》ねてきた。

「十億円です」

寺島は悪びれる様子もなく、あっさりと言い放つ。

「何をしようちゅうんや」

「蚤の市をぶっ潰《つぶ》して、奴等の客をそのままこちらで根こそぎいただくんです」

「ほう……。こらまた、でかく出たもんやなあ。そんで、お前の目論見《もくろみ》通りにことが運んだらなんぼになんねん」

「正確な金額はやってみないことには分かりません。ただ、確かなのは、コンビニ二社を失って余りある利益を得られることは間違いないということです」

「ほんまか」

「はい……」

「その根拠は何や」

「蚤の市の顧客数四万。その配送を値引きなし、フルチャージで請け負うことができる

からです」

「そないなうまい話があるんか」

「プランの内容については、横沢の話をお聞き下さい」

はっとして気を取り直した横沢は、慌てて資料を差し出すと、順を追って丁寧に説明を始めた。

話が進むにつれて、真壁の目が次第に真剣味を帯びて来るのが分かった。何度も眼鏡を外しては、目をしばたたかせながら、コンセプト、財務分析が書かれたページを行きつ戻りつしながら熱心に見入る。やがて全《すべ》ての話が終わると、真壁は深い息をし、

「寺島……お前、二十年前と同じじゃないか。ヒラの頃ならやんちゃも許されるが、上級管理職になって、まだこないな手が通用すると思うとったんか。人間、それなりの地位につけば少しは成長せいや」

きつい言葉とは裏腹に、目を細めて寺島を見た。

「安定は情熱を殺し、緊張、苦悩こそが情熱を産む……私の座右の銘は変わっちゃいませんよ」

「フランスの哲学者、アランの言葉やったな。お前あん時も同じことを言ったで」

ついに真壁は白い歯を見せて明らかな笑みを湛《たた》えた。

「何です、その二十年前の話って」

どうやら二人の間には、共有する秘密めいたものがあるらしい。横沢は思わず訊ねた。

「この男が、コンビニの将来性にいち早く着目してエニイタイムとピットインをものにした時の話や」

真壁は遠い過去を振り返るように天井を見ながら話し始めた。

「当時、コンビニがあって当たり前なのは都市部に限った話でな、いまのように、日本全国津々浦々どこの町や村に行ってもあるちゅうもんやなかったんや。年中無休、二十四時間開けてて商売が成り立つのも、人の生活が多様化している大都市ならばこそで、生活がパターン化している住宅地、ましてや過疎地《かそち》なんかでコンビニの商売が成り立つわけがない。誰もがそないに思うていたもんや」

「分かります。夜になれば寝てしまうだけの住宅地や農村部に住む人間相手に、深夜店を開けていたって商売になんかなりませんものね」

横沢は相槌《あいづち》を打った。

「もっとも、都市部だけに限っても、かなりの店舗数があったことは事実でな。二十四時間開いているコンビニは、気がついてみれば取扱窓口として、かなり大きなウエイトを占めるようになっていたんや。広域営業には何が何でもコンビニをものにせいと、そらもう無茶苦茶なノルマが課せられてなあ」

「確か、エニイタイム、ピットインの両社とも、かつては同業他社の太平洋通運に押さえられていたと聞いていますが」

「その通りや」

真壁は肯《うなず》くと続けた。

「当時、広域営業部で課長をしていたワシとしてはおもろない話やが、一代前の部長が判断を誤ってな。コンビニの将来性を見抜けず、米屋や酒屋といった、地域に密着した業態で窓口を増やすことに執着したために、ことコンビニについては完全に出遅れてしもうてな。気がついた時には、コンビニ最大手の二社は太平洋通運にがっちりと押さえられてしまっていたんや……」

「それをひっくり返したのが寺島部長だったんですか」

「あの頃は入社間もない平社員やったがね」

「どうやったんです?」

「こいつはな、太平洋通運が二社に対して落とすマージンより、更に五パーセントも高い割引を勝手に約束してきやがったんや」

「値引きですか」

一瞬、拍子抜けした。何だそんなことかとさえ思った。どこよりも安い料金を出す。そんな簡単なことで商売をものにできるなら知恵はいらない。それは寺島が部下を叱責《しっせき》する時の口癖ではなかったか。

そんな思いに駆られる横沢の胸中を察したものか、

「値引きと言うてもただの値引きとはちゃうで」

真壁は念を押すように言った。

「太平洋通運に牛耳られていた取引先を奪い取ろうというんや。こっちだって会社が許す最下限の料金を最初から提示して商談に臨んださ。これより更に値引けば、コスト割れしちまうってところまでのな。当然、ワシは上司の許可なくそんな条件を勝手に提示してきたこいつを責めた。これは立派な越権行為や。赤を出してまでやる商売に何の意味もないと言ってな。ところがこいつは提案を取り下げるどころか当時会社の誰もが考えもしなかったプランを持ち出してきた」

「五パーセントの値引きをしても商売が黒になる方法を考え出したんですね。それは何です？」

「こいつはな、荷物の受け付けから、配送終了までのオペレーションシステムの見直しを提案してきたんや。無い袖《そで》は振れないというなら、振れるだけの袖を自分たちで作ればいいんだと言ってな」

真壁がここからはお前が説明しろと言うように、寺島を見た。

「つまりこういうわけだ」

寺島が初めて口を開いた。

「あの頃は、コンビニにお客さんが荷物を持ち込むだろ。店員がサイズを測り、料金を貰《もら》うよな。それからウチが預けておいた配送コード表を捲《めく》って、四桁《けた》のコードを伝票に書き込む。ウチのトラックがその荷物をセンターに持ち込み、コンベアに乗せて仕分けにかかる。その際にはパートのおばちゃんが店員の書いた四桁の番号をいちいち手入力してたんだ。バーコードの伝票番号は機械が自動的にスキャンしてくれるが、手書き配送先コードは読み取れない。二つを一致させるためには、どうしても人力に頼るしかなかったんだよ。熟練者でも毎秒二枚弱。その度にコンベアは一瞬停止する。大きなターミナルなら一日一万個から二万近くの荷物があるんだ。コードのインプットミスも起こる。もし、これが人手を介さず、スルーで流れるようにすれば、仕分け作業の時間が一時間半以上短くなる。インプットミスも起きない。積み込みに要する作業員の数も削減できれば労働時間も減る。地方へ向かうトラックの出発時間も早くなる。結果、翌日配送のエリアは広くなる。サービスレベルが上がれば、顧客満足度は当然高くなる……」

「料金が同じなら、サービスレベルの高い方を客は選ぶに違いない。会社の業績も上がれば、中間コストが削減できた分だけ利益も上がる。となればだ、最下限より五パーセントの値引きをしても充分収益性を保てるちゅうのがこいつの理屈やったんやがね。それを実現するためには、当時の金で十五億の投資が必要やって言うんやな。そりゃ、理屈は分からんではなかったが、あの頃移動体通信と言われても、こっちには何のことかさっぱりやったしな」

真壁が当時のことを思い出したのか、小首を傾げながら言った。

「移動体通信?」

耳慣れない言葉を聞いて横沢は問い返した。

「今じゃ誰もがそうしたツールを使うようになったせいで、すっかりこの言葉も聞かなくなっちまったけどな。当時は無線を介してデータをやり取りする方法をそう言ってたのさ。携帯電話、ハンディターミナルとか個別の名称で呼ばれるものもすべて当時は移動体通信と呼んでいたんだ。中でも俺が特に着目していたのは、ハンディターミナルでね。こいつをドライバー全員に持たせ、集荷の時に伝票のバーコードをスキャンさせ、同時に配送先コードをインプットしてしまえば、後はシステムが全部やってくれる。このオペレーションをいち早く取り入れたところが宅配事業で勝利を収める。そう主張したんだ」

「あれから二十年。今になってみると、お前の主張が正しかったことは誰の目にも明らかや」

真壁がしみじみとした口調で言う。

「本部長があの時、私の提案を無視せず、実現の可能性を真剣に検討して下さった結果ですよ」

「止《や》めてくれ。顔から汗が出るで」

真壁は顔の前で手を振ると、

「課長だったワシも、きついノルマに追われておったしな。お前の出してきたプランを無視するのは簡単やったが、そんなら代替案があるのかと問われたら、そないなもんはあらへんかったのや。それにエニイタイムもピットインも五パーセントの値引きをすれば商売をくれるっちゅうし。苦し紛れに、駄目元で提案書をシステム部に回して検討させたっちゅうのが、本当のところなんやから」

「それじゃ、今の我が社のオペレーションの基礎を作り上げたのは、部長だったんですか」

なるほど、寺島が日々銀座で高額な接待を繰り返していても、上司である真壁が文句を言わないはずだ。彼には会社の売り上げの二十パーセントを稼ぐのは俺だと豪語するだけの実績がある。

横沢は初めてコンビニ最大手二社との商売を暁星運輸がものにした背景を知って、感嘆の声を上げた。

「昔の話だ……。今回、お前からこの話を聞いてつくづく実感したよ。こんなアイデアは今の俺に考えつく力はねえ。すっかり焼きが回っちまったとね……」

寺島がどこか寂しげな口調で言った。

「そやけどな、あの提案のお陰でこの二十年、我が社がエニイタイム、ピットインという、大手コンビニ二社から多大な利益を得てきたことは事実や。これはお前の勲章や。なんぼ胸を張っても張り過ぎちゅうことはないで。ワシにしたところで、こんな部屋を貰えるような身分になったのは、お前という部下を得られたからだと思うとる」

真壁が感謝の言葉を漏らした。

「そうおっしゃっていただけるのは有り難いのですが、勲章の価値があるのも授ける者が安泰であればこそです。改めて申し上げるまでもありませんが、同業他社ならともかく、郵政が相手となるとあの二社との商売が再び再開される可能性は将来に亘《わた》ってまずないと言っていいでしょう。このまま行けば契約期限が来ると同時に、年商の二十パーセントものビジネスがゼロになります。その穴を、即刻埋めることができなければ、間違いなく我が社は存亡の危機に陥ります」

寺島は突然姿勢を正すと、

「本部長。横沢はこう言いました。もはや我々の業界は今までのように、客のご機嫌を取りながら、頭を下げ荷物を貰う時代ではないのだ。今の時代、商流の最後、ラストワンマイルを担《にな》っている我々にこそ大きなビジネスチャンスがあるのだと。全くその通りだと思います。横沢の意見は正しい。これはチャンスです。決して損はさせません。十億の金を使うことを認めて下さい。お願いします」

激しい口調で迫りながら、深々と頭を下げた。

横沢もまた慌《あわ》てて寺島に倣《なら》う。

「まあ、二人とも頭を上げや。気色悪いで。頭を下げるのは客先だけにしとき」

頭の上から真壁の声が聞こえた。寺島に続いて横沢は身を起こした。

「十億か……」

真壁は天井を仰ぎながら肩の凝りをほぐすかのように頭をぐるぐると回し、ぽつりと呟《つぶや》く。

短い沈黙があった。突然、真壁は動きを止めた。一転して鋭い眼差《まなざ》しが寺島に向けられた。

「寺島……」

「はい」

「この際やから一つ訊《き》いておきたいことがある」

「何でしょう」

「ワシも役員になって三期六年や。もう一期務めれば六十四歳。それで引退ということになるやろが、お前は次の営業本部長の有力候補や。ここで一花咲かせれば、この部屋の次の主は確実となるが、もしこのプランが失敗に終われば、その芽も完全に断たれてしまう。それどころか、いまのポジションに置いておくことも難しくなるかもしれへんで。お前、それは覚悟してるんやろな」

サラリーマンにとって、ボードメンバー《取締役》に名を連ねるのは夢の一つだと言ってもいいだろう。一介の部長で終わるのと、役員になるのとでは生涯賃金も大きく違えば、老後の生活もまったく異なったものになる。まだ先の長い自分のような中間管理職はさておき、上級管理職になればなるほど、ポジションへの執着は強くなるものだ。そんな人間は掃いて捨てるほどいる。しかも真壁は寺島がそのポジションに手が届くところにいる、はっきりとそう言ったのだ。おそらく寺島は返事を躊躇《ためら》うだろう。いや躊躇って当然だ。

横沢はそう思った。

しかし、一瞬たりとも間をおかず、寺島はいとも簡単に言ってのけた。

「このプランが失敗すれば、暁星運輸に将来なんてありませんよ。成功させない限り、結果は同じです」

「いいんやな。後悔せえへんな」

真壁が念を押す。

「本部長……。私は管理職の一人として会社から何を期待され、どんな義務を背負わされているか、充分に心得ているつもりです。一か八かの賭《か》けに出て、会社に損害を与えるような危険は決して冒すつもりはありません」

「大した自信やな」

「自信がなければ十億投資してくれなんて、いくら私でも言えませんよ」

真壁が一瞬沈黙し、改めて寺島の覚悟のほどを確かめるように強い視線で見たが、すぐに大きく肯くと、

「よし、分かった。お前がそこまで言うなら、社長に掛け合ってみようやないか」

意を決したように大声で言った。

「ありがとうございます！」

寺島が真壁に負けない大声を上げる。

「礼を言うのはまだ早いがな。なんぼウチの会社がでかいちゅうても十億は大金やからな。社長が納得するかどうかの保証はできんで」

「ご承認いただけない場合には、エニイタイム、ピットインの二社の商売を失うことによる穴は埋まらない。そういう報告を私から受けたとおっしゃっていただいて結構です」

「そんなボンクラは即座に首にせい言うに決まってるがな」

「こんな首でよろしければ、いつでも……。部下もボンクラの主に仕えるくらいなら、放逐された方がまだマシと言うでしょう」

「なるほど、社長が断ったらそう言おう」

真壁はそう言うと、大口を開けて豪快な笑い声を上げた。

第九章　役員会議

「こんな気持ちで結果を待つなんて、大学の合格発表以来のことですよ。子供が生まれた時だって、もうちょっと落ち着いていられたような気がします……」

何度となくミーティングを繰り返してはプランを練り上げてきた会議室で、腕時計に目をやった軽部が溜息《ためいき》交じりにぽつりと呟《つぶや》いた。

「大丈夫でしょうか。役員会、やっぱり揉《も》めているのかなあ」

眉間《みけん》に皺《しわ》を刻みながら荒木が言うと、

「そりゃ十億もの金を出せと言ってるんだ。ましてや、今回のプランは今まで下請けに甘んじてきた業界の常識を覆《くつがえ》し、こちらからビジネスを創出する初めての試みだ。二つ返事ではいそうですかというわけにはいかんだろうさ。中には難色を示す役員だっているだろうからね」

石川が応《こた》えた。システム屋らしく口調は冷静だが、結果が分かり次第こちらからすぐに連絡を入れると言ったのに、終業時刻が来るや否《いな》や電話をかけてきたのは彼である。

内心ではいま行われている役員会の行方が気になってしかたがないのだろう。

「でも、真壁本部長だって今日の役員会の前に、根回しはしてるんでしょ。だったらこんなに時間がかかるってことはないんじゃないですか。もう六時半ですよ」

荒木はそれでも納得がいかないとばかりに食い下がる。

「根回しと言ってもね、スミちゃん。これだけの金が絡《から》む話をいきなり役員会に持ち出せば、誰もが戸惑うに決まってるだろ。真壁本部長が他の役員にプランの概略を予《あらかじ》め知らせておいた。その程度のもんさ。中にはこんなのはウチのやる仕事じゃない。そう言い出す役員がでてきても不思議じゃないさ」

横沢は努めて冷静に話したものの、やはり穏やかではいられない。役員会が始まって五時間半。もちろん議題は他にもあるのだろうが、真壁から提出された自分たちの考えたプランが会社のボードメンバーに名を連ねる役員たちにとっても、今日の最大の関心事であろうことは間違いない。

もちろん会議の場には寺島が同席している。プランについての詳細な説明は彼からなされているはずで、こちらの狙《ねら》いは役員にも充分伝わるという確信は抱いていても、時間の経過とともに何ともいえない不安が込み上げてくる。

「長年身に染《し》みついた固定観念というものは、そう簡単に拭《ぬぐ》い去ることはできないでしょうからね。海のものとも山のものともつかないプランに、こんな大金を投じられるか、くらい言われているかもしれませんよ。まあ、業績絶好調で、利益が有り余っているなら、税金対策の一つとして将来に投資するのも悪くないと考えてもくれるでしょうけど、このままじゃ来年の契約切れとともに、エニイタイム、ピットインの二つのコンビニの商売を落とすことは目に見えてるし……」

軽部が弱音を吐くと、すっかり日が落ちた窓の外に視線をやった。

「だから思い切った行動が必要なんじゃないか。このままじゃ新たな米櫃《こめびつ》が見つからない。こんな時こそ攻めにでなけりゃ会社はじり貧だぞ」

責めるつもりはなかったが、苛立《いらだ》ちの気持ちが表に出てしまう。横沢の語気が荒くなった。

「すいません……。分かっているつもりなんですが、つい……」

「横沢さん」

一瞬、場に気まずい空気が流れかけたのを見て取ったのか、荒木がいささか慌《あわ》てた口調で口を挟んだ。

「社長は真壁本部長の申し出には賛同してくれたんでしょう？」

「ああ、そう聞いているよ」

「経営トップが承認しているのに、役員会で揉めたりするんですか」

「そりゃするだろうね」

石川がすかさず答えを返す。

「社長が首を縦に振ればそれで決まりなんていうのは、中小企業か、代々同族が経営を握っているオーナー企業ぐらいのもんだよ。ウチは創業者の家系に連なる人間は社内にいないし、れっきとした一部上場企業だからね。ましてや、十億もの投資が必要な新規事業に乗り出そうというんだ。役員会の承認を得ないことには、話を進めるわけにはいかないよ」

「それに、もし社長の許可さえあれば何でもありなんてことになったら、そもそも役員会なんていらないだろ。もちろん最終的に全責任を負うのは社長だよ。だけど、他の役員も承認したとなれば仮に失敗したとしても、罪一等は減ぜられるというわけだ。社長だってサラリーマンであることには変わりはない。保険をかける意味でも、役員全員一致で話を纏《まと》めたいと思うに決まってるさ」

軽部はそう言うと、テーブルの上に置かれたペットボトルを取り上げ、お茶を一口飲んだ。

その言葉を聞いて、横沢は役員室で交わされた寺島と真壁の会話を思い出した。

真壁は寺島が次の営業本部長の有力候補だと言った。おそらくあの言葉に嘘《うそ》はあるまい。サラリーマンにとって、取締役、そして会社の経営トップの座に就くのは夢だといってもいいだろう。その地位が手の届くところにあるとなれば、無事これ名馬と、安全策に走る者がいても、自ら危険を冒す人間はそういるものではない。

寺島は賭《か》けているのだ。たぶんそれは出世のためだけではなく、この部屋にいる四人の人間が考え出したプランに会社の将来がかかっている、そう確信したからに違いない。それは真壁にしても同じだ。定年を二年後に控えながら新たな事業に打って出ることを後押ししようとしているのは、営業本部長の職責を最後まで全うしようという気概の表れにほかならない。

寺島を信じることだ。真壁を信じることだ。すでに賽《さい》は投げられたのだ。いまさらじたばたしたところでどうなるものではない。

横沢は腹を括《くく》った。

と、その時だった。突然ドアが開くと、寺島が姿を現した。

「おう、全員揃《そろ》っているな」

寺島は一同の顔を見渡しながら言う。

「どうでした、役員会」

横沢は腰を浮かせながら尋ねた。

「通ったよ。お前らの考えたプランは、正式に我が社のプロジェクトとして承認された」

「本当ですか」

腹の底から喜びと達成感が込み上げてくる。気がつくと横沢は立ち上がっていた。

「嘘言ってどうする」

寺島がにやりと笑いながら肯《うなず》く。

「いや、良かった。実は会議が長引いているようだったんで、心配していたんです。役員の誰かがプランに難色を示しているんじゃないか。ことによると、承認されないんじゃないかと……」

「確かにすんなり全員一致とはいかなかったがね。特に企画、それに財務担当役員からはかなり厳しい意見が出たよ」

「何が問題だったんです」

「そりゃお前、企画部の連中にしてみりゃこんな話を営業部から持ち掛けられて面白いわけねえだろ。新しい商売を考えるのが連中の仕事だからな。まあ、面子《メンツ》の問題だよ。財務が問題にしたのはずばり金だ。普通なら、これだけ大きな投資が絡む案件となれば、予め今年度の事業計画に含まれていて当然だ。それが第3四半期も中盤に差しかかろうという時にいきなり十億出せと言ったんだ。彼らにすればここに来て予算計画を見直すのは大変な作業だ。文句の一つも言いたくなるだろうさ」

「そう言われても、いつどこに飯の種が転がっていないとも限らないのがビジネスの世界ってもんじゃないですか。役所じゃあるまいし、フレキシブルに対応できなければ、肝心の商売を逃がしてしまうことにもなりかねませんよ」

横沢は口を尖《とが》らせた。

「今だからお前もそんなこと言えんだよ」

寺島はどっかと椅子《いす》に腰を下ろす。

「だってそうだろ。これまで営業部がこんだけの金を必要とするプランを会社に提出した例なんてありゃしねえ。億単位の投資を要する案件は、新たに配送センターを新築するか、システムを更新するか、せいぜいその程度のもんだったんだ。当然、そういう案件は年度当初に事業計画が出来上がっていて、予算の中に組み込まれる。新たな商売をものにするためだとはいえ、これほどの金を急に用意しなけりゃならねえなんてことは誰も考えもしなかったろうさ。もっとも逆の見方をすれば、それだけ我々のプランが今まで我が社の誰も考えもしなかった、斬新《ざんしん》なものだということの証拠と言えんだろうがな」

「長年会社の常識に染まってきた役員に、我々のプランを納得させるのは大変だったでしょうねえ」

軽部が口を挟んだ。

「はっきり言って、役員の全員がこちらのコンセプトを完全に理解したかと言えば疑問だな。最終的に承認された理由はただ一つ。もし、このビジネスが成功しなければ、大手コンビニ二社を失う穴は埋まる見込みはない。本年度の営業目標は何としても達成してみせるが、来期はこの商売をものにしないことにはとても保証できない。本部長がそう断言したからだ。最前線を預かる最高指揮官の言葉だ。これは効いたよ」

「十億出せと言っても、施設やシステムに使うのとは違って、この金は営業成績、つまり売り上げに直結するものですからね。何年にも亘《わた》って減価償却していくわけじゃない。金を産むための投資、それも我々の目論見《もくろみ》通りことが運べば、十億回収するのに三年あれば充分なんですから」

横沢が決意も新たに言うと、

「しかし、とりあえずこちら側の意思統一はできたとして、問題は極東テレビということになりますね。彼らが話に乗ってこないことには、せっかくのプランも絵に描いた餅《もち》ということになってしまう」

軽部が真剣な眼差《まなざ》しを寺島に向けた。

「その点なら心配ないよ」

寺島は妙に自信ありげに笑みを浮かべる。

「実は役員会が終わったその足で、浜川のところへ行ってきた」

「浜川さんのところって……極東テレビに行ってきたんですか？」

詰《なじ》るつもりはなかったが、役員会の結論を今や遅しと待ち受けていたのだ。それを考えると、どうしても口調がきつくなる。

「部長、少しはこちらの身にもなって下さいよ。僕らがどんな思いで役員会議の結果を待っていたか。早くに終わったんなら、せめて一言、イエスかノーか知らせてくれても良かったじゃありませんか」

横沢の気持ちを代弁するかのように軽部が言った。

「肝心の極東テレビが乗ってこないんじゃ話にならんだろう。浜川に直接会って、こちらの方針が固まったことを知らせておかなきゃと思ったもんでな」

「それで、どうだったんです。あっちは何か進展があったんですか」

済んだことをいまさら蒸し返したところで始まらない。横沢は先を促した。

「極東テレビは乗り気だ。すでにプランの実現性の検証を終えて、社長を含め社内の主だったところと話はついているそうだ」

「本当ですか」

石川が念を押すように言う。

「彼らにしてみたら、十億円で蚤の市の買収の手から逃れることができるんなら安いもんだ。ましてや、このビジネスが始まれば、蚤の市の本業であるネット上のショッピングモールが甚大《じんだい》なダメージを受けることは間違いない。最大の収益源を失えば、蚤の市は存亡の危機に陥り、買収どころの話じゃなくなるからな」

「まさに攻撃は最大の防御。そこに気がついたというわけですね」

「それだけじゃない」

横沢の言葉に肯くと、寺島はさらに続けた。

「極東テレビは、これを機に将来テレビショッピングビジネスに本格的に参入する上でのノウハウを確立したいと考えているようなんだ」

「そんなのすでにやってるんじゃないですか。深夜になると、どこのチャンネルでもよく目にしますよ」

何をいまさらと言わんばかりに荒木が小首を傾《かし》げた。

「いま放映されているテレビショッピング番組は、通販業者が買い取った時間枠の中で流されているだけだろ。テレビ局には、枠を売った以外の金はびた一文も入ってはこない」

「枠を売って金を稼ぐのがテレビ局のビジネスですからね。テレビショッピングの多くは深夜に集中している。視聴率があまり期待できない深夜枠を買い取って貰《もら》えるのは、テレビ局にとっては有り難い話でしょう」

軽部が訳知り顔で返す。

「確かに深夜枠、それも通販番組なんか見ている人間がどれほど世の中にいるのかと、俺も思っていたさ。でもな、それが今じゃとてつもないマーケットになっていると言うんだな」

「とてつもないって、どれくらいの市場があるんです？」

営業マンとしての本能が騒ぎだすのを感じながら、横沢は尋ねた。

「ケーブルテレビの通販専門チャンネルでは、年商一千億円以上を上げているところもあるってんだ。つまり一日平均で三億円からのオーダーが入っていることになる。しかもテレビショッピングのゴールデンタイムは深夜十一時から一時にかけて……」

「そんな時間に、通販番組なんか見ている人間がそんなにいるんですか」

横沢は想像もしなかった数字を突き付けられて、声を裏返らせた。

「それが現実なんだとよ。しかも見るだけじゃなく、実際にオーダーを入れてくる人間がな」

「しかし、そりゃ凄《すご》い数字ですね。年商一千億円。おそらくテレビショッピングでは単価一万円といえば高額な部類に入るでしょうから、それで計算したとしても、一日三万からのオーダーがあることになりますよ」

「そうなんだ。一日三万からのオーダー。これはウチにとっても喉《のど》から手が出るほど欲しい物量だ」

「しかし、時間枠を売ってなんぼのテレビ局が何でまた」

「極東テレビの考えはこうだ。ケーブルでもそれだけのビジネスが成り立つのなら、地上波はもっと大きな商売になる。ならばいっそのこと、番組内で商品を紹介するに当たって、定価の一定割合を徴収できる仕組みを作れないかとね」

「なるほど。生活情報番組、バラエティー、ニュース。番組の中で、特定の商品を取り上げる機会はいくらでもありますからね。もし、その多くから歩合を稼げるとなれば、いままでゼロだったところからでかい利益を得られる」

「そのためには、オーダーの取り方、決済方法、物流と、現行のシステムの中では解決できない問題が多々あったんだが、ネットショッピングへと視聴者を誘うことができれば、すべての問題は解決する。商品紹介はテレビで、オーダーはネットで」

「そして、商品の配送を請け負うのは暁星運輸というわけですね」

横沢は先回りして言った。

「そうだ」

寺島が歯を見せて笑った。

「まさにお前たちが考えたプランがテレビ局に、そして我が社にとっても新しいビジネスを生み出すことになるというわけだ。浜川は太鼓判を押したよ。大丈夫、社内でこのプランに反対する者などいやしない。効果を考えれば、十億の投資など安いものだとね」

「じゃあ安心していいんですね。喜んでいいんですね」

荒木が顔を輝かせながら身を乗り出す。

「大丈夫だ。来週には正式に極東テレビから返事があるはずだ。そうなれば忙しくなるぞ。このプランのコンセプトを熟知しているのは誰でもない、お前たちだからな」

「こんな面白い話なら喜んで。何ならプランが軌道に乗るまで年中無休でも構いませんよ」

横沢は半ば本気で軽口をたたいた。

「その言葉を忘れないでおくよ」

寺島は含み笑いをすると、

「でもな、冗談じゃなく年内は休み無しってことになるかもしんねえぞ。なにしろ、極東テレビにもウチにも時間がねえからな」

一転して真剣な眼差しを向けてきた。

「うかうかしていると、あっちは蚤の市が再び株の買い占めに走らないともかぎらない。こっちはこっちでコンビニ二社との契約が切れる。かといって来年度のノルマが減るわけじゃない」

「そうだ。だからこの話は何としても年内に目処《めど》をつけ、遅くとも来年の早い時期に、商売を立ち上げないとならんのだ」

「年内に目処をね……」

すでに十月も半ばをすぎている。残された時間は一月半しかない。やってやれない話でないような気がするが、キーとなるのはやはりシステム関係だろう。

思わず石川の方に目をやると、

「サーバーの設置場所が決まって、機材が調えば年内に目処をつけることは可能だと思いますよ。もちろん、極東テレビの人的支援を仰げればの話ですけどね」

真摯《しんし》な眼差しを寺島に向けながら彼は力強く肯いた。

「その点は心配ない。連中だって会社の命運を賭《か》けているんだ。必要なものは人でも何でも出し惜しみなんてするもんか」

寺島は確信に満ちた口調で言うと、ふとテーブルの上に置かれたお茶が入ったペットボトルに目を止め、

「とにかく、今日は仕事のことは忘れてお祝いしよう。こんなしけたもんを飲むのは止《や》めだ。美味《うま》いもん食わしてやる。支度をしろ」

満面に笑みを浮かべながら、席を立った。

翌日の夕刻、終業を知らせるチャイムと共に、広域営業部に所属する全営業マンが暁星運輸の大会議室に集められた。事情を知らない部員たちは、一向に有力取引先の開拓が進まない状況を責め立てられ、発破をかけられた上に、新たなノルマを課せられるの

ではないかと一様に浮かない顔をしている。

パワーポイントがセットされた演壇の背後に、白いスクリーンが下ろされると、プレゼンテーションの準備が整ったのを見計らったかのように、荒木を従えた寺島が部屋に入って来た。

「全員揃《そろ》っているようだな」

寺島は一同を見渡すと、

「いまさら言うまでもないことだが、いま我が社は大変な危機に直面している。郵政に大手コンビニ二社をもって行かれ、個人宅配事業も激烈な競争に晒《さら》されている。このままの状態が続けば、業績の向上はおろか現状維持すら覚束《おぼつか》ない。もちろん君たちが、この窮地を挽回《ばんかい》すべく、日々客先を回り、新規アカウントの獲得に努力していることは認めよう。だが、ビジネスにおいては、結果がすべてだ。成果に結びつかない努力をいくら積み重ねても、評価されることは決してない」

いきなり部下の横っ面《つら》を張るような厳しい口調で言った。

室内に重苦しい空気が漂い始める。また部長の説教かと言わんばかりに、うんざりしたような表情を浮かべる者。下を向き、肩を落とす者。中には腕組みをしながら憮然《ぶぜん》とした顔つきで、寺島に挑戦的な視線を向ける者もいた。

「もちろん、君たちにも言いたいことは山ほどあるだろう。宅配業界のビジネスモデルはすでに確立されたものとなっていて、サービス、料金、セールスポイントといえるものはどこも一緒。ウチでなければできないサービスなんてものはありはしない。新しい弾の補充がなけりゃ、最前線で戦う兵隊に華々しい戦果を上げろというのは無理な話ではある」

営業マンたちが、おやっという顔で寺島を見た。無理もない。いつもなら、ここから罵声《ばせい》が飛ぶか、あるいは業績の上がらない課長が吊《つ》るし上げにあうところだ。それが今日は妙に物分かりのいい言葉を吐く。これから始まるプレゼンの内容を知らなければ、横沢にしても呆気《あっけ》に取られたことだろう。

部下のそうした反応を見て、寺島はにやりと笑うと、ぶ厚い紙の束を持った荒木に向かって資料を配るよう命じた。

荒木が机を回り、資料を配布していく。各自にそれが行き渡ったところで、

「そこでだ、お前らに起死回生の一発となるプランをこれから披露する。詳しいことは発案者である横沢から話してもらうが、要点だけ言っておく。第一には、これまで客先を回って荷物を貰うことに終始していた運送業界のビジネスモデルを改め、我々暁星運輸がマーケットそのものを一から作り上げるということ。第二に、値引きなし、フルチャージの極めて収益性の高い商売が可能になるという点にある。このビジネスが軌道に乗れば、我が社、いや運送業界のビジネスは一変するだろう。君たちの仕事のあり方も

だ。それじゃ横沢、始めてくれ……」

部員たちの視線が、一斉に横沢に注がれる。横沢は立ち上がると、ゆっくりとした歩調で前に進み出た。荒木が部屋の明りを消した。パソコンのキーを叩《たた》く。背後のスクリーンに最初の一コマが映し出される。

『ネットショッピングモール　四季倶楽部《クラブ》　暁星運輸／極東テレビ』

スクリーンの発する光が、部員たちの顔を仄白《ほのじろ》く浮かび上がらせる。

「このプランの最大のポイントは、一定条件をクリアすると出店料が無料になるショッピングモールを我が社と極東テレビの共同で立ち上げ、そこを通じて配送される貨物を我が社が一手に引き受けることにあります」

大きなどよめきが起きた。居並ぶ営業マンたちが身を乗り出し、スクリーンを食い入るように見詰める。横沢は、それに意を強くして、画面を変えながらコンセプトの詳細を話した。

自社でショッピングモールを立ち上げる目的、予想される結果、マーケティングプラン。更には極東テレビの協力が得られれば、どういう効果が見込めるか。そして運送業界のビジネスはどう変わるのかを夢中で説明し、そして最後に、

「最初に部長が言ったように、これまで我々は運送業界が持つ能力を過小評価してきたと思う。もう下請けに甘んじていた時代は終わりだ。これからは俺たちがビジネスを作

り、根こそぎ客を摑《つか》む。配送という行為が付き纏《まと》うビジネスでは、ラストワンマイルを握っている我々がいちばん強い。それを世の中に知らしめてやる時だ」

声に力を込め、高らかに宣言した。

薄暗い部屋の中で、部員たちの目が爛々《らんらん》と光り輝いている。誰かが鬨《とき》の声を上げれば、皆がそれに呼応する。そんな異常な熱気がひしひしと伝わってくるようだった。

傍らで横沢のプレゼンを聞いていた寺島が再び演壇に進み出ると、

「どうだ。何か質問はあるか」

部下たちの反応に満足した様子で訊《たず》ねた。

「いいでしょうか」

部員の一人が手を上げる。

「言ってみろ」

「確かに、横沢課長が言ったように、このプランが軌道に乗れば、我々は大変な数の客先を独占することが可能だと思います。まさに目から鱗《うろこ》です。アイデアの革新性、将来性には瞠目《どうもく》するばかりですが、問題は利用者が魅力と感ずる店の多くは、すでに蚤の市を始めとする既存のモールに出店しているということです。蚤の市ですでにある一定の売り上げを上げている店舗が、単に出店料が無料になるからといって、すぐにこちらが新しく立ち上げるサイトに鞍替《くらが》えしてきたりするものでしょうか。デパートを見ても分かる通り、こうしたビジネスの成否は、どれだけ客の興味を惹《ひ》く店を集められるかがポイントになります。数が集まったはいいが誰も知らない、ネットでの販売実績もないというんじゃ、果たして蚤の市に対抗できるだけのモールとなりえるんでしょうか」

当然の疑問というものだ。横沢はマイクを握り、質問に答えようとしたが、それを遮って寺島が口を開いた。

「普通に考えれば、蚤の市の牙城《がじよう》を突き崩すのは、そう簡単なことじゃないと思って当然だ。だがな、あいつらには使いたくても使えない武器が俺たちにはある。極東テレビというメディアだ」

寺島は、一呼吸置くとさらに続けた。

「このミーティングが終わり次第、お前たちに二つのドキュメンテーションを渡す。一つは蚤の市に出店している店のリスト。もう一つは、我が社の全国支店の営業マン向けの説明資料だ。出店者リストは先週の時点の販売実績トップから順に記載してある。明後日、全国六ブロックの基幹店で営業会議を開く。そこで資料を基に今回のプランのコンセプトを営業マン全員に周知徹底させろ。同時に、蚤の市に出店している人気店を訪問し、我々が立ち上げるサイトに鞍替えするよう話を持ち掛けるんだ」

「部長、それは……」

肝心の極東テレビからは、浜川からの内諾があったとはいえ、まだ正式に合意を見たわけではない。部員にプランを披露するのはまだしも、この時点で蚤の市の客先に営業をかけるのは、いくら何でも性急に過ぎる。横沢は慌《あわ》てて口を挟もうとしたが、寺島はそんなことは構う様子もなく、一瞬鋭い視線を向けそれを制すると、

「セールストークはこうだ。もし、こちらに乗り換えてくれれば、極東テレビの番組内で、販売商品をなんらかの形で取り上げる。テレビの力はネットの比じゃない。ネットとは無縁だった消費者の開拓も可能になる。さらに効果を上げたいのなら、トップページに評価者のコメントを表示してやるとな」

自信に満ちた口調できっぱりと言い切った。

「なるほど、極東テレビの番組で商品が取り上げられるとなれば、絶大な効果があるでしょうね」

先ほど質問した部員が声を弾ませた。

「横沢が言っていたんだが、人形町に魚松っていう西京漬け屋があるだろ。あそこが週刊誌で紹介されただけで、一日三十件程度だったオーダーが五百以上に跳ね上がったってんだ。最大発行部数を誇る週刊誌だって八十万部やそこらだ。テレビの視聴率にすれば、一パーセントにも満たない。即刻打ち切りの数字だ。夕方のニュースの生活情報、あるいは昼のバラエティーでもその十倍の数字はある。波及効果は計り知れない」

「で、それはいつを目処に始めるんですか」

「Xデイは、来年の一月四日だ。それまでに、こちらはモールを立ち上げる準備を整え、業務が開始できる環境を完全に整えておく。もちろんそれ以前に、しかるべきタイミングで大々的に記者発表を行う。今回のプランは単にウチが新規事業に乗り出すというだけの話じゃない。これが軌道に乗れば、蚤の市の経営は窮地に陥り、極東テレビの買収どころの話じゃなくなる。こんなニュースをメディアが放っておくわけがない。新聞、雑誌、もちろんテレビだって大々的に報じるに決まってる。黙っていても、乗り換えて来る出店者はいくらでも出てくるだろうさ」

そこまで言われると、もはや口を挟む余地はない。横沢は腹を括《くく》り寺島の言葉を補足した。

「エリア会議の際には、各担当地域に埋もれている名産品の生産者に、出店を促すセールスを怠らないよう念を押すことを忘れないでくれ。野菜、果物、あるいはその地に昔から伝わる郷土食でもいい。田舎の人間にとっては当たり前、こんなものが売れるのかと思うような代物《しろもの》でも、都会で暮らす人間にとっては、価値のあるものは山と埋もれているはずだ。無添加、全くの手作り。それだけでも、昨今の健康食への関心の高まりを考えると、充分に商売になるものは必ずある」

「とにかく、このプランには我が社の命運がかかっているんだ。時間は限られている。この一月半が勝負だ。皆死ぬ気でやれ。いいな！」

一同が立ち上がった。部屋に入ってきた時とは全く別人のように、誰の体にも生気が漲《みなぎ》っている。

「部長、大丈夫ですか」

横沢は寺島の元に歩み寄ると、小声で囁《ささや》いた。

「何がだ」

「何がって、極東テレビのことですよ。浜川さんが色よい返事をしたと言っても、正式な返事じゃないんでしょ」

「お前もよくよく心配性なやつだな」

寺島は鼻を鳴らした。

「考えてもみろよ、このプランを呑《の》まないわけないだろ。こんど蚤の市が動き出せば、極東テレビは終わりなんだぜ。それを逃れたいと思っている彼らにどんな選択肢があるってんだ。決まったも同然だ」

この自信はいったいどこから来るものなんだ。どうしたら、これほど神経がずぶとくなれるのだろう。本部長にこの話をもちかけた時もそうだった。外堀を埋め、自らの退路を完全に断ったところから、話を初めて切り出す。ここまで来ると、豪胆というより無謀といった方がぴたりとくる。

横沢は、改めて寺島という男の行動原理が分からなくなった。

「そんなことより横沢。合弁会社の設立が決まったら、お前には出向してもらうことになるからな」

「えっ！　私が新会社に行くんですか」

「当たり前だろ。確かに俺は会社から十億引っ張る交渉はしたさ。極東テレビもその気にさせた。だけど、お前以上に今回の話を熟知している人間がどこにいるんだよ。発案者なら最後まで責任持って、このビジネスを軌道に乗せてみろよ。もちろん部下はつけてやる。軽部、石川、それにスミちゃんをな」

「三人一緒ですか？」

「何をそんな情けねえ顔してるんだ」

寺島は些《いささ》か呆《あき》れた口調で言うと、

「俺はこれでもお前に褒美《ほうび》をやろうと思ってるんだぜ。このプランがうまく軌道に乗れば、これからの運送業界のあり方に新たな可能性が生まれることになる。それはお前の手柄だ。今度本社に戻ってきた時には、課長は卒業だ。いや、もう一つ上のポジションが与えられてもおかしくねえ。もちろんそれをモノにできるかどうかは、お前の働き如何《いかん》ということだがな。もっとも、失敗すりゃ、お前も俺も、腹を括んなきゃなんねえけどな」

寺島は、そう言うとヤニで黄ばんだ歯を見せて笑った。

腹を括る、それが何を意味するかに説明はいらない。十億円もの金を出させておいて、失敗すれば良くて一生冷や飯食い。へたをすれば会社にいられなくなることだってあるだろう。この歳《とし》で、会社を放り出されればまともな仕事にありつける可能性はまずありはしない。寺島は自分の退路を断っただけでなく、横沢の退路をも断ち切ったのだ。

十億円……。会社の金だと思えば、口にするのも簡単だったが、いざそれに見合った成果を上げる責務を負わされると、とてつもないプレッシャーが伸《の》しかかってくる。

「それから、もう一つ、お前に言っておくことがある」

寺島は、そうした横沢の胸中を意に介する様子もなく言った。

「明日から、お前は新規開拓先を回らなくていい。従来のノルマから解放だ」

「私は何をすればいいんですか」

「やんなきゃなんねえことは山ほどあるさ。クレジット会社を回り、決済方法についての段取りをつける。それからコンビニもだ」

「コンビニですか？」

「お前知らなかったのか。最近じゃ蚤の市を通じて購入した商品の決済は、コンビニでもやれるんだぜ。エニイタイム、ピットインとは宅配ビジネスの縁は切れちまうけど、二十四時間開いているコンビニで決済ができるのとできないのとでは金を払う側からすりゃ、利便性が全く違うだろ。まあ、連中にしたところで、決済に使って貰《もら》えば幾らかの金にはなるんだ。嫌とは言わんだろう。これまでのよしみだ、その交渉はお前がやれ。合弁会社が立ち上がれば、そんなことをやってる暇なんかなくなっちまう。さっさと片づけることったな」

寺島は、いとも簡単な口調でいい放つと、会議室を出て行った。

席に戻ると、ミーティングを終えた同僚たちは連れ立ってオフィスを出て行こうとしていた。どうやら、新しいビジネスプランを聞かされた興奮が収まらないらしく、これから夜の街に出、気勢を上げるつもりであるらしい。

「課長、どうです。一杯やりませんか」

果たして部下の一人が声をかけてきたが、横沢はそんな気にはなれなかった。十億円の金を会社に投資させたはいいが、その責任が自分の双肩にかかっている。その重責に押しつぶされるような思いを抱いているところにアルコールなど入れようものなら悪酔いしそうだ。それに、明日からは従来の仕事を離れ、新たな任務に邁進《まいしん》しなければならない。片づけなければならない仕事は山ほどある。

横沢は、その申し出をやんわりと断ると、パソコンを立ち上げ、部下に引き継ぐ項目を書き出し始めた。どれくらいの時間が経《た》ったのだろう、気がつくと、オフィスには誰も残ってはいない。寒々とした蛍光灯の明りがフロアを満たしていた。壁の時計を見ると、時刻は午後八時を指している。

宮城の妻の実家に電話をかけてみる気になったのは、『四季倶楽部』が年明けと共に事業を開始すれば、リンゴの出荷の最盛期に当たり、絶好のビジネスチャンスになると思ったからだ。

横沢は受話器を取ると、番号をプッシュした。呼出音に続いて回線が繋《つな》がった。

「もしもし……」

久しぶりに聞く、岳父の義隆の声が聞こえてきた。

「お義父《とう》さん。ご無沙汰《ぶさた》しています。哲夫です」

「ああ、哲夫さんか。元気でやってっか」

「ええ。何とか」

「夏は、着いたと思ったら、とんぼ返りだったもんな。なじょった、唐黍《とうきび》やトマト、少しは役にたったすか」

「役にたったどころか、大変なビジネスチャンスを摑《つか》むことができましたよ。トウモロコシもトマトも、高い評価を得ましてね」

「そいづあよかった」

「よかったなんて、他人事《ひとごと》みたいに言わないで下さい。ことによると、来年はトウモロコシやトマトの作付け面積を増やしてもらわなければならなくなりますよ」

「なして？」

「お義父さんのところで採れる作物をネットで売っていただきたいんです。あの味ならば、消費者が飛びついてくること間違いなしですよ」

「んだべか。あんなものこの辺の農家では、どこでも採れるもんだけどな」

義隆は、ピンと来ない様子で、やはりどこか他人事のような口調で言う。

「自信を持って下さい。お義父さんには当たり前でも、当たり前じゃないものを食べてる人間の方が、都会には多いんですから」

「んなもんだべかなあ」

「それでですね、今日電話をしたのは、まさにその件なんです。実は、年明け早々に、ウチの会社でネット上にショッピングモールを立ち上げることになりましてね、そこにリンゴを出品してみる気はありませんか」

「そいづあ、構わねえげんとも。んだけんと、その何だ、ネットのショッピングモールつのはコンピューターを使うもんだべ。おらはそんなもの使ったことはねえし……」

「それなら、費用は少しかかりますが、誰か若い人間にやらせりゃいいんです。役場や農協に行けば、そうした知識を持っている人間はたくさんいるはずですから」

「ほんで、何をやればいいの」

「いま、用意できるリンゴ、どんなものがあります」

「んだなあ、もうそろそろフジもいいべす、王林も大丈夫だよ」

横沢は、東日本料理学校の関田の名前を告げた。

「何だ。あんだが食べるんでねえの」

義隆が怪訝《けげん》な口調で尋ねてくる。

「関田さんにお義父さんのリンゴを食べて貰って、評価の言葉をいただこうと思っているんです。農協を通じて出荷されれば、産地はわかっても、選別が終わった段階でどこの誰のものか分からなくなってしまう。それこそ一山いくらのただのリンゴです。それじゃネットを通じて売る意味がない。関田さんが評価をして下されば、消費者の興味を惹《ひ》くだろうし、特に味に関しては安心して購入できるというわけです」

「なるほどねえ」

「実際にこのサイトが立ち上がるのは、年明け早々のことになりますが、おそらく立ち上げと同時に、大量の注文が入ってくることも考えられます。その時期でも出荷の方は大丈夫ですか」

「大量ってどのくらいだべが」

「正直、こればかりはやってみないことには分かりません」

「うーん」

困惑した様子の義隆の唸《うな》り声が聞こえた。

「リンゴはこれからが最盛期だからなあ。年末はお歳暮シーズンで、一番量がはける時なのっさ。どのくらいの注文が来るのか分からねえけんども、数によっては肝心のリンゴが底をついてしまうかもしんねえぞ」

「確実に出せる量はどのくらいです」

「んだなあ……。五百ケースといったとこかな。それ以上になると、立派な玉ばっかりってことにはいかねえべなあ」

「確か、今までは鳥が啄《つい》ばんだり、落果した玉はすべて自家消費に回すか、ジュースにするか、あるいは廃棄していたんでしたよね」

「傷物だからね。商品価値はゼロだもの」

「でも、かつてお義父さんはこうおっしゃっていましたよね、鳥は美味《うま》い玉を狙《ねら》ってくるって。その点から言えば、味の方は問題ないんでしょ」

「問題ねえどころか、味自体はそっちの方が上だべ」

「それなら、事情を明記した上で自家消費用として安く販売できないでしょうか」

「そいづあ、どうだかなあ……。傷がついた玉は足が早いし、人によって傷の程度の捉《とら》え方は千差万別だ。安く出すとはいっても、金を貰うことには違いねえ。クレームつけられたら、弁解できねえもの。おっかなくて、とても売れるもんじゃねえべさ」

　確かに義隆の言葉には一理ある。金を取った以上、傷物とはいえ商品には違いない。ましてや、店頭の値引き商品とは違い、消費者は現物を見るまで傷の程度を確かめることはできない。当然、想像していたのと違うといったようなクレームが発生することは容易に想像がつく。もし、そんなことになれば代金を返済するだけでなく、返送料も出荷者の持ち出しとなる。それどころか、悪い噂《うわさ》があっと言う間に広がるのもネットの特性だ。義父が生産するリンゴへの悪評が広がれば、誰もがそっぽを向き、翌年からはオーダーを入れてくる人間などいなくなってしまうだろう。それでは、ネットビジネスをする意味がない。

「分かりました。じゃあ、こうしましょう。今年の販売量は、五キロ詰め五百ケース限定」

「それなら、大丈夫だ。もし、五百ケースが直接出荷できるんだったら、ウチにとってもありがたい。一箱五千円として、二百五十万円もの商売になんだから」

「それから出荷できなかったリンゴで作ったジュースがありましたよね。あれを自家消費にしておくのはもったいないと思うんです。商品価値は充分にある。初年度の結果次第で、あれを商品化することはできませんかねえ。野菜やリンゴといった季節限定の商売では、客に忘れられてしまいます。その点からも年間を通じてコンスタントに販売できる定番商品があれば、固定客も着きやすいんですが」

「哲夫さんの言うことは分かっけんとも、ジュースを量産するとなっと、今までのように手絞りとはいかねえ。果汁を絞んのも、瓶詰めも機械化しなきゃなんねえべ。箱詰めにも人手もかかるべしなあ。年間を通じて出荷できるものがなけりゃつんだら、婆《ばあ》さんが作る郷土食くらいのもんだべさ。ほれ、あんたのところさも送ってっぺ。酢牛蒡《すごぼう》とかさ」

「なるほど、酢牛蒡ね。あれはいけるかもしれませんよ」

「冗談を真に受けるもんじゃねえ。あんなもんが売り物になるもんか」

義隆が苦笑を交えながら、慌《あわ》てて言った。

「冗談じゃありませんよ。だってあれが届くと、子供たちも夢中になって食べて、あっという間になくなってしまうんですよ。それにスナック菓子なんかとは違って、体にもいい。昨今の健康食ブームを考えると、ひょっとすると大化けするかもしれませんよ」

酢牛蒡とは、ぶつ切りにした牛蒡を酢と水、それに胡麻油《ごまあぶら》を加えた汁の中に入れ、煮詰めたものだが、歯触りの良さに加え、口に残る仄《ほの》かな酸味が後を引き、一度口にするとそれこそ止まらなくなる、おやつとしても、お茶請けとしても格好の代物《しろもの》だった。見た目は叩《たた》き牛蒡に似てはいるが、同じような代物は、東京ではお目にかかったことがない。

「まさか」

義隆は、それでも半信半疑の様子だったが、

「お義父さん。申し訳ありませんが、酢牛蒡を送っていただけませんでしょうか」

ここはやはり第三者の意見を聞いてみることだ。物の本当の価値というものは、当事者にはなかなか判断がつかないものである。ひょっとすると、酢牛蒡は大化けするのではないか。横沢にはそんな気がしてならなかった。

「そりゃ、かまわねえけんども……」

義隆は、あまり乗り気ではない口ぶりで同意した。

「それじゃ送り先を申し上げます」

横沢は、鍵山教授の自宅の住所を告げた。

プレゼンが終わった直後から暁星運輸広域営業部の雰囲気は一変した。それまで重苦しい停滞感に満たされていた部員たちの顔には、闘志と明るさが蘇《よみがえ》り、全国六ブロックの基幹支店で開催された説明会での反応が上々だったこともそれに拍車をかけた。

フロアの片隅には、パーティションで囲まれたプロジェクトルームが急遽《きゅうきょ》設けられ、横沢と荒木、そして石川の三人が籍を置いた。本来ならば軽部もチームの一員として机を並べるところだが、課長が一度に二人もいなくなってしまったのでは通常業務に支障をきたす。彼は当面の間兼務という形でプロジェクトに加わることになった。チームリーダーは寺島。もっとも彼も、本来のポジションと兼務ということもあって実質的には横沢がすべてを取り仕切ることになっていた。

「横沢、ちょっといいか」

昼を過ぎたところで、寺島がパーティションの陰から姿を現した。

「ちょうど、こちらから伺おうと思っていたところです」

「何か進展があったのか」

「例のコンビニを使って商品代金を決済する件ですが、エニイタイム、ピットイン双方とも、全く問題なし。Xデイの一月四日にはスタートすることが可能だそうです。これさえ、クリアできれば、あとは銀行か郵便振り込み、あるいは代引きのいずれかを用いればいいだけですから、代金回収については準備完了です」

「手数料とはいえ、郵政に儲《もう》けさせるのは面白くねえが、仕方ねえな」

寺島が渋面をつくる。

「それから、サーバーの設置場所ですが、各支店に問い合わせてみたら、埼玉支店に適当な空きスペースがあるそうです。メンテナンスの要員を常駐させるにしても、あそこなら都心からでも通勤は可能。うってつけの場所ですよ」

「そいつは良かった」

寺島は、うんうんと肯《うなず》くと、

「ところで、横沢。ついさっき浜川から連絡があってな、極東テレビの役員会で、正式にプランが認められたそうだ」

「本当ですか」

「何だお前、まさかここにきて極東テレビがノーの返事を出すんじゃないかとでも思ってたのか」

寺島が、薄ら笑いを浮かべながら言った。

「いや、そんなことはないんですけど……」

「けど、何だよ」

「やっぱり、正式にゴーサインが出るまでは、気が気じゃありませんでしたよ」

「極東テレビの役員連中、興奮してたらしいぜ。これで蚤の市は終わりだ。局の全精力を傾けてでもあいつらをぶっ潰《つぶ》すってな。まあ、無理もないさ。時代の最先端を行くIT産業を、まさか運送屋と手を組むことで撃沈できるなんて考えもしなかっただろうからな」

「蚤の市だって、こんなことが起きるなんて考えちゃいませんよ。プランが明らかになれば、連中はさぞや慌てふためくことでしょうよ」

「それで、今後の進め方なんだが、向こうとウチのトップ同士が近々に会って、合弁会社設立の合意を確認することになるんだが、それを待たずして実務面では早急に準備を進めたい。浜川はそう言うんだ」

「あちらにお願いしたいのは、ポータルサイトの作成、それに出店者が作成するホームページソフトウェアの準備、作成方法マニュアルの制作、サイトデザインの指導、および運営といったところですかね。番組内でどう出店者の商品を紹介するかは彼らの制作サイドの問題ですから、ビジネスプランのコンセプトを理解していただければ、敢《あ》えてこちらが口を挟む必要はありません」

「蚤の市の既存の出店者に配布するパンフレットはどうする」

「それは、いまスミちゃんにたたき台を作らせています。もちろん、広告代理店を使ってね」

「いつごろ準備できる」

「こちらのセールスポイントは決まってますからね。それに加えて、蚤の市を始めとする先行企業との違いを強調すればいいと考えています。蚤の市のパンフレットは随分前に入手済みですし、広告代理店にはそれを凌《しの》ぐものをと伝えてありますから、後は顧客がホームページを作成するソフトが決まり次第そのダミー画面を反映させれば充分でしょう」

「よし。それは俺から浜川に伝えておこう。パンフレットの原案はいつできる」

「ちょっと待って下さい。スミちゃん」

横沢はすぐ傍の席にいる荒木に声をかけた。

「はい」

「パンフレットのたたき台、いつ上がってくるかな」

「正式なもんじゃなくていい。コンセプトが分かれば充分だ」

横沢が補足する。

「その程度のものでよければ、明日にでも出せると思いますよ。昔は版下を手作業で作ってましたけど、いまじゃ全部パソコンで作ってるんですから」

「それなら、すぐ代理店に電話を入れて、明日の朝いちばんにラフでいいから原案を持ってこさせろ。横沢はスミちゃんと一緒に、それを持って極東テレビに行け。ウチと向こうがやらなきゃならない仕事の線引きとデッドラインを徹底的に詰めてこい」

「分かりました。でも、部長。いいんですか、そんな不完全な代物を持って行ったりして」

「お前、分かってねえな。あいつらは見せることに関してのプロだぜ。スミちゃんの能力を疑うわけじゃねえが、あいつらの知恵を借りれば、時間の短縮にもなるし、更にいいものができるかもしんねえだろ。不完全だから却《かえ》って好都合ってこともあるんだ」

なるほど、言われてみればその通りだ。

「分かりました。じゃあ、明日行ってきます。そのためには私も、これから資料を作成しておかないと……」

「とにかく、今回の話は時間との勝負だ。蚤の市が極東テレビの株を押さえるのが先か、こっちが蚤の市をぶっ潰すのが先かのな。それを忘れんな」

寺島は、断固とした口調で言い放つと、部屋を出て行った。

荒木は即座に電話を取ると、広告代理店に連絡を取り始めている。

横沢は、ノートパソコンを開き、資料の作成に取り掛かろうとした。その時、机の上の電話が鳴った。

「暁星運輸、横沢でございます」

「関東農業大学の鍵山です」

鍵山の甲高い声が聞こえてきた。

「あっ、先生、お世話になっております」

「いやあ、横沢さん。早々に面白いものをお送りいただいてありがとうございました」

「はあ？」

すぐには何を指してのことか分からず、横沢は間の抜けた返事をした。

「酢牛蒡ですよ。酢牛蒡」

「ああ、あれもうお手元に届きましたか」

「ええ、昨日の夕方に。いや、驚きました。私もさんざん日本中の食べ物を口にしてきたと自負しておりましたが、正直、牛蒡をこんなふうに調理したものを食べるのは初めてで。確かにこれに似たものはたくさんありますよ。正月のお節に入っている叩き牛蒡なんかもそうなんですが、でもこれは明らかに違う。何といっても牛蒡を丸のまま使っているのがいい。食感がいいんですなあ。それに胡麻油の香りが——。一つ口に入れたら止まらなくて。大きな袋一つ、あっという間に平らげてしまいましたよ」

「えっ、先生。全部食べちゃったんですか」

どれほどの量を送ったのかは分からないが、日ごろ自宅に送られてくる時には、ポテトチップスの袋程の大きさいっぱいに詰められているのが常である。

「これはオカズにもいい、酒の肴《さかな》にもなる、スナックとしても究極の健康食と言えますなあ」

「お気に召していただいてよろしゅうございました。義母《はは》も喜ぶと思います」

「お義母《かあ》さまとおっしゃると、これは家庭でお作りになったものですか」

鍵山は少し驚いた様子で尋ねた。

「ええ。家内の実家の義母が。本業はリンゴ農家で、実は今回立ち上げるサイトを通じて、リンゴを販売することを奨《すす》めたんですが、オフシーズンに何か販売できるものはないかと尋ねましたところ、郷土食ならどうだと言われたもので。どうかとは思ったのですが、先生にお送りしてみたんです」

「なるほどねえ。郷土食ねえ」

鍵山は感心したように唸《うな》ると、

「横沢さん。いま立ち上げようとしているショッピングモールね。もしかすると、あなたが考えている以上の効果を社会に与える可能性があるかもしれませんよ」

一転して、真剣な口調で言った。

「と言いますと？」

「日本には、こうした地方に埋もれたまま、広く知られていない郷土食がまだまだ無数にあると思うんです。地元の人はあるのが当たり前、とてもコマーシャルベースには乗らないと考えているものがね。そうした食べ物の多くは、時代の流れとともに忘れ去られ、やがて滅びていくものです。ですが、そうした食べ物が、店舗を持たずとも売れて収入に繋《つな》がる。これは、特にお年寄りにとっては、大変な魅力となるでしょう。その結果、限られた地域でしか口にされていなかった郷土食がビジネスになるとなれば、若い伝承者が出てくる。つまり日本の食文化が守られるということにも繋がるのです。これは大変意義のあることです」

最先端の技術を使ったビジネスが、滅び行く文化を復活させる。しかも、もはや労働力にはならない老人がその役割を担《にな》う。もちろん、そうした構図が出来上がるかどうかは、商売として成り立つだけのオーダーがコンスタントに入ってくることが前提になるが、実現できればこんなに素晴らしいことはない。

「ねえ、横沢さん。そこで一つご相談なんですが、今度立ち上げるサイトに『究極の健康食』という私のコラム欄を作っては、いただけないでしょうか」

「何です、それ」

横沢は鍵山の言葉の意味がすぐには理解できず問い返した。

「あのね。あれから私も蚤の市に出品されている商品を見て、つくづく思ったんですが、あそこで売られているものはそれを生業《なりわい》にしている人たちのものがほとんどでしょ。確かに味という点においては、一級品であることは間違いないんでしょうが、食べ物ってそれだけじゃないと思うんです。美味《うま》いものを追求するあまり、その食べ物本来の役割を忘れてしまっている。そうした商品があまりに多いような気がするんです」

「おっしゃっていることの意味が良く分からないんですが」

「梅干を例に取って説明しましょうか。サイトでは、梅は紀州の南高梅《なんこうばい》。それを昆布と共に漬け込み云々《うんぬん》と講釈をたれていますけど、梅干なんて、本来は昆布と漬け込む文化なんてなかったんです。何しろ、究極の保存食ですからね。味をまろやかにするために昆布と一緒にした、あるいは健康のために塩を減らした。確かにその結果、万人受けする梅干にはなったでしょう。単価も高くなり、商売として成り立つようにもなった。でも、その代償として保存は利《き》かなくなり、今じゃ賞味期限を過ぎるとカビが生えてしまう有り様だ」

「なるほど、保存食に賞味期限があるなんて、考えてみればおかしな話ですよね」

「しかも、カビの発生を遅らせるために、合成保存料まで用いている。これって、おかしな話だと思いませんか。体にいいと信じているものが、実はそれを口にすると薬品を摂取することに繋がるなんて」

「そういえば、義母が作る梅干は、何年物とかいうのも珍しくないし、色も真っ赤です。あんな黄色みを帯びた代物《しろもの》は見たことがありませんね」

「それが梅干本来の姿なんですよ。きっちりと塩を使い、何度も漬け込みと天日干しを繰り返し、紫蘇《しそ》の葉で色をつけるのがね。僕は、そうした伝統食の本来あるべき姿を、コラムの中で紹介していきたいんです。もちろんこれは私の学者としての研究テーマでもありますから、お金をいただくつもりはありません」

「しかし、それでは……」

「いや、いいんです。このサイトで買い物をしてくれる人たちが少しでも私のコラムを読んで、正しい食のあり方を考えてくれれば、これほど嬉《うれ》しいことはないんですから。それに、コラムが纏《まと》まったらそれを本にして出版します。その印税を報酬と考えれば、ただ働きというわけでもありませんしね」

鍵山は呵々《かか》と笑った。

教授がそうしたコラムを執筆してくれるのは、サイトの充実という観点からすれば願ってもないことだった。それに、ただ物を売るだけでなく、著名な知識人がその文化的背景をコラムで解説するなどということは、既存のどこのショッピングモールサイトでもやっていない。差別化という点からも、鍵山の申し出を断る理由などありはしなかった。

「分かりました。是非お願いいたします」

また一つ、大きな武器を手に入れた喜びを感じながら、横沢は受話器に向かって頭を下げた。

第十章 形勢逆転

新宿にあるホテルのスイートルームで、武村は一人のアメリカ人と向きあっていた。男の名前は、デイヴィッド・パーカーといい、かつて武村が企業派遣でアメリカのビジネススクールで学んでいた当時のクラスメートの一人で、今ではアメリカ最大の投資銀行の一つで日本駐在員として働いている。

アメリカのパワーエリートたちが、ブルックス・ブラザーズのスーツに身を固めていたのは、もはや過去の話だ。今ではイタリア製のオーダーメードのシックなスーツを愛用するのが彼らの常である。

パーカーは、上品な光沢を放つインクブルーのスーツを無造作にソファの背凭《せもた》れに置き、ワイシャツにネクタイというリラックスした格好をしながら、

「例の極東テレビ買収資金の話だがね、本社サイドから基本的にOKの返事を貰《もら》ったよ」

縁無し眼鏡の下の目に、一瞬、鋭い光を浮かべて言った。

「基本的にとはどういうことかな」

資金調達の目処《めど》がついたのは喜ばしい限りだが、『基本的に』という言葉が引っ掛かる。武村は、慎重な言い回しで訊《たず》ねた。

「こちらは君の要求通り、二千億の資金を用意する。貸付金利は、年利五パーセント。つまり百億の利子を支払ってもらう。そのこと自体には本社も異存はないんだが、問題は担保だ」

「そのことなら、借入金に相当する株券を担保に差し出すと言ったはずだが、それでは不足だと言うのかね」

「株価は生き物だからね。上がりもすれば下がりもする。このところ、蚤の市の株価は一株十万円を挟んで推移している。この状態がずっと続くなら問題はないが、もし何らかの要因で株価が下落することになれば、これといった資産を持たない君の会社から、貸し付けた資金を回収することは覚束《おぼつか》なくなる」

やはりそこに来たか、と武村は思った。これといった資産を持たない会社。新たな資金を調達しようとする度に、その言葉を何度聞いたか分からない。銀行にとって、担保というのは現金か、もしくは不動産という確実に値踏みができる資産のことを指す。彼らにとって、日々価値が変わる株券などは何の担保にもなりはしないのだ。その点から言えば、時代の最先端を行くＩＴ企業などと気取ってはみても、所詮《しょせん》その価値は発行済み株式を時価総額に換算したものでしかない。

しかし、事業を拡大しようと思えば資金がいる。その度に必ず銀行が口に出すのがこの言葉だった。つまり連中はこう言っているのだ。時価総額など金を貸す側からすれば、なんの保証にもなりはしない。資産を持たない会社など、俺たちの相手ではないと。それでも、これまで何とか資金を調達し続けてこれたのは、IT産業自体が急成長を遂げてきたからだ。だが、それもいつまでも続くとは限らない。この成長に陰りが見えれば、銀行は貸し付けを渋るどころか、かつて銀行経営が窮地に陥った際に彼らが行ったように、問答無用とばかりに貸付金を回収しにかかるに決まっている。そんなことになれば、業界最大手の蚤の市といえどもひとたまりもない。

「そうならないために僕は極東テレビの買収に踏み切ったんだ。今更説明するまでもないが、買収が成功すれば、極東テレビは事実上我々の支配下に入る。となればだ、彼らの持つ資産はテレビのコンテンツばかりじゃない。不動産という君たちにとって、最も魅力ある担保も手にすることができるというものじゃないか」

「もちろん、そんなことは分かっている」

パーカーは鼻で笑った。

「おそらく、二千億の資金を持って、一気に株を買い占めにかかれば、君が目標とする極東テレビの発行済み株式の三分の一を手にすることは可能だろうさ。しかし、何事にも百パーセント確実な賭《か》けというものはこの世に存在しない。それもまた事実というものだ」

「しかし、市場はそうは受け取っていないよ。我々が十九パーセントの株を握った時点で買い進めることを止《や》めてから、三カ月近くが経《た》っているが、株価は高止まりしたままじゃないか。それは投資家が、今度我々が動き出せば極東テレビは蚤の市の手に落ちる。そう考えているからじゃないのかね」

「投資家と銀行家を一緒にしないで欲しいね。彼らがやっているのはギャンブル。我々が行っているのはビジネスだ。金を儲《もう》けることは義務。失うことは絶対に許されないというね」

パーカーは冷徹な口調で言い放つと、テーブルの上に置かれたコーヒーに口をつけた。

「しかし、僕が保有している株式以外に担保を差し出せと言われても、今の時点では他に差し出せるようなものは、何一つとしてないが」

基本的にと言うからには、代案があるに違いない。武村は訊ねた。

「ずばり言おう。君が今回我々に差し入れる蚤の市の株式を増やして欲しい」

株には担保価値がないと言っておきながら、株をさらに差し出せと言う。武村はその真意を測りかね、小首を傾《かし》げながらパーカーを見、

「増やすって、どれくらいだ」

と訊ねた。

「君が保有している株の十パーセントだ」

「十って……更にか」

「そうだ」

「冗談だろ。二千億円の担保として僕が保有した株の三十三・三パーセントを差し出した上に、更に十パーセントだって。それじゃ万が一買収に失敗すれば、会社の経営権を君たちに握られてしまう危険性が出てくるじゃないか」

「買収に失敗すればね。もっともそうなった時には、蚤の市に将来なんてないよ。投資家だって見切りをつけて、早々に損切り覚悟で、蚤の市の株を売りまくるに決まっているからね。すでにこれまでの買収に要した資金を供給した邦銀だって、貸付金の回収に乗り出してくるだろう。ただ、その時、ウチが蚤の市の経営権を握っているとなれば話は別だ。現在でも君は極東テレビの株の十九パーセント以上を握っている。それを極東テレビに買い戻させれば、すくなくともウチへの支払いには当てられるというわけだ」

そういうことか。

武村は、外銀のしたたかな計算に内心舌を巻いた。なるほど、買収に失敗し、蚤の市の株価が暴落したとしても、極東テレビの株を時価で彼らに引き取らせれば、二千億円の貸し付けは回収できる。それどころか、ネットショッピング最大手として、完全にビジネススキームを確立した蚤の市を売りに出し、更なる利益も上げられるというわけだ。おそらく、その額は金利から上がる年間百億の利益どころの話ではないはずだ。極東テレビ買収が成功するか否《いな》かは、遅くとも一カ月の間には決まるだろう。成功すれば、百億円。失敗すれば、それだけの短期間でその何倍もの利益を得られる。

武村は、まさに『禿《は》げ鷹《たか》』といわれる外銀の本性を見た思いがした。

しかし、武村は怯《ひる》まなかった。二千億円の資金があれば、極東テレビの発行済み株式の三割は確実に押さえることができる。その自信は百パーセントある。株式市場は万人に開かれたものであり、誰がどこの株をどれだけ買おうと、咎《とが》め立てされる謂《いわ》れはない。そう、あと十四パーセントの株を手にすれば、蚤の市は文字通り日本最大のメディア企業となる。そして、彼ら外銀の思惑も外れ、金利の百億円を得ただけで引き下がるしかないのだ。

「OK、デイヴ。話に乗ろうじゃないか。その条件を呑《の》もう」

武村は、パーカーの目を見据えると断言した。

「いやに決断が早いな」

パーカーが驚いた様子で聞き返してきたが、武村は笑みを浮かべてみせ、

「この買収が成功しない限り、蚤の市の飛躍はない。そして、この買収に失敗することはどう考えても有りえない」

パーカーは二度三度と肯《うなず》き、

「いいだろう、それじゃこれに目を通してくれ。内容に異存がなければサインをして私の元に届けてくれ。それで融資は決まりだ」

と言い、ぶ厚い契約書をテーブルの上に置いた。

「社長、本当にこんな契約を結んでいいんですか。二千億円の融資と引き換えに、あんたが保有している株式の四十三・三パーセントを担保として差し出す。もちろん買収に成功すれば、何の問題もありませんが、失敗したら我が社の経営権は、彼らの手に落ちることになるんですよ」

蚤の市の社長室で、パーカーから受け取った契約書を前に、法務部門のトップを務める門脇孝彰《かどわきたかあき》が言った。彼の隣に座る長谷部も、珍しく深刻な顔をして契約書に目を落としたまま一言も発しないでいる。

「極東テレビの買収が膠着《こうちゃく》状態に入ってもう三カ月。この間にだって、今まで株を購入するのに要した資金には金利がかかっているんだ。いつまでもこのままでいるわけにはいかないだろ」

「それは分かっていますが……」

「じゃあ何か。我々が二千億の融資を得たとしても、買収に失敗するとでもお前は思っているのか。もしそうなら、どんな不安要素があるってんだ。言ってみろよ」

武村は声を荒げた。

その剣幕に気圧《けお》されたのか、門脇が視線を落として押し黙った。

「いまさら言うまでもないが、上場された株式ってのは、どこの誰がどんな思惑で買おうと自由なんだよ。確かに俺たちは、今回の買収で世間から非難されている。だけど、俺たちが何か法に触れるようなことをしたか。そんなことは何もしちゃいない。市場のルールに則《のっと》って、極東テレビの株を買い進めた。ただそれだけのことだろ」

「確かに社長の言うことは間違ってはいません」

門脇が苦しげな声を上げた。

「いま俺たちに向けられている非難の根源には、二つのものがある。一つは、人間の嫉《しっ》妬《と》だ。雀《すずめ》の涙ほどの資金を元手に、会社を立ち上げ、僅《わず》かな期間で事業を軌道に乗せ途方もない大金を手に入れた。組織から抜け出し、起業する勇気もない人間からすれば、さぞや羨《うらや》ましく思うだろうさ。しかしな、蚤の市をここまでにするには、俺たちは企業に属して禄《ろく》を食《は》んでいる人間たちの、何十倍、いや何百倍もの努力と苦労をしてきたんだ。胸を張って誇ることはあっても、恥じ入ることは何一つありはしない」

門脇がこくりと肯くのを見て、武村はさらに続けた。

「第二は、既得権にしがみつこうとあがく人間たちの欲だ。トップに上り詰めるためには、人間誰しもアグレッシブになる。しかし、一旦《いったん》その座を摑《つか》むと誰もが保身に走る。買収を始めて、極東テレビの社長、そして東亜銀行の頭取が相次いで俺の元を訪れたが、誰も極東テレビの将来なんか考えちゃいやしなかった。ダイナミックなビジョンもない。俺はな、そんな日本の企業構造に風穴を開けたいんだ。ビジネスの世界に安住していられるポジションなどありはしない。挑戦することを止めた人間は、すみやかに引退すべきだ。だから、この買収は何があっても成功させなければならないのだ」

武村は自らを鼓舞するように、高らかに宣言した。

「しかし、再び株を買い占めに走ったとなると、東亜銀行が黙っているでしょうか。融資を引き上げると言い出す可能性もあるでしょう」

それでも納得がいかないらしく、門脇が弱々しい口調で言葉を返してきた。

「ウチが一度でも融資の金利の支払いを遅らせたことがあるか？　資金を引き揚げられても仕方がないような経営状態にあるか？　正当な理由なくして、融資した金を返せと言えるわけないだろ」

「しかし、現に銀行が経営破綻《はたん》の危機に陥った際には、なりふり構わず貸し剝《は》がしをしたじゃありませんか」

どうしたら、そんなに悲観的な考えばかり出てくるのだろう。思わず武村は溜息《ためいき》が漏れそうになったが、それをぐっと堪《こら》え、

「東亜銀行からの融資が幾らあるか知ってるよな」

静かに訊ねた。

「八百億です」

「そんな金。耳をそろえて返してやるさ」

「どうやって」

「買収が成立すれば、極東テレビは蚤の市の子会社となる。当然、ウチの株価は暴騰《ぼうとう》する。俺の持っている自社株を少し売却すれば、その程度の金を用立てるのはわけないことさ」

「えっ！　三十パーセントもの株を外銀に担保に差し出した上に、さらに株を手放すんですか。それじゃ社長の持ち株比率が……」

「さらに減るさ。だけど、お前の話は万が一買収に失敗した場合の話だろ。パーカーに差し出す株は、あくまでも担保だ。成功したらいずれ戻ってくるもんだ。やつらにこのままくれてやるつもりじゃなし、何も心配する必要はないよ」

「社長」

それまで、じっと二人の話に聞き入っていた長谷部が初めて口を開いた。

「確かに、二千億の融資を受けられれば、残りの株の取得は実現すると思うけど、もし、万一、俺たちが想像もしなかった形で、株式の取得が困難になった場合、どういう手を打つかは考えてんの」

「コンテンジェンシー・プラン《緊急避難措置》があるのかということか」

「そうだよ」

長谷部は肯いた。

「少なくとも、俺の中では極東テレビがウチの買収から逃れる術《すべ》はないと思うが、もし、そんな事態に直面したとしたら話は簡単だ。買収が不可能と判断した時点で、これまで取得した株を当の極東テレビも含めた第三者に売り渡す。それも最低でも取得価格と同額でだ。特に、極東テレビは今回の買収劇で、株主対策の重要性を再認識しているだろう。おそらく、金融機関や大手マスコミ、あるいは大企業を回って安定株主となってくれる先を必死になって探すだろう。まあ、それでは大山鳴動して鼠《ねずみ》一匹ということにはなるが、少なくともウチは火傷《やけど》一つ負うことはない」

「しかし、ウチの株価は確実に下がるぜ」

「それも今と比べればの話だ。こういっちゃ何だが、極東テレビの買収を始めてからのウチの株価は、思惑買いが入って、実力に比してかなり高いレベルで推移している。買収を断念したとなれば、失望売りは出るだろうが、それでもウチの本来の事業は堅調に推移しているんだ。元のレベルに戻るだけの話さ。もっとも次にどんな新規事業に乗りだそうとするのかという期待感を持つ投資家も出てくるだろうから、それほどの下げにはならないかもしれないがね」

「新規事業って、何かアイデアはあるのか」

「それを考えるのは何も俺だけの仕事じゃないだろ。お前らだって知恵を絞れよ。世の中には、まだ資産の割には株価が安い企業なんてごろごろしてるんだ」

この買収に失敗することなど、ありえないという確信は武村にはあったが、敢《あ》えて断念した際のプランを口にしたことで心が軽くなった。

そう、もし万が一にも買収が不可能になった時には、保有している極東テレビの株を売却すればいいだけの話なのだ。今回の一連の騒動は、マスコミでも大々的に報じられ、ネットに関心のなかった人間にも広く蚤の市の名前は知れ渡った。それを広告費に換算すれば、途方もない金額になる。すでにその効果は、本業のショッピングモールへの利用者と、バナー広告への出稿の増加という形で現れており、その一点だけを以《もつ》てしてもやる意味があったというものだ。

もっとも、首尾よく極東テレビが我が手に落ちれば、その効果は現在の比ではない。経営基盤が盤石のものとなるばかりでなく、テレビという媒体を武器にいまの蚤の市を世界に冠たる複合メディアへと変えることができるのだ。

そのためには何が何でも、買収を成立させなければならない。

武村は、胸中に猛烈な野心と決意が込み上げてくるのを感じながら、

「門脇、それでどうなんだ。法務担当者として、これ以上何か言いたいことはあるのか」

改めて問うた。

「いえ、そこまでおっしゃるならもう私は言うことはありません。担保の件を除いては、今まで邦銀と取り交わしてきた契約と変わる部分があるわけではありませんから特に問題はないと思います」

「よし、決まった。それじゃ、この話はゴーだ」

武村はソファから立ち上がると、テーブルの上に置いておいた二つの契約書を広げ、長谷部、門脇の前でサインをし、

「長谷部。祭りの始まりだ。融資がされ次第、株を一気に買いにかかるぞ。準備に入れ」

最後の戦いに向けて高らかに宣言した。

長谷部が血相を変えて武村の部屋に入ってきたのは、パーカーの元に契約書を持参し、融資の合意が整った三日後のことだった。

「社長、ちょっと妙なものが手に入ったんだけど」

何事かと尋ねるまでもなく、長谷部が一通のコピーらしきものを差し出してきた。

「妙なもの？」

「これ見ろよ」

三つ折りにされたA4の紙。その表紙には『出店料無料のネットショッピングサイト四季倶楽部《クラブ》』というタイトルが記されている。瞬間、胸中に冷たい風が吹き抜けるような感覚に襲われた。さらにその下に記された文字を見た瞬間、武村の背筋が凍りついた。

『暁星運輸・極東テレビジョン』

「何だこれ……」

問いかける声が震えた。手にした薄い紙がかさかさと音を立てる。

「ウチの営業マンが昨日客先で手に入れたんだ。一週間前に暁星運輸の営業マンがやってきて、今度こういうサイトを極東テレビと立ち上げるから、こっちにも出店しないかと持ち掛けてきたってんだ」

武村は慌《あわ》ててコピーに目を通し始めた。

「やばいよ、これ。極東テレビのやつら、なりふり構わず俺たちを本気で潰《つぶ》しにかかる気だぜ。出店料無料のネットショッピングサイトなんてもんを立ち上げられたら、俺たちが考えたビジネススキームは根底から覆《くつがえ》されちまう。対抗しようにも、手段なんてありゃしねえよ」

長谷部は顔面を蒼白《そうはく》にし、泣きそうな声を上げた。

武村は、何も答えず紙面に目を走らせた。コピーはそれなりの体裁を整えてはいたが、どうやら完成版ではないらしく、これから始めるサービスの概略を記してあるだけの代物《しろもの》だった。しかし、その中にも、幾つか武村の注意を引くポイントがちりばめられていた。

第一は、利用者の興味を惹《ひ》くために、テレビに出演している各分野の著名人が有料で商品を評価し、そのコメントをトップページから引けるようにしてあること。第二は、販売実績を上げるために商品を番組内で取りあげ、放映以降一定期間の売り上げの一定率を極東テレビに支払うということだ。

テレビでは、日々番組内で膨大な商品が紹介されている。夜のゴールデンタイムは別としても、午前中の生活情報番組、午後のワイドショー、そして夕方のニュースだって、二十分やそこらは、数多《あまた》の日用生活用品、健康食品、食材の紹介に費やしている。深夜ともなれば、ずばり販売を目的としたテレビショッピングへと放送内容は様変わりする。テレビショッピングは別としても、番組内で紹介されるこれらの品々は、あくまでも番組を構成する上でのツールでしかなく、直接利益を産むわけではない。それを番組内で取り上げる代わりに、収益の一定割合をテレビ局に還元させることができれば、現行のテレビショッピングの市場規模からしても、かなりの額になるはずだ。

「なるほど、この手があったか……」

武村は思わず唸《うな》った。

しかし、その一方で、いかにテレビの影響力には絶大なものがあるとはいえ、僅か数分の間で紹介された商品に、それだけの反応があるものなのだろうか。ネットショッピングモールを立ち上げるとなれば、初期投資だけでも十億単位の莫大《ばくだい》な金がかかる。それを補って余りある収益を上げられるものだろうか、という疑念を抱かざるをえなかった。

「どうするよ、社長。こんなことを始められたら、ウチの客を根こそぎあっちに持っていかれちまわないとも限らないぜ」

「放っておけ。こんな馬鹿《ばか》なことを始めて苦労するのはあいつらだ」

武村は、急速に冷静さを取り戻すと、コピーを机の上に放り投げた。

「どうして、そんなに落ち着いていられんだよ」

長谷部は理解に苦しむといった態《てい》で、コピーを再び手にした。

「確かにテレビの影響力は絶大なものがある。それは認めるさ。だけどな、番組の中でちょっと取り上げただけの商品に、どんだけのオーダーがあると思う？　効果がどれだけ持続すると思う？　連中が放映以降一定期間と謳《うた》っているのは、それを知っている何よりの証拠だ。確かに、一部の客は無料という謳い文句に惹かれて、あっちのサイトに乗り換えるかも知れんが、それは極東テレビにとって、地獄の始まりだよ」

「地獄？」

「だってそうだろ」

武村は長谷部の顔を正面から見据えると言った。

「仮にだ、このサイトが立ち上がって、ウチが大打撃を被《こうむ》って極東テレビの買収を諦《あきら》めざるを得なくなったとしようか。だがな、それでやつらが一旦始めたビジネスから手を引けると思うか？　そんなこたあできやしねえ。かといって、蚤の市の客の大半を手にしたところで、出店料無料と謳って誘った以上、じゃあ、ここから有料にしますなんてことが言えんのかよ。もし、そんなことをすりゃ、これは立派な詐欺《さぎ》だ。結局、毎年莫大な赤字を垂れ流し、このビジネスを続けていくしかねえ。そうじゃないのか」

「社長、あんた、重大なことを見落としているぜ」

「何だその重大なことって」

「ここに書いてあんだろ。このビジネスは極東テレビ単体で行うもんじゃない。暁星運輸との共同事業だってことだよ」

長谷部が改めて、コピーを突き付けてきた。

「運送屋がいるからって何が変わるんだよ」

「あんた、本当に分かんねえの？」

「だから何だって訊《き》いてんだろ」

「暁星運輸がこのモールを通じてオーダーされた商品の配送を一手に引き受けられるとしたらどうなる」

「えっ？」

「極東テレビと共同でこの事業を立ち上げるってことは、暁星運輸の狙《ねら》いはそこにあるってことだろ。ウチも今まで暁星運輸を配送業者の一つとして使ってきたから良く知ってるけどさ、荷物を貰《もら》い受ける先には、それなりのマージンを落とすのが当たり前だ。コンビニ、米屋、酒屋、駅。宅配便の窓口となるところには必ずね。だけど、このビジネスがスタートすりゃ、暁星運輸にしてみりゃ、出店者と直の商売となるわけだ。マージンを落とす必要なんかありゃしねえ。定価で配送を請け負ったとしたって、負担すんのは、運送料を支払うのは当たり前だと思っているオーダーを入れてきた客だ。こんな収益率の高いビジネスがあるかよ。連中にしてみりゃ、まさに濡《ぬ》れ手で粟《あわ》。サイトの運営費用を無料にしたって充分に間尺に合う商売だ。そうだろ」

武村は顔面が強《こわ》ばるのを感じながら、言葉を失った。

どうしてそこに気がつかなかったか。確かに、長谷部の言っていることは当たっているだろう。今まで取次店に落としていたマージンを支払う必要がなくなれば、彼らは莫大な利益を得ることになる。毎年恒例の面倒な料金交渉もなくなる。仮に、正規料金の一割、二割の値引きで配送したとしても、蚤の市の配送を請け負うよりも、遥《はる》かに高い収益を上げられることは間違いない。

「誰が考えたものかは分からねえが、こいつあ、本当に良くできたスキームだと俺は思うよ。テレビ局は出店者の商品を番組の中で紹介するだけで、新たな収益源を得られる。運送会社は、本業で儲《もう》けられる。どっちにしても、いまやっている仕事の形態を何一つ変えることなくだ。こうしてみると、改めて俺たちのビジネスの生命線を握っていたのは誰でもない、実はアナログの典型みたいな運送業者だってことを思い知らされたよ」

「感心してる場合じゃねえよ。やつらの狙いが分かった以上、早急に手を打たねえと、取り返しのつかねえことになるぞ」

ここに至って、事の重大性に気がついた武村は声を荒げた。

「しかし、どうやったら、連中のプランをぶっ潰すことができるってんだ」

「簡単な話だ。このプランは極東テレビ、暁星運輸の両社の足並みが揃《そろ》って初めて効果を発揮するもんだろ。だったら、そのパートナーシップを解消させちまうように仕向けりゃいいんだよ」

「簡単に言うなよ。そんなことできるもんか」

「できるさ」

武村は即座に断言すると続けた。

「暁星運輸は、まだウチの配送の仕事を請け負ってんだろ」

「今のところはね。だけど、社長の意向で、運送料金に従量料金制、つまり売り上げに応じた事実上のキックバックを要求したら、連中は呑《の》めないと言ってきた。暁星運輸との契約は来年の三月で終わることになってるんだ」

「だったら、料金は現行のままでいい。さらにウチの配送を暁星運輸一社にすべて任せる。そういう条件を出したらどうだ。それだったら、連中にしてみりゃ願ってもない条件だ。大枚はたいて、新たにモールを立ち上げる意味もない。労せずして彼らの目的は達成されるってもんだろ」

「そんなことをしたら、極東テレビは暁星運輸の代わりに切られた業者と手を組むに決まってんじゃん」

「時間を稼げりゃそれでいいんだ。他社と手を組むなら、交渉もまた最初からやり直さなけりゃならなくなんだろ。その間に、極東テレビの買収を終わらせちまえば、ゲームセットだ。とにかく、この流れを一旦《いったん》止めることが先決問題だ。すぐに担当者を通じてこちらの意向を暁星運輸に伝えろ。俺はパーカーとコンタクトを取って、融資を急がせる。いいな」

「分かりました」

「もはや時間との勝負だ。連中がサイトを立ち上げるのが先か、俺たちが買収を成し遂げられるかのな。急げ！」

武村は、長谷部を叱咤《しった》すると、受話器を取り上げボタンをプッシュし始めた。

「リーダー、蚤の市の出店者に送付するパンフレットの戸田の配送センターへの搬入、終了したそうです」

受話器を置くなり、荒木が明るい声で言った。

「スミちゃん。そのリーダーっての止《や》めてくれないかな。漫才師じゃないんだからさ」

準備が着々と進んでいるせいか、このところ荒木の口からは軽口が良く漏れる。

「それじゃ、何て呼んだらいいんです？」

「今まで通りでいいよ。課長でも、横沢さんでも、どっちでも。とにかく、リーダーってのは止めてくれ。顔が熱くなっちゃうよ」

「分かりました。それじゃ課長。パンフレットの発送準備に入ってもいいでしょうか」

荒木は、含み笑いをしながら改めて訊《たず》ねてきた。

「蚤の市の顧客データはすでにパソコンにインプットし終えているんだろ」

「ええ、約四万件すべて完了しています」

「じゃあ、すぐにそれをプリントアウトして、ラベルの貼《は》り付け作業に入ってくれ。ただし、発送はまだだ。システム関係の準備の目処《めど》が立ち次第、記者発表をすることになっている。おそらく、四季倶楽部サービス開始のニュースは、メディアで大々的に報じられるはずだ。発送はその前日。それまでは、配送センターに保管しておくんだ」

「分かりました。それじゃ、早々にラベル貼り付けの作業指示だけは出しておきますね」

荒木はそう言うなり、受話器を取り、配送センターに連絡を入れ始める。

その時、パーティションの陰から寺島と軽部が姿を現した。

「ちょっといいか」

寺島は返事を聞くまでもなく、横沢の席の隣に置かれたパイプ椅子《いす》に腰を下ろした。

軽部もまた予備の椅子を自らセットすると、寺島の隣に座った。

「ちょうど、部長に報告を入れようと思っていたところです。パンフレットの件ですが――」

「それは後で聞く」

寺島は、横沢の言葉を遮ると、

「実はな、蚤の市から急な呼び出しがあってな」

淡々とした口調で切り出した。

「蚤の市から？　何だってんです？」

「横沢さんに持ち掛けた、例の従量料金制の件ね。あの話は取り下げる。それどころか、現行の条件のままで、蚤の市の配送を西日本も合わせてウチに独占的に任せたい。そう言ってきたんですよ」

軽部が寺島の言葉を継いで言った。

「あの話を取り下げる？　しかも独占契約を結びたいって……どういうことです」

あれほど、強硬に事実上の料金値下げを要求してきた蚤の市が、ここに至って話を取り下げる。その意図が分からずに、横沢は二人の顔を交互に見ながら訊ねた。

「この間の営業会議で、ウチの部員に蚤の市の有力取引先を回れという指示を出しただろ。どうも、そこからこちらの動きが蚤の市に漏れたらしいな」

「会ったのは、横沢さんに従量料金制を持ち掛けた高木だったんですが、おそらく彼はなぜ会社が急に方針を曲げた上に専属契約を結ぶことを指示してきたのか、理由を聞かされていなかったらしく釈然としない様子でしたが、とにかく上からの指示だ。是非とも配送をウチで引き受けて欲しい。その一点ばりでしてね。私の営業経験の中でも、取引先からこんな話を持ち掛けられた経験は初めてのことです。すっかり面食らいましたよ」

寺島の言葉を継いで、軽部が苦笑いをしながら答えた。

「それで、何と返事をしたんだ。まさか、受けますなんて言ったんじゃないだろうな」

「ウチと極東テレビとの間で、蚤の市潰《つぶ》しの計画が進んでいなかったら、一も二もなく飛びついていたでしょうよ。正直言って、これほど美味《おい》しい話はありませんからね。でも、ここで話に乗ったら我々の計画が白紙に戻ることになる。ここまで準備が進んでいる以上、話に乗れるわけありませんよ」

「じゃあ蹴《け》ったのか」

「検討させていただきますとだけ言っておきました。高木のやつ、唖然《あぜん》としてましたよ。どうしてこれだけの好条件に即座に乗ってこないのか理解できないって顔をしてね」

軽部は心底愉快そうに笑った。

「しかし、連中がこちらの動きを察知したとなると、このまま黙ってはいないでしょうね。担当者レベルでは埒《らち》が明かないとなれば、武村のことです。いきなりトップ会談に持ち込んでこないとも限らないんじゃないですか」

軽部は状況を安易に考えているようだったが、横沢はそんな気になれなかった。いや、むしろ二つ返事で蚤の市の話に軽部が乗ってこなかったとなれば、新たな手を打ってくる。そんな気がしてならなかった。

極東テレビと共同で新しいショッピングモールをネット上に立ち上げる。これが従来の物流業界のビジネスのあり方を激変させるものだということを頭では理解していても、成功するかどうかはやってみないことには分からない。ましてやそれ以前に莫大《ばくだい》な投資が必要となるのだ。それを諦《あきら》める代償として、蚤の市の配送をこれまでの条件と同じで一手に引き受けることができるとなれば、取扱貨物は数倍に増加し、利益もそれに準じたものが確実に手に入る。それに心を動かされない経営者がいるだろうか。

「これは、やはり四季倶楽部潰しと考えていいでしょうね」

横沢は寺島の顔を見ながら訊ねた。

「だろうな。出店料無料のモールを俺たちに立ち上げられないようにするための対抗策。そうとしか考えられない」

寺島は平然とした顔で答えた。

「大丈夫でしょうか」

「何がだ」

「いや、気になるのは、このプロポーザルを蹴ったとしても、蚤の市が黙っているかと言うことです。まさか、ウチのトップに直接武村が話を持って行くなんてことは――」

「あいつの性格を考えれば、それくらいのアグレッシブな行動に出てもおかしくはねえだろな」

「蚤の市は、全国を東西二つのブロックに分けて、それぞれに異なった配送業者を置き競合させてます。それをウチに一任する。こんな美味しい話を持ち掛けられたら、上からストップがかかることは考えられませんか」

「ないとは言えないだろうな」

「ですよね。しかし、そうなればこのプランは――」

「だけどな横沢、ウチのトップだってそれほど馬鹿《ばか》じゃないさ。独占って言葉には大変な魅力を誰もが感ずるもんだ。俺にしたところで、喉《のど》から手が出るほど商売は欲しい。ましてや、料金は据置きでいいと言ってるんだからな。だけどな、商売は生き物だ。そして、商売を与える側が常に強い立場にいる。にもかかわらず、蚤の市は商売を与えられる側に極めて有利な条件を提示してきた。これが何を意味するか説明はいらんだろう」

「蚤の市は、我々の計画を脅威と取った……」

「そうだ」

寺島の目に獲物を射程に捉《とら》えたような、底冷えのする光が宿った。

「おそらく武村は時間を稼ぎたいんだ。極東テレビを買収するまでの時間をな。もしも、それ以前にこの計画が公《おおやけ》のものとなったとしたらどうなる。一定条件さえ満たせば出店料無料、しかもテレビというメディアを使って販促活動までするサイトなんてこれまでにあったか。そんなものはありはしないだろ。その二点だけでも、どちらに優位性があるかは明らかだ。そしてその点にいち早く気づくのは利用者じゃない。蚤の市の収益源となっている出店者だ。計画が公になれば、蚤の市の出店者の多くは雪崩《なだれ》を打ってこちらのサイトに流れてくるだろう。当然業績は落ちる。となれば株価は下がる。発行済み株式の総額を武器に資金を調達してきた蚤の市にとって、これはまさに存亡の危機だ。だから、常識では考えられない条件を提示し、俺たちを取り込もうとしているんだ」

「なるほど、今回の計画の成否の鍵《かぎ》を握るのは極東テレビじゃない。我々暁星運輸だ。そこに気がついたからこその条件提示だというわけですね」

「そうだ。そして、こちらの意図を武村が察知したとなれば、ヤツが次に取る行動は見えている」

「まさか、一気に極東テレビ買収に打って出てくると？」

「それしか考えられないだろ」

寺島は静かに断言した。

「しかし、そのためには莫大な資金がいりますよ。蚤の市が株を買いに走れば、一般投資家、機関投資家だって一斉に買いに走る。これまで以上の金が必要になる」

「馬鹿だな。一般投資家や機関投資家とは株を買う目的が違うよ。そういう奴等《やつら》は、こまめに売り買いを繰り返し、利鞘《りざや》を抜いて儲《もう》けるのが目的だ。だが武村の目的は株の保有だ。売り株が出ればそれを買う。そしてその株は決して放出しない……」

「でも、蚤の市が目標とする株式を購入し終えた時点で、株価は天井を突く。そうなれば下がることはあっても、上がり続けるという保証はないじゃないですか。そうなれば蚤の市は莫大な含み損を抱えないとも限らない」

「そんなことは連中の想定内の話だ」

「えっ？」

「仮に購入した株価が下がったとしても、極東テレビの企業としての資産価値がそれを上回っていれば、彼らにとって買収は成功だ。極東テレビのコンテンツをどう使おうと、資産をどう運営しようと自由にできるんだからな」

「なるほど、そのための時間を稼ぐために、我々の目の前に美味しい餌《えさ》をぶら下げたというわけか」

「ようやく、分かったようだな」

寺島はニヤリと笑った。

「それじゃ、どうするんです。もし、武村がそれだけの資金を我々の準備が整う前に手にいれたとしたら、せっかくここまで進んだ計画が水泡に帰してしまう。そういうことになってしまいますよ」

「こうなりゃ、方法は一つしかねえだろう」

「どうするんです」

「当初の予定を繰り上げて、四季倶楽部の発足を公にしちまうんだよ」

「しかし、まだ肝心のシステム関係の準備は整っちゃいませんよ。少なくともあと一月はかかる」

「理想を言えば準備が完全に整ってからの方がいいに決まっているが、武村がこんな動きに出てきた以上、それを待っているわけにはいかねえだろ」

そう言われると反論するだけの根拠など、横沢にはありはしない。

「じゃあ、すぐにでも記者会見を開くんですか」

「いや、それはまだだ」

「どうしてです。そこまで腹が決まっているのなら、一刻も早くすべきじゃないんですか」

「あのな、横沢よ。確かに俺たちは、極東テレビと手を組んだ。ウチはヤツらが持つ配送物を分捕るため、極東テレビは企業防衛のためと動機は違うとしても、今や両者の目的は蚤の市をぶっ潰すというところでは一致している。となれば、後はどうやれば確実に蚤の市を潰せるかだ。そのためには、最も効果的なタイミングを見計らって事を公にしなければならない」

「どうやるんです」

「俺は、蚤の市の独占配送を呑《の》もうと思っている」

「本気ですか？」

横沢は、寺島の意図が理解できず問い返した。軽部もまた予想だにしていなかったのだろう、唖然《あぜん》とした表情で寺島を見ている。

「四季倶楽部を立ち上げても、事業が軌道に乗るまでにはそれなりの時間がかかる。その間、蚤の市の配送物をそのままにしておく手はないだろ。仮に、彼らが複数年契約を申し出てきたとしても、それはそれで結構。契約の一方の当事者が潰れちまえばそれで終わりだ。もっとも、契約と引き換えに、四季倶楽部の立ち上げを断念することを条件としてくるなら話は別だが、まあ、連中もそこまでの縛りはしてこねえだろう」

「もしも、縛りをかけてきたら？」

「蹴ればいいだけの話だ。もともと、この話はあいつらの仕事を請け負うことを断念せざるをえなかったところから始まったことだからな。ここで甘い餌に釣られて計画を白紙に戻したって、連中が極東テレビを買収した後は、次の契約更新時にはまた法外なディスカウントを要求してくるに決まってる。それじゃ、いつまでたっても俺たちはいまの下請けの立場から抜け出せないだろ」

「それで、計画を公にするタイミングは」

「連中が、極東テレビの買収に取り掛かったその時だ」

寺島は、ヤニで黄ばんだ歯を剝《む》き出しにすると、恐るべきプランを話し始めた。

翌日、横沢は軽部、寺島と共に、赤坂にある蚤の市本社を訪ねた。受付で来意を告げると、三人が通されたのは、いつもの商談室ではなく、二つ上のフロアにある応接室だった。担当の高木は姿を見せなかった。革張りのソファ、ガラスのテーブル。部屋の片隅には大きな観葉植物の鉢植えが置かれている。ここに通って何年にもなる横沢にしても、こんな部屋に通された記憶はない。

そこからでも、今日の商談がいつもと違う展開を迎えるであろうという予感を横沢は抱いた。

ほどなくしてドアが開くと、果たして武村が姿を現した。テレビや雑誌で折あるごとに目にしていたが本人と会うのは久方ぶりのことである。

「やあ、お待たせしました。お忙しいところわざわざお越しいただいて恐縮です」

ジーンズに白いシルクのシャツ。その上にジャケットを羽織った武村が、明るい声で言った。さすがにベンチャーの旗手として、一代で蚤の市を日本最大級のショッピングモールへと育て上げた男である。その姿からは気圧《けお》されるようなオーラを漂わせている。

「お初にお目にかかります。広域営業部の部長をしております寺島でございます。いつもお世話になっております」

さすがの寺島も一瞬驚いた様子だったが、すぐに名刺を取り出すと、丁重な礼をした。

三人と名刺を交換し終えた武村が、

「どうぞお掛け下さい」

椅子《いす》を勧め、自らも三人に正対する形でソファに悠然と腰を下ろす。

「驚きましたな。まさかお忙しい社長自ら、私共のような一業者との商談の場においで下さるとは……」

「一業者だなんてそんな……」

武村は薄い笑いを浮かべると、

「我々のビジネスは、出店者様とお客様の仲介をするだけ。両者を直接結んでいるのは誰でもない、あなた方物流業者です。いわば私共の生命線を事実上握っていると言ってもいい存在です。ただの業者などとは考えてはいませんよ」

一転して殊勝な言葉を吐きながら真剣な眼差《まなざ》しを向けてきた。

「恐れ入ります」

寺島は改めて頭を下げたが、もちろん武村の言葉を額面通りに受け取っている筈《はず》がない。本当に物流会社をそれほど重要な存在と認識しているのなら、最優遇料金を提供されていながら、従量料金などという法外なディスカウントを要求してはこないはずだ。第一、従量料金制度の導入を切り出した時には、高木ははっきり、

「これは社長の意向だ」

と言っていた。そこから考えても、間違いなく武村の目的は、暁星運輸を蚤の市の専属配送業者とすることによって、極東テレビとの間で進んでいるショッピングモールの

計画を白紙に戻させることにあるに違いないと横沢は改めて確信した。

「ところで、寺島さん。今日、こうしておいでいただいたのは他でもありません。ウチの担当からお聞きかとは思いますが、来年三月から蚤の市の配送のすべてを是非とも御社に請け負っていただきたいと考えているのですが、どうでしょう」

武村は探るような目を向け、本題を切り出した。

「ありがたいお話だと思います」

「配送料金は、現行通りで結構です。これは決して御社にとっても悪い話ではないと思うのですが」

「悪い話どころか、夢のようなお申し出ですよ」

寺島は、満面の笑みを湛《たた》えながら言うと、

「しかし、分かりませんね。御社を担当していた横沢からは、来年の契約更新を機に、従量料金制を導入したいという提案を頂いたと報告を受けていますが、今になって料金は据置き、しかも配送をすべて任せるとはいったいどういうことなんです。正直申し上げて、私共はこれまで御社に対しては最優遇のレートで配送を請け負ってきました。とても従量料金制は呑めません。御社とのビジネスは諦《あきら》めるしかないと考えていたんですよ」

武村の腹の底を窺《うかが》うような口調で訊《たず》ねた。

「隠し立てしても始まりません。率直に申し上げます」

武村の目つきが変わった。黒目が小さくなり、射貫《いぬ》くような視線を寺島に向けると、

「暁星さん、極東テレビと共同で、我が社に対抗するショッピングモールを立ち上げようとしてますね。それを止《や》めていただきたいのです」

一枚のコピーをテーブルの上に置きながら直截《ちょくせつ》に切り出した。

「ほう、さすがにお耳が早い」

寺島は平然として言った。

「御社の営業マンがこんなコピーを持ってウチの出店者を回っていれば、いやでも耳に入ってきますよ」

「確かに、いまウチと極東テレビの間で、このプランが実現に向けて動き出しているのは事実ですが、武村さんほどの方がどうして、それほどまでに気にかけられるのか分かりませんね。ネット上のショッピングモールは何も御社一社だけのものじゃない。他にも幾つか有力サイトがある。激しい競争の中で、圧倒的シェアを持つ御社が、新規参入業者が一つ増えたくらいで、何をそんなに恐れることがあるんです」

「単に、新規業者が一つ増えるくらいなら、恐れたりはしませんよ。このビジネスの仕組みは至って簡単なもののように思えるかもしれませんが、ただ出店者を集めポータルサイトからそれぞれのホームページにリンクを張ればそれで済むというような単純なも

のではありませんからね。高度なマーケティング知識、運営のノウハウは、我々が創業当時から血を吐くような思いをしながら培《つちか》ってきたものです。これは一朝一夕にものにできるものじゃない。いかに極東テレビという巨大メディアがバックについているとしても、ビジネスとして軌道に乗せるのは至難の業でしょう。しかし、この出店料無料というのは、正直言って困る。この謳《うた》い文句に釣られて出店先を鞍替《くらが》えしてしまう既存の出店者も少なくないでしょうからね」

「それほど、御社が確立した運営のノウハウに自信がおありなら、困ることなどないじゃありませんか。もし、我々の立ち上げるサイトに出店した店が不満を抱くようだったら、再び御社に鞍替えするだけの話でしょ」

寺島は、いとも簡単に言葉を返した。

「無駄な混乱を避けたいだけですよ」

武村もまた表情一つ変えることなく言った。

「寺島部長、この際だからはっきり言います。たとえ一時的にせよ、出店者が減るのは困る。出店料は我々にとって月給、従量料金制度の収入はいわばボーナスだ。そう言えばお分かりですよね。あなた方サラリーマンだって一時的にせよ、月給が減るのは看過できないこと。そうじゃありませんか」

「確かにそうおっしゃられると、良く理解できます。なるほど、出店料が月給、従量料金の収入はボーナスね」

「それに、これだけのサイトを新たに立ち上げるとなれば、最低でも二十億、いやそれ以上の初期投資が必要になる。始めたはいいが、結局うまくいかなかったでは、いかに暁星さんが業界最大手の一つとは言っても、大変な損失となるはずだ。そんな危険な賭《か》けに出るよりは、うちの配送貨物を一手に引き受けた方が、安定した収益を継続的に享《きょう》受《じゅ》できる。そちらの方が遥《はる》かに賢い選択だとは思いませんか」

「なるほど、そういう考え方もあるかもしれませんね」

寺島は一応同意するような口ぶりで言ったが、

「武村さん。かつての我々なら、一も二もなくこの申し出に飛びついたことでしょう。でもね、いま我々が置かれている状況は、かつてこの業界が経験したことのない危機に直面しているんです」

とつとつとした口調で言った。

「といいますと」

「郵政です。ご承知のように、郵政民営化に伴い、彼らとのビジネスの垣根は取り払われてしまった。その最たる例がコンビニを通じて受託していた宅配貨物を取られてしまったことです。実際、ウチが独占的に取り扱っていたエニイタイム、ピットインの最大手二社はすでに郵政の手に落ちてしまった。そこで、我々は気がついたというわけです。

物流会社が下請けに甘んじている時代は終わった。これからは自らビジネスを創出していかなければ生き残れないとね」

「おっしゃることは分かりますが……」

「そして、それを気づかせてくれたのは、実は郵政ではないのです。御社なんですよ」

「ウチが？」

「そうです。創業期から将来性を見込んで、我々は最優遇レートを適用して、あなた方に最大限の協力をしてきた。ところが、やっと実った果実を収穫する段になったところで、事実上の値下げを要求された。もちろん、そういうケースは御社だけじゃない。およそ大手と言われるところはすべてそうです。大きな物量と引き換えに契約更改時には一円でも料金を引き下げようと交渉を挑んでくる。はっきり申し上げて、宅配業者のサービスは行き着くところまできている。どこの会社を使っても、差なんてありはしない。そういうビジネスの行き着く先は決まってます。最後はどこの会社が安い料金を提示できるか。その一点にかかってくる。これがどれだけ惨《みじ》めなことか分かりますか。もう、我々はこりごりなんです。頭を使わないビジネスに汲々《きゆうきゆう》としながら、ノルマ達成のためにどこよりも安い料金を提示するための稟議書《りんぎしよ》を書くだけの日々を送ることにね」

「じゃあ、四万のアカウントを持つウチとのビジネスを捨てても構わない。そうおっしゃるんですか」

武村が信じられないとばかりに、首を振った。

「社長、儲《もう》からないビジネスに意味がありますか。共存共栄、それがビジネスの基本でしょう」

「だから、御社とは長いパートナーシップを改めて結び——」

「じゃあ、お訊《き》きしますが、その専属契約というのは、未来永劫《えいごう》に亘《わた》って続くものだということが確約できるんですか」

寺島は舌鋒《ぜっぽう》鋭く、武村の言葉を遮って訊ねた。

「それは……」

さすがの武村も口籠《くちご》もった。

「そんなこと確約できるわけがありませんよね。おそらく契約期間は三年がいいところでしょう。そしてその期間が終われば、料金の見直しが始まる。そうじゃないんですか」

「しかし危険な話ですね。よく御社のトップがこんな話を許したもんだ」

武村は気を取り直した様子で言った。

「出店料無料というのは、あなた方がウチに匹敵する出店者を集められたらという前提があれば成り立ちはするだろうが、いかに極東テレビというメディアが使えるとはいっても、それだけの数の出店者が集められるとは考えられない。もし、中途半端《はんぱ》な数で推移すれば、赤字の垂れ流しということになりますよ」

「勝算のない事業はしません。やるからには、絶対に成功させてみせますよ」

寺島は、高らかに宣言すると胸を張った。

「なっ……」

武村は啞然《あぜん》とした表情を浮かべ、言葉を失った。

「社長。最後にこれだけは言っておきます。あなた方はどう思っているか分からないが、物を運ぶ、送り届けるという行為が付き纏《まと》うビジネスにおいては、誰が強いかを考えてみることです。もちろん、我々の中では結論は出ている。ラストワンマイルを握っている人間がいちばん強いとね。仮に、我々が今回の極東テレビとの共同事業を打ち切ったとしても、彼らはウチに代わる新たなパートナーを見つけ、この事業を推進するでしょう。もはや流れは止められないんです。もちろん我が社もこのプランを白紙に戻すつもりはない。新たなビジネスを始めるに際して、先行者が最大の利益を享受するのはあなた方が証明していることですからね」

事実上の宣戦布告だった。寺島は奥歯を嚙《か》みしめ、顔を怒りで朱に染める武村に一瞥《いちべつ》をくれると、

「それが我々の答えです。それでは……」

悠然として席を立った。

「部長、大丈夫ですか。あんなこと言って」

ビルを出ると、冬の冷たい風が頬を撫《な》でたが、先ほどの二人のやり取りを聞いた興奮が体を熱くしていた。その余韻に浸りながら横沢は訊ねた。

「構わねえよ。あっちは俺たちのプランを完全に知っちまってるんだ。いまさら隠し立てしたってしょうがねえだろ」

「でも、蚤の市とのビジネスを継続して貰《もら》いながら、新規のビジネスを立ち上げるって目論見《もくろみ》は見事に外れちゃいましたね」

軽部が、少しがっかりした様子で言った。

「初《しよ》っぱなからこの計画を中断しろって言われた時点で、そんな目論見なんか外れちまったよ」

と寺島はあっさりと言うと、我慢していた煙草《たばこ》に火をつけ、美味《うま》そうに煙を吐く。

「もっとも、当初の思惑通り、蚤の市のビジネスを継続して貰ったところで、いつまで続くか分かりゃしないだろうし」

「プランを正式に発表した後のことを言っているんですか」

横沢は訊ねた。

「そうだ。実は、昨日あれから浜川に蚤の市から専属配送の申し出があったことを知らせたんだが、その時面白い話を聞いたんだよ」

「どんなことです」

「極東テレビは、やつらの買収から逃れるために、なりふり構わず色々な手を打ったらしいんだな。やつらのメインバンクである東亜銀行は、頭取自ら乗り出して、もしこれ以上極東テレビの株を買い占めるならその資金を用立てるどころか、融資そのものを引き上げると言ったそうだ。それを機に、やつらの買い占めはピタリと止まった。要するに、蚤の市の手元には目標とする株を手に入れようにも現金はねえってことになる。もちろん、他の銀行も東亜銀行に倣《なら》って融資はしない。となればだ、頼る先はただ一つ。外銀かあるいは外資のファンドということになるんだろうが、連中は転んでも損なんかしねえやつらだ。確実な担保を押さえにかかるに決まってる」

「でも、蚤の市に必要とする資金に見合う担保なんてあるんですかね」

「連中が頼りにしている資産と言えば、自社株しかねえだろ」

「自社株って言っても、確か武村自身が五十パーセント保有している最大の株主でしたよね」

「そうだ。つまり、目標とする株を手にするためには、武村自身の持ち株を担保に差し出すしかねえだろう。浜川はそう言うんだな」

寺島は、そこでまた一度煙草をふかすと、

「俺たちの考えている通りのタイミングで四季倶楽部の発表を行えば、間違いなく武村は窮地に陥る。いや自滅していくだろうさ。そうなれば、蚤の市は一気に崩壊への道を突き進む。商売が左前になっていく企業に用はねえ。おそらく、他の運送業者にしたところで、一斉に身を引くか、あるいは配送料金の値上げにかかる。まあ、その時にそれでもというなら、小さな商売でもウチが引き受けてやってもいいがな。つまり、どう転んだところで、ウチは損はしねえ。そういうことだ」

寺島は、勝利を確信したように深く吸い込んだ煙を吐くと、煙草を投げ捨てた。

急がなければならないと思った。時間の経過は確実に自分たちを不利な状況に追い込む。

武村はパーカーに融資実行の日がいつになるのか、それを確かめようと電話に手を伸ばした。受話器を持ち上げるより先に電話が鳴った。

「武村だ」

不機嫌な声が漏れた。

「門脇です」

「何だ」

つまらぬ用件なら、すぐに電話を叩《たた》き切るつもりだった。

「たった今、パーカーから連絡がありました。米国本社から正式に融資の許可が下りたそうです」

ささくれ立っていた心情が、急速に平静を取り戻していく。思わず安堵《あんど》の溜息《ためいき》が漏れそうになったが、勝負はこれからだ。武村は気を引き締め、

「よし、それじゃ早々に証券会社に連絡を入れよう。明日から一気に株を買い進める」

声に力を込めた。

「しかし社長、大丈夫ですか」

門脇が不安気な声を上げる。

「何がだ」

「何がって、この間の件ですよ。極東テレビは暁星運輸と組んで出店料無料のショッピングモールを立ち上げるんでしょう。そんなことになれば、こちらの事業は甚大《じんだい》なダメージを受けることになるんじゃありませんか。もし、既存の客が向こうのサイトに流れ出すようなことになれば、株価は下がり追加の担保を要求されるような事態に発展しないとも限らないんじゃ」

「お前、この商売を日本でいちばん最初に始めたのは誰だと思ってんだ。これだけのノウハウを積み上げるのに、何年を費やしたと思ってんだ。運送屋やテレビ屋に簡単に真似《まね》のできる代物《しろもの》だと思ってんのか」

「でも、ビジネスモデルが確立されている分だけ、後発企業には有利だってことも言えるんじゃありませんか」

「仮にそうだとしても、連中がサイトを立ち上げるより先に、株を押さえちまえばどうにでもなる話だ。いいか、第一、連中がやろうとしているサイトはダミーの画面すら出来上がっちゃいねえんだぞ。パソコンの画面をプリントアウトしたようなお粗末なコピーを暁星の営業マンが持ち歩いているだけだ。まだ時間はある。あっちが先に正式なサイトを立ち上げるか、それともこっちが株を買い占めるのが先かの勝負だ」

武村の剣幕に、門脇が押し黙った。

「とにかく、融資の契約が調ったのは朗報だ。すぐに、そのコピーをこっちに持って来てくれ」

武村は回線を切ると、証券会社の番号をプッシュした。

相手はすぐに出た。

「蚤の市の武村だ。明日の相場が開き次第、極東テレビの株を買いまくれ。目標は三十二パーセント。そうだ、三十二パーセントだ。資金の調達の目処《めど》はついた。いいか、明日の朝一からだ」

発行済み株式の三分の一を買い占めるためには、TOBが義務づけられている。そのルールに抵触しないぎりぎりのところまでの株を手にしてしまえば、事実上極東テレビはこちらの手に落ちたも同然だ。後はどうにでもなる。
もう一歩だ。あと少しで蚤の市は巨大メディア産業として生まれ変わる。
武村は買収への決意を新たにしながら、受話器を叩きつけるように置いた。

終章 ラストワンマイル

極東テレビの車寄せにタクシーが到着すると、ガラス張りのロビーには浜川が待っていた。

寺島から電話をもらったのは、午前十時を回った頃のことだった。

「極東テレビの株価が急激に上がり始めている。どうやら蚤の市が買いに走っているらしい。これから俺は極東テレビに向かう。お前も一緒に来い」

緊張と興奮の入り交じった声で寺島が告げた。

ついに動いたか。

昨日、武村の申し出を蹴《け》った時から、遠からずこの日がやって来ることは予想していたが、蚤の市がこれほど早くに動き出すとは、さすがに予想していなかった。おそらく武村は四季倶楽部《クラブ》が立ち上がれば、蚤の市のショッピングモールは甚大《じんだい》なダメージを受け、極東テレビ買収を諦《あきら》めなければならない状況に陥ると踏んだのだろう。だからこそ、ここで一気に勝負に出てきたのだ。

横沢には武村の心の動きが手に取るように分かった。

もちろん、蚤の市が動いた際の対抗策は考えてある。それがこちらの思惑通りの効果を発揮すれば、武村は地獄を見ることになるだろう。寺島の声に緊張と共に興奮の色が宿るのも、実のところ蚤の市が動き出すこの時を待っていたからにほかならない。

極東テレビの社屋の外には、早くも事態を嗅《か》ぎつけたマスコミが集まり始めている。

「寺島。こっちへ……」

浜川がロビーに入った二人をエレベーターへと誘う。五階でドアが開くと、広大なフロアいっぱいに机が並び、ワイシャツにネクタイといった普通のサラリーマンと同様の服装をした男たちが働いている。女子社員の服装も、テレビ局にしては地味である。各自の机の上にはパソコンが置かれ、ひっきりなしに鳴る電話の音、それに応《こた》える声に重なって、キーボードを打つ音が充満している。

天井からぶら下げられた看板には、『経済部』という文字が記されていた。

浜川は先に立って一つの机の前に立つと、三面のコンピューター画面を前に座る男の肩越しに、

「これを見ろ。こっちが買い。こっちが売りだ」

左右に並ぶ数字を指しながら言った。

そうしている間にも、状況は刻々と変化する。売りが出るとすかさず買いが入る。し

かし、圧倒的に買い気配が続く相場は、なかなか取引が成立しないまま、株価は上昇を続けていく。

「場が開いた瞬間からこの有り様だ。売りを出しているのは、今まで持っていた株を処分し、利益を確定させようという個人投資家だと思うが、それもすぐに買われてしまう。猛烈な買いが入っているせいで、株価はどんどん値を上げていく。おそらく、今日はストップ高まで行くだろうというのがウチの経済部の見解だ。もちろん、今日だけじゃない。明日も明後日もだ」

「やはり、蚤の市か」

「じゃなかったら、誰がこれほど強烈な買いを入れるってんだ」

浜川が画面を見詰めながら目をぎらつかせた。

「武村のやつ、最後の最後で功を焦《あせ》ったな。俺たちの動きを嗅ぎつけた時点で、買収を諦めなければ取り返しがつかなくなることは予想できたろうに」

寺島が不遜《ふそん》な笑いを宿しながら言った。

「どっちにしても結果は同じさ。ウチが暁星運輸と手を組んだ時点で、蚤の市の命運は決まったんだ。武村はそれに気づいたからこそ、最後の賭《か》けに出てきたのさ」

「こうなれば、あとはどのタイミングで対抗策を講じるかだな」

「この強烈な買い気配からすると、手を打つのは早い方がいいだろう。おそらく、この分だとウチの株価は早晩一般投資家には手が出せない価格にまで上昇するだろう。今までウチの株を保有していた機関投資家も、利益を確定させるために株を放出してくるに決まってる。連中が保有している株数は、個人投資家の比じゃない。それを片っ端から拾われたんじゃ、状況次第では手遅れになりかねんからな」

浜川はそこで、画面から目を転じると、

「ちょっとこっちへ……」

と言いながら、フロアの片隅にあるミーティングルームへと向かった。

部屋の中には、長方形のテーブルを挟んで左右それぞれ六つの椅子《いす》が並べられていた。窓の外には蚕の市がオフィスを構えるビルが見えた。

横沢、寺島が腰を下ろしたところで正面に一人座った浜川が切り出した。

「そっちの準備はどこまで進んでいる」

「すでに四季倶楽部のパンフレットは完成して、いつでも発送できる状態にあります。サーバーの設置作業も順調に進んでいます。すべては計画通りです」

すかさず横沢は答えた。

「ウチが担当しているホームページ作成ソフトは業者との間で使用合意が整いつつあるし、ポータルサイトの画面は準備ができている。視覚的にマスコミの連中にこちらのコンセプトを説明し、理解させるツールは揃《そろ》ったわけだ」

「ええ。プレゼン用に要点を纏《まと》めろとおっしゃれば、明日の朝いちばんにでも用意できますよ。ただ、内容を吟味し多少の修正は必要になるかと思いますし、それにプレゼンターがコンセプトを理解しないことには話になりませんから、そのための準備期間は必要かとは思いますが」

「プレゼンは横沢さんか寺島がやればいいじゃないか」

「えっ？　私たちがやるんですか」

横沢は思わず傍らに座る寺島と顔を見合わせた。

「だってそうだろ。そもそも、今回の出店料無料のショッピングモールを考え出したのは君たちだ。コンセプトをいちばん理解している人間が他にいるかい」

「ちょっと待って下さい。確かに僕らはこのプランの発案者には違いありませんが、事は御社と我が社の将来に拘《かか》わる問題ですよ。人前で喋《しゃべ》るということに関してのプロなら、御社にたくさんいるじゃありませんか」

「そりゃアナウンサーにやらせりゃ、あいつらは喋ることのプロだ。立板に水のような弁舌でプレゼンをこなすだろう。でもね、これはビジネスの話だ。ペラペラ喋るよりも、むしろビジネスライクに喋った方がいい。それに台本通りに喋るより、やはりコンセプトを完全に理解している人間が話した言葉は重みが違うからな」

「それもそうだな」

寺島が不意に視線を横沢に向けると、

「よし、プレゼン、お前やれ」

いとも簡単に言い放った。

「えっ、僕がやるんですか」

「浜川も言っただろ。発案者以上に、今回の計画の内容を理解している人間がどこにいる」

「でも、部長――」

「これは業務命令だ。横沢、お前やれ」

業務命令と言われれば、返す言葉がない。横沢は押し黙った。

「よし、プレゼンターが決まったとなれば、後は記者会見のタイミングだが」

浜川が、すかさず話を転じる。

「記者発表をするにしても、最初にプレスリリースを流さんことには記者が集まらんだろう」

「寺島。お前、外の様子を見ただろ。こっちがプレスリリースを流さなくとも、すでに記者は集まってる。他局はもちろん、新聞、雑誌、あらゆるメディアがウチのコメントを取りたくて待ちかまえているんだ。記者会見を開くと外に出て口頭で言っただけで、待ってましたとばかりに雪崩《なだれ》れ込んでくるさ」

浜川は、鼻を膨らませながら言うと、

「それよりウチとお前んところの社長のスケジュールだな。記者会見を開くに当たっては、この計画にかける両社の意気込みを二人の口から言ってもらわなけりゃならない。たとえこちらで用意した原稿を読んでもらうだけにしても、その程度の体裁は整えんとな」

「そっちの社長のスケジュールはどうなっている」

「いつでもOKだ。なにしろ今回の話は我が社の最優先事項だからな。そちらの社長のスケジュール次第だが、問題なければ記者発表は明後日の午後三時としたい」

「その理由は」

寺島が訊《たず》ねる。

「間違いなく、今日の夕刊の一面、それにテレビ各局の夕方から夜にかけてのニュースのトップは蚤の市が再びウチの株を買い占めにかかったこと一色になるはずだ。どこのメディアも蚤の市とウチがどうでるか、これからの動向を巡って様々な推測を流すだろう。人々の興味が最高潮に達したところで我々の計画を明らかにすれば、翌日の朝刊はもちろん、ニュース、ワイドショーもこのニュース一色になることは間違いない。つまり我々のコンセプトも四季倶楽部のビジネススキームも解説入りで詳細に報じられる」

確かに浜川の読みは外れてはいまい。しかし、それだけ世間の耳目を集めることになるであろう記者会見の場で、壇上に立ちプレゼンをしなければならないのが自分だと思うと、横沢はその重責に逃げ出したいような気持ちになった。

しかし、寺島は、

「分かった」

と言うなり、そんな横沢の気持ちを推し量る様子もなく、携帯電話を取りだすと、番号をプッシュし始めた。

「ああ、スミちゃんか。悪いがこの電話、社長室に繋《つな》いでくれるか」

暫《しば》しの間を置いて、再び寺島が口を開いた。

「広域営業部の寺島でございます――」

いつになく丁重な言葉で、寺島は話を切り出した。


浜川が言った通り、翌日も極東テレビの株価はストップ高をつけた。メディアはどれも蚤の市が極東テレビ買収に向かってついに再び動き出した、このままの状況が続けば、早晩極東テレビは蚤の市の手に落ちる、果たして有効な打開策はあるのか、と言った論調で、このニュースを大きく報じた。中には、もはや極東テレビは逃れようがないと断定的に論じるメディアもあった。

横沢は荒木と共に、プレゼンのためのパワーポイントとメディア配付用の資料の制作に追われた。記者会見の最初に、極東テレビ、暁星運輸双方の社長が述べるコメントは、浜川が用意することになっていた。

そして、その翌日、いよいよ命運を賭けた記者会見が開かれた。

極東テレビの大会議室には、あらゆるメディアの記者が集まり、席は完全に埋まった。座りきれなかった記者は壁際《かべぎわ》に立ち、記者席の後ろにはテレビや新聞、雑誌のカメラが砲列を作っている。

今まで大きなプレゼンは幾度となくこなしてはきたが、これほどの人間を前にするのは初めてのことである。ましてや、テレビや新聞のカメラに晒《さら》されることなど、一度たりとも経験がない。

どんなことがあっても、このプレゼンは失敗することができない。

横沢がその緊張感と重圧に押しつぶされそうになる中、いよいよ記者会見が始まった。計画のインパクトを高めるために、この時点ではまだ資料の配付はなされてはいない。壇上に暁星運輸の社長が姿を現した時から、何が始まるのかと怪訝《けげん》な表情を浮かべながらざわついていた記者席が、司会を務める極東テレビの広報部長がマイクの前に立つと、水を打ったように静まり返った。開会が告げられる。プレゼンに先立ち、極東テレビの社長が口を開いた。

「皆様にご報告申し上げます。この度、極東テレビと暁星運輸は、出店料無料のネットショッピングサイト事業に乗り出すことで合意いたしました」

瞬間、記者席に大きなどよめきが起きた。

「弊社は、かねてよりネットと既存メディアとの融合、また、テレビという媒体を使って新たなビジネスを展開できないかということも合わせて検討して参りました。ご承知の通り、近年、ネットショッピング、テレビ通販は広く社会に根づいたビジネスとなり、市場規模も年を追う毎《ごと》に拡大の一途を辿《たど》っております。この度、暁星運輸さんから一定条件を満たせば出店料無料のネットショッピングモールを展開したいとのご提案を頂き、社内で検討を重ねた結果、物流業とメディアが結びつくことによって生ずる相乗効果に大きな可能性を見いだすに至り、両社共同で新たな事業に乗り出すことに合意したものです」

極東テレビ社長の言葉が終わると、暁星運輸社長が、物流会社からの視点でコメントを述べ、

「それでは、出店料無料のネットショッピングサイト、四季倶楽部のビジネスの詳細を、暁星運輸広域営業部営業三課課長の横沢哲夫からご説明申し上げます」

司会の言葉と同時に、室内の照明が落とされた。パワーポイントの画像がスクリーンいっぱいに映し出される。記者たちの目が、カメラの砲列が一斉に自分を向く。眩《まばゆ》いばかりのテレビのライトが目を射た。

「ただいまご紹介にあずかりました、暁星運輸の横沢です」

一旦《いったん》腹を括《くく》ると、いままで会社の上層部などを相手に何度も繰り返した言葉が素直に口を衝《つ》いて出た。気がつくと、横沢はマイクを手にスクリーンの前に進み出、身振りを交えながら熱弁を振るっていた。

プレゼンが終わり司会者が、

「それでは、これから質疑応答に入ります」

と言うや否《いな》や、記者たちが一斉に手を上げた。

「今回の新規事業は、蚤の市の極東テレビ買収への対抗策と考えてよろしいのでしょうか」

一人の記者が声を上げた。

「そうではありません。我々はテレビという媒体がITとどういう形で結びつくかをかねてより研究してまいりました。確かに、ITが大きな可能性を秘めた産業であることは否定しません。しかし、ITはそれだけで成立するような産業ではありません。特に物販をメインとするビジネスにおいては、決済、物流の二つの要素無くしては成立しないのです。その点から言えば、この二つの機能をすでに持ち合わせている物流会社は、我々の新しいビジネスのパートナーとして申し分のない相手だと判断した。そういうことです」

極東テレビの社長が答えた。

「しかし、出店料無料のショッピングモールサイトとなれば、これは事実上の蚤の市潰《つぶ》しではありませんか」

「これはビジネスの話ですよ。蚤の市がそう簡単に潰れるとは思ってはいませんが、こうした事業に乗り出すからには、蚤の市はライバルということになります。負けを覚悟で新規事業に乗り出す企業などどこにありますか。当然勝つつもりで我々は事業を展開します」

「この話は、どちらの発案によるものですか」

暁星運輸社長がマイクを握った。

「我々です」

「こう言うと失礼ですが、物流会社がなぜネットビジネスに乗り出すことを決断したのですか」

「物流業界は、今まで商流の最下流に身を置き、お客様から商売をいただくことを当たり前と考えてきました。その結果、コスト削減となれば真っ先に目をつけられ、物量を確保しても利益は上がらないという収益構造ができあがってしまったのです。ましてや郵政民営化に伴い、我々宅配をメインとする物流業界は存亡の危機にあります。この窮状を打破するためには自らビジネスを創出すること。つまり上流から下流まで、一貫した商流を作り上げなければならない。そういう結論に達したのです」

「ラストワンマイルを握る物流業なくしては、ビジネスは成り立たない。そこを握っている自分たちが実は最も強い立場にいるのだ。そこに気がついたというわけですね」

「その通りです」

「勝算はおありなんですか。蚕の市という業界最大手に立ち向かって、この新しい事業を成功させることができるとお考えですか」

「このビジネスの発案者の一人は、フランスの哲学者アランの言葉を引用してこう言いました。安定は情熱を殺し、緊張、苦悩こそが情熱を産むと。私は、この言葉を聞いた時に目が醒《さ》める思いがしました。我々物流業界に身を置くものが、いや、すべてのビジネスに携わる者が日々の仕事に追われ忘れていたものが何だったのか、思い知らされた気がしてね……。この事業を軌道に乗せるまでは幾多の困難が待ち受けているでしょう。しかし、我々は極東テレビさんと一丸となって、四季倶楽部を日本一のネットショッピングモールにしてみせる。会社の将来はこの事業の成否にかかっている。まさに不退転の決意を以《もっ》て臨むつもりです」

社長の言葉が横沢の耳朶《じだ》を打った。記者の質問に答えるに際しては、予《あらかじ》め想定問答集を手渡してはあったが、少なくとも今の答えはその中にはない。

自分の発案したプランに社長は会社の将来を賭《か》けると言った。その言葉の重み、そしてついにここまで漕《こ》ぎ着けたという感動が横沢の胸に込み上げてきた。

記者の質問はまだ続いている。

絶対に会社を失望させるような結果を招いてはならない、このプランにまさに両社の命運がかかっているのだ。その決意を新たにしながら、横沢は壇上に並ぶ二人の姿を見詰めた。


「何てこった……」

記者会見の様子は、極東テレビの午後のワイドショーでリアルタイムで中継されていた。画面を見詰めながら、武村は思わず漏らした。

「安定は情熱を殺し、緊張、苦悩こそが情熱を産むって、これ社長の座右の銘だろ」

長谷部が歯がみをしながら言った。

そんなことはどうでもいい話だった。同じ哲学者の言葉を座右の銘とする人間などこの世にごまんといる。たまたまそうした人間が暁星運輸にいた。ただそれだけの話だ。

問題はこのタイミングで極東テレビ、暁星運輸のプランが公《おおやけ》になったこと、しかもテレビという媒体を使って、ということだ。おそらく、会見場に集まった記者たちの数からすると、夕方からのニュースはどのテレビ局でも大きく扱われるだろうし、明日の朝の新聞はいずれもトップニュースで報じることだろう。

それがどういう形で現れるかは明白だ。極東テレビ買収に乗り出してから行った会見で、自分は新しいメディアのあり方を明らかにした。

「あなたは新聞を殺す気ですか」

あの時、記者の一人が言った言葉が脳裏に浮かんだ。

メディアが今回の買収劇を肯定的に捉《とら》えていないことは明らかだ。間違いなく、これからこのニュースを報じるメディアは、今日の二社の会見を肯定的に報じるだろう。すべての局のニュースの視聴率から考えれば、途方もない数の人々が彼らのプランを素晴らしいものと捉えるだろう。その背後に隠れた彼らの真意が蚤の市潰しにあるとしても、メディアの論調が彼らに味方するものである限り、世論がどういう方向に流れるかはもはや明白というものだ。

そしてそれは、蚤の市の既出店者はもちろん、投資家たちの不安を掻《か》き立て、株価の下落という形で現れる。発行済み株式の総額を頼りに資金を調達し、事業を拡大してきた蚤の市にとって、まさに生命線を断たれたも同じ。いや絶体絶命の危機に直面することになる。

それまで記者会見を中継していたテレビ画面がスタジオの光景を映し出した。司会者が、コメンテーターに感想を求める。これもまた予め用意されていたシナリオなのだろう。真っ先に口を開いたのは企業買収に詳しいシンクタンクの首席研究員である。

「いや、驚きましたね。まさかこんな防衛策があったとは、私も考えもしませんでした。極東テレビの社長が言った通り、蚤の市のような物販を生業《なりわい》とするＩＴ企業は、いかにビジネスモデル自体が画期的なものであったとしても、金融機能と物流という二つの要素なくしては成り立たないものです。出店料を無料にするというのは、配送料金のディスカウント分をそのまま出店料に当てればこそできることで、これこそがＩＴビジネスの完成形と言えるでしょう。物流会社は代引きという現金回収機能を持っていますからね。ましてや、それがテレビ局というメディアの中でも最も大きな影響力を持つ媒体と結びついたのです。こうなると、果たしてこのサイトが稼働《かどう》し始めた時に蚤の市に対抗策があるのかどうか……」

「現時点では考えられないとおっしゃるのですか」

司会者が訊《たず》ねる。

「少なくとも、私には思いつきませんね。ただ形勢が蚤の市に極めて不利になったことは確かだとは言えると思いますが——」

コメンテーターの言葉が終わらないうちに武村はテレビのスイッチを切った。

「社長、どうすんだよ。ここで何らかの対抗策を明らかにしなけりゃ、明日の取引開始とともに、ウチの株は売り一色になっちまうぜ。そんなことになれば、極東テレビ買収どころの話じゃない。まさに蚤の市は危急存亡の機に陥っちまう」

長谷部が顔面を蒼白《そうはく》にして声を震わせた。

「分かってるさ」

そうは言ったものの、これだけの窮地を打開できるだけの妙案が俄《にわ》かに浮かんでくるなら苦労はしない。武村は必死に考えた。こうなった以上、選択肢は二つしかない。このまま極東テレビの株を買い進め、当初の目的を達成するか、それとも断念するかだ。

しかし、株を買い進めるためには現在の蚤の市の株価がこのままの価格で推移することが条件となる。もし、株価が下落するようなことになれば、パーカーは黙ってはいまい。担保として差し出した株が融資金額を下回れば、更なる担保を差し出せと言ってくるに決まっている。

もちろんこの場合の担保とは、自社株などではなく、融資金額に見合う現金、あるいは資産だ。だが、そんなものはありはしない。

かと言って、ここで極東テレビ買収を断念したとしても結果は同じだ。さしたる資産を持たない蚤の市の株価が高値で推移しているのは、極東テレビの買収が成功するかもしれないという思惑買いが入っているからで、それに失敗したとなれば失望売りが殺到することは間違いない。

いずれにしても結果は同じだが、これから始まる二社連合のショッピングモールサイトとの戦いに備え、少しでも体力を温存しておくべきだ。

「長谷部。ここは引くしかないな」

武村は血を吐くような思いで言った。

「引くって、極東テレビの買収を断念するってことか」

「俺たちはこれから連中が立ち上げるサイトと戦っていかなきゃならないんだ。それも圧倒的に不利な状況下でだ。ショッピングモールはウチの最大のビジネス基盤だ。それを守りながら、極東テレビの買収を続けるなんてことはできやしないよ」

「でも、ここで買収を断念しても結果は同じだろ」

「だろうな。しかし、今ならまだ間に合う。パーカーから調達した二千億円の資金は、まださほど使ってはいない。おそらく、明日も極東テレビの株価は上昇を続けるだろう。その機に乗じて、今まで取得した株式を売り抜ければ、痛手は最小限で済む。後は会社の全力を上げて、来《きた》るべき戦いに備える。それしかない」

長谷部は蟀谷《こめかみ》をひくつかせながら、天井を見上げたが、やがて深い溜息《ためいき》を漏らすと、

「そうだな……。やつらがこんな手に出てきた以上、そうするしか方法がないな……」

がっくりと肩を落とした。

「それにしても、まさか暁星運輸のような運送屋に足元を掬《すく》われるとは思わなかった。いまさらこんなことを言うのも何だが、俺は自分たちのビジネスが、誰に生命線を握られているのか、それを見誤っていたのかもしれない。創業以来、苦労して確立したノウ

ハウ、そしてこの分野の先行者として確立した地位は誰にも覆《くつがえ》すことのできない盤石なものだと思っていた。だが、それは幻想に過ぎなかった。このビジネスの生命線を握っていたのは、誰でもない。商流の最後の部分を担《にな》っていた物流業者だったんだ。俺は功を焦《あせ》ったのかもしれない。極東テレビの買収を手がけるなら、それより先に生命線を握られている物流会社を手中に収めるか、あるいは確固たるパートナーシップを結んでおくべきだった」

「運送会社の株価なんてテレビ局に比べればたかが知れている。買収するつもりだったら、もっと簡単にできただろうな」

「ああ、そのうえで極東テレビの買収に走れば、こんな煮え湯を飲まされるようなことにはならなかっただろう。どうしてそこに頭が回らなかったか。返す返すも自分の不明を恥じ入るばかりだ」

長谷部は武村の言葉にうんうんと肯《うなず》くと、

「これからが大変だな。俺たちはこれまで攻めの一手で事業をやってきたが、これからは守りに入らなきゃならない。それも並大抵の相手じゃない。どんな手が打てるかは分からないが、とにかく全社を上げて会社を守るために知恵を絞らんとならんな」

そんな妙案が簡単に出てくるとは思えなかったが、武村は肯いてみせると、明日の朝いちばんから保有していた極東テレビの株を売りに出す指示を与えるべく、受話器を手にした。

翌朝、横沢は寺島と共に極東テレビに向かった。

事態はこちらの思惑通りに進んでいた。記者会見が終了した直後から、テレビのニュースはどの局とも極東テレビと暁星運輸が新しいネットショッピングモールを立ち上げることをトップで、それも長い時間をかけて何度も報じた。今朝の新聞も、主要各紙はいずれも一面トップ、更には経済面、三面と大きなスペースを割いて詳細に報じた。中には早々に『蚤の市一転して存亡の危機』という刺激的な見出しをつけて報じる新聞もあった。

これが、今日の株式市場にどういう形で現れるか。そこで勝負が決するのだと思うと、横沢の胸中に期待と一抹の不安が交錯し、眠れぬ一夜を過ごした。

極東テレビに到着すると、すでにロビーには浜川が待ち受けており、三人はそのまま経済部のあるフロアに上がった。株価が表示されたモニターを前に、取引が始まる時間を待つ。寺島も浜川も何も喋《しゃべ》らなかった。あと数分、モニターに表示された蚤の市の株価がどういう動きを示すかで勝負が決する。胃が締めつけられそうな緊張感が漂っていた。

壁に掛けられた時計が時間を刻んでいく。取引開始の九時まであと五秒を確認したところで横沢は視線をモニターに戻した。

瞬間、画面の右側に次々と数字が現れ始めた。それも半端《はんぱ》な数じゃない。それに対して買い手はまったく現れない。株価がどんどん値を下げていく。それでも取引は成立しない。

「よっしゃ!」

寺島が叫んだ。

横沢は思わず安堵《あんど》の溜息を漏らした。昨日からのニュースの洪水を考えれば、当然の帰結というものだが、実際に株価の動きをこの目で確認すると改めてメディアの持つ力の凄《すご》さを感じざるをえなかった。

「こりゃ、暴落だな……」

浜川が込み上げる笑いを堪《こら》えながら言うと、

「ウチの株価はどうなっている」

隣の席にいる局員に訊ねた。

「何か奇妙な動きをしてますね」

「奇妙な動き?」

「猛烈な勢いで買いが入っているんですが、それに対抗する形で売りが出てるんです。株価は上がりもしなければ下がりもしない」

「どういうことだ」

「これだけの株をこのタイミングで放出してくるとなると、考えられるのはただ一つ、蚤の市でしょう」

「ということは、やつら、ウチの買収を諦《あきら》めたということか」

「たぶんそうだと思います。連中もここまでウチの株を買い占めるためには、相当な借り入れをしているでしょうからね。それも自社株が上がるという前提でね。その肝心の蚤の市の株価が下がったんじゃ、借入金を返済することができなくなる。おそらく、ウチに買いが入ることを見越して、借入金分だけは確保し、体力を温存するつもりなんでしょう。それ以外にはちょっと考えられませんね」

「勝負あったな」

寺島が浜川を見ながら言った。

「おそらくこの様子だと、蚤の市の株価は暫《しば》く下げ止まることはないだろう。資産を持たない会社にとってこれは致命傷だ。たぶん、既存の出店者も動揺しているに違いない」

「横沢、スミちゃんのところに連絡を入れてみろ。何か反応が出ているかもしれない」

浜川の言葉を継いで寺島が言った。

横沢は携帯電話を取り出し、荒木に連絡を取ろうとしたが話し中で繋《つな》がらない。会社の電話はダイヤルインで、一本の電話で回線は塞《ふさ》がってしまうのだが、状況が状況である。

もしや、昨日からのニュースが反響を呼び、大変なことになっているのではあるまいか。そんな予感を覚えた横沢は、暁星運輸の代表番号に電話を入れた。

「暁星運輸でございます」

総務部の女性の声が応《こた》えた。

「営業三課の横沢ですが――」

そこまで言った途端に、

「横沢さん。もう始業前からこちらの電話が鳴りっ放しで、大変なことになってるんです」

一転して慌《あわ》てた口調の言葉が返ってきた。

「大変なことって?」

「四季倶楽部への問い合わせが凄いんです。プロジェクトルームだけでは対応できないんで、広域営業の方へ回してはいるんですが、それでも追いつかないくらいなんです」

「本当か!」

「こっちも仕事になりませんよ。何とかしていただかないと……」

「分かった。とにかく、大事なお客さんだ。すぐに電話を回せないんだったら、相手の電話番号を聞いて、折り返しこちらから電話をすると応対してくれ」

横沢は電話を切った。反響の凄さを伝えようとした刹那《せつな》、手の中で携帯電話が鳴った。画面には軽部の名前が表示されている。

「横沢だ」

「軽部です」

興奮しているせいだろうか、短距離を一気に駆け抜けたような荒い息遣いが聞こえてくる。

「凄い反響なんだって？」

「もう、始業時間前から、電話鳴りっ放しですよ」

「やはり、蚤の市の客が多いのか」

「蚤の市の出店者が八割。それに、新規でネットビジネスを始めたいというのが二割といったところでしょうか。もっとも私が取った範囲のことですけどね。とにかく、通常業務が手につかない状態です。やはり、メディアの力は凄い。この分だと、蚤の市、まちがいなく潰《つぶ》れちまいますよ」

「そりゃ何よりだ。とにかく客は逃すな。問い合わせをしてきたからといって、それが出店するという確約を意味するわけじゃないんだ。住所を聞いた上で、すぐにパンフレットを送る手配をしてくれ」

「分かりました」

会話をしている間にも、電話の鳴る音が受話器を通して聞こえてくる。

「あっ、まただ。とにかく、反響は上々です。詳しいことはまた後で」

軽部は慌ただしく言うと、電話を切った。

「部長、凄い反響らしいですよ。広域営業部全体が問い合わせに追われて大変なことになっているそうです」

そう言いながら、ふと浜川を見ると、彼もまた受話器を置いたところだった。

「局の交換もパニック状態だそうだ。四季倶楽部への問い合わせが殺到していて、大変な騒ぎになっているらしい」

「そりゃそうだろうさ。昨日から今日にかけて、ありとあらゆる媒体が四季倶楽部のビジネススキームを詳細に報じているんだ。これを広告費に換算したら、とてつもない金額になるからな」

寺島が、ヤニで黄ばんだ歯をむき出しにして笑った。

「どうやらフェーズ・ワン、最初のハードルは乗り越えられそうだな。となると早々にフェーズ・ツーの準備に取り掛からないとならんな」

浜川が言った。

「何です、そのフェーズ・ワンとかツーって」

初めて耳にする言葉に横沢は訊《たず》ねた。

「フェーズ・ワンは蚤の市をぶっ潰すこと。それが達成された暁には、極東テレビはBSチャンネルを使って、本格的にテレビ通販に乗り出す」

寺島がニヤリと笑いながら言った。

「えっ、もうですか」

「当たり前だろ。ネットショッピングの利用者が増えたと言っても、パソコンを使えない人間は世間に山ほどいるんだ。それを見逃しておく手はねえだろ。この機に乗じて、その方面も一気に推し進める。もちろん、その配送を請け負うのは我々暁星運輸だ」

「それがフェーズ・ツーですか」

「そうだ。そのためには、今の陣容では到底人手も人材も足りねえ。もちろん、これから四季倶楽部に出店するお客へのケアも必要になってくる。そのためにはネットビジネスのノウハウを熟知した人間の存在が不可欠だ。おそらく、蚤の市の株価がこのまま下がり続ければ、会社の将来に不安を覚える従業員も少なくないはずだ。そこで、蚤の市の従業員を狙《ねら》い打ちして、四季倶楽部に雇い入れる」

「しかし、そう簡単に蚤の市の従業員が転職話に乗って来ますかね」

「お前、蚤の市の平均勤続年数を知ってっか？」

「いや……」

横沢は思わず口籠《くちごも》った。

「二年とちょっとだ。現役の従業員なら申し分なし。辞めた人間だって、二年もいれば仕事のあらかたは覚えちまっているさ」

「それで、何人くらいの人間を雇うつもりなんですか」

「五十人は必要だろうな」

「五十人ですか」

確かに、出店者を集めたはいいが、サービスレベルが今の蚤の市より落ちたのでは話にならない。四季倶楽部の発足と同時に出店者に満足のいくサービスを提供しようと思うのなら、経験者を雇い入れるのが最も手っ取り早い手段ではある。ネットビジネスのノウハウを熟知した人間が五十人もいれば、それも可能だろう。

「他人事《ひとごと》のように言うんじゃねえよ。それを指揮するのは誰でもねえ。お前だぞ」

「えっ、私がやるんですか」

「言ったろ。お前は四季倶楽部の業務開始と共に、新会社に出向だって。ただし、成功させねえ限りは片道切符だ。少なくとも、四季倶楽部を蚤の市以上の会社にしねえ限り、帰りのチケットは出ねえ」

横沢は、改めて蚤の市の株価が表示されている画面に目をやった。相変わらず売りが殺到していて値がつかない。まるで上場廃止を宣告され、監理ポストに置かれた企業のような様相を呈している。

この勢いを駆って四季倶楽部を蚤の市に代わる業界トップ企業に育て上げられるかどうかが、自分の肩にかかっているのだと思うと、重責に押しつぶされそうになる一方で、猛烈な闘志が湧《わ》いてきた。

「分かりました。その任務、喜んでお受けします。全力を尽くして四季倶楽部を立派に立ち上げてみせます」

横沢は、決意も新たに断言した。

「横沢さん。寺島はこれでもあなたに褒美《ほうび》をやっているつもりなんですよ。大丈夫、このビジネスはうまくいきますよ。正直言って、今回は我々も物流業界が持っているポテンシャルの高さを思い知らされました。ラストワンマイルを握っている者が、物販ビジネスにおいてはいちばん強いのだということをね。裏切るようなことは絶対にありませんから、どうぞご心配なく」

蚤の市による買収の手から逃れたことを確信した明るい声で浜川が言った。

ふと、フロアの中央にずらりと並べられたテレビモニターに目をやると、いずれの局も昨日に引き続き、四季倶楽部発足のニュースを流している。画面の片隅には早くも『蚤の市株暴落』の文字が浮かんでいた。

横沢にはその文字が、暁星運輸が一介の運送業から脱皮し、新しい産業への第一歩を刻んだ記念すべきマイルストーンに見え、ここに至るまでの道のりを思い出しながら、本当の戦いはこれから始まるのだとじっと画面に見入った。

解説

元木昌彦

この小説の面白さとして特筆すべき点は、主人公たちが遭遇した難局をどのように乗り越え、新しいビジネスを開拓していくのかを、読む側も一緒に悩み考えていくことで、疑似成功体験ができることだと思う。

もちろん、緻密《ちみつ》な頭を持ち合わせていない私には、主人公たちが考え出す万分の一のアイデアもわいてこないが、途中でページを開いたまま、私だったらどんなビジネスを考えるだろうか、問題点をどうクリアしていくだろうかとあれこれ思い巡らすことは、ストーリーを読み進めるのとは別の楽しい時間だった。

本書と同じように物流を扱った楡氏の作品に『再生巨流』がある。強引だがやり手の中年男が、上司から疎《うと》まれ、部下が二人しかいない新規事業開発部長に左遷《させん》される。おまけに四億円の売り上げをノルマとして課せられるという過酷な状況から物語は始まり、ついには文具から家庭電化製品までを扱う巨大な通販ビジネスを立ち上げるまでを描いている。

この小説の終盤にも、ネット上にショッピングモールを立ち上げようという話が少しだけ出てくるのだが、『ラスト ワン マイル』はまさに、小口宅配をメインにする業界大手の運送会社社員たちが、巨大なネット・ショッピングモールを立ち上げるまでの苦闘と情熱の物語となっている。

冒頭、「暁星運輸」社員である横沢哲夫は、自分が担当する中で売上げの二十五％を稼いでいるコンビニから、郵政民営化で攻勢をかける郵パックとの併売にすると通告される。一個に付き百円以上も安い郵パックとの併売では、勝てる見込みはなかった。

これを聞いた上司の寺島正明は怒り狂う。

「あいつらが全国津々浦々までカバーできるネットワークを構築できたのは、自分たちが稼いできた金を使ってのことじゃない。（中略）それが、民営化されるから、民の市場に手をつける。そんな虫のいい話があってたまるものか」

民の怒りはもっともである。

その上さらなる苦難が襲いかかる。大口の取引先である通販の「蚤《のみ》の市《いち》」からも、とてものむことのできないマージンの大幅な引き上げを要求される。宅配業者は、常に他の競争相手との値引き競争で消耗していくのだ。

コンビニ市場を開拓し、会社に多大な利益をもたらしたことで、肩で風を切って社内を闊歩《かっぽ》していた寺島とその部下である横沢は、この窮地をどう切り抜けていくのか。

経済小説の中には、霞ヶ関の官僚たちがやるように、都合のいいデータを集めてきて、あたかもすばらしいビジネスができるかのごとく、ストーリーを作り上げるものが散見されるが、本書はまったく違う。

郵政民営化や、楽天のTBS買収、大手メディアがネットに浸食され、広告収入の激減も含めた危機的状況にあることなど、現実に起きていることを巧みに織り込み、それが最後にひとつの流れになっていくところは、綿密な取材に基づいた上質なノンフィクションを読んでいるようでもある。

「蚤の市」を凌駕《りょうが》する、出店料無料のネット・ショッピングモールを作ろうと思い立ち、数々の困難を解決して実現していくストーリーは、私にとってまさに、巻措《お》く能《あた》わずであった。

それはひと昔ほど前、私が出版社にいるときに始めたインターネットマガジンのことを思い起こさせたからである。私事《わたくしごと》で申し訳ないが、ここで、そのことについて触れてみたい。

その頃は、今以上にITへの期待が高まっていて、出版界も例外ではなかった。

新雑誌を考える部署に異動になった私が、紙も印刷もいらないネットを使ったマガジンを提案し、出版社にとってITの実験場としてもやる価値があると会社を説き伏せ、

「Web現代」の創刊にこぎ着けたのが一九九九年の六月だった。

始めたはいいが、当時のパソコンは半年ごとに新しい機能が加わるため、そのたびに機械を買い換えなくてはいけないし、動画は家庭のパソコンだとまるで紙芝居のようで見るに堪えなかった。

一年で数億円の赤字を出し、会社からはどやされたが、有料化したグラビアや占いなどのコンテンツは次第に売れ始めた。だが、もっとネットを有効に使ってビジネスになるものはないかと、部員たちと一緒に模索をつづけていた。

アメリカのネットビジネスを視察して、ネット通販に将来性ありと考え、私のところでも物販を始めようと決めた。楽天はすでに九七年に創業されていたが、まだ通販はネットビジネスの主流にはなっていなかった。

私たちは、作家の嵐山光三郎さんに頼んで、彼が選んだ各地の名産品を販売する「太鼓判ショップ」を始めた。作中で横沢が思いついたのと同様に、数はあるが、どこの誰だかわからない人が推薦するのではなく、信頼のある人に太鼓判を押してもらうのだ。このやり方が成功すれば、次々に、推薦人を増やしていこうと考えていた。

開店した当初から、数はたいしたことはなかったが、いくつかの商品が人気となって注文が入り出し、通販業務専属の人間も雇ってはみたが、まもなく大きな問題にぶつかってしまった。ひとつは代金の徴収方法である。小さなモールなのでクレジット会社が使えなかったのだ。事前の振り込みか配送代引きでやるしかなかったが、たいへん煩雑《はんざつ》な仕事であった。

ふたつ目は、例えば関東在住の人が北海道や九州から取り寄せる場合、配送料が馬鹿《ばか》にならないということだ。クール便を使えば結構な額になってしまう。

宅配便会社と交渉したが、「蚤の市」のような大口ではない我々では、わずかな値引きに応じてもらうのが精一杯だった。二、三千円の商品に千円近くの配送料がつくのでは、躊躇《ちゆうちよ》する人が多かったことは想像に難くない。

そのとき、こうしたものをやるには宅配便会社と組まなくては難しいと知ったが、出版社の一部署の力には限界があった。嵐山さんの他に、版画家の山本容子さんの絵や食器などを販売するサイトも立ち上げたが、残念ながら大きな利益を出すまでには至らなかった。

こうした失敗体験を持っているだけに私は、〝ラストワンマイル〟を握っている運送会社が、自社でショッピングモールを作るという発想に、我が意を得たりと膝《ひざ》をたたいた。これは絶対にいける。

成功へのヒントは、死ぬほど考え続けた末に、思いがけないところから生み出されるものである。横沢の場合も、法事で赴いた妻の実家で、農業をしている義父が丹精を込めて作ったトウモロコシを食べた瞬間に閃《ひらめ》くのだ。

彼はこう考える。流通に乗らない食材や名産品をネット上のショッピングモールで販売する。しかも、出店料は無料にして、配送料で儲《もう》けを出していく。私がやったように、食に詳しい著名人を起用して、商品への信頼性を高める。他のショッピングモールとは違った革新的なものを作るために、横沢たちは東奔西走するのだが、多額の投資を要する新しいビジネスに対して、会社側を説得する決め手にやや欠けていた。

その間に、ネットとテレビの融合を掲げて、メディアの世界に革命を起こそうとする「蚤の市」総帥《そうすい》武村慎一は、着々と「極東テレビ」の買収を進めていく。

この作品が書かれた当時、すでに雑誌、新聞はネットなどの影響を受けて部数を落としていたが、テレビにはまだ余力があった。テレビ、新聞、出版とネットを融合し、グーテンベルクの印刷機発明以来のメディア革命を起こそうという武村の言葉は、それなりの説得力を持っていたのだ。

「マイクロソフト」「Yahoo!」「Google」を筆頭とするIT革命の波は日本にも押し寄せ、多くのIT長者を生み出し、IT企業がすべてを牛耳るかのような幻想を振りまいた。

しかし、どのように画期的なものであっても、金融機能と物流という二つの要素がなくては成り立たないということを、後になって武村は知らされることになる。

敵の敵は味方。寺島と横沢は、このプロジェクトを会社に承認させるために、「蚤の市」にM&Aをかけられている「極東テレビ」と手を組むのだ。

この小説が連載されていた頃は、まだ、楽天のTBS買収の行方も不透明な時期だったはずだから、TBSの首脳陣は、こんなうまい手があったのかと、この小説を舌なめずりして読んだのではないか。

だが、作中で引用されているアランの言葉のように「安定は情熱を殺し、緊張、苦悩こそが情熱を産む」のだ。楽天側の肩を持つ気は毛頭ないが、高給を食《は》み安定した生活に埋没しているテレビ局幹部に、そうした情熱を持った人材がいなかったことは、「認定放送持株会社」という伝家の宝刀を抜いて、買収を逃れたことでわかる。

寺島が武村に向かってこういう。

「物を運ぶ、送り届けるという行為が付き纏《まと》うビジネスにおいては、誰が強いかを考えてみることです。もちろん、我々の中では結論は出ている。ラストワンマイルを握っている人間がいちばん強い」

この作品は、物流という、日々接していながらよく知ることのなかった世界を教えてくれるだけではなく、ネットとメディアの問題にまで踏み込んだ、スケールの大きなビジネス小説である。

本書で、見事にメディア産業の弱点まで突いている楡周平氏に、私が一読者として望んでいたのは、メディアの世界そのものを舞台にした人間ドラマであった。ところが、まさに楡氏は、『虚空《こくう》の冠《かん》』（「小説新潮」連載）というタイトルで、新聞記者を主人公に、戦後間もない時期からの社会状況を背景とした大河的な小説を紡《つむ》ぎ始めたところである。次なる傑作の完成にも大いに期待したい。

（平成二十一年八月、編集者・元「週刊現代」編集長）

この作品は平成十八年十月新潮社より刊行された。

新潮文庫最新刊

庄野潤三著
けい子ちゃんのゆかた
孫の成長を喜び、庭に来る鳥たちに語りかけ、隣人との交歓を慈しむ穏やかな日々。老夫婦のほのぼのとした晩年を描く連作第十作目。

有吉玉青著
渋谷の神様
この街で僕たちは、目には見えないものだけを信じることができる──「また頑張れる」ときっと思える、5つの奇跡的な瞬間たち。

谷村志穂著
冷えた月
海難事故が、すべての始まりだった。未亡人のもとに通いつめる夫。昔の男に抱かれる妻。漂流する男女は、どこへ辿りつくのか？

平山瑞穂著
シュガーな俺
著者の糖尿病体験をもとに書かれた、世界初の闘病エンターテインメント小説。シュガーな人にも、ノンシュガーな人にもお勧めです。

池波正太郎
山本周五郎
菊地秀行
乙川優三郎
杉本苑子著
赤ひげ横丁
──人情時代小説傑作選──
いつの時代も病は人を悩ませる。医者と患者を通して人間の本質を描いた、名うての作家の豪華競演、傑作時代小説アンソロジー。

松本健一著
司馬遼太郎を読む
司馬遼太郎はなぜ読者に愛されるのか？ 司馬氏との魅力的なエピソードを交えながら、登場人物や舞台に込められた思いを読み解く。

ラスト ワン マイル

新潮文庫　に - 20 - 4

平成二十一年十月一日　発行

著者　楡《にれ》周《しゅう》平《へい》

発行者　佐藤隆信

発行所　株式会社　新潮社

郵便番号　一六二―八七一一
東京都新宿区矢来町七一
電話　編集部(〇三)三二六六―五四四〇
読者係(〇三)三二六六―五一一一
http://www.shinchosha.co.jp

価格はカバーに表示してあります。

乱丁・落丁本は、ご面倒ですが小社読者係宛ご送付ください。送料小社負担にてお取替えいたします。

印刷・錦明印刷株式会社　製本・錦明印刷株式会社

ISBN978-4-10-133574-2 C0193